STEFFEN JACOBSEN

# LÜGE

STEFFEN JACOBSEN

# LÜGE

THRILLER

Aus dem Dänischen
von Maike Dörries

HEYNE

Die Originalausgabe erschien unter dem Titel
*Et Bjerg Af Løgne*
bei People's Press, Kopenhagen



MIX
Papier aus verantwortungsvollen Quellen
FSC® C083411
FSC www.fsc.org

Verlagsgruppe Random House FSC® N001967


Redaktion: Nike Müller
Umschlaggestaltung: Johannes Wiebel, punchdesign, München
Umschlagabbildung: Johannes Wiebel unter Verwendung
eines Motivs von Ahkka / photocase.de
Satz: Schaber Datentechnik, Austria
Druck und Bindung: CPI books GmbH, Leck
Printed in Germany

ISBN 978-3-453-43883-5

www.heyne.de

Der Hirsch sagte: »Nun hat der Mensch alles, was er braucht. Er muss nicht länger betrübt sein.« Aber die Eule antwortete: »Nein. Ich habe ein bodenloses Loch im Menschen gesehen, wie ein Hunger, der nie gestillt werden kann. Darum ist der Mensch betrübt, darum wünscht er sich immer mehr. Sie nehmen und nehmen, bis die Welt eines Tages sagt: ›Ich bin nicht mehr, und ich habe dir nicht mehr zu geben.‹«

*Maya-Mythos*

# TEIL I

PETER HOLM WAR NOBEL OILS erfahrenster Geologe, aber von diesem Phänomen hatte er noch nie etwas gehört, und er bezweifelte, dass es jemals von irgendwem beschrieben worden war. Was er allerdings ohne jeden Zweifel wusste, war, dass der Prozess in diesem Moment vonstattenging, zweitausend Meter unter der Feldstation am Fuß des abschmelzenden grönländischen Eisschildes.

So wie er wusste, dass sich der Prozess nicht aufhalten lassen würde.

Befreit vom erdrückenden Gewicht des Inlandeises war der Berg aus seinem achtzehn Millionen Jahre währenden Winterschlaf erwacht. Er erhob sich, befreite, streckte – und veränderte sich.

Nach geologischem Verständnis unsäglich rasant. Schnell, viel zu schnell.

Peter Holm mangelte es durchaus nicht an lebhafter Fantasie, und nun bildete er sich ein, die Veränderungen tief unten im Urgestein zu *hören*, wenn er ganz still im Labor saß und lauschte.

Er fuhr sich über die Bartstoppeln und betrachtete die Reihe leerer blauer Stühle vor den summenden und blinkenden elektronischen Arbeitseinheiten. Von einer bösen Vorahnung beschlichen, hatte er seine engsten Mitarbeiter aufgefordert, sich den Tag freizunehmen. Die chemische Analyse der letzten und tiefsten Bohrproben wollte er allein vornehmen. Selbst seiner unbeirrbaren rechten Hand, Bao Tseung, ein immer gut gelaunter und gesprächiger chinesischer Geophysiker, hatte er brüsk ans Herz gelegt, in dem Barackendorf bei der Raffinerie zu bleiben. Tseung hatte natürlich *gehorcht*, gekränkt und schweigend. So barsch war der dänische Chefgeologe ihn noch nie angegangen.

Peter Holm warf seine Kippe in den halb vollen Kaffeebecher, klappte seinen Laptop zu und strich nachdenklich über den Deckel. Dann löschte er die Analyseergebnisse vom Hauptcomputer, zog den Reißverschluss des Parkas bis unters Kinn zu und hängte sich seine Taschen über die Schulter.

Ehe er das Licht löschte, blieb er noch einen Moment in der Tür des fensterlosen Containers stehen und warf einen letzten Blick auf die stummen Spektrografen, die soeben ihn und das gesamte einzigartige Förderprojekt verraten hatten.

Es war vorbei, und es war seine Pflicht, dem absoluten Herrscher der Ölgesellschaft, Axel Nobel, das unabwendbare Ende mitzuteilen.

Er freute sich nicht darauf.

Er schloss die Tür ab und setzte die Sonnenbrille auf gegen das gnadenlose, senkrecht einfallende Sonnenlicht. Die geophysische Siedlung bestand aus einer Handvoll oranger Container auf einer Felskuppe, wenige Hundert Meter vor der schmutzigen, zurückweichenden Wand des Inlandeises. Radio- und Satellitenantennen waren mit Stahlseilen im Felsen verankert, in denen beständig und traurig der Wind pfiff. Die Sonne sprühte Funken über der Diskobucht, und weiter draußen, vor der Bucht und einzelnen treibenden Eisbergen, lag das endlose Eismeer.

Die breite Ebene zwischen Feldcamp und Küste war von Zelten in allen Größen und Farben übersät; lange, weiße Küchen- und Kantinenzelte und Podien, auf denen Demonstranten sich die letzten Monate in destruktive Rage hochgepusht hatten. Von dem eingezäunten Forschungscamp aus betrachtet, sah das Zeltdorf aus wie ein Musikfestival, das nie zu Ende gehen würde. Selbst aus der Entfernung konnte Peter Holm problemlos die flatternden Banner lesen: NOBEL OIL VERGEWALTIGT UNSER LAND, NOBEL OIL STIEHLT GRÖNLANDS ZUKUNFT. Auf vereinzelten Bannern und Plakaten war ein großer Dreizack zu sehen, das Symbol für Poseidons Krieger – eine Aktivistengruppe, die permanent Nobel Oils Anlagen an Land und zu Wasser sabotierte, wobei niemand wusste, wer dahintersteckte und wer ihre Mitglieder waren.

Der letzte Sabotageakt von Poseidons Kriegern hatte den Satellitenverbindungen zum Hauptquartier in Kopenhagen gegolten, und bislang hatte noch niemand den Fehler gefunden oder finden wollen. Selbst die firmeninternen Teletechniker hatten sich von den Umweltaktivisten in ihren Bann ziehen lassen.

Auf dem Schotterweg unterhalb des Höhenzuges hielt ein Landrover mit laufendem Motor. Peter Holm sah eine winkende Hand hinter der geschlossenen Seitenscheibe. Vorsichtig schlitterte er über den Weg, der höllisch glatt war vom Schmelzwasser.

Er stellte die Taschen auf den Rücksitz und nahm neben dem Fahrer Platz, der ihn zur Begrüßung anlächelte. Der junge Mann war schwarzhaarig, schlank und sah aus wie ein Model. Peter Holm ließ seinen Blick über die Oberschenkel in der eng sitzenden Jeans gleiten und bei den braun gebrannten Händen verweilen. Der Landrover pflügte sich durch eine Reifenspur, die mehr ein Vorschlag als ein wirklicher Weg war, während der Geologe auf das weißblaue, glitzernde Meer und die Zelte der Demonstranten starrte.

»Die ziehen ab, wenn der Schnee kommt«, murmelte er. »Das hier wünschen sich doch alle. Ich meine, das sollten sie wenigstens. Arbeitsplätze, Geld, das größte Schieferöl- und Gasvorkommen auf unserem Planeten. Sicherheit. Eine Zukunft.«

»Offenbar nicht alle«, sagte der Fahrer.

Er streckte Holm die Hand entgegen. »Rasmus Nordstrand.«

»Peter Holm. Nein, aber alle, die etwas zu sagen haben. Leute, die im einundzwanzigsten Jahrhundert leben.«

Gelbe Schwimmsperren schlängelten sich quer über die Bucht, dahinter behandelten etwa ein Dutzend Umweltschiffe den Ölaustritt aus einer sabotierten Pipeline, die von der Raffinerie zu einer Tiefwasseranlage führte, wo Supertanker Schieferöl für eine nimmersatte Welt aufnahmen.

Poseidons Krieger hatten vor drei Wochen die Ölleitung mit Nobel Oils eigenem Dynamit in die Luft gesprengt, entwendet aus einem Lager, das eigentlich als absolut einbruchsicher galt.

Das hatte den sonst so reservierten und in sich ruhenden Vorstandsvorsitzenden Axel Nobel in berserkerartigen Zorn versetzt. Wenige Stunden nach dem Sabotageakt war er in seinem Privatjet aus Dänemark eingetroffen, um die zivilisierte, aber inkompetente britische Sicherheitsfirma gegen eine zweifelhafte chinesisch-amerikanische Organisation auszutauschen, die dafür bekannt war, ehemalige Spezialeinheiten und Veteranen aus den Balkankriegen als »Berater« einzustellen. Der Vorstandsvorsitzende hatte persönlich die Beseitigung des Rohöls organisiert, das in die jungfräuliche Bucht ausgetreten war.

Dieser Ölunfall zog natürlich unangenehme Fragen vonseiten der Weltpresse nach sich, der grönländischen Selbstverwaltung, des amerikanischen Kongresses und des dänischen Parlaments, da unschöne Erinnerungen an die Deepwater-Horizon-Katastrophe im Golf von Mexiko wachgerufen wurden.

»Wieso tun sie das?«, murmelte Peter Holm verbittert. »Wieso verwandeln Umweltaktivisten – ausgerechnet *Umwelt*aktivisten – den Nordatlantik in ein einziges großes Salatdressing?«

»Um zu zeigen, dass es möglich ist«, sagte der junge Mann. »Um zu zeigen, dass die Anlagen nicht sicher genug sind und die Natur hier draußen extrem ist, auch wenn das Eis sich zurückzieht. Ganz davon abgesehen haben die hier lebenden Menschen keine Lust, eines Morgens beim Aufwachen festzustellen, dass sie ab jetzt Untertanen der chinesischen Volksrepublik sind. Sie möchten gerne selbst über sich bestimmen, schlagen sich schon genug mit den Dänen rum.«

Peter Holm nahm ihn genauer in Augenschein.

»Kommen Sie von hier? Sie sehen aus wie …«

»Mein Vater ist aus Nuuk und meine Mutter aus Dänemark«, klärte Rasmus Nordstrand seinen Fahrgast auf. »Ich arbeite als Meeresbiologe fürs Hauptquartier in Ilulissat. Sie wollen sicherstellen, dass Sie den Helikopter mit heiler Haut erreichen. Ich spreche die Sprache und kenne die Leute hier oben.«

»Mit heiler Haut?«

»Sie rechnen damit, dass die Situation eskaliert.«

Und damit haben sie mehr recht, als sie ahnen, dachte Peter Holm.

Ein Fahrzeug näherte sich der Küste. GREENPEACE stand in meterhohen grünen Lettern an der weißen Bordwand. Das Schiff stellte sich gegen den Wind, der Buganker rasselte herunter, und ein Kran ließ ein Gummiboot mit Aktivisten in gelben Rettungswesten zu Wasser.

»Wunderbar. Mehr Solidarität«, murmelte der Fahrer und hielt vor einem Wachhaus an. Ein drei Meter hoher Zaun mit Stacheldrahtspirale erstreckte sich zu beiden Seiten. Durch schusssicheres Glas musterte der chinesische Torwächter sie mit ausdrucksloser Miene. An der Wand hinter ihm hing ein Gestell mit Pfeffersprays, Tränengasgranaten und Maschinenpistolen. Auch was Neues, dachte Peter Holm.

Die Schranke ging hoch, und sie fuhren in Schlangenlinien zwischen Stahlhindernissen und Betonblöcken Richtung Küstenstraße. Hinter dem Gebäude spielte ein Wächter mit zwei bedrohlich aussehenden Dobermannpinschern.

Die aufgebrachten Stimmen aus den Megafonen klangen sehr nah. Peter Holm erkannte deutlich die Gesichter der Demonstranten, ihre aufgerissenen, rufenden Münder.

Die Reifenspuren schlängelten sich zwischen haushohen Felsblöcken hindurch. Der Fahrer zeigte auf das schwarze Vorgebirge, das das Tal dominierte und steil himmelwärts ragte; es war Teil einer unter dem Inlandeis begrabenen Bergkette, die Millionen und Abermillionen Kubikmeter Schieferöl und nahezu unerschöpfliche Gasreserven barg.

»Der Berg ist also ein Segen?«, rief er über den dröhnenden Motorlärm hinweg.

Der Geologe zuckte mit den Schultern und legte die Hand um den Griff über seinem Kopf.

»Nicht generell, aber was heißt das schon. Tatsächlich ist dieser Berg verräterisch ... oder ... Ach, vergessen Sie es einfach, okay? Dieses Projekt könnte der notwendige kräftige, befreiende Tritt in Putins Arsch sein. Unter anderem. Damit wäre Westeuropa in Bezug auf fossile Brennstoffe autark bis zum Jüngsten Tag. Norwegens Festlandsockel ist nichts im Vergleich mit dem hier. Wenn das Projekt hier ernsthaft in Gang käme, könnten alle Dänen von den Transferleistungen leben. Zumindest die Hälfte, die das nicht ohnehin schon tut, meine ich. Wie in Norwegen. Oder den Emiraten.«

»Was meinen Sie mit ›verräterisch‹ ...?«

»Gar nichts ... nein ... nichts.«

Das Nobel-Oil-Logo auf dem Landrover wirkte wie ein rotes Tuch auf die Demonstranten. Mehrere Menschen lösten sich in Trauben von den langen Kantinenzelten und liefen zu der Umzäunung und den wie immer in hoffnungsloser Minderzahl anwesenden dänischen Polizisten.

Der Fahrer schaltete auf Vierradantrieb um. Das Schmelzwasser hatte den Weg unterspült, und der Wagen rumpelte durch tiefe Löcher. Direkt vor ihnen war der Maschendrahtzaun heruntergedrückt und die Pfosten aus der Erde gerissen worden. Tagsüber reparierten chinesische Arbeiter den Zaun entlang der Straße, nachts rissen die Aktivisten ihn wieder um. Drei junge Polizistinnen standen mit verschränkten Armen und heruntergeklappten Visieren vor dem Loch im Zaun. Eine fummelte nervös an ihrem Pfefferspray am Gürtel.

Der Fahrer deutete auf eine formierte Gruppe Demonstranten – Frauen und Männer, Alte und Junge, die sich der Zaunlücke näherten.

»Dann haben sie vielleicht doch recht?«

»Natürlich haben sie nicht recht«, rief Peter Holm.

Die Knöchel der Hand, die den Haltegriff umklammerte, waren weiß. Der Lärm der Megafone war unbeschreiblich. Brutal, erschreckend. So etwas hatte er noch nicht erlebt, dabei hatte er schon einiges gesehen.

Er machte gerade den Mund auf, um sich zu erklären, als ein Stein aus dem Nichts angeflogen kam und die Scheibe neben seinem Gesicht traf. Das Glas splitterte, wurde weiß und bröckelte aus dem Rahmen.

»Verdammt, bringen Sie uns hier raus.«

Der Geologe hob die Hand und betrachtete seine blutenden Finger. Der Landrover holperte halsbrecherisch über den steinigen, rutschigen Weg und wurde von weiteren Felsbrocken getroffen. Die Heckscheibe zerfiel zu einem

Scherbenschauer, und der Wagen bäumte sich mit einem Ruck vor einem Felsbrocken auf. Peters Kopf wurde gegen den Türrahmen geschleudert. Er hätte den Arm ausstrecken und die Leute berühren können, so nahe waren sie ihnen inzwischen auf die Pelle gerückt.

Der Fahrer fluchte und kämpfte mit dem störrischen Lenkrad.

Da fiel Peter Holms Blick auf eine einsame Gestalt auf einem Felsvorsprung direkt neben dem Weg, wie auf einer Naturkanzel drapiert. Eine große, statuenhafte junge Frau, ganz in Schwarz gekleidet. Sie starrte mit kaltem, anklagendem Blick auf ihn herunter. Am Fuß des Felsens stand ein Mädchen, acht oder neun Jahre vielleicht, genauso todernst wie die Frau. Der Blick ihrer himmelblauen Augen war außergewöhnlich direkt und weise für so einen jungen Menschen.

Der Landrover beschleunigte auf dem eigentlich unbefahrbaren Weg. Direkt vor ihnen wurde eine Polizistin in ihre Spur gedrängt, und nur die blitzschnelle Reaktion des Fahrers bewahrte sie vor dem Tod. Die Karosserie wurde unaufhörlich mit Felsbrocken bombardiert. Ein Seitenspiegel brach ab. Endlich erreichten sie eine schmale, unzugängliche Klamm, und der Steinregen ließ nach.

Peter Holm drehte sich auf dem Sitz um und erhaschte einen letzten Blick auf die Frau auf dem Felsen.

»Wer zum Teufel ist das?«

»Wer?«

»Die Frau auf dem Felsen!«

»Wer?«

»Haben Sie sie nicht gesehen?! Die müssen Sie doch gesehen haben?! Jesus …«

Er lehnte sich zurück und schaute wieder seine blutigen Finger an. Dann entfernte er einen Glassplitter hinter dem rechten Ohr, sah ihn an und warf ihn weg.

Sie fuhren aus dem tiefen Schatten der Schlucht in die strahlende Sonne. Peter Holm seufzte erleichtert, als er einen Kilometer vor sich den Hubschrauberlandeplatz erblickte. Hier gab es keine Demonstranten; der Landeplatz wurde von Axel Nobels privatem Sicherheitskorps bewacht, einer im Gegensatz zu den dänischen Beamten auf der Ebene bis an die Zähne bewaffneten Truppe.

Im Westen spiegelte sich die Sonne in den turmhohen Tanks und Silos, Pumpstationen und den kilometerlangen weißen und roten Pipelines der Raffinerie. Die ewige Flamme des Überschussgases war fast unsichtbar in der klaren Luft. Die Anlage war eine eigentlich technische Unmöglichkeit an dieser elementaren, nackten und windgepeitschten Küste. Die religiöse Vision eines einzelnen Menschen: Axel Nobels Traum vom Wiederaufbau des Westens in einer in Aberglaube, religiösem Fanatismus und Korruption versunkenen Welt.

Der Fahrer hielt am Rand des Landeplatzes. Er lächelte, aber Peter sah auch ihm den Schrecken deutlich an.

»Ich habe ja gesagt, dass ich Sie mit heiler Haut da rausbringe«, sagte Rasmus Nordstrand etwas zu lässig. »Und wer bezahlt mir den Schrotthaufen, den ich heute Morgen neu und glänzend in Empfang genommen habe?«

»Ich werde dafür sorgen, dass Sie einen neuen bekommen. Welche Farbe hätten Sie denn gern? Grün oder grün?«

Peter Holm lachte erleichtert und betrachtete den großen, orangefarbenen Helikopter auf dem Platz. Die Rotorblätter begannen sich zu drehen. In der Kabine saßen bereits Techniker und Arbeiter, die sich darauf freuten wegzukommen. Er selbst hatte es plötzlich gar nicht mehr so eilig. Sein Adrenalinpegel sank.

Er verabschiedete sich formell mit Handschlag, der etwas länger dauerte als unbedingt notwendig. Dabei streifte sein Blick wieder die strammen Oberschenkel des Fahrers, den muskulösen, braun gebrannten Hals im Ausschnitt des T-Shirts.

Als er die Hand losließ, sah er die Tätowierung am Handgelenk des Mannes: eine schuppige Schlange, die sich zweimal darum wand und ihren eigenen Schwanz verschlang. Er berührte sie vorsichtig mit einer Fingerkuppe. Der Fahrer hatte offensichtlich nichts dagegen.

»Ein eskimoisches Symbol? Was bedeutet es?«

»Nichts. Ich hab mich mit Freunden in Hamburg besinnungslos betrunken und bin am nächsten Morgen mit der Schlange am Handgelenk aufgewacht. Das hat also überhaupt keine tiefere Bedeutung.«

Im Inneren des Helikopters wurde gewinkt, der Pilot tippte auf seine Armbanduhr. Holm winkte unbekümmert zurück.

»Was ist mit Ihnen? Fliegen Sie mit?«, fragte er und sah seinem Gegenüber tief in die Augen. »Ich weiß nicht, was ich ohne Sie gemacht hätte, Rasmus. Wirklich. Die hätten mich gelyncht.«

»Ich nehme den nächsten«, sagte der Fahrer und zeigte an den Himmel, wo ein Helikopter seine Kreise zog und darauf wartete, dass der Landeplatz frei wurde. »Ich will meine Mutter in Kopenhagen besuchen.«

»Wenn Sie Zeit und Lust haben, können wir uns ja vielleicht treffen? Ich bin Ihnen wirklich verflixt dankbar.«

Die Hand des Fahrers lag auf der Gangschaltung zwischen ihnen. Er lächelte. Seine Wimpern waren schwarz und dicht. Die hohen Wangenknochen, das glänzende schwarze Haar und die blauen Augen waren außergewöhnlich, dachte Peter Holm. Er stellte sich die Augen vor, in Ekstase halb geschlossen.

Er zog eine Visitenkarte aus der Brieftasche. Der junge Mann schob sie in die Brusttasche seines Hemdes und klopfte mit der Hand darauf. Und wieder sah er den Geologen unverwandt an, der sich seiner Sache nun fast sicher war.

»Also, rufen Sie mich an. Wir könnten was trinken gehen … was auch immer«, sagte er.

Der Fahrer lächelte.

»Klar. Einen Drink … Was auch immer. Abgemacht!«

Der Helikopter hob ab. Peter Holm warf einen letzten Blick auf den zerbeulten Landrover. Der Fahrer hatte eine Hand über die Augen gelegt und winkte mit der anderen. Peter drückte das Gesicht an die Scheibe, bis Mann und Wagen nicht mehr zu sehen waren, nur noch die Ebene mit den Demonstranten und Zelten. Und der schwarze, innerlich zerfallende Berg.

Allen Denkmalschützern und zartbesaiteten Schöngeistern der Stadt zum Trotz hatte Axel Nobel den Bau einer vierzig Meter hohen und hundert Meter langen Stahl- und

Glaskonstruktion über dem an sich schon markanten und sechs Stockwerke hohen Sandsteinkomplex durchgesetzt, der seit dreihundert Jahren die Einfahrt in den Hafen von Kopenhagen dominierte. Für das eine Ende der modernen Konstruktion hatte er sogar die Zulassung für einen Helikopterlandeplatz erhalten; den einzigen seiner Art in Kopenhagen, abgesehen vom Traumaportal des Rigshospitals.

Die elliptische Glaskuppel mit den grünen Fensterplatten, die sich zu einem ovalen Schild wölbten, hatte ein berühmter amerikanischer Architekt entworfen. Wegen der frappierenden Ähnlichkeit mit dem Panzertier war sie schnell auf den Namen *Schildkröte* getauft worden. Der Anbau war als Tempel für die irdischen Geschäfte des Nobel-Oil-Chefs gedacht, was bei jedem anderen Menschen als ungesunder Ausdruck von Größenwahn abgestempelt worden wäre. Nicht so bei Axel Nobel, dem reichsten Mann des Landes. Er war einzigartig, einer der einflussreichsten Söhne der Nation.

Und an der Aussicht über den Hafen und den Sund war wahrlich nichts auszusetzen, dachte Peter Holm gähnend und leerte die Kaffeetasse.

Der Chef verabschiedete sich gerade von schwer beeindruckten und exaltierten Abgeordneten der grönländischen Selbstverwaltung, Beamten der chinesischen Entwicklungsbank und einfachen dänischen Folketing-Abgeordneten, die zu einer wortkargen Orientierungsveranstaltung über die Zukunft der Diskobucht eingeladen gewesen waren, die selbstredend auch die Zukunft der Realunion an sich war. Eine sehr vielversprechende Zukunft.

Hübsche junge Servicekräfte mit hochgesteckten Haaren und knöchellangen schwarzen Schürzen hatten Kaffee,

Wasser und Delikatessen serviert, während die Direktionssekretärinnen dafür sorgten, dass alle sich wohl und wichtig fühlten, gehört und verstanden.

Geishas und Schafe, dachte der Geologe müde, als Axel Nobel den letzten Gast zur Tür begleitete. Seine engsten Berater hatten einsilbig und düster gewirkt. Vielleicht waren ja Gerüchte zu ihnen durchgedrungen, obgleich er sich nicht vorstellen konnte, wie das möglich sein sollte. Soweit er wusste, war er der Einzige, der den Gesamtüberblick hatte. Außer Nobel, natürlich.

Peter Holm hob den Blick und betrachtete ohne größeres Interesse die schwerelos unter den Stahlträgern des Daches schwebende Aluminiumgondel. NOBEL II stand mit großen, teils abgeblätterten, orangefarbenen Lettern auf dem eindrucksvollen Fahrzeug, das mit Axel Nobel und einer internationalen Besatzung alle Langstreckenrekorde in der Geschichte der Ballonfahrt gebrochen hatte. Im hinteren Bereich der Halle hatten Ingenieure und Handwerker ein dreißig Meter langes Halbmodell von Axel Nobels America's-Cup-Herausforderer, Holger Danske, montiert.

In der Mitte des großen Raumes stand ein kunstvolles Modell des Diskobucht-Projektes: Raffinerie, Supertanker, Tiefwasseranlage, die Containersiedlungen der Arbeiter und die gigantischen Förderplattformen und Pumpstationen.

Axel Nobel schloss die Tür hinter dem letzten Sitzungsteilnehmer, streckte sich und lockerte seinen Schlips. Ohne Holm anzusehen, umrundete der große dunkelhaarige Mann langsam das Modell. Er rückte einen Kran hier zurecht, einen Supertanker dort, ehe er beide Arme wie zu einer segnenden Geste ausbreitete. Eine Abschiedsgeste? Peter schob ein paar Croissantkrümel auf seinem Teller hin und her und unterdrückte ein neues Gähnen. Mit einem angenehmen Ziehen im Bauch dachte er an seinen jungen Chauffeur, der ihn mit heiler Haut durch das Spießrutenlaufen der Demonstranten gebracht hatte. Rasmus …?

Wie war noch der Nachname … Nordstrand, genau.

Der Vorstandsvorsitzende hängte seine Jacke über die Rückenlehne und setzte sich hinter den Schreibtisch. Er krempelte die Ärmel seines Hemdes über die tätowierten Unterarme hoch, die eine andere Geschichte erzählten als die den meisten bekannte: Axel Nobel hatte eine Vergangenheit als Offizier in den militärischen Spezialeinheiten zweier Nationen.

Der Augenblick, dem Peter seit Verlassen der geologischen Feldstation in der Diskobucht mit Unbehagen entgegensah, war gekommen.

Zehn Minuten später war er am Ende seines Berichtes angelangt und spürte den Blick des Nobel-Oil-Chefs auf sich.

»Das heißt, alles für die Katz?«, fragte Nobel und schob mit gedämpfter und irritierend ruhiger Stimme hinterher: »Fünf Milliarden Kronen im Klo runtergespült? Und jetzt packen wir Kamele, Ziegen, Frauen und Zelte zusammen und ziehen weiter, um es an einer anderen Oase zu probieren? Willst du das damit sagen? Abgesehen davon, dass wir gezwungen sind, die verfickten Kamele zu verkaufen, um wenigstens bis morgen zu überleben?«

Der Geologe hielt dem bohrend kalten Blick seines Gegenübers stand. Er wusste, wie sehr Axel Nobel devote Menschen verachtete.

»Tut mir leid, ja«, sagte er. »Wirklich.«

Der Vorstandsvorsitzende schob den Stuhl zurück. Von einem Porträt hinter ihm starrte mit wässrig gierigem Blick ein entfernter Unternehmensgründer auf ihn herunter.

»Mir auch, das kannst du mir glauben. Aber wieso haben wir nichts davon gewusst? Wir haben schließlich eine Million Löcher in den versteinerten Misthaufen da drüben gebohrt!«

Peter Holm breitete die Arme aus.

»Vergiss nicht, dass die Bergkette bei den ersten Probebohrungen vor rund zwanzig Jahren noch unter einer dreißig Meter dicken Eisschicht lag. Wir wussten, dass dort unten gigantische Schieferöl- und Gasreserven lagen, aber auch, dass sie unerreichbar waren. Falls es jemals gelingen sollte, das Öl aus dem Felsen und an die Küste zu befördern, hätte man es nicht weitertransportieren können, weil Westgrönland ein halbes Jahr vom Packeis eingeschlossen war. Es brauchte schon ein Wunder, und das hast du bekommen: Das Inlandeis zieht sich zurück, und zwar schneller, als irgendein Mensch es für möglich gehalten hätte. Damit ist die Nordwestpassage offen für Supertanker in den Pazifik und zu den Märkten Asiens. Das ist perfekt.«

»Das *war* perfekt. Deswegen hat uns ja die chinesische Entwicklungsbank überhaupt erst mit drei Milliarden Dollar unterstützt und unsere eigene Regierung wie bekloppt gepusht. Das Wort Nein schien plötzlich aus dem politischen Wortschatz gestrichen zu sein, weil wir uns nämlich im Wahljahr befinden, Peter.«

»Ich weiß sehr wohl, dass Wahljahr ist, aber was soll ich deiner Meinung nach tun? Wir haben keine Computerprogramme, die das vorhersagen konnten …«

»Ich dachte, ihr hättet Programme, die alles vorhersagen! Ich dachte, deswegen zahle ich dir anderthalb Millionen im Jahr. Damit wir nicht irgendwann bis zum Hals in der Scheiße versinken«, rief Nobel und schickte seine Selbstbeherrschung in den Wind.

»Das letzte Mal, dass sich das Inlandeis zurückgezogen hat, liegt achtzehn Millionen Jahre zurück«, sagte der Geologe nachdrücklich. »Damals gab es weder Labore noch Supercomputer. Noch nicht einmal ein Rechenbrett. Niemand konnte das vorhersehen. Niemand. Was sich da gerade abspielt, ist einzigartig. Komplett einzigartig.«

Der Vorstandsvorsitzende wandte seinen inquisitorischen Blick von Peter Holm ab.

»Einzigartig … Na, wunderbar. Du kriegst den Nobelpreis für Geophysik, und die Chinesen lynchen *mich*. Alle glauben, die würden in Jahrhunderten und langfristig rechnen, aber das tun sie nicht. Das sind genau solche Haie wie wir alle, die wollen, dass ihre Investitionen Gewinn abwerfen. Am besten gestern. Sie begreifen beispielsweise nicht, wieso wir die Grönländer nicht längst nach Island deportiert haben. Genauso wenig, wieso die Anführer der Demonstranten nicht längst festgenommen und liquidiert wurden. Und am allerwenigsten begreifen sie, wieso wir über Jahrhunderte Milliarden Kronen Sozialhilfe an die 56 000 Einwohner Grönlands gezahlt haben, um unser schlechtes Gewissen zu beruhigen, dass wir ihnen Durchfall, Alkohol und die Bibel gebracht haben, um ihnen schließlich die Schürfrechte zu überlassen, wenn die Insel endlich in der Lage ist, einen Teil ihrer Schulden zurückzuzahlen. Unabhängigkeit, demokratische Beteiligung und Umweltbewusstsein sind irrelevante Begriffe in Peking. Warst du schon mal dort? Man kann die Luft schneiden und in den Flüssen Filme entwickeln, so hoch ist die Belastung mit Schwermetallen.«

Axel Nobel lehnte sich in seinem flexiblen, lederbezogenen Chefsessel zurück, ehe er abrupt aufsprang und rastlos hin und her lief.

Peter Holm hielt eigentlich große Stücke auf den Chef. Das hatte er in den zwanzig Jahren, die er für das Unternehmen arbeitete, gelernt. Es war nicht immer einfach zwischen ihnen gewesen, da Nobel extrem reserviert war und absolut kompromisslos. Aber er hatte großen Respekt vor Professionalität und Fachwissen. Er war fair gegenüber seinen Lieferanten, und er hatte einen milliardenstarken Wohltätigkeitsfonds gegründet, der alle möglichen guten und vernünftigen Projekte unterstützte. Er hasste es, der Überbringer schlechter Nachrichten zu sein. Besonders in einem Wahljahr. Das war schlicht und ergreifend schlechtes Timing.

Axel Nobel stand in Gedanken versunken mitten im Raum, während der Geologe nach einer Kaffeekanne Ausschau hielt.

»Da ist ein Greenpeace-Schiff aufgetaucht, als ich die Diskobucht verlassen habe«, murmelte er. »Wenn die von der Sache Wind bekommen, laufen die Amok. Genau wie die Einwohner. Das Meer ist heiliger und lebensspendender Teil ihrer Mythologie.«

Er sah den Nobel-Oil-Chef vielsagend an.

»Es sei denn, du kannst ...«

Axel Nobel ließ den Blick auf dem Porträt seines Vorfahren ruhen, der das Imperium gegründet hatte, als hätte er nicht übel Lust, es mit einem Brieföffner aufzuschlitzen.

»Die Zeiten, in denen man die kommunale Selbstverwaltung mit Vorstandsposten, Nutten, Wodka und einem Rentenkonto auf den Cayman Islands bestechen konnte, sind auch vorbei«, sagte er. »Das wäre das ganz große Ding für die da oben gewesen, Peter. Die neue Verwaltung ist die inkompetenteste außerhalb Zimbabwes, das sagen alle, und da sind sie noch idealistisch. Dann kommt unsere eigene Regierung. Und danach die Ausschüsse. Die haben die Sache einstimmig durchgeboxt, ohne nach hinten zu schauen. Weil sie ihre Chance erkannt haben ... Geschichte zu machen. Unsterblich zu werden. Zumindest wiedergewählt.«

Er schob die Hände in die Taschen. Die Tätowierungen auf den Unterarmen verdrehten sich.

»Und dann wären da noch die Chinesen«, murmelte er. »Unsere unentbehrlichen imperialistischen Partner. Letztendlich kann sich nur Peking ein Projekt dieser Größenordnung leisten. China steht im Begriff, Afrika umzubauen. Sie kaufen sich einfach einen weiteren Kontinent, als ob einer nicht reichte. Ein Handwerkerboom, aber in zehn Jahren wird man keinen Unterschied mehr zwischen Shanghai und Mombasa erkennen.«

»Vermutlich nicht.«

»Du hast mit niemandem darüber gesprochen, oder?«, fragte der Vorstandsvorsitzende unvermittelt. »Wenn das ans Licht kommt, werden unsere Aktienkurse auf der Stelle kollabieren. Börsengerüchte können unsere Firma ruinieren, Peter. Selbst die Nobel Group. In weniger als einem Tag.«

»Selbstverständlich habe ich mit niemandem darüber gesprochen«, sagte Peter. »Ich habe dafür gesorgt, dass ich bei der Analyse der letzten Bohrproben alleine bin. Danach habe ich alle Daten vom Hauptcomputer gelöscht. Ich habe geahnt, dass es Probleme gibt, aber nicht in dieser Größenordnung. Die Zahlen sind einzig und allein hier gespeichert«, sagte er und tippte sich an die Schläfe. »Und auf meinem Laptop, und der ist mit der besten Software der Welt verschlüsselt.«

»Wo ist er?«

»In meinem Tresor.«

»Bei dir zu Hause? Ist das sicher? Wann kannst du die Analyseergebnisse vorlegen?«

Peter Holm wollte gerade einwenden, dass er todmüde sei und gerne erst einmal alle zugängliche Literatur zu diesem einzigartigen geologischen Phänomen sichten wolle, wenn es denn welche gab. Aber er wusste auch, dass Alex Nobel von ihm erwartete, dass er stets rund um die Uhr arbeitete.

»Den Rest kann ich zu Hause erledigen, Kurven und Prognosen. Wenn ich die zusammenfassende Auswertung geschrieben habe, kannst du meinen Laptop im Meer versenken.«

Der Chef lächelte müde.

»Genau das werde ich vermutlich tun.«

»Was auch nichts an der Sache ändert.«

»Vier, fünf Jahre? Ist das die Zeit, die uns noch bleibt?«

»Schätze ich. Vielleicht auch nur drei. Schwer zu sagen. Mir ist so was, wie gesagt, noch nie untergekommen.«

»Immerhin ein bisschen Zeit. Wir werden uns was einfallen lassen. Wie letztendlich immer.«

Der Chef schien selbst nicht zu glauben, was er sagte. Er setzte sich wieder. Kippte den Stuhl auf die Hinterbeine. Sein Blick löste sich von Peter Holms Gesicht und stellte auf halbe Distanz.

»Kannst du morgen fertig sein?«, fragte er abwesend.

»Ich denke schon. Die sind da oben übrigens allmählich ziemlich verzweifelt. Ich sage es nicht gern, aber die Polizei hat keine Chance. Die Demonstranten haben den Landrover zerstört, der mich zum Heli gefahren hat. Wenn der Fahrer nicht gewesen wäre, hätten die mich gesteinigt.«

Er lächelte bei dem Gedanken an Rasmus.

Nobel musterte ihn skeptisch.

»Wer war denn der Fahrer?«, fragte er.

»Ein junger Kerl. Rasmus ... Rasmus Nordstrand. Sehr kompetent. Ein Meeresbiologe aus Ilulissat. Halber Grönländer.«

Der Vorstandsvorsitzende nickte schwach.

»Fantastisch. Man sollte ihm irgendeine Form von Belohnung zukommen lassen.«

»Auf alle Fälle. Er ist übrigens auch gerade in Kopenhagen, um seine Mutter zu besuchen. Wir haben uns auf einen Drink verabredet oder was auch immer.«

»Grüß ihn von mir, wenn ihr euch trefft«, nuschelte der Nobel-Oil-Chef und rieb sich die Augen.

Er erhob sich, für Peter Holm das Signal, dass die Audienz beendet war.

»Wieso denn eigentlich diese Eile?«, fragte er. »Ich hätte gerne ein bisschen mehr Zeit gehabt, meine Daten zu verarbeiten.«

Der Chef legte ihm eine Hand auf die Schulter. Er zögerte, und Peter Holm registrierte zum ersten Mal überhaupt so etwas wie erschöpfte Resignation in den Augen des anderen.

»*Unsere* Daten, Peter. Du hast schon genug um die Ohren, aber da wäre noch etwas.« Die Hand drückte die Schulter. »Die Firma hat Todesdrohungen gegen die Besten unserer Leute erhalten. Vorstand, Reeder, ich und meine Familie, natürlich, und die wichtigsten Bereichsleiter.«

Peter Holm tippte sich gegen die Brust, und Nobel nickte.

»Du auch. Ganz oben auf der Liste. Wir nehmen das natürlich sehr ernst, die Drohbriefe sind sehr direkt und detailliert. Autokennzeichen, wo die Kinder der Betroffenen zur Schule gehen, Personenkennzahlen, Arbeitsplätze der Ehepartner und so weiter.«

Er zog ein Kärtchen von der Größe einer Visitenkarte aus der Brusttasche und reichte sie Peter.

»Wenn du irgendetwas Außergewöhnliches bemerken solltest, rufst du diese Nummer an. Tag und Nacht.«

»Was sollte das sein?«

»Alles. Wenn du das Gefühl hast, dass dir jemand folgt. Wenn dich irgendwer unvermittelt anspricht. Du Anrufe erhältst und am anderen Ende aufgelegt wird, sobald du dich meldest. Solche Dinge. Wir nehmen das, wie gesagt, sehr ernst. Das sind nicht die gewöhnlichen Walschützer und Ökofanatiker. Sie sind sehr professionell und effizient. Sie haben das Unternehmen infiltriert und wissen im Großen und Ganzen alles über alle.«

Peter sah sich die Visitenkarte an. »Eine neue Sicherheitsfirma? Was ist mit der Polizei?«

»Die kommen, wenn es die erste Leiche gibt, nicht eine Sekunde eher«, sagte Nobel. »Müssen sie auch nicht, die wären den Profis nur im Weg.«

»Wer hat ...«

Es klopfte an der Tür, und Nobel bat seine persönliche Assistentin herein. Sie lächelte entschuldigend.

»Der Minister ist auf der Treppe, Herr Nobel. Mit seinem Sonderberater.«

Sie sah den Chef vielsagend an.

»Andersson?«

»Himself.«

Axel Nobel nickte. Der Minister war nicht das Problem. Er war jung und ohne nennenswerte Berufserfahrung. Seine Spindoctors und der Sonderberater, Tom Andersson, der von der Organisation erdölexportierender Länder kam, hielt die Fäden des Ministers in der Hand. Andersson hatte die wesentlichen Zuständigkeitsbereiche übernommen und übte die Tätigkeiten gemeinsam mit dem Staatssekretär aus, während der Minister *lernte*. Andersson war es, vor dem man sich in Acht nehmen musste. Er verwaltete die Daumenschrauben der Regierung und würde nicht zögern, sie in vollem Umfang einzusetzen.

Peter Holm stand da wie am Boden festgeklebt.

»Also, ich wollte gerade fragen: Wissen Sie, von wem die Drohungen kommen?«

Der Chef hielt drei ausgestreckte Finger hoch. Das reichte. Der Dreizack. Poseidons Krieger.

Axel Nobel schaute seinem Chefgeologen nach, als er durch die Doppeltür Richtung teppichbelegter Marmortreppe entschwand. Peter Holm nahm grundsätzlich nie den Aufzug. Dann bemerkte er den forschenden Blick seiner Assistentin.

»Alles in Ordnung mit Ihnen, Herr Nobel? Soll ich Ihre Frau anrufen?«

Er schüttelte den Kopf.

»Nein! Um Himmels willen. Es geht mir gut, Heidi. Schicken Sie den Minister und Tom Andersson zu mir rein, sobald sie oben angekommen sind. Der Tag kann unmöglich noch schlimmer werden.«

»Selbstverständlich.«

Er ging zu seinem Schreibtisch und stieß gegen den Tisch mit dem Diskobucht-Modell. Ein Kran kippte um, er richtete ihn wieder auf und dachte an fanatische Umweltaktivisten, Minister, unbestechliche Sonderberater, chinesische Bankdirektoren und verliebte Chefgeologen.

Nordstrand? Rasmus?

AXEL NOBEL HATTE EINEN unauffälligen Skoda mit getönten Scheiben gemietet und parkte vor dem Eingang des Ørstedsparkes. Wie auf Bestellung kam ein schlanker, durchschnittlich großer Mann durch das offene Tor geschlendert, warf ein halb gerauchtes Zigarillo auf den Boden, öffnete die Beifahrertür und nahm Platz. Er stellte eine braune Papiertüte zwischen seine glänzend schwarzen Schuhe und lächelte den Vorstandsvorsitzenden emotionslos an. Der Spezialist war wie ein erfolgreicher Geschäftsmann gekleidet, was er im Grunde ja auch war. Dirk Straat, Sicherheitsexperte und Problemlöser der Wohlhabenden. Der Holländer war Mitte vierzig, blond und gut aussehend auf farblose, weltferne Weise. Er bewegte sich wie ein Athlet und war sehr effektiv.

Der Skoda fädelte sich in den langsamen Nachmittagsverkehr auf der Nørre Farimagsgade ein.

Nobel warf einen Seitenblick auf die Papiertüte zwischen Straats Füßen.

»Was ist in der Tüte, Dirk?«

»Brot für die Enten, Mr. Nobel.«

»Haben Sie Enten gefüttert?«

Straat faltete die Hände im Schoß. Sie waren groß und sehr ruhig.

»Das ist korrekt.«

Nobel kontrollierte den Seitenspiegel und überreichte dem Experten einen dicken Umschlag.

»Das sind alle zugänglichen Informationen über Peter Holm. Er ist einer meiner engsten Mitarbeiter, Dirk. Ein guter Mann. Ein guter Freund.«

Er schaute den Holländer von der Seite an, um sicherzugehen, dass der auch wirklich verstanden hatte, dass es um einen Freund ging.

»Ein guter Mann«, murmelte Straat.

»Genau. Wir müssen ein wenig auf ihn aufpassen, während er seine Arbeit macht. Peter scheint momentan gewisse private Probleme zu haben. Er ist schwul und sehr gesellig, wenn er zu Hause ist, was man ihm wahrlich nicht vorwerfen kann nach neun Monaten in total öder Wildnis, in denen er ausschließlich von Mineralproben und Nerds umgeben ist.«

»Wahrlich nicht«, bestätigte Straat mit einem großzügigen Nicken.

»Es zieht ihn besonders zu jüngeren Männern, und in diesem Fall sollte er zu seinem eigenen Besten überwacht werden. Mobiltelefon, Wohnung, das volle Programm. Ich will wissen, was er denkt, mit wem er spricht, wen er trifft, ob er von der Konkurrenz observiert wird. Alles. Rund um die Uhr. Okay?«

»Denken Sie den Umgang betreffend an jemand Bestimmten?«

Das Englisch des Holländers war nahezu akzentfrei, und seine Stimme war genauso leise und beherrscht wie alles Übrige an ihm.

Nobel fluchte wegen eines Fahrradkuriers, der ihn vor der Kühlerhaube schnitt.

»Er hat mir ganz enthusiastisch von einem jungen Mann erzählt, den er kurz vor seinem Abflug aus Grönland getroffen hat. Rasmus Nordstrand, Meeresbiologe aus Ilulissat und bei Nobel Oil angestellt. Er hält sich momentan in Kopenhagen auf. Peter erwähnte, dass sie sich unverbindlich verabredet haben.«

Er hupte den Fahrradkurier wütend an. »Das Merkwürdige daran ist ...«

»Ja?«

»Rasmus Nordstrand hat vor drei Jahren eine Freelance-Journalistin geheiratet. Die beiden haben eine neunjährige Tochter.«

»Eine Heiratsurkunde ist kein Röntgenbild der männlichen Seele, Mr. Nobel«, bemerkte der Holländer. »Meine Erfahrung. Man findet ... überall abweichende Verhaltensweisen. Oft dort, wo man es am wenigsten erwartet.«

Dirk Straat bereitete Axel Nobel wie gewohnt Unwohlsein. Der Mann strahlte so etwas Erloschenes aus, als hätte er zu früh im Leben zu viel gesehen und akzeptiert, dass keine Illusionen mehr übrig waren und ihm die Fähigkeit, von irgendetwas überrascht zu werden, abhandengekommen war. Eine versteinerte, tote Kälte.

»Ich denke an die Drohungen gegen unsere leitenden Mitarbeiter, Dirk.«

»Natürlich, Mr. Nobel. Poseidons Krieger. Wir sind an der Sache dran und versuchen, die Mitglieder zu identifizieren, aber die sind geschickt. Sie scheinen ein paar kluge Köpfe in ihren Reihen zu haben. Wie lange wünschen Sie die Observierung von Mr. Holm durch mich und meine Mitarbeiter?«

»Eine Woche. Bis er wieder zurück nach Grönland fliegt.«

Axel Nobel sah auf seine verschrammte alte Rolex.

»Eine knappe Woche.«

Er fand einen Parkplatz an der Esplanade. Die grüne Glaskuppel auf der anderen Seite der Hafeneinfahrt reflektierte die Sonne.

Dirk Straat schob den Umschlag mit den Informationen über Peter Holm in die Innentasche und stieg aus. Axel Nobel ließ das Seitenfenster herunter.

»Vergessen Sie die Enten nicht, Dirk.«

Der Holländer sah ihn ausdruckslos an.

»Entschuldigung?«

Nobel wedelte mit der Papiertüte.

»Enten. Brot.«

Straat nahm die Tüte.

»Danke, *Minheer.*«

»Ich danke Ihnen. Verraten Sie mir, Dirk, wieso nennt man Sie eigentlich Tiger Woods?«

Zum ersten Mal glitt ein echtes Lächeln über das blasse Gesicht des Holländers. Seine Augen wirkten fast lebendig.

»Ich liebe Golf, Mr. Nobel. Besonders gut beherrsche ich das lange Spiel mit dem Driver. Spielen Sie auch?«

»Leider nein.«

Dirk Straat sah den Skoda bei der Amaliengade um die Ecke biegen. Er schob eine Hand in die Papiertüte und nahm ein kleines digitales Tonbandgerät heraus, spulte zurück und vergewisserte sich, dass die Tonqualität zufriedenstellend war. Es gab keinen zwingenden Grund für dieses Unterfangen, aber er hatte vor langer Zeit gelernt, dass es niemals schaden konnte, kompromittierendes Material von seinen Arbeitgebern zu besitzen. Wie Nobels Fingerabdrücke auf dem Umschlag, beispielsweise. Ganz besonders, wenn es sich um die Überwachung eines Mitarbeiters handelte. Normalerweise würde Axel Nobel sich bei einem Routineauftrag wie diesem niemals dazu herablassen, persönlich die Informationen zu überbringen.

Was nur bedeuten konnte, dass die Überwachung des äußerst geselligen Peter Holm alles andere als ein Routineauftrag war.

# TEIL II

MICHAEL SANDER HATTE das Ehepaar Palmer und deren Tochter Daphne eine Stunde zuvor am Flughafen Kastrup abgeholt, jetzt saßen sie schweigend in seinem Mercedes im Stadtzentrum; in einer schmalen Gasse mit den höchsten Wohnmieten der Stadt und schmuck renovierten Fassaden aus dem 18. Jahrhundert.

Mr. Palmer, der auf dem Beifahrersitz neben Michael saß, war Ende fünfzig, Mrs. Palmer auf der Rückbank etwas jünger; gepflegt, ausdrucksvolle Augen und eine noch eindrucksvollere Oberweite. Ihre Tochter Daphne war um die dreißig, langes, blondes Haar mit Schildpattspangen, weiche Gesichtszüge, eine etwas zu mädchenhafte Frisur, Burberry-Mantel, und eine Gucci-Tasche auf dem Schoß, die sie nervös umklammerte. Sie wirkte verstört, als sie einen Lippenstift und einen kleinen Spiegel aus der Tasche nahm, um ihre Lippen nachzuziehen, wobei ihr der Stift auf den cognacfarbenen Lederbezug fiel. Michael, der ihr Manöver im Rückspiegel verfolgt hatte, zuckte innerlich zusammen. Das Auto war sein ganzer Stolz, der einzige geldwerte Gegenstand, den seine Exfrau Sara und ihr Raubtieranwalt ihm nach der grauenvollen Scheidung gelassen hatten.

Daphne legte eine Hand auf seine Schulter.

»Ich will ja nicht undankbar sein, Mr. Sander, ganz und gar nicht. Aber was um alles in der Welt hat Julian hier verloren? War er die ganze Zeit in Kopenhagen?«

Michael fühlte sich unwohl. Das Ganze war so gnadenlos banal, klischeehaft, wie das Leben nun einmal war. Das Ehepaar Palmer gehörte nicht zu seiner üblichen, steinreichen Klientel, und er hatte den Auftrag nur angenommen, weil Jimmy, ein Freund und Kollege aus Zeiten Michaels langjähriger Anstellung bei der namhaften britischen Sicherheitsfirma Shepherd & Wilkins, ihn darum gebeten hatte. Mr. Palmer war Jimmys Onkel, Professor für Linguistik und leider gar nicht wohlhabend. Jimmy erwartete, dass Michael den Auftrag zu einem gemäßigten Honorar ausführte. Einen getürmten Ehemann aufzuspüren dürfte für den Dänen ja wohl ein Kinderspiel sein.

Daphnes Hand hinterließ eine schwache Wärme.

»Er ist vor sechs Monaten aus Berlin nach Kopenhagen gekommen«, sagte Michael sachlich. »Er teilt sich eine Wohnung in Østerbro mit einem Freund.«

»Einem Freund? Einem ...«

»Einem männlichen Freund. Einem Tänzer.«

»Und wieso sitzen wir dann hier?«, fragte Mr. Palmer. »Meine Tochter hat ihren Mann über ein Jahr nicht mehr gesehen, und Julian hat es noch nicht einmal für nötig befunden anzurufen, einen Brief oder eine SMS zu schreiben. Nichts. Noch nicht einmal zu Nicholas, ihrem vierjährigen Sohn, hat er Kontakt aufgenommen. Geht es ihm gut? Ist er gesund?«

»Er besucht dreimal die Woche ein Fitnessstudio«, sagte Michael und wechselte über den Rückspiegel einen Blick mit Mrs. Palmer. Ihm war schnell klar gewesen, dass sie von den dreien noch die Realistischste war. Sie wandte sich an ihre Tochter.

»Das ist neu, Schatz. Vielleicht ist er ja auch Veganer geworden, genau wie du.«

»Mama …«

Mr. Palmer meldete sich wieder zu Wort. »Sie haben meine Frage noch nicht beantwortet, Michael. Worauf warten wir?«

Auf der anderen Straßenseite erleuchtete eine drei Meter lange, halb geschälte Neon-Banane die Hausfassade. Vor dem Nachtklub stand ein Dutzend junge Männer um einen gusseisernen Aschenbecher. Sie plauderten, rauchten, tranken und lachten. Gut gekleidet, ausdrucksvolle Frisuren. Die Szene erinnerte an eine Armani-Werbung. Musik schwappte auf die Straße, jedes Mal, wenn die Tür zum Nachtklub aufging und hinter den Glastüren ein glatzköpfiger schwarzer Riese am Tresen zu sehen war.

Michael ließ die Seitenscheibe herunter, fand eine Flasche Mineralwasser zwischen den Sitzen und trank sie halb leer.

»Julian arbeitet im Banana-Club gleich da drüben«, sagte er.

»Arbeitet? Wie meinen Sie das?«

»Damit meine ich, dass er dort fast täglich vereinbarte Aufgaben ausführt, für die er laut abgeschlossenem Vertrag eine Vergütung bekommt, auch Lohn, Honorar oder Gehalt genannt. Eine Arbeit. Ein Job.«

»Aber Julian ist Schönheitschirurg, verdammt noch mal!«

»Er hat eine florierende Praxis in der Brook Street und im London Stanmore Hospital, Mr. Sander«, zwitscherte Daphne.

Michael nickte stumm.

»In diesem Fall hat er eine neue Berufung als Barkeeper gefunden.«

»Sind Sie auch ganz sicher, dass Sie sich nicht fürchterlich irren, Michael?«, fragte Professor Palmer. »Dass Sie ihn nicht mit einem anderen verwechseln? Dass ... Ich begreife einfach nicht, wie ...«

»Julian Trevanian? Fünfunddreißig Jahre, eins fünfundachtzig groß, einundachtzig Kilo, sichelförmige Narbe über der rechten Augenbraue, braunes Haar? Er hat inzwischen einen Pferdeschwanz.«

»Oh, mein Gott!«, platzte Daphne heraus.

Mrs. Palmer legte einen beschützenden Arm um die Schulter ihrer Tochter und drückte sie an sich. Sie erwiderte ruhig Michaels Blick im Rückspiegel, aber ihr Gesichtsausdruck war schwer zu deuten. Vermutlich hat sie nie besonders viel für den Schwiegersohn übrig gehabt, dachte er.

Professor Palmers Lippen bewegten sich stumm, als versuchte er, das Unbegreifliche zu begreifen. Dann fand er die Sprache wieder. »Er arbeitet also in einer Bar hier in Kopenhagen, und es geht ihm gut. Ist das korrekt?«

»Ist es.«

»Also gut. Ich denke, ich spreche im Namen aller Anwesenden, wenn ich sage, dass wir diese Angelegenheit so schnell wie möglich und zivilisiert abschließen wollen.«

Das Mobiltelefon in Michaels Innentasche vibrierte. Er las die kurze Nachricht seiner Exfrau, die ihm mitteilte, dass die Kinder am nächsten Wochenende nicht kommen würden. Es ginge ihnen nicht gut. Kein Gruß.

Die übliche, wohldosierte Rache, obschon die Scheidung jetzt ein Jahr zurücklag. Sie torpedierte seine Beziehung zu den Kindern, isolierte sie von ihm, und dafür hasste Michael sie mit einer Intensität, von der er niemals geglaubt hatte, sie je für einen Menschen aufbringen zu können.

Er schob das Handy zurück in die Innentasche und sah den Professor an, der noch immer mit ihm redete.

»Wie bitte?«

Palmer zog den Kopf zurück, als hätte Michael ihm einen Schlag verpasst.

»Ich habe nur gefragt, ob wir Julian jetzt sehen können. Es ist spät, Daphne ist erschöpft und ...«

»In einer halben Stunde hat er Feierabend«, sagte Michael. »Ich würde empfehlen, hier zu warten, bis er rauskommt.«

Mrs. Palmer beugte sich vor, ihr Parfüm streifte seinen Nasenflügel. Trésor? Sie berührte ihn nicht, aber er spürte ihren warmen Atem in seinem Nacken. Sie strahlte eine starke Sinnlichkeit aus, und er fragte sich, wie sie damit als Professorengattin in einer mittelenglischen Universitätsstadt umging. Michael konnte sich lebhaft vorstellen, dass Mrs. Palmer in vielen Studentenzimmern durch die nächtlichen Fantasien ihrer Bewohner geisterte.

»Ich könnte jetzt gut einen Drink vertragen«, sagte sie mit ihrer heiseren, tiefen Stimme. »Und das ist doch ein Nachtklub, oder? Ich sehe wahrlich nicht ein, dass wir hier draußen am Dienstboteneingang warten sollen. Immerhin geht es hier um meinen Schwiegersohn. Daphnes Mann und Nicholas' Vater.«

Michael schickte ihr einen warnenden Blick, der an ihr abperlte. Sie hatte einen unversöhnlichen Zug um den Mund. Sie weiß ganz genau, was sie tut, dachte er. Als Einzige der drei war sie sich absolut im Klaren darüber, was geschehen würde. Und wahrscheinlich hatte sie recht, dass es höchste Zeit war, die Tochter mit der Realität zu konfrontieren, die früher oder später sowieso ans Licht käme.

Er machte die Tür auf.

»Dann folgen Sie mir. Ich kenne den Türsteher«, sagte er.

Der Banana-Club war in den Räumlichkeiten eines alten Kinos untergebracht, in dem Michael in seiner Jugend viele Late-Night-Vorstellungen mit Film-Doppelpacks verbracht hatte: *Blade Runner* gefolgt von *Mad Max in the Thunderdome*, zum Beispiel.

Den Balkon gab es noch immer. Und den Projektorraum, von wo der Besitzer und die Überwachungskameras einen Überblick über den Klub hatten. Die dichten Reihen unbequemer roter Plüschklappsessel waren durch runde Tische, eine gigantische hufeisenförmige Mahagoni-Bar, schwarze Bodenfliesen, eine Bühne, eine Tanzfläche, einen Kristalllüster, der wie aus dem Buckingham Palace entwendet aussah, und goldene Tapeten vom Boden bis zur Decke ersetzt worden. Die dominanten Farben waren Schwarz wie die stramm sitzenden Shorts der Kellner und Bananengelb wie die Klublogos auf ihren hautengen T-Shirts. Sie glitten auf Inlinern durch den Raum, gut aussehende junge Männer mit Vollbärten und extravaganten Frisuren. Im Großen und Ganzen waren die Gäste jüngere Exemplare aus der Yuppie- und Hipsterszene. Auf der Bühne kam gerade ein ölig glänzender, fast nackter und sehr muskulöser Poledancer zur Klimax seiner Nummer. Aus den Lautsprechern dröhnte *Closer* von Nine Inch Nails.

Daphne und ihre Eltern fielen auf wie Amish People auf einer Mailänder Modenshow.

Konfrontiert mit so viel nackter männlicher Haut, schlug Daphne die Augen nieder, während Mrs. Palmer ungeniert den appetitlichen Poledancer betrachtete, der sich gerade – dem Publikum den Rücken zugedreht – seiner Camouflagehose entledigte und an der Stange nach unten glitt, bis die Gäste freien Blick auf seinen dicken Penis, die rasierten Hoden, den lasergebleichten Anus und die Sohlen seiner Kampfstiefel hatten.

Die Musik verstummte. Mrs. Palmer hatte, unbewusst natürlich, die Hüfte gewiegt. Der Bühnenscheinwerfer verlosch, und das Lokal explodierte in begeistertem Applaus. Daphne stand wie versteinert und leichenblass da.

Professor Palmer stieß einen Grunzer aus und drehte sich wutschnaubend zu Michael um. Er packte ihn an der Schulter, Speicheltröpfchen spritzten aus seinem Mund.

»Ist das wirklich nötig, Michael! Ich bin sehr, sehr enttäuscht von Ihnen. Daphne ist ein sensibles Mädchen und …«

Michael befreite sich höflich, aber bestimmt aus dem Griff des Professors und sah ihn gelassen an.

»Ich habe Ihnen angeraten, im Wagen zu warten. Kommen Sie. Begrüßen Sie Julian. Deswegen sind Sie schließlich hier.«

Ihre Blicke folgten der Richtung seines Zeigefingers zu dem Barkeeper am hinteren Ende der Theke. Der junge Mann stand im einvernehmlichen Gespräch mit einem Gast mittleren Alters in einem rosa Hemd und begann zu strahlen, als der Stripper, jetzt in Jeans, Sneakers und weißem Shirt, durch den Raum auf ihn zugelaufen kam. Der Tänzer schlang einen Arm um den Hals des Barkeepers, zog ihn an sich und küsste ihn leidenschaftlich.

»Darf ich vorstellen: Julian Trevanian. Es sieht ganz so aus, als hätte er seinen Platz gefunden.«

Daphne brach schluchzend zusammen, Mr. Palmer fluchte laut, während seine hübsche Frau still und mit verschränkten Armen dastand und ihren Schwiegersohn mit finsterem, vernichtendem Blick anfunkelte.

»JULIAN? JULIAN! Du verdammtes, perverses Arschloch!«, schrie Daphne in einer Lautstärke, die eine Lawine hätte auslösen können.

Michael sah die schmächtige junge Frau überrascht an.

Der Barkeeper löste sich aus der Umarmung des Strippers und drehte sich mit erhobenen Händen um, als wollte er sich ergeben. Sein Gesicht wurde aschfahl, als er seine Familie erkannte.

»Sehr emotional«, sagte Michael ironisch. »Well, ich denke, der Zeitpunkt ist gekommen, mich zu verabschieden. Der Auftrag scheint ja zur Zufriedenheit aller ausgeführt zu sein.«

Mrs. Palmer sah ihn voller Verachtung an.

»Gib dem Mann sein Geld, George«, sagte sie. »Er scheint das Ganze ja ungeheuer amüsant zu finden.«

Mr. Palmer schob die Hand in seine Innentasche, aber Michael hielt sie fest. Julian bewegte sich in Zeitlupe auf seine Frau zu. Der Stripper rief seinen Namen, aber Julian fertigte ihn mit einer resoluten Handbewegung ab.

»Vergessen Sie's«, sagte Michael. »Das geht aufs Haus.«

Er sah Mrs. Palmer an.

»Es war mir ein Vergnügen. Wiedersehn.«

Er machte auf dem Absatz kehrt und drängte sich durch die parfümierte Ansammlung von Gästen. Hinter ihm schrie Daphne ihrem Gatten überraschend variantenreiche Flüche entgegen.

Auf dem Weg nach draußen fiel Michael ein ungleiches Paar an einem Nischentisch auf. Mit ihrer alltäglichen Kleidung, den unspektakulären Frisuren, der zurückgenommenen Körpersprache und den leisen Stimmen hoben sie sich ab. Der Jüngere war vielleicht Mitte dreißig, mit hübschen, maskulinen Gesichtszügen, hohen Wangenknochen und schwarzen Haaren. Michael vermutete Eskimo- oder grönländische Gene. Der Ältere hatte ein schmales, intelligentes Gesicht, graue Haare und war sicher zehn Jahre älter als sein Begleiter. Er drehte ein halb leeres Glas in den Händen hin und her. Die zwei waren in ein intensives Gespräch vertieft. Der junge Mann hatte eine Hand auf den Unterarm seines Gegenübers gelegt.

Er schaute auf und lächelte Michael an, der zurücklächelte, als er von dem farbigen Türsteherriesen beiseitegeschubst wurde, der auf dem Weg ins Epizentrum des Aufstandes war, wo Daphne noch nicht fertig damit war, ihrem Unmut über das Verhalten ihres Ehemannes Ausdruck zu verleihen.

Zurück in seinem Mercedes zündete Michael sich die letzte Zigarette aus der Schachtel an, zerknüllte sie und stellte sich dabei Saras Gesicht vor. Dann kurbelte er das Seitenfenster herunter und ließ die Verpackung in den Rinnstein fallen. Er warf einen Blick über die Schulter, als er Musik aus dem Banana-Club schallen hörte, und sah das ungleiche Paar herauskommen und die Straße überqueren. Zwanzig Meter weiter zog der junge Mann seinen Begleiter in einen offenen Treppenaufgang und in eine heftige Umarmung.

Michael beobachtete den Auftritt ohne größere Neugier. Er schob eine CD mit den Eurythmics in die Bose-Anlage und wollte gerade den Zündschlüssel drehen, als die beiden Männer sich aus ihrer Umarmung lösten und weitergingen. Der Ältere sah aus, als hätte er es eilig, mit seiner jungen Trophäe nach Hause zu kommen.

Da bemerkte Michael in gleichbleibendem Abstand zu den beiden Männern vor sich eine dritte Person. Breite Schultern, langer grauer Trenchcoat. Glänzende Schuhe. Michael konnte das Gesicht des Verfolgers nicht sehen, aber die Gestalt mit dem federnden Gang kam ihm unangenehm bekannt vor. So unangenehm, dass es ihm Schweißperlen auf Stirn und Rücken trieb.

Sein Unbehagen wurde nicht geringer, als ein dunkelblauer Lieferwagen im Schritttempo an ihm vorbeifuhr und in dieselbe Gasse abbog wie das Trio. Ein professioneller Beschatter mit Verfolgungswagen, falls die ahnungslose Beute auf die Idee kommen sollte, ein Taxi zu nehmen.

Das Paar und der Mann im Trench verschwanden hinter der nächsten Ecke. Michael schüttelte den Kopf über seine detektivische Ader, schnipste die Kippe aus dem Fenster und nahm ein neues Päckchen aus dem Handschuhfach.

Das hatte nichts zu bedeuten. Kopenhagen war eine Großstadt. Voller Fremder, die er niemals wiedersehen würde.

MICHAEL SCHOB GANZ LANGSAM den Schlüssel ins Schloss, öffnete die Tür und betete, dass Ida schlief. Es war fast drei Uhr morgens, aber seine Schwester hatte die Fähigkeit verloren, länger als ein paar Stunden am Stück zu schlafen, seit sie vor zwei Jahren ihren zweiundzwanzigjährigen Sohn verloren hatte.

Er sah einen schmalen Lichtstreifen unter ihrer Tür in dem langen Flur, von dem viel zu viele Räume und Zimmer in der Villenetage in Gentofte abgingen. Seine Kinder waren noch nie dort gewesen, obwohl er die Wohnung ihretwegen gekauft hatte. Es gab einen schönen Garten um das große weiße Haus, das seinerzeit ein Kammersänger hatte bauen lassen. Heute war die Villa in drei großzügige Einheiten aufgeteilt, von denen Michael und seine Schwester das Erdgeschoss bewohnten. Das Grundstück grenzte an einen forstbotanischen Garten, der nur spärlich besucht wurde. Das wäre der ideale Ort zum Aufwachsen der Kinder gewesen, wenigstens die halbe Zeit.

Obwohl sie schon vor sechs Monaten dort eingezogen waren, stapelten sich noch immer die Umzugskartons. Michael hatte noch keine Gardinen aufgehängt, und die Einrichtung seines Schlafzimmers bestand aus einer Matratze, einer halb leeren Flasche Famous Grouse, einem

Heckenschützengewehr im Lederetui und einem Aschenbecher.

Er passierte hohe Wohnräume, dunkel und still, mit frisch gestrichenen Wänden und geschliffenem Eichenparkett – glatt wie Seide und unbetreten. Die Wohnung wartete auf ihre Bewohner. Alles wartete. Aber ein Zuhause wollte es nicht werden.

Michael hängte seine Jacke über einen Stuhl und machte den Kühlschrank auf. Er konnte sich nicht entscheiden, ob er hungrig war oder nicht. Er schlug die Tür wieder zu und brühte sich einen Becher Nescafé auf. Efeuzweige wischten über die Küchenfenster, im Osten dämmerte es, und das aufziehende Licht machte die Häuser auf der anderen Straßenseite sichtbar. In der Kastanie mitten auf der Rasenfläche gab eine frühe Amsel ihren ersten Morgentriller zum Besten.

Michael nippte an seinem Kaffee und drehte sich um, als er seine Schwester hinter sich hörte. Sie streckte sich und gähnte. Ida war eher der dunkle Typ und dünn, das T-Shirt mit dem fröhlichen *Hi from Sharm el-Sheikh*-Aufdruck war viel zu groß. Genau wie die schlabberige Yogahose. Ihre schmalen Füße waren nackt, und sie hatte die gleichen Gesichtszüge wie Michael, die gleiche Nuance Blau in den Augen, obwohl ihr Blick ganz anders war. Ihr ursprünglich ebenso schwarzes Haar war von silbergrauen Strähnen durchzogen, dabei war sie drei Jahre jünger als er.

»Habe ich dich geweckt? Das tut mir leid«, sagte er.

»Ich hab gelesen. Du hast mich nicht geweckt.«

Ida hatte seit ihrem achtzehnten Lebensjahr fast ausschließlich Hebräisch gesprochen, was ihrem Dänisch einen rauen, dunklen Ton und einen sehr harten Rhythmus verlieh.

Sie nahm ihm den Becher aus der Hand, trank einen Schluck und verzog das Gesicht.

»Zucker«, sagte sie. »Wie ist es gelaufen? Hat sie ihren Mann gefunden? Daphne? Furchtbarer Name. Da muss ich automatisch an Pferde, Überbiss und Fuchsjagd denken.«

»Er hat sich gehörig verändert, seit er Peter-Rabbit-Land verlassen hat, so viel steht fest. Sie hat ihn als *motherfucking son of a bitch* beschimpft, als ich ging, und ihm mitgeteilt, dass er seinen Sohn nie wiedersehen würde.«

Er senkte den Blick.

»Wie gewisse andere auch«, murmelte er.

Ida sah ihn mitfühlend an.

»Hat Sara schon wieder abgesagt? Das kann sie doch nicht machen. Kannst du sie nicht vor die Aufsichtsbehörde zerren? Das darf doch nicht erlaubt sein. Du hast ein Recht, deine Kinder zu sehen, Michael.«

»Als Mann hast du keine Chance. Vergiss es. Sie wird das Ganze rauszögern, bis die Kinder mündig sind. Sie hat einen Anwalt aus dem inneren Kreis der Hölle.«

Er zündete sich eine Zigarette an, obwohl sein Hals auch so schon kratzte.

»In gewisser Weise hat Daphne was von Sara«, sagte er nachdenklich. »Das ist eine ganz spezielle Sorte Frau. Sie haben keine Männer, sondern Sponsoren, die sie versorgen, damit sie ihren empfindsamen und kreativen Leidenschaften nachgehen können, und sie verlassen einen Ast erst, wenn sie den nächsten fest zu fassen haben. Wie kleine Äffchen.«

Ida lächelte.

»Schön, dass du nicht zynisch geworden bist«, sagte sie. »Hat Professor Palmer gut bezahlt?«

»Er wollte, aber ich habe sein Geld nicht angenommen. Das Ganze war einfach zu frustrierend.«

»Bist du müde?«

»Todmüde, aber ich kann nicht schlafen.«

»Wie bei mir. Soll ich uns einen Tee kochen? Wie wär's mit einer Partie Schach?«

»Du bist zu gut zu mir.«

Sie gingen in Idas Zimmer, das mit Möbeln aus ihrem Haus in Haifa eingerichtet war, Regalen, die unter den Büchermengen ächzten, einer Gitarre und ihren Floretts, geschmackvollen Gardinen, einem Globus und einem antiken russischen Samowar. Über dem Regal hing ein Paar authentische französische Degen, nadelspitz und scharf wie Rasierklingen. Im Regal stand das Foto eines flotten jungen Mannes in der Uniform des israelischen Militärs. Barhäuptig in der Wüste. Idas verstorbener Sohn Josiah.

Sie tranken schwarzen russischen Tee, er rauchte zu viel, während sie ihn in drei Partien vom Brett fegte. Irgendwann ertrug Michael keine weitere Niederlage.

»Geh ins Bett«, sagte er und gähnte.

Sie lächelte besorgt.

»Und was ist mit dir, Bruderherz? Hast du niemanden, mit dem du reden kannst?«

»Reden? Wie meinst du das? Wir reden doch.«

»Freunde, Michael. Du weißt schon, jemanden, der dich kennt, dich mag und dir helfen will.«

Er dachte nach.

»Ich weiß es nicht. In Somalia und im Kaukasus gibt es diese tiefen, bärigen Freundschaften nicht. Da bin ich nur von Profis umgeben wie ich selbst, und die meisten von denen sind kranke Menschen. Schwer krank. Sie werden dafür bezahlt, Leute umzubringen, und sie denken genauso wenig darüber nach wie übers Zähneputzen.«

»Was ist mit der Kommissarin, mit dieser Lene Jensen? Die Rothaarige, Knallharte ... Ich hatte das Gefühl, dass ihr euch ziemlich nahesteht.«

Michael starrte seine Schwester an.

»Lene Jensen? Bist du wahnsinnig? Sie hasst mich!«

»Aber du erzählst ständig von ihr. Ich dachte, ihr seid Freunde.«

»Ich *erzähle* nicht von ihr. Ich *verfluche* sie. Das ist nicht das Gleiche. Und wenn da irgendwann mal ein Ansatz von Freundschaft gewesen sein sollte, war sie enorm kompliziert. Zweimal hätte sie mich fast umgebracht, und bei unserer letzten Begegnung hab ich ihr die Lunge durchschossen. Sie wäre um ein Haar gestorben.«

Als Ida nichts sagte, fügte er hinzu: »Ich habe sie mit jemand anderem verwechselt, falls das eine Entschuldigung ist.«

»Ich finde schon, dass es das ist, Michael. Und sie inzwischen sicher auch. Ruf sie an. Sie kam mir lebenserfahren vor. Sie hat ein Kind verloren und ...«

»Dann sprich du doch mit ihr!«

Sie blinzelte, und Michael hätte sich am liebsten die Zunge abgebissen.

»Ida ...«

»Ist schon okay, Michael. Wirklich. Aber ich glaube nun mal, dass sie eine Freundin ist, und wenn du keinen besseren …«

»Vielleicht. Wir werden sehen. Gute Nacht. Außerdem ist sie ein fanatischer Workaholic. Das ist nach dem Tod ihrer Tochter noch schlimmer geworden.«

»Möchtest du mir damit etwas sagen?«

Michael sah seine Schwester herausfordernd an. Sie konnten es genauso gut jetzt aufgreifen.

»Ich weiß es nicht. Gibt es was zu sagen?«

Michael zeigte auf Josiahs Foto.

»Das ist jetzt zwei Jahre her, Ida. Du betreibst Totenkult. Wann hört das endlich auf?«

Sie erhob sich mit flammendem Blick.

»Das hört nie auf, Michael. Niemals, niemals, niemals! Er ist mein Sohn. Mein Kind. Er ist zweiundzwanzig Jahre alt geworden und gestorben, als er … als er … alles Mögliche noch vor sich hatte. Er hätte alles machen können.«

»Ganz bestimmt. Das hätte er. Er war ein toller Bursche. Ich konnte ihn wirklich gut leiden. Ich denke, du weißt, dass ich ihn wie meinen eigenen Sohn geliebt habe. Ich habe dich immer um ihn beneidet.«

»Hast du das?«

»Ja.«

»Wirklich?«

Er nickte.

»Du hattest Tausende von Tagen mit ihm«, sagte er. »Es gibt nicht nur Josiahs letzten Tag. Dieser Tag ist keine weiß gekachelte Wand, vor der dein Weg endet, okay?«

»Okay.«

»Gute Nacht. Denk daran.«

»Gute Nacht. Rufst du sie an?«

»Lene? Ganz bestimmt, Schwesterherz.«

Er stand auf und wusste, dass er es nicht tun würde. Lene Jensen war fanatisch, zänkisch, streitsüchtig, nervtötend und fucking rothaarig.

SO FRÜH AM MORGEN WAR ES KÜHL in der großen, schummrigen Halle, und graues Licht sickerte spärlich durch die hoch angebrachten, mattierten Scheiben.

Die beiden Boxer im Ring achteten nicht auf ihre Umgebung. Sie dampften, vermummt mit Lederhelmen, Boxhandschuhen, Zahn- und Tiefschutz.

Was als gewöhnliches Kampftraining begonnen hatte, entwickelte sich immer mehr zu bitterem Ernst. Jetzt wurde richtig zugeschlagen, beide gierten nach dem sauberen Bilderbuch-Knock-out; nicht durch einen Fehler des Gegners oder einen Nackenschlag mit offenem Handschuh, nicht durch einen punktgenauen Stoß in die Leber oder den Solarplexus, sondern durch den überraschenden Blitzschlag eines klassischen Hooks, Uppercuts oder einer geraden Rechten auf die Kinnspitze des Gegners, bei dem selbst dem größten und zähesten Kämpen das Licht ausging.

Das war schwieriger, als die meisten ahnten.

An der Wand zählte eine Digitaluhr drei Minuten herunter, es war die letzte von fünf knallharten Runden. Vor ihren Mündern standen Atemwolken. Der kleinere Boxer trug einen blauen Trainingsanzug, der stämmigere einen roten. Keiner von beiden hatte länger als wenige Sekunden die Oberhand. Was dem Kleineren an Größe und Reichweite fehlte, wurde durch Erfahrung, Reflexe und Schnelligkeit ausgeglichen. Der größere Boxer brüllte frustriert, wenn seine Schläge an den Paraden des Gegenübers scheiterten oder er glaubte, seinen Gegner in eine Ecke gedrängt zu haben, aus der keine Flucht möglich war, und er mit seinen schweren Serien loslegen konnte – und der blaue Boxer schnellfüßig antäuschte und in die Ringmitte entkam.

In der ansonsten leeren Halle waren nur ihr keuchender Atem zu hören und das satte Klatschen, wenn ein Handschuh Gesicht, Helm oder Körper des Gegners traf.

Ein Schild an der Wand informierte darüber, dass die Halle dem POLIZ  I-SPORT  EREIN gehörte. Das sparsame Inventar war abgenutzt und imprägniert mit dem Schweiß von Jahrzehnten.

Bei 02:14 gelang es dem größeren Boxer, seinen Gegner in die Ringecke zu drängen. Er vergaß alle Technikregeln und ließ die Schläge auf den anderen hageln. Er *konnte* nicht mehr, also jetzt oder nie.

Der blaue Boxer ging in Clinch mit ihm und klammerte sich mit dem ganzen Körpergewicht an die Arme des Roten, der rasend vor Wut den Blauen auf Schlaglänge von sich wegzuschubsen versuchte.

»Lass los! Weg!«, fauchte er. »Sei ein Mann, verdammt noch mal!«

Das verschaffte dem blauen Boxer genügend Luft, nach rechts anzutäuschen, sich unter einem wütenden Schwinger zu ducken und erneut in die Ringmitte zu entkommen.

Der Rote brüllte seinen Frust heraus, registrierte dann aber schadenfroh, dass der Gegner mit zitternden Beinen dastand, die Handschuhe auf die Oberschenkel gestützt,

Schweiß tropfte ihm vom Gesicht, Blut aus beiden Nasenlöchern.

Bei 01:36 stürmte er mit Triumphgebrüll zum entscheidenden Schlag in die Mitte des Rings.

In dem Augenblick klingelte in einer Sporttasche auf der Bank ein Handy.

»Da will dich jemand sprechen«, murmelte er und rückte dem Gegner auf den Leib. »Du kannst dich melden, wenn du wieder wach wirst.«

Er traf mit einem fast sauberen Schlag, und der blaue Kämpfer hätte eigentlich zu Boden gehen müssen, blieb aber wie von einer Naturkraft gehalten aufrecht stehen.

Das Handy klingelte weiter.

Ein kolossal störendes Geräusch. Der rote Boxer warf einen Blick rüber zu der Tasche. Eine Sekunde später ging ihm auf, dass er in die Falle gegangen war. Glasklare Zielstrebigkeit in den grünen Augen seines Gegenübers, nichts mehr mit zitternden Beinen und nach Sauerstoff gierenden Lungen und Muskeln.

»Shit!«, konnte er gerade noch sagen, ehe ein eisenharter, aus Kniehöhe hochgeholter Uppercut ihn sauber am Kinn traf.

Er taumelte ein paar Schritte rückwärts, stolperte über seine eigenen Füße und merkte schon nicht mehr, wie er auf die Bretter aufschlug.

Als er wieder zu sich kam, hatte sein Gegner den Boxring verlassen, sich die Handschuhe mit den Zähnen ausgezogen und unterhielt sich ruhig und unbeschwert am Telefon.

»Verstehe. Dritter Stock. Holm. Peter. Eine Schneekugel? Ja, das ist merkwürdig, ich glaube nicht, dass ich ... Jetzt?

Ja, selbstverständlich. Implikationen? Was meinst du damit? Die Regierung … Sonderberater … Tom Andersson? Heißt er so? Fuck. Ciao.«

Der blaue Boxer beendete das Gespräch und stand in Gedanken versunken da, ehe das Handy wieder in der Tasche landete und er die Binden mithilfe der Zähne von den Händen löste. Dann drehte er sich zum Ring um.

»Danke für das Training, Basim. Das war richtig gut. Hast du Mittwoch Zeit?«

Basim spuckte den Zahnschutz aus.

»Vergiss es. Und du erzählst niemandem, niemandem davon, okay? Niemandem!«

Der blaue Boxer nahm den Helm ab und schüttelte mit einem befreiten, breiten Grinsen das lange rote Haar aus.

Basim schaute aus dem Ring zu Polizeioberrätin Lene Jensen herunter, während er sich auf dem oberen Seil abstützte. Sein Unterkiefer schmerzte beim Sprechen. Er saß nicht ganz so, wie er sollte.

»Von einer Frau ausgeknockt, die meine Mutter sein könnte. Scheiße, Mann!«

Die Polizeioberrätin schielte zu ihm hoch. Sie versuchte, ihre Schadenfreude zu unterdrücken, um seine männli che Eitelkeit nicht mehr zu strapazieren als unbedingt nötig, wofür er ihr sehr dankbar war. Aber am Ende brach das Lächeln doch durch.

Basim seufzte.

»Wer war das am Apparat, Miss Tyson?«

»Polizeidirektorin von Gottes Gnaden, Charlotte Falster. Unsere Chefin, Basim.«

»Schon klar. Das heißt, dass es einen Mord gibt?«

Lene starrte vor sich hin. Das Lächeln hatte sich verflüchtigt. Sie nahm zwei eisgekühlte Dosen Red Bull aus der Tasche und warf eine zu Basim hoch. Er fing sie zwischen den Handschuhen.

»Und was soll ich bitte schön damit? Reinbeißen? Willst du übrigens zuerst unter die Dusche?«

»Zum Kühlen deines Kiefers, Basim. Und nein, nicht nötig, wir können gerne zusammen duschen. Ich hab es nach dem Anruf etwas eilig.«

Basim, Däne in der dritten Generation syrischer Herkunft, schloss die Augen und lächelte mit abgewandtem Gesicht.

»Du meinst Cougar-Style? Hört sich gut an.«

Sie nahm eine Watterolle aus ihrer Tasche, brach sie in der Mitte durch und stopfte je eine Hälfte in ein Nasenloch. Dann sah sie Basim an.

»Du weißt schon, dass ich deine Vorgesetzte bin, oder? Wie in sehr, *sehr* vorgesetzt«, sagte sie näselnd, aber bestimmt.

Basim wurde rot, als er überlegte, ob Lenes Körper wirklich so atemberaubend geil war, wie andere Sparringspartner angedeutet hatten. Andere, die die Legende ebenfalls im Ring malträtiert hatte.

»Ja, klar. Sorry. *Sorry, okay?*«

Er schaute wieder zu ihr runter in Erwartung einer weiteren Zurechtweisung, aber die Polizeioberrätin grinste von einem Ohr zum anderen.

»Wenn du irgendwas versuchst, gehst du noch mal auf die Bretter, verstanden?«

Er lachte erleichtert.

»Ich geb mir Mühe, auch wenn's schwerfällt.«

LENE PARKTE IHREN URALTEN CITROËN auf dem Strandvejen zwischen einem königsblauen BMW 760i und einem der weißen Kastenwagen der Kriminaltechnik. Ein jüngerer Mann in uniformähnlichem Anzug hatte sich gegen den vorderen Kotflügel gelehnt und rauchte eine Zigarette. Er würdigte Lene keines Blickes.

Die Farben am Himmel verrieten, dass das Meer nicht weit war. Über den Dächern kreisten ein paar Möwen.

Lene stieg aus und entdeckte ein hübsches, vielleicht neunjähriges Mädchen auf einem Stuhl vor einem Eiscafé. Das Mädchen knabberte an einer Eiswaffel und sah Lene mit einem ernsten Blick aus blauen Augen an, der nichts Kindliches hatte.

Eine schlanke, dunkelhaarige Frau, die eine frappierende Ähnlichkeit mit dem Mädchen hatte, kam aus dem Eiscafé, warf einen besorgten Blick zu dem Haus, in dem Peter Holm wohnte, und setzte sich neben ihre Tochter. Sie starrte auf einen unsichtbaren Punkt auf dem Bürgersteig. Lene fand, sie sah ungesund bleich und mitgenommen aus.

Sie drückte den Klingelknopf von P. Holm, 3. Stock.

»Ja!«, tönte es nach einem kurzen Augenblick aus dem Lautsprecher.

»Ich bin's, Arne«, sagte sie.

»Komm rein. Das ist äußerst faszinierend. Und wir haben Gäste. Vornehme, gebildete Gäste.«

Der Chef der Kriminaltechnik klang nicht sehr glücklich.

Das Türschloss summte, und Lene trat ein.

Das Treppenhaus war kühl und schummrig, die Wände waren mit düsteren Fresken dekoriert: Schnitter mit langen Sensen über den Schultern und breitkrempigen schwarzen Hüten, heidnische Druiden aus einer anderen Zeit und Welt, lange schwarze Boote, die breite Flüsse kreuzten. Das passende Ambiente für ein Bestattungsunternehmen.

Als sie den Treppenabsatz in der dritten Etage erreichte, bemerkte sie das gesplitterte Holz um das Türschloss herum. Die Tür stand halb offen, vom Rahmen baumelte eine Sicherheitskette samt Beschlag mit verbogenen Schrauben.

Die luftige, herrschaftliche Wohnung war mit Antiquitäten und modernen Ikonen von Eames und Corbusier eingerichtet, an den Wänden hingen von jeglicher menschlicher Anwesenheit befreite Landschaftsgemälde.

Kriminaltechniker in weißen Overalls bevölkerten, konzentriert in ihre Arbeit versunken, die Räume. Sie fotografierten, unterhielten sich flüsternd, pinselten Fingerabdrücke hervor und saugten die echten Perserteppiche mit Spezialmaschinen ab.

Ein Mann mittleren Alters in maßgeschneidertem dunklen Anzug stand mit hinter dem Rücken verschränkten Armen in einer Ecke und federte leicht in den Knien. Lene kannte ihn nicht, aber er roch schon von Weitem nach Slotsholmen, wo sich bekanntermaßen das Parlament, die Staatskanzlei sowie das Finanzministerium befanden. Gewienerte Schuhe, Brille mit dünnem Metallrahmen, farbloses Haar und stark kontrastierende, kanariengelbe Socken. Er lächelte Lene freundlich mit fülligen Lippen an, aber Lene erwiderte das Lächeln nicht.

Polizeidirektorin Charlotte Falster hatte sie vorgewarnt, dass es in dem Mordfall politische Verwicklungen gäbe, war aber nicht weiter ins Detail gegangen, vermutlich, weil sie selbst nichts Genaues wusste. »Nobel Oil« hatte sie mit einem Unterton gesagt, als handele es sich um eine geheime Loge des Vatikans.

Es war eigentlich nicht Charlottes Art, ihren Angestellten – die sie über einen Kamm geschert als fleißige, aber retardierte Lebewesen betrachtete, die einer extrem strengen Führung von oben bedurften – eine klare und umfassende Orientierungsvorgabe vorzuenthalten. Sie arbeitete hinter den Kulissen vermutlich unter Hochdruck, um so viel wie möglich an Informationen zu sammeln. Ihr Mann, Otto Jarl Falster, war Staatssekretär und eine unerschöpfliche Informationsquelle, was die politischen Machenschaften hinter den Mauern Christiansborgs betraf.

Lene hasste Verwicklungen und diplomatisches Geseiere. Das war nicht ihr Ding. Sie wusste sehr wohl, dass man sie für eine unbelehrbare, einsame Wölfin hielt, die keine Einmischung von unten oder oben ertrug, dass sie fanatisch engstirnig sein konnte, wenn sie sich einmal auf eine Spur eingeschossen hatte, und komplett rücksichtslos, was die Gefühle anderer anging. Sie hatte nicht viele Freunde in der Belegschaft. Auch außerhalb nicht, was das betraf. Sie war eher geduldet als akzeptiert, weil sie einen herausragenden Job machte und ihre Aufklärungsrate bei nahezu hundert Prozent lag.

Sie schob die Hände in die Taschen ihrer Lederjacke und betrachtete den Toten auf dem Boden: schlank, ohne muskulös zu sein, ein Körper, der jünger war als das Gesicht, keine unmittelbar zu erkennenden Male, Narben oder Tätowierungen. Peter Holm lag bäuchlings zwischen Schreibtisch und Couchtisch. Der Kopf war so zur Seite gedreht, dass Lene die Hälfte seines schmalen Gesichts sehen konnte, der Mund war leicht geöffnet, das Auge auf einen Punkt an der Wand gerichtet. Das Haar war kurz und eisengrau, wo es nicht von geronnenem Blut verschmiert war. Hinter dem rechten Auge an der Schläfe befand sich eine halbrunde Vertiefung im Schädel, und aus dem Anus der Leiche führte ein weißes Kabel hoch zu einem digitalen Thermometer auf dem Schreibtisch, auf dessen Display 27,5 °C blinkte.

Auf der Arbeitsplatte lag ein heimatloses Kabel für einen Lenovo-Computer.

Lene kniete sich neben die Leiche und untersuchte die gedrehte blaue Veloursschnur, mit der die Handgelenke des Ermordeten gefesselt waren. Ihr Blick wanderte zu den schweren taubengrauen Samtvorhängen, die von der Decke bis zum Boden vor der hohen Fensterreihe hingen. Der Vorhang auf der linken Seite war mit einer gedrehten Veloursschnur an einem Messingring befestigt, auf der rechten Seite hing er gerade herunter. Sie erhob sich und zog die Stoffbahn beiseite. Der Messingring war leer.

Der Mann in der Ecke betrachtete sie interessiert.

Lene ging zu ihm und gab ihm die Hand.

»Lene Jensen, Staatspolizei.«

»Tom Andersson.«

»Andersen?«

Das Gesicht des Mannes hatte den hellrosa Teint eines Säuglings. Er konnte alles zwischen fünfundvierzig und sechzig sein. Er lächelte sanft.

»Anders*son*. Tom. Mir wurde aufgetragen, mich hierherzuverfügen und nichts anzufassen.«

»Weiter so. Wo kommen Sie her, Tom?«

»Ministerium.«

»Ministerium für Zauberei?«

Andersson ließ sich nicht provozieren.

»Justizministerium, Polizeioberrätin Jensen. Glückwunsch übrigens zur Beförderung. Das war ja an der Zeit, auch wenn wir darum kämpfen mussten.«

Lene sah ihn an. Wollte er damit andeuten, dass er die Leute nach eigenem Gutdünken befördern und degradieren konnte? Andersson begann wieder zu wippen, um die Venenpumpe in Gang zu halten.

»Wer sind Sie eigentlich?«, fragte Lene.

»Sonderberater des Justizministers.«

»Spindoctor?«

»Das Gegenteil. Ich beschäftige mich mit der Realität, wie sie ist. Nicht, wie ich sie anderen verkaufen möchte.«

»Das tue ich auch.«

»Darüber bin ich mir im Klaren.«

»Was können wir also für Sie tun?«, fragte sie.

»Nichts übermäßig Anstrengendes oder Beschwerliches, Polizeioberrätin.«

Der Sonderberater zog seine Brieftasche aus der Innentasche seiner Anzugjacke, klappte sie auf und fischte eine Visitenkarte heraus.

»Mail und Mobilnummer. Wir wollen über den Stand der Ermittlungen informiert werden, am besten täglich. Ich gehe davon aus, dass Sie wie gewohnt allein arbeiten?«

Lene merkte, wie ihr die Hitze ins Gesicht stieg. Am liebsten hätte sie geantwortet, dass sie weder Zeit noch Lust hatte, einen täglichen Bericht für einen dahergelaufenen ministeriellen Berater zu verfassen. Das machte sie ja noch nicht einmal für ihre eigene Chefin. Aber irgendetwas an der asiatisch stoischen Ruhe des Mannes veranlasste sie, ihre Wut hinunterzuschlucken.

»Es ist nicht sicher, dass wir, *wir*, täglich dramatische Fortschritte machen, Tom. Das wäre eher ungewöhnlich.«

Andersson schien ihren Wink zu verstehen. »Über ausbleibende ermittlungstechnische Fortschritte möchten wir genauso auf dem Laufenden gehalten werden. Und lassen Sie mich wissen, wenn Ihnen irgendetwas fehlt oder Sie auf Probleme welcher Art auch immer stoßen. Ich bin sicher, dass ich Ihnen in allen Punkten weiterhelfen kann.« Er wedelte aufmunternd mit seiner zarten Hand.

»Das wäre ja ganz was Neues.«

»Mag sein, aber dieser Fall hat höchste Priorität.«

Lene schaute zu dem Toten.

»Warum ist Peter Holm so wichtig?«

Andersson lächelte ernst.

»Dafür gibt es mehrere Gründe.«

Lene wartete, aber es kam nichts mehr.

»Zum Beispiel?«

»Ich bin sicher, dass Ihnen nicht daran gelegen ist, dass ich Ihre Urteilskraft bereits jetzt mit amateurhaften Vermutungen beeinflusse.«

»Das heißt, ich soll gefälligst selbst rausfinden, warum er so wichtig ist?«

»Ich bin überzeugt, dass sich das Ganze als völlig offensichtlicher Fall erweist, Polizeioberrätin.«

Lene sah wieder die Leiche an.

»Zumindest können wir Selbstmord schon einmal ausschließen«, sagte sie.

»Das denke ich auch.«

Andersson verlagerte vorsichtig das Gewicht auf seinen Füßen. Ein Exempel an Beherrschtheit, dachte Lene, die normalerweise die außerordentliche Fähigkeit besaß, auch dem geduldigsten Menschen irgendwann so auf die Nerven zu gehen, dass er ausrastete. Das sagten alle. Selbst ihre Mutter.

Er hob den Kopf.

»Dann erwarte ich, bald von Ihnen zu hören. Tag und Nacht. Möglicherweise gehe ich nicht persönlich ans Telefon, aber der Betreffende hat unbegrenzte Autorität.«

»Schön für den Betreffenden«, murmelte sie.

»Entschuldigung?«

»Nichts. Auf Wiedersehen.«

»Auf Wiedersehen, Polizeioberrätin.«

Tom Andersson federte leichtfüßig durch den Raum und war weg. Das Letzte, was sie von ihm erhaschte, war ein kurzer Blick auf seine kanariengelben Socken.

Sie sah sich seine Visitenkarte genauer an, seufzte, schob sie in die Tasche und trat an die Fensterreihe. Das Mädchen und die Frau saßen noch immer wie Wachsfiguren auf der anderen Seite des Strandvejen. Der Fahrer des BMW schnipste die Zigarettenkippe weg, als Tom Andersson aus dem Hauseingang trat, öffnete dem Sonderberater die hintere Tür, und Andersson glitt mit einem Mobiltelefon am Ohr auf die Rückbank.

Verdammt …

Lene beschloss, ihn bis auf Weiteres zu vergessen, und betrachtete stattdessen ein Gemälde an der Wand hinter dem Schreibtisch. Sie kniff die Augen zusammen und trat näher. Eigentlich brauchte sie eine Lesebrille, aber sie war zu eitel. Das Gemälde zeigte einen lang gestreckten, grau glänzenden und stillen See mit nassen Klippen im Vordergrund und heidebewachsenen Höhenzügen im Hintergrund. Diesiges Morgenlicht. Kein Mensch oder Haus. Das könnte Schottland sein, dachte sie. Oder irgendwo in den Alpen. Als sie sich weiter vorbeugte, fiel ihr ein etwas breiterer Schatten am linken Bildrand auf. Neugierig legte sie zwischen den roten Fingerabdruckpulverflecken der Techniker einen Finger um den Rahmen und ruckelte vorsichtig daran, worauf das Gemälde von der Wand wegschwang und einen kleinen Tresor freigab, dessen Tür einen Spaltbreit offen stand. Sie öffnete die Tür ganz und sah sich den überschaubaren Inhalt an: einige kleine Goldbarren im oberen Fach neben einem Bündel US-Dollar, ein Pass mit dem Foto eines jüngeren und lächelnden Peter Holm. Das untere Fach war leer.

Sie bat einen der Techniker, das Innere des Tresors auf Fingerabdrücke zu untersuchen, und wollte gerade das Gemälde zurückklappen, als ihr Blick auf eine mit dünnem Bleistift auf den Blendrahmen geschriebene Zahlenreihe fiel. Lene schloss die Tresortür und probierte die Zahlenfolge an dem Kombinationsschloss aus. Es klickte brav, und die Tür öffnete sich.

»Fantastisch«, murmelte sie.

Sie fand Arne im Badezimmer neben Peter Holms Schlafzimmer. Das Doppelbett war mit grauem Satin bezogen, und quer über das faltige Laken zog sich ein Streifen dunkler Flecken, vermutlich Sperma.

Der Chef-Kriminaltechniker lag rücklings auf dem Badezimmerboden und schraubte gerade einen Geruchsverschluss auseinander auf der Jagd nach Hautzellen oder Haaren. Als er Lene sah, kam er auf die Beine. Wie seine Kollegen steckte er in einem weißen Nylonoverall mit Kapuze und trug Mundschutz.

»Arne.«

»Lene.«

Immer wieder hatte es Meinungsverschiedenheiten zwischen ihnen gegeben, aber sie hatten auch immer wieder zueinandergefunden. Sie wusste, dass Arne sie hinter seiner brüsken Art als die Tochter betrachtete, die er nie bekommen hatte.

»Wie geht es deiner Frau?«, fragte sie.

»Im Moment gut, danke.«

Arnes Frau litt schon viele Jahre an multipler Sklerose und war inzwischen an den Rollstuhl gefesselt. Die beiden hatten keine Kinder. Arne hatte Salzwasseraquarien und spielte Bridge. Außerdem war er ein herausragender Kriminaltechniker, der jedes Jahr eine Vorlesungsreihe an der Akademie des FBI in Quantico, Virginia, hielt, die ihn zum »Gastprofessor« ernannt hatte.

»Das freut mich«, sagte sie. »Freut mich wirklich.«

»Danke dir. Aber zurück zu unserer Leiche, Peter Holm heißt der Gute. Er ist dreiundfünfzig Jahre alt geworden und war Chefgeologe bei Nobel Oil, was die bleichgesichtige Sphinx da drüben erklärt … Very VIP.«

»Er ist gegangen«, informierte Lene ihn.

»Super … eminent. Was wollte der eigentlich? Mir hat er gesagt, dass er auf dich wartet.«

»Er will tägliche Berichte über den Stand der Ermittlungen.«

Arne zog den Mundschutz herunter und grinste.

»Von dir? Da ist es aber leichter, einem Hund Esperanto beizubringen. Das hätte ich ihm gleich sagen können.«

»Ich hab's akzeptiert«, murmelte Lene.

»Aber du erstattest doch noch nicht mal Charlotte Bericht!«

»Nein. Aber er hat mir deutlich zu verstehen gegeben … zwischen den Zeilen … dass Charlotte zwar formell meine Chefin ist, dass er aber über ihr steht. Gott viel näher als irgendeiner von uns. Wie der Papst. Oder das Justizministerium.«

»Zwischen den Zeilen?«

»Ich hatte keine Wahl.«

»Aber warum? Warum ist Holm so wichtig?«

»Aus vielerlei Gründen«, murmelte Lene.

»Nenn mir einen.«

»Das tu ich, wenn ich einen finde, okay? Das ist mein Problem, nicht deins. Und jetzt erzähl.«

»Also gut«, sagte er enttäuscht. »Peter Holm ist nach der Kerntemperatur, Nacktheit und der Raumtemperatur um 04:35 Uhr letzte Nacht gestorben. Kurz vor seinem Tod hatte er einen Samenerguss, vermutlich beim Geschlechtsverkehr. Wir haben lebendes Sperma unter der Vorhaut gesichert, und es finden sich Flecken von Sperma und Exkrementen auf dem Laken. Der Tatort ist das reinste Buffet an DNA-Material und Fingerabdrücken, das ist fast zu viel des Guten. Auf dem Silbertablett serviert, sozusagen.«

»Das hat Andersson auch gesagt. Ein offensichtlicher Fall, hat er gesagt.«

Arne zog eine knorrige schwarze Pfeife aus der Tasche, drückte den Tabak mit einem breiten Daumen fest und zündete sie an. Er lehnte sich zurück, schüttelte das Streichholz aus und schob es in die Brusttasche.

»Er hat recht«, sagte er und hielt Lene einen Plastikbeutel hin.

In dem Beutel lag eine Glaskugel mit einer Szene aus dem Central Park, New York: Vater, Mutter und Tochter, die unter verschneiten Kiefern auf einem Miniatursee Schlittschuh liefen. Die Kugel war blutverschmiert, und am Kunststoffsockel war ein Splitter herausgebrochen.

»Die Mordwaffe«, sagte Arne. »Sie spielt *Silent Night*, wenn man sie aufzieht, und es gibt jede Menge schöne Fingerabdrücke darauf. Holm hat offensichtlich Schneekugeln gesammelt. Darüber hinaus hatte er Stranguliermale am Hals und petechiale Einblutungen auf der Bindehaut.«

Lene schielte zu dem Fensterbrett im Wohnzimmer, auf dem mehrere Schneekugeln aus diversen Metropolen standen. Ein Platz in der Reihe war leer.

»Gut«, sagte sie ohne besonderen Enthusiasmus. »Junge oder Mädchen?«

Arne legte den Beutel weg, klappte den Deckel einer geschnitzten Mahagonikiste auf, die unter dem einzigen Fenster des Schlafzimmers stand, und gab ihr den Blick frei.

»Junge, würde ich sagen.«

Lene schaute in die Kiste, in der Hunderte DVDs lagen, alphabetisch sortiert. Sie nahm eine heraus. Hardcore-Gay-Porn, dem Cover nach zu urteilen. Sie nahm ein andere heraus, mehr davon.

Arne blies eine Rauchwolke aus und schaute zum Bett.

»Zumindest hat er noch etwas Schönes erlebt ...«

»... ehe ihn jemand mit einer Gardinenschnur gefesselt und zu erdrosseln versucht hat, um ihm danach den Schädel einzuschlagen«, sagte Lene.

»Exakt.«

»Wer hat die Tür eingetreten?«, fragte sie.

»Keine Ahnung.«

»Wo ist der Computer, der am Ende des Kabels sein sollte?«

»Den hat jemand aus dem Fenster geworfen«, sagte Arne. »Atomatisiert, sozusagen. Die Festplatte ist komplett zerstört. Ein paar Techniker von Nobel Oil waren da und haben die sterblichen Überreste mitgenommen. Es hat ihnen schier die Tränen in die Augen getrieben. Erwachsene Männer.«

Sie legte die Stirn in Falten.

»Nobel Oil? Woher wussten die, dass ... Das ist schon interessant. Haben sie sich ausgewiesen?«

»Ja. Und der Computer sei Eigentum der Firma, haben sie gesagt. Andersson hat seinen Segen gegeben.«

»Aber das ist Beweismaterial!«

»Sag das Charlotte, okay?«

Einer von Arnes Assistenten tauchte unvermittelt auf, als wäre er durch die Wand gekommen. Er flüsterte seinem Chef etwas ins Ohr.

»Sie haben was gefunden«, sagte er. »Komm mit.«

Sie durchquerten die Essküche, den Traum jedes Gastronomen: französische Kupferpfannen und -töpfe in allen Größen, die an rustikalen, gusseisernen Haken hingen. Englischer Herd mit vier verschiedenen Öfen und hohe Weinregale mit vornehm eingestaubten Flaschen. An der Wand hinter dem langen Esstisch hing eine Reihe Fotos von Peter Holm in identischem Format und identischen Rahmen, Schnappschüsse einer langen Karriere im Feld. Schneebedeckte Berge, öde Wüsten, Hundeschlitten, sturmgepeitschte Bohrinseln in der Nordsee, undurchdringlicher Dschungel, Ölpumpen wie nickende Urzeittiere in der Prärie Ohios. Auf allen war der lächelnde Chefgeologe in unterschiedlichen Outdoor-Ausrüstungen abgebildet. Er sah aus, als wäre er sehr zufrieden mit seinem Leben in gottverlassenen Gegenden am Ende der Welt, wo Fuchs und Hase sich Gute Nacht sagten.

Sie holten Arnes Assistenten auf der Hintertreppe ein. Der Techniker machte mit einem Laserstift ein paar Blutflecken auf dem abgetretenen Linoleum und der oberen Treppenstufe sichtbar. Lene und Arne schauten durch ein schmales, verstaubtes Fenster in einen Hinterhof mit Fahrradständern, Wippen, Schaukeln und Sandkästen, Teak-Gartenmöbeln und einem Außengrill. Ein paar Techniker installierten gerade Scheinwerfer in einer Tordurchfahrt auf der anderen Seite.

»Die Blutspur führt die Treppe hinunter, durch den Hinterhof in die Durchfahrt«, sagte Arne.

Lene runzelte die Stirn.

»Jemand tritt also die Tür ein und hat Analverkehr mit dem Eigentümer der Wohnung in dessen Bett, das nicht aussieht, als hätte dort eine Vergewaltigung stattgefunden. Der Betreffende fesselt Peter Holms Hände mit einer Gardinenschnur auf dem Rücken, würgt ihn ein bisschen, um ihn schließlich mit einer Schneekugel zu erschlagen, die *Silent Night* spielt. Dann öffnet der Mörder den Tresor und entnimmt ihm Gott weiß was, schmeißt Holms Computer aus dem Fenster, verletzt sich während dieses extrem komplizierten Ablaufes, läuft blutend die Hintertreppe runter und überquert, gut zu sehen aus Hunderten von Fenstern, einen erleuchteten Hinterhof?«

»Du hast ja recht.« Arne seufzte und zog an der Pfeife. »Das klingt schon sehr an den Haaren herbeigezogen.«

»Wer hat ihn gefunden?«

»Seine Mutter. Eine ganz reizende Dame. Sie haben jedes Jahr an diesem Tag gemeinsam das Grab des Vaters besucht. Als er zur verabredeten Zeit nicht auf dem Friedhof erschienen ist, hat sie sich Sorgen gemacht.«

Lene war schwindelig. Vielleicht waren das die Nachwehen von ihrem Boxkampf mit Basim, vermutlich aber eher dieser unüberschaubare und mehrdeutige Tatort.

Sie wollte die Watterollen aus den Nasenlöchern nehmen, aber Arne hielt sie mit einem festen Griff ums Handgelenk davon ab.

»Lass die Dinger bitte genau da, wo sie sind, sei so gut. Hier ist so schon genug Blut.«

»Sorry.«

»Verprügelst du immer noch Männer, die halb so alt sind wie du, und verlierst nie?«

»Natürlich verliere ich auch mal. Hin und wieder zumindest. Nachbarn?«

»In der Immobilie gibt es Wohnungen und Geschäftslokale«, erläuterte Arne. »Untendrunter ist eine Zahnarztpraxis und obendrüber eine Firma mit dem Namen Eurasian and Black Sea Import-Export Company.«

»Stand das nicht auf James Bonds Visitenkarte?«

»Nein, das war Universal Export«, sagte Arne. »Das heißt, dass hier zwischen vier Uhr nachmittags und acht Uhr morgens keine Menschenseele ist.«

»Super.«

Lene setzte sich auf einen Lederpouf in der Mitte des Raumes und stützte das Kinn in die Hände. Dann drehte sie sich weg, damit sie die Leiche nicht mehr sehen musste.

»Mobiltelefon?«

»Nix.«

»Nix? Hör auf, Arne.« Lenes Stiefelabsatz klapperte ungeduldig auf den Boden. »Das ist der Typ, der sein Handy checkt, bevor er morgens pissen geht. Er ist ein Globetrotter und lebt in allen Zeitzonen. Er ist mit dem Hundeschlitten unterwegs. Sag mir bitte, wozu ich euch habe? Ich könnte auch gleich ein Blindeninstitut einladen, das eure Arbeit macht.«

»Wir haben alles durchgekämmt«, sagte Arne knapp.

Arne kannte Lene zu gut, um sich von ihr zu einer Diskussion hinreißen zu lassen, die sie hundert von hundert Mal gewinnen würde. Das hatte er längst gelernt.

Lene sprang impulsiv auf und trat wieder an die Fenster. Sie schaute direkt in das blasse, nach oben gerichtete Gesicht der jungen Frau, die noch immer mit ihrer Tochter vor dem Eiscafé saß. Ein paar intensive Sekunden starrten sie sich an. Dann sagte die Frau etwas zu dem Mädchen und zog es mit sich. Die beiden verschwanden um die Ecke.

»Was hat es mit den beiden auf sich?«, murmelte sie.

»Wie bitte?«

»Nichts. Wie viele Zahnbürsten?«

»Eine.«

»Nichts Festes also?«

»Woher soll ich das wissen?«

Eine Technikerin, die gerade eine Deckenlampe demontierte, stieß einen Pfiff aus und zog behutsam mit einer Pinzette einen Gegenstand von der Größe eines Zigarettenfilters aus der Lampenfassung.

Arne nahm den Gegenstand entgegen.

»Was ist das?«, fragte Lene.

»Eine Miniatur-Überwachungskamera«, sagte er. »Aktiviert. Sie nimmt in diesem Moment auf.«

Er zeigte auf ein mikroskopisch kleines, grün blinkendes LED-Lämpchen an der Seite der Kamera.

»Kill it! Und hör auf, das Scheißteil auf mich zu richten!«

»Entschuldigung.«

Arne legte die Kamera in einen Plastikbeutel, den er in die Tasche schob.

Lene sah den Toten auf dem Boden an.

»Arne, sag du's mir ... Glaubst du, die Kamera hat aufgenommen, was ... Ich meine, endet er auf YouTube? Oder wir?«

»Das glaube ich nicht«, sagte Arne. »Diese Kamera ist top-professionell. Die wurde nicht von irgendeinem gestörten Teenager montiert.«

»Kabellos?«

»Selbstverständlich. Reichweite vermutlich drei- bis vierhundert Meter. Diejenigen, die sie montiert haben, werden sich in einem Wagen irgendwo in der Nähe aufhalten und kaffeetrinkend alles auf dem Monitor verfolgen.«

Lene sah sich nervös um.

»Keiner sagt mehr ein Wort, bis ihr rausgefunden habt, ob es noch mehr von den Dingern gibt. Das gilt auch für Mikrofone, okay? Was geht hier eigentlich vor, Arne?«

Der Chef-Kriminaltechniker zuckte mit den Schultern. Er machte Anstalten, etwas zu sagen, unterbrach sich aber sofort wieder.

Lene sah sich um.

Am ganzen Körper verspürte sie einen Juckreiz.

IDA HALF MICHAEL mit dem Krawattenknoten, was völlig unnötig war, denn seit seinem sechzehnten Lebensjahr beherrschte er vier verschiedene Varianten. Ihr Haar duftete frisch gewaschen, aber unter den Augen lagen dunkle Schatten. Sie zog den Knoten an und schnippte eine Flocke von seiner Schulter.

Um halb sechs Uhr morgens war ein Anruf von Axel Nobels Privatsekretärin gekommen. Beim dritten Versuch hatte er abgenommen, bereit, den Störenfried in die hintersten Höllenwinkel zu wünschen, aber die freundlich frische Frauenstimme hatte seine Verwünschungen blockiert.

Es war weniger eine Einladung als die Order zu einem Krisentreffen mit dem Vorstandsvorsitzenden. Offenbar gab es im Imperium weder Tag noch Nacht. Geld wurde rund um die Uhr verdient.

»Wie sehe ich aus?«, fragte er und beugte und streckte die Finger.

Ida betrachtete seine Hände in dem Standspiegel. »Du siehst gut aus«, sagte sie.

»Nein. Was stimmt nicht?«

Sie verschränkte die Arme und trat einen Schritt aus der Distanz des Spiegels.

»Nichts. Es ist nur … Die Reichen und Mächtigen. Axel Nobel spielt in der Oberliga, Michael.«

»Ich dachte immer, ich spiele in der Oberliga.«

Sie lächelte sanft.

»Sagen wir mal eher zweite Liga Ost, oder? Das Ehepaar Palmer und ihr verschwundener Schwiegersohn waren dein erster Auftrag seit neun Monaten. Außerdem waren das Klienten, deren Geld du nicht mal angenommen hast.«

»Bin ich wirklich derart abgestiegen?«

Sie legte eine Hand auf seine Schulter. Ida war sicher und schnell in ihren Bewegungen, wie es sich für eine Augenchirurgin gehörte, auch wenn sie seit dem Tod ihres Sohnes nicht mehr gearbeitet hatte.

»Michael … Du bist der talentierteste, intelligenteste …«

Er grinste.

»Versprich mir, dass du niemals Coach oder so was wirst. Du bist nicht sehr überzeugend als Selbstbewusstseinstrainerin …«

»Mag sein. Aber Axel Nobel, ich bitte dich! Er ist die Nummer 76 auf Forbes' Liste der einflussreichsten Menschen weltweit. Er ist Ex-Elitesoldat und laut offizieller Meinung ein rücksichtsloses Arschloch, das jeden Widerstand und Widersacher einfach niederwalzt.«

»So werden große Unternehmen geführt, Ida. Und glaub nicht alles, was du bei Google liest. Axel Nobel verdient Geld, wo er kann, Nobel Oil ist mit Abstand der größte Arbeitgeber Dänemarks und Axel Nobel der größte Wohltäter des Landes. Er hätte sein Unternehmen schon längst nach Singapur oder Houston verlegen können, aber das hat er nicht getan, obwohl das für ihn fraglos sehr viel bequemer wäre, als in diesem Freilichtmuseum zu bleiben. Aber ich verstehe deine Bedenken: Was will er von mir, wenn er Verträge mit den größten Sicherheitsfirmen der Welt hat, die über Spezialisten verfügen, ehemalige Elitesoldaten, Abhörexperten, Detektive, Hacker und Supercomputer? Das meinst du doch, oder?«

»Ja.«

»Er will mich, weil ich ersetzbar bin. Weil ich keine ellenlange Papierspur hinterlasse. Weil ich niemanden habe, der an meinem Grab singt. Weil er glaubt, dass ich keine Fragen stelle. Und weil er mich für käuflich hält.«

»Ich würde an deinem Grab singen, Michael. Egal, wo.«

Ida hatte Tränen in den Augen. Sie schluchzte, und ihre Schultern bebten.

»Also geht es hier um etwas extrem Dringendes und extrem Dreckiges«, murmelte er. »Andererseits bereitet es mir aus dem Grund auch keine Gewissensqualen, ihn um ein Megahonorar zu schröpfen, damit ich ...«

Michael ließ den Satz unvollendet.

»Damit du die Rechnungen bezahlen kannst«, sagte sie an seiner Stelle. »Mir ist schon klar, dass du nicht allzu viel Geld hast.«

Sie legte die Hände vors Gesicht und beugte sich vor.

»Ich bin so eine Last«, sagte sie weinerlich. »Ich bin zu nichts zu gebrauchen, und ich hätte nie gedacht, dass ich mal so enden würde. Entweder laufe ich wie ein Zombie durch die Wohnung, oder ich bin eingewiesen, und du kannst nie wissen, welche Version von mir wieder entlassen wird. Es gibt Wochen, in denen ich alles vergesse. Josiah. Dich!«

Michael zog sie hoch, als wäre sie leicht wie eine Feder, und sie legte ihren Kopf an seine Schulter.

»Aber wir kommen immer wieder zurück, Ida. *Du* kommst zurück. Und ich lebe nicht aus Mitleid mit dir zusammen oder weil ich hoffe, irgendwann heiliggesprochen zu werden. Ich lebe mit dir zusammen, weil du das Normalste bist, das ich habe … selbst wenn du total meschugge bist.«

»Danke, Michael.«

Er drückte ihr einen Kuss aufs Haar.

»Aber versprich mir, auf dich aufzupassen. Selbst deine Narben haben schon Narben«, sagte sie.

Sie öffnete die Tür.

»Und du siehst großartig aus, Bruderherz.«

»Fuck you.«

Sie lächelte wieder.

»Hast du es getan?«

»Was?«

»Lene angerufen?«

»Eine irre Frau in meinem Leben reicht mir vollkommen, Schwesterherz, danke.«

MICHAEL WURDE HINTER der Schwingtür der Hauptniederlassung von zwei Wachmännern in dunklen Anzügen in Empfang genommen. Er folgte ihnen zu einem in der Ferne leuchtenden Punkt, wo er Nobel Groups Rezeption vermutete. Der Boden war mit schwarzen Grafitquadern ausgelegt, die alle Geräusche schluckten. Geschmackvoll ausgeleuchtete Vitrinen stellten das Raubgut aus mehreren Jahrhunderten aller möglicher Nationen und Völker aus. Unter seinen Schuhsohlen glitten geisterhafte Schatten von Fischen, Weichtieren, Vögeln und Farnen in ewiger, versteinerter Nacht vorüber.

Sie betraten ein helles, rundes, sechs Stockwerke hohes Atrium, in dem junge, mit Headsets ausgerüstete Rezeptionisten mit asymmetrischen Frisuren und automatischem Lächeln saßen, die alle möglichen Sprachen beherrschten. Michael wurde durch einen Metalldetektor gebeten und musste Münzen, Schlüssel, das Mobiltelefon und den Gürtel in eine Kiste legen, die er wieder abholen konnte, wenn er ging.

Einer der beiden Securitymänner öffnete die Gittertür zu einem antiquierten Aufzug. Darin gab es einen roten Samtsessel – und einen Knopf.

»Herr Nobel erwartet Sie am oberen Ende.«

»Wie der Goldkrug am Ende des Regenbogens?«
Der Mann lächelte.
»Das hoffe ich für Sie, Herr Sander.«

Die Stahlträger der Dachkonstruktion verloren sich in fernen, grün schimmernden Glassphären der himmelhohen Kuppel. Vielleicht fünfzig Meter vom Aufzug entfernt erahnte Michael eine einsame Gestalt hinter einem riesigen Schreibtisch. Ohne sich zu erheben, winkte der Mann ihn zu sich. Michael betrachtete fasziniert die gigantische, in der Luft hängende Aluminiumgondel, die bei ihrer weltumspannenden Fahrt durch die Stratosphäre bis aufs rohe Metall abgenutzt zu sein schien. Sie erinnerte an ein Exponat aus dem Jules Verne Museum. Danach bewunderte er den aerodynamischen America's-Cup-Herausforderer im Hintergrund und kam kurz aus dem Tritt, als er hinter einer Säule vor Axel Nobels Schreibtisch Dirk Straat erblickte.

Michael kniff die Augen in einem Sekundenbruchteil des Wiedererkennens zusammen. Das war natürlich Straat gewesen, den er letzte Nacht vor dem Banana-Club gesehen hatte: die breiten Schultern, der federnde, athletische Gang. Der Wagen, der ihm gefolgt war. Das ungleiche Liebespaar.

Dirk lächelte andeutungsweise und nickte. Die großen, trockenen Hände lagen reglos auf seinen Knien. In der Brusttasche des marineblauen Anzugs steckte ein gestärktes weißes Tuch, und die Krawatte war aus italienischer Rohseide. Offenbar herrschten gute Zeiten in der Todesbranche.

Michael nickte minimal zurück. Er hatte Straat zuletzt von einem Forstweg aus gesehen, der zu einem verlassenen Hof bei Nijmegen führte, wo er ein 19-jähriges gekidnapptes Mädchen aufgespürt hatte, durch das Seitenfenster eines Leihwagens. Das Mädchen war eine Woche lang von inkompetenten Kidnappern gefangen gehalten worden, Vater und Sohn, während sie mit ihrem Vater, einer von Hollands reichsten Großindustriellen, die Bedingungen für das Lösegeld und die Übergabe aushandelten. In einem der Geldbündel hatte Michael einen Sender installiert. Die Entführer hatten die Wartezeit damit verbracht, das Mädchen zu foltern und immer und immer wieder zu vergewaltigen. Sie hatte etwas von einem gehäuteten Tier, als ein serbischer Söldner sie über den Hofplatz zu einem Mercedes getragen hatte, in dem der Vater und ein Arzt warteten. Der Wagen verließ den Hofplatz mit aufspritzendem Schotter unter den Reifen, während aus dem Haus die Schreie der unseligen Kidnapper schallten. Der Serbe begab sich zurück ins Haus und passierte Dirk Straat, der auf der Türschwelle eine Rauchpause einlegte. Es war Dirks Idee gewesen, die Entführer lebendig einzumauern.

Axel Nobel zeigte auf einen Stuhl zwischen dem Schreibtisch und Straats Platz. Dann erhob er sich und reichte Michael die Hand.

»Michael. Danke, dass Sie so schnell kommen konnten. Das weiß ich sehr zu schätzen.«

»Keine Ursache.«

Der Blick des Chefs war hart und direkt, auch wenn unter der Sonnenbräune graue Erschöpfung durchschimmerte.

»Sie kennen Dirk? Wenn ich es richtig verstanden habe, haben Sie schon zusammengearbeitet?«

»Jeder auf seiner Seite eines uralten Auftrages«, sagte Michael. »Man könnte eher sagen, dass wir voneinander wissen.«

»Ich schlage vor, wir führen die Unterhaltung auf Englisch fort. Mit Rücksicht auf Dirk.«

»Natürlich.«

Nobel lächelte gebremst und musterte ihn konzentriert über die zusammengelegten Fingerspitzen, die ein Pagodendach formten. Michael fühlte sich wie ins Kreuzverhör genommen. Über Nobels und Straats Augenpaare hinaus stierte ihn noch ein Ahne von der Wand an.

»Michael Vedby Sander. Nur damit Einigkeit darüber herrscht, wer wer ist. Sie waren Hauptmann bei der Militärpolizei, Kriminalkommissar und zwölf Jahre für Shepherd & Wilkins im Feld, einer international bekannten Sicherheitsfirma, die ich ganz nebenbei soeben von der Anlage in der Diskobucht abgezogen habe, weil sie nicht meine Erwartungen erfüllt haben.«

»Ich bin nicht mehr bei ihnen angestellt.«

»Selbstverständlich. Aber irre ich mich, oder besteht noch so etwas wie ein Freelance-Vertrag mit ihnen?«

»Der äußerst selten in Anspruch genommen wird. Dabei geht es vorrangig um Aufträge, die der feste Stab nicht mal mit der Zange anfassen würde. Sehr unangenehme Dinge an unangenehmen Orten. Für die Arbeit im Feld eignet sich nicht jeder.«

»Sie haben Leute aufgespürt, die um nichts in der Welt aufgespürt werden wollten«, fuhr Nobel fort. »Sie haben

Lösegeldsummen verhandelt, entführte Personen identifiziert und sie, wenn nötig, mit Gewalt befreit. Sie sind Computerexperte, ausgebildeter Scharfschütze und beherrschen das Selbstverteidigungssystem der israelischen Armee auf relativ hohem Niveau.«

»Krav Maga.«

»Exakt. Sie haben eine Einmannfirma und wohnen mit Ihrer Schwester zusammen in Gentofte?«

»Korrekt.«

Michael wusste, dass sein Gesicht ausdruckslos war. Das war eins der ersten Dinge, die man bei Shepherd & Wilkins lernte. Zeige niemals, niemals, niemals – Michael konnte sich nicht erinnern, ob es drei- oder viermal »niemals« war – irgendwem, was du fühlst oder denkst.

Nobel beugte sich vor, die Unterarme auf den Schreibtisch gestützt.

»Haben Sie momentan viel zu tun?«

»Es ist eine ruhige Jahreszeit.«

Es gab keinen Grund zu lügen. Nobel wusste vermutlich besser über die Finanzen seiner kleinen Firma Bescheid als er selbst.

»Ich bin mir sicher, dass sich das bald ändern wird. Man sagt allenthalben, dass Sie Talent haben. Einer meiner sehr alten guten Freunde in England hat Sie mir empfohlen.«

Michael nickte. So lief das im Allgemeinen: Leute, die einander vertrauten, empfahlen ihn untereinander weiter als Option, wenn jemand von privaten, außergewöhnlichen und dem Anschein nach unlösbaren Problemen unterschiedlichster Art betroffen war. Er stand nicht im Telefonbuch.

»Könnten Sie sich in der Zwischenzeit eventuell vorstellen, für mich zu arbeiten? Für einen begrenzten Zeitraum und in einer ganz simplen Angelegenheit?«, fuhr Nobel fort.

»Eventuell könnte ich das«, sagte Michael.

Der Vorstandsvorsitzende erhob sich und ging zu dem Modell einer Erdölraffinerie und eines Tiefwasserhafens, das auf einem großen runden Tisch aufgebaut war.

»Wissen Sie, was das hier ist?«

»Ein Traum?«

Nobel suchte vergeblich nach Ironie in Michaels Gesicht.

»Exakt. Ein Traum von Unabhängigkeit.«

»Von Russland, Venezuela, Nigeria oder dem Mittleren Osten?«

»Von eitlen Neo-Zaristen im Kreml, kommunistischen Irren in Südamerika, schwarzen Kriegsherren in Nigeria und degenerierten Inzest-Prinzen in Saudi-Arabien, ja. Das wäre durchaus denkbar, wenn man das volle Potenzial der Anlage ausschöpfen könnte.«

Michael drehte sich auf seinem Stuhl und schaute das Modell an. Straats durchdringender grauer Blick bohrte Löcher in seine Haut.

»Grönländisches Öl soll Westeuropa wieder auf die Beine bringen?«, fragte Michael. »Eine hübsche Idee. Ein Zyklus von großer Schönheit.«

Der Chef betrachtete das Modell.

»Das sehen Sie?«

»Absolut«, sagte Michael. »Im Zuge der globalen Erwärmung ist das Inlandeis geschmolzen. Damit kann das Schieferöl in der Diskobucht gefördert werden, und die Nordwestpassage steht für Nobel Oils Supertanker offen. Alle sind glücklich, abgesehen von den Eisbären natürlich, aber die können nicht protestieren und haben kein Wahlrecht. Das Verbrennen des Öles in Millionen von Haushalten und Fahrzeugen treibt die Erderwärmung noch weiter in die Höhe, das Eis schmilzt noch schneller, wodurch noch mehr Schieferöl zugänglich wird. Das ist doch ganz wunderbar, eine Art Ewigkeitsmaschine.«

»So sehen das bedauerlicherweise längst nicht alle.«

»Wirklich nicht?«

»Ich denke, das wissen Sie genauso gut wie ich.«

Axel Nobel setzte sich wieder. Er lehnte sich zurück und betrachtete die ferne, unter den Dachstreben schwebende Gondel.

»Die Firma hat Morddrohungen erhalten. Gegen mich und meine Familie, den Vorstand und leitende Mitarbeiter. Nicht den üblichen unartikulierten Nonsens. Und das Projekt in der Diskobucht wird permanent sabotiert. Letzte Woche wurden vier chinesische Arbeiter getötet, als ein Gerüst unter ihnen zusammenbrach. Und dann die Probleme mit den lecken Ölleitungen, von denen Sie sicher gehört haben. Die Terroristen nennen sich Poseidons Krieger. Sie sind hervorragend ausgebildet, haben uns auf allen möglichen Ebenen infiltriert, sind extrem fanatisch und mindestens ebenso effektiv, kaltblütig und erfinderisch. Die Schwierigkeit, sie aufzuspüren, liegt unter anderem darin, dass zu jedem Zeitpunkt etwa 1800 Arbeitskräfte aus allen Ecken der Welt, inklusive Grönland, in der Diskobucht beschäftigt sind. Wir können nicht jeden Einzelnen auf Herz und Nieren prüfen.«

»Natürlich nicht.«

»Wie steht es um Ihre professionelle Moral, Michael?«

»Flexibel, würde ich sagen.«

»Bis zu einer gewissen Grenze, nehme ich an?«

»Ich gehe für niemanden ins Gefängnis. Nicht einmal für Sie.«

»Wegen Ihrer Schwester?«

Michael starrte den Vorstandsvorsitzenden an, der am Ende nicht anders konnte, als den Blick zu senken.

»Entschuldigen Sie … das geht mich natürlich nichts an. Eigentlich. Aber wir haben es hier nun einmal nicht mit einem Präzedenzfall zu tun. Ich muss deshalb ganz sicher sein, dass ich mich auf Sie verlassen kann und dass nichts von dem, was hier gesagt wird, jemals nach außen dringt. Börsengerüchte haben schon ganz andere Firmen ruiniert als ein so altes Unternehmen wie unseres.«

»Ich habe niemals das Vertrauen eines Klienten missbraucht«, sagte Michael ruhig. »Und wenn Sie mir erzählen wollen, wer der zweite und dritte Schütze bei dem Attentat auf John F. Kennedy am 22. November 1963 in Dallas war oder in welchem österreichischen See die Nazis 1945 ihr Gold versenkt haben, sehe ich keine Veranlassung, damit jetzt anzufangen. Mir ist natürlich klar, dass dies kein Präzedenzfall ist. Sonst wäre ich nicht hier.«

Straat und Nobel wechselten bedeutungsvolle Blicke über Michaels linke Schulter hinweg.

»Gut«, sagte Axel Nobel. »Ich werde Ihnen gleich Videoaufnahmen aus der Wohnung eines unserer Mitarbeiter zeigen. Der Mann ist oder vielmehr war Peter Holm, Chefgeologe von Nobel Oil, der in der Nacht auf vorgestern in seinen vier Wänden ermordet wurde. Außer mir und Dirk hat niemand diese Filme gesehen.«

»Auch nicht die Polizei?«

»Es gibt keine Notwendigkeit. Das Verbrechen an sich liegt doch auf der Hand, vermutlich hat die Polizei den Mörder bereits identifiziert. Falls nicht, werden wir ihnen das nötige Kreuz auf der Schatzkarte liefern.«

»Wir?«

»Alle haben ein Interesse an der raschen Aufklärung des Verbrechens, um es danach ganz schnell wieder vergessen zu können. Nicht zuletzt die Regierung und unsere Kooperationspartner in Grönland und China. Allen liegt daran, dass das Diskobucht-Projekt weiterläuft wie geplant. Das ist von existenzieller Bedeutung. Nicht nur für unsere Firma, auch für Dänemark und den Rest Europas. Das ist selbst dem linken Flügel inzwischen aufgegangen.«

»Verstehe.«

»Peter wurde in eine Honigfalle gelockt. Er war homosexuell und wurde von einem jungen Mann namens Rasmus Nordstrand verführt, den er in Grönland kennengelernt hatte. Sie haben sich in Kopenhagen wiedergetroffen, was natürlich kein Zufall war. Sein Mörder war jung, sah blendend aus, war äußerst zugänglich und damit unwiderstehlich für einen Mann wie Peter, der den größten Teil des Jahres in sehr einsamen und unwirtlichen Gegenden stationiert war.«

»Wer hat die Falle gelegt?«

»Was das betrifft, hoffe ich, dass Sie uns weiterhelfen.«

»Warum wurden Kameras in seiner Wohnung installiert? Und wusste er davon?«

»Wegen der Morddrohungen. Peter war einer der prominentesten Mitarbeiter auf der Liste. Aber wir haben nicht nur bei ihm Kameras installiert. Und nein, wir hatten ihn noch nicht darüber informiert.«

Michael zuckte mit den Schultern.

»Wenn Sie und die Polizei den Täter kennen, was wollen Sie dann von mir?«

Wieder wurden Blicke gewechselt.

»Der Mörder hat äußerst wichtige Informationen gestohlen«, sagte Nobel. »Und danach Peters Computer zerstört. Nicht einmal der liebe Gott könnte ihn wiederbeleben. Wir können unsere Daten nicht finden, und wir finden Nordstrand nicht. Aber das tun Sie, hoffe ich.«

»Gibt es keine Kopie der Daten?«

»In diesem Fall nicht«, sagte der Nobel-Oil-Chef errötend. »Und selbst wenn wir welche hätten, geht es um Informationen, die das Ende der Firma mit ihren 120 000 Angestellten bedeuten können, wenn sie in die falschen Hände geraten.«

»In die von Poseidons Kriegern, zum Beispiel?«

Nobel schickte ihm ein breites, jungenhaftes Lächeln.

»Das wäre eine richtig schöne Scheiße, keine Frage, auch wenn das mit angemessen geschicktem Lobbying sicher wieder geradegebogen werden könnte. Ein bisschen Umwelt-Blabla, Hymnen an die eskimoische Kultur, Spenden für die Walforschung. Man könnte das Königshaus um Unterstützung bitten. Sie lieben Grönland, aber man weiß leider nie, in welcher Tagesform man sie gerade antrifft. Nein, ich denke an meine Konkurrenten, Michael. Immer an meine Konkurrenten.«

»Und worin besteht diese lebenswichtige Information?«

»Damit brauchen Sie sich nicht zu belasten. Unsere Daten wurden auf Nordstrands USB-Stick kopiert, verschlüsselt natürlich. Die Experten behaupten, die Codierung sei nicht zu knacken, aber ich traue ihnen nicht. Alle Codes lassen sich knacken.«

»Das ist korrekt. Wenn man genügend Zeit hat, einen Supercomputer und tüchtige Kryptografen. Die Israelis sind die Besten. Sie haben zusammen mit der CIA STUXNET entwickelt. Aber was wollen Sie von mir, wenn Sie Straat haben? Er ist … kompetent genug.«

»Das ist er ganz sicher, und er war gar nicht glücklich darüber, dass ich beschlossen habe, einen Außenstehenden einzuweihen. Aber ich erhoffe mir, dass Sie von Ihren jeweiligen Positionen an den Fall herangehen. Dass Sie sich sozusagen ergänzen. Wieder einmal. Mein englischer Freund meinte, Sie besäßen das beeindruckende Talent, das Unmögliche möglich zu machen.«

Michael sah ihn an.

»Das ist sehr freundlich. Konkret heißt das, dass ich Rasmus Nordstrand aufspüren soll, damit Dirk Straat und seine Lakaien ihn aufs Rad spannen und vierteilen können, bis er ausspuckt, was Sie wissen wollen. Sie wissen schon, warum Straat Tiger Woods genannt wird?«

Michael hörte, wie Straat hinter ihm die Füße auf dem Boden verschob.

Axel Nobel machte Anstalten, sich zu erheben, sank aber zurück auf seinen Stuhl. Er hob die Hände und ließ sie wieder auf die Tischplatte sinken. Sein Gesicht verzerrte sich, als hätte er Schmerzen.

»Nein, weiß ich nicht. Und es ist mir auch egal. Ich kann Ihre Empfindlichkeit nicht ganz nachvollziehen. Soweit ich informiert bin, sind während eines Jagdausfluges mehrere Mitglieder einer international bekannten dänischen und familiengeführten Firma verschwunden. Ich weiß, dass Sie in die Sache involviert waren, und bezweifle, dass die Betreffenden einen fairen Prozess bekommen haben.«

»Hätten sie sich damit begnügt, Elche zu schießen, hätte ich die Sache auch niemals übernommen«, murmelte Michael.

Er schob seinen Stuhl nach hinten und erhob sich.

»Ich danke Ihnen für das Gespräch. Ein kleiner Tipp, vergewaltigen Sie nicht die Leute, um die Sie werben. Das ist schlechte Verhandlungstaktik. Ich muss schon sagen, dass ich enttäuscht von Ihnen bin. Wirklich. Ich habe mehr von Ihnen erwartet.«

Er drehte sich um und trat die lange Wanderung zum Aufzug an, kam aber keine vier Meter weit, ehe Axel Nobels Stimme hinter ihm laut wurde.

»Stopp, verdammt noch mal! Bleiben Sie stehen!«

Michael hielt inne und drehte sich langsam um. Dirk Straats Gesicht war reglos wie eine Totenmaske, aber Nobel war auf die Beine gekommen.

»Eine Million Schweizer Franken«, sagte er.

»Hunderttausend als Vorschuss«, sagte Michael.

»Sind Sie wahnsinnig? Und wer garantiert mir, dass Sie nicht den nächsten Monat faul auf Ihrem Allerwertesten sitzen, bis alles zu spät ist?«

Axel Nobel hatte zu seiner Offiziersstimme zurückgefunden.

»Mein professioneller Ruf, auf den ich großen Wert lege«, sagte Michael. »Außerdem arbeite ich nicht so. Ich pflege Ergebnisse zu liefern. Den Rest bezahlen Sie, wenn ich Ihre Daten gefunden habe. Und Straat kann mit diesem Rasmus Nordstrand machen, was er will, und sich seinen Kick holen. Wenn er Peter Holm kaltblütig umgebracht hat, muss er natürlich die Konsequenzen tragen.«

Der Chef setzte sich wieder, nahm einen Brieföffner vom Tisch und balancierte ihn auf der Fingerspitze.

»Dann haben wir eine Abmachung. Gut. Wären Sie jetzt bereit für den kurzen Dokumentarfilm?«

»Selbstverständlich.«

DIRK STRAAT HATTE EINEN LAPTOP mit einem Projektor verbunden, Michael und Axel Nobel saßen vor einer großen Leinwand in einem großen Konferenzraum. Straat nahm so weit entfernt wie möglich von Michael Platz und richtete die Fernbedienung auf den Projektor.

Der Holländer spielte Sequenzen von zwei verschiedenen Überwachungskameras ab, die eine auf das Doppelbett in einem Schlafzimmer ausgerichtet, die andere auf eine Sitzgruppe, einen Couchtisch und einen Schreibtisch unter einem Landschaftsgemälde.

Die erste Sequenz zeigte den älteren der beiden Männer, die Michael im Banana-Club gesehen hatte. Er lag auf dem Bauch ausgestreckt quer auf dem Bett. Die Decke lag auf dem Boden, das Laken war zerknüllt und fleckig. Der Radiowecker auf dem Nachttisch zeigte 04:30, und das Zimmer war teilweise vom Licht im angrenzenden Badezimmer beleuchtet. Holm drehte sich auf den Rücken, ohne die Augen zu öffnen, kratzte sich am Sack und richtete sich langsam auf, lehnte den Kopf an das Kopfende. Michael registrierte ein halb leeres Weinglas neben dem Radio. Die Bewegungen des Geologen wirkten träge und unsicher. Er gähnte, stand auf und verschwand Richtung Bad aus dem Bildausschnitt.

»Was ist mit dem Ton?«, fragte Michael.

»Wir hatten keine Zeit, Mikrofone zu installieren. Er pisst nur«, sagte Straat.

»Amateure«, murmelte Michael.

Peter Holm kam zurück. Er setzte sich auf die Bettkante und schaute mit hochgezogenen Augenbrauen auf die Matratze, wollte sich wieder hinlegen, verharrte aber mitten in der Bewegung und richtete sich wieder auf, warf noch einen Blick auf das Bett. Seine Lippen bewegten sich in einem kurzen Ausruf.

Dann verließ er auf unsicheren Beinen das Schlafzimmer.

»Er ist betäubt«, sagte Michael.

Nobel sah ihn durchdringend an.

»Sicher?«

»Hundertprozentig. Seine Motorik ist völlig verzögert. Vermutlich Rohypnol. Neben dem Radio auf dem Nachttisch steht ein Weinglas. Es war nicht geplant, dass er mittendrin aufwacht.«

»Das ergäbe einen Sinn«, sagte Nobel. »Wie rücksichtsvoll.«

Straat wechselte zu der Kamera in dem Wohnraum. Man sah den Schreibtisch, darauf eine Packung Kleenex, ein Behälter mit Bleistiften und Kugelschreibern, das Foto vermutlich der Mutter im Silberrahmen, dahinter ein junger, nackter Mann vor einem aufgeklappten Laptop. Das Gemälde war von der Wand weggeklappt, die Tür des Tresors dahinter stand offen.

»Rasmus Nordstrand ist Meeresbiologe und bei Nobel Oil in Ilulissat angestellt«, erklärte Axel Nobel. »Wir bezahlen ihm also ein Gehalt dafür, dass er uns ruiniert. Er ist verheiratet und hat eine Tochter. Die Familie lebt vorrangig in Kopenhagen und Nordstrand und ist halb grönländisch.«

»Hat er Vorstrafen?«, fragte Michael, der sich deutlich an den jungen Mann aus dem Banana-Club erinnerte. Sie hatten sich angelächelt. Er hatte nicht das Gefühl gehabt, dass Nordstrand homosexuell war. Aber das Gleiche galt auch für Peter Holm.

»Der Arschficker ist sauber wie frisch gefallener Schnee«, murmelte der Vorstandsvorsitzende.

»Der Arschficker war aber Holm«, informierte Straat ihn neutral.

Nobel musterte ihn eiskalt.

»Weiter, Dirk.«

Nordstrands freie linke Hand bewegte sich nervös vom Knie zum Gesicht, er knetete die Unterlippe zwischen Daumen und Zeigefinger. Das lange schwarze Haar fiel ihm in feuchten Strähnen ins Gesicht, er strich es fahrig hinters Ohr. Eine schmale graue Säule auf dem Computerbildschirm wurde mit dem Voranschreiten des Kopiervorganges nach und nach grün. Nordstrand hatte nun beide Hände auf den Knien abgelegt und ruckte vor und zurück, angespannt wie ein Jagdhund. Als der Kopiervorgang endlich abgeschlossen war, riss er einen großen USB-Stick aus geriffeltem Aluminium aus dem Port.

Abrupt hob er den Blick und rief etwas, ehe er einen schlaffen, unkoordinierten Faustschlag von Holm einkassierte, der ins Sichtfeld taumelte. Der Geologe brüllte und hatte Tränen in den Augen. Der junge, muskulöse Mann kam auf die Beine, der Schreibtischstuhl kippte nach hinten, und er übermannte Holm ohne Probleme. Er nahm den älteren Mann von hinten in den Würgegriff, dessen Rücken sich wie ein Bogen spannte. Die Venen am Hals und die Augen traten hervor. Er versuchte vergeblich, den Griff zu lockern, aber die Befreiungsversuche wurden schwächer. Sein Brustkasten bewegte sich nicht mehr. Gleich darauf wurde er rückwärts aus dem Bildausschnitt gezogen.

Axel Nobel stieß einen unterdrückten Laut zwischen Seufzer und Stöhnen aus. Michael sah ihn an. Er war bleich, hatte die Hände zu Fäusten geballt und blickte mit echtem Bedauern auf die Leinwand.

Laut laufender Zeitangabe am unteren Bildrand vergingen fast zwei Minuten, ehe Rasmus Nordstrand wieder auftauchte. Er hob den Stuhl auf und setzte sich vor den Laptop. Er atmete hektisch, sein Körper war von einem Schweißfilm überzogen. Von seiner rechten Hand tropfte Blut.

Er vollführte eine entschuldigende Geste zum Bildschirm, gefolgt von der erhobenen Hand mit drei gespreizten Fingern. Dann drehte er plötzlich ruckartig den Kopf, sprang auf und schaute sich um. Sein Gesicht war verzerrt. Er sagte dreimal das gleiche Wort und schnappte sich den Laptop. Mit einem hektischen Blick über die Schulter verschwand er aus dem Bild.

»Was ist da passiert?«, fragte Michael.

»Ich habe die Tür eingetreten«, sagte Straat. »Leider kamen wir zu spät. Er konnte über die Hintertreppe flüchten.«

»Nackt?«

»Spielt das eine Rolle?«

»Das weiß ich nicht, Dirk. Aber ich würde spontan meinen, dass eventuelle Zeugen sich besser an einen panischen, nackten Mann erinnern, der die Straße runterrennt, als an jemand, der bekleidet dahinschlendert.«

»Da muss ich Michael recht geben«, sagte Axel Nobel. »Wie dem auch sei, Nordstrand ist mit dem Inhalt von Peters Laptop entkommen, den er übrigens aus dem Fenster geworfen hat. Die Festplatte ist unwiederbringlich zerstört.«

»Und der Inhalt befindet sich auf dem USB-Stick, den wir zum Ende hin auf den Aufnahmen gesehen haben?«

»So ist es.«

»Aber der kann sich inzwischen sonst wo befinden.«

»Es sei denn, er hat ihn irgendwo in Peters Wohnung versteckt«, sagte Nobel, »und die Polizei hat ihn nicht entdeckt. Was sie nicht haben, wie ich zufällig weiß.«

Michael musterte ihn. Der Vorstandsvorsitzende hatte offensichtlich Einblick in die laufenden Ermittlungen, über wen auch immer.

»Wieso sollte er das tun?«

»Weil er nicht mit den Daten erwischt werden will«, schob Straat ein.

Michael verfolgte die Frage nicht weiter, aber das kam ihm unlogisch vor. Nordstrand hatte einen Tatort mit einer Leiche und Beweismaterial im Überfluss zurückgelassen. Straat und Axel Nobel enthielten ihm Informationen vor, aber das war er gewohnt. Michaels Klienten erzählten ihm nie die ganze Wahrheit.

»Hat die Polizei die Überwachungskameras gefunden?«, fragte er.

»Ja.«

»Darf ich das sehen?«

»Zeigen Sie es ihm, Dirk.«

Straat spulte die Aufnahmen so schnell vor, dass Michael keine Zeitangaben mehr lesen konnte. Es wurde heller, das Morgenlicht kroch über den Boden und die Teppiche. Der Holländer stoppte den Vorlauf.

Es waren zwei weiß gekleidete Gestalten zu sehen. Mit schockierender Plötzlichkeit tauchte hinter einer aus unmittelbarer Nähe unheimlich lang wirkenden Pinzette das verzerrte, von einer weißen Kapuze eingerahmte Gesicht einer Frau auf. Michael blinzelte benommen, als die Kamera blitzschnell hin und her schwang und der Raum sich surrealistisch drehte. Für den Bruchteil einer Sekunde war ein älterer bärtiger Mann zu sehen, danach eine rothaarige, langbeinige Frau in einer speckigen Lederjacke, weißem Hemd, Jeans und Boots, die mit vor der Brust verschränkten Armen im hinteren Teil des Wohnzimmers stand. Sie hatte ebenmäßige Gesichtszüge, hübsche grüne Augen, einen klaren, natürlichen Teint und einen breiten, humorvollen Mund. Und Watteröllchen in den Nasenlöchern?

Wärme und Nervosität strömten von derselben Stelle in Michaels Bauch aus, ehe sie sich zu einem harten, kalten und kantigen Stein verdichteten.

Er registrierte, dass Straat ihn beobachtete, und verfluchte sich im Stillen. Der Holländer hätte nicht so lange überlebt in seiner Branche, wenn er nicht mit tierischen Instinkten und einem sechsten, siebten und vielleicht sogar achten Sinn gesegnet wäre.

»Haben Sie jemanden wiedererkannt?«, fragte Straat.

»Nein.«

»Sind Sie sicher?«

»Natürlich bin ich sicher«, fuhr Michael ihn an.

Er ignorierte den Holländer, der ihn unverwandt anstarrte, und wandte sich an Axel Nobel.

»Wenn ich mich der Sache annehmen soll, muss ich mir die Aufnahmen auf meinem eigenen Computer mit meiner eigenen Software noch einmal genauer ansehen, ohne dass mir jemand über die Schulter schaut. Der Punkt ist nicht verhandelbar. So arbeite ich.«

»Ich weiß nicht recht, was ich dazu sagen soll«, sagte Nobel skeptisch.

Er warf Straat einen Blick zu, der energisch den Kopf schüttelte.

»Wären Sie so gut, einen Augenblick nach draußen zu gehen, damit Dirk und ich hinter Ihrem Rücken über Sie reden können?«

Michael erhob sich. Er gierte nach einer Zigarette und der genaueren Analyse seiner heftigen Reaktion beim Anblick der Polizeioberrätin Lene Jensen, zu der er seit fast zwei Jahren keinen Kontakt mehr gehabt hatte.

»Gerne«, sagte er und ging.

Er schlenderte einen langen Flur entlang und fand ein leer stehendes Büro außer Hörweite, das gerade renoviert wurde. Der Boden war mit Folie abgedeckt, und an den Wänden standen Leitern und Farbeimer. Die Glasfront auf das Hafenbecken hinaus fehlte, aber man hatte eine hüfthohe Barriere mit Brettern angebracht, damit kein unaufmerksamer Handwerker in den Tod stürzte. Die obere Hälfte war mit verstärkter Plastikfolie verschlossen. Er lüpfte eine

Ecke und schaute auf eine Frauengruppe hinunter, die etwa zehn Meter unter ihm auf einer Teakholzterrasse Kaffee trank. Er steckte die Plane wieder fest und zündete sich eine Zigarette an.

Plötzlich begann das Gebäude zu vibrieren, als ein orangefarbener Langstreckenhubschrauber zur Landung auf dem Helipad am Ende des Gebäudekomplexes ansetzte. Die Frauen hielten ihre Kaffeebecher fest, und eine sorgte dafür, dass der Sonnenschirm nicht abhob. Sie ließen sich nicht in ihrer Unterhaltung stören, sprachen nur etwas lauter. Offenbar waren sie das gewohnt, dachte Michael. Er stellte sich vor, wie die Frau an dem Sonnenschirm von einem Windstoß übers Wasser getrieben wurde. Wie Mary Poppins.

Er drehte sich um, weil er sich beobachtet fühlte.

Axel Nobel und Dirk Straat standen wenige Meter hinter ihm.

»Ich befürchte, das Rauchen ist hier untersagt«, sagte Nobel.

»Entschuldigung.«

Michael schnipste die Kippe ins Wasser.

Nobel lächelte.

»Ist nur ein Scherz. Rauchen Sie, so viel Sie wollen. Ich würde zu gerne eine Zigarette von Ihnen schnorren, aber das würde meine Frau sofort riechen.«

»Ach ja ... die Frauen ...«

»Ganz Ihrer Meinung«, sagte Nobel düster.

Michael nickte in Richtung der abgedeckten Fensteröffnung.

»Hat es einen Unfall gegeben?«

»Sie wissen doch, wie das mit alten Häusern ist. Ist man an einem Ende fertig, kann man am nächsten schon wieder von vorne anfangen. Gehen wir zurück in den Tempel?«

Axel Nobel nahm hinter seinem Schreibtisch Platz, während Straat hinter Michael Position bezog, nachdem er ihn mit einem Blick bedacht hatte, der ein frisches Grab versprach, falls er sie enttäuschte.

»Ich hoffe, Sie enttäuschen mich nicht, Michael«, sagte der Vorstandsvorsitzende. »Das würde ich nicht allzu gnädig aufnehmen.«

»Darüber bin ich mir im Klaren. Ein Letztes: Holms Laptop ...«

»Was ist damit? Der ist pulverisiert. Sein Mobiltelefon haben wir noch vor der Polizei gefunden, aber das hat nichts von Interesse für uns offenbart.«

»Natürlich nicht. Ich denke nur an die Tatsache, dass die heutigen Computer ebenso sehr Sie im Auge haben, wie Sie den Computer.«

Nobel legte die Stirn in Falten. »Was wollen Sie damit sagen? Ich kann Ihnen versichern, dass Peter alles an Sicherheitsprogrammen installiert hatte, was der Markt zu bieten hat. Es ist noch niemandem gelungen, sich in die Computer hier im Haus einzuhacken, auch wenn es schon Gott weiß wer alles probiert hat.«

»Ich rede nicht von Viren oder Spyware, sondern von angespitzten amerikanischen Schuljungen. Wenn Sie sich die Aufnahmen noch einmal ansehen, werden Sie vermutlich das kleine leuchtende Lämpchen an seinem Computer bemerken, das anzeigt, dass die Kamera des Rechners läuft. Es ist unglaublich simpel. Geschlechtsreife junge Männer auf dem ganzen Erdball nutzen dieses Programm, um ihre Lover oder einen appetitlichen Mathelehrer dabei zu beobachten, wie er ein Bad nimmt oder sich an- oder auszieht. Vielleicht machen Frauen das auch, es würde mich jedenfalls nicht wundern. Haben Sie sich nicht gefragt, wieso Nordstrand mehrmals nacheinander das gleiche Wort in Richtung des Bildschirms sagt und ständig gestikuliert? Was soll das? Weil irgendwo an einem sicheren Ort ein Mensch sitzt, der zuschaut und garantiert Dinge gesehen hat, die nicht für ihn bestimmt waren, möglicherweise sogar Dinge, die nicht mit der Version übereinstimmen, die Sie und Straat mir gegeben haben.«

Straat wechselte die Position, und Axel Nobel schickte dem Holländer einen zornigen Blick über Michaels Schulter.

»Danke. Ich werde mir die Aufnahme noch einmal ansehen. Und Michael, wenn ich auch nur die geringsten Zweifel gehegt haben sollte, dass Sie der richtige Mann sind, sind die hiermit hinfällig.«

»Danke.«

Michael erhob sich, sie verabschiedeten sich mit einem kurzen Händedruck und einem rügenden Blick in Straats Richtung.

»Was werden Sie mit Ihrer Million Schweizer Franken machen?«

»Jedenfalls nicht in Strandgrundstücke investieren, so viel steht fest.«

ES WAR LANGE STILL unter der hohen Kuppel. Dirk Straat studierte den Boden, und Nobel hatte seinen Stuhl so gedreht, dass er den dahintreibenden Wolken hinterherschauen konnte.

Er drehte den Stuhl wieder zurück, entnahm einer Schublade eine viereckige Flasche ohne Etikett, goss drei Fingerbreit hellbraune Flüssigkeit in ein Glas und leerte es in einem Zug.

»Der Mann hat recht, Dirk«, sagte er hustend. »Wieso haben Sie das nicht erkannt? Dass Peter betäubt war, das Glas auf dem Nachtschrank, die Computerkamera. Da haben ein oder mehrere Leute mitgeschaut. Die Situation beginnt, aus dem Ruder zu laufen. Das geht gar nicht, Mr. Straat!«

Nobel erhob sich und wanderte hinter dem Schreibtisch auf und ab.

»Ich bin nicht Michael Sander«, sagte der Holländer und zündete sich eine seiner schwarzen, knorrigen Zigarillos an. Er nahm einen tiefen Zug und betrachtete den Rauch. »Sie haben selbst angesprochen, dass unsere Fähigkeiten einander ergänzen könnten ... Sir.«

»Und? Was soll ich mit der Entschuldigung anfangen?«

»Er kennt die Rothaarige, Mr. Nobel.«

Nobel blieb stehen.

»Die Polizistin?«

»Lene Jensen. Polizeioberrätin bei der Staatspolizei. Sie bedeutet ihm was.«

»Sander war selbst Polizist, Dirk. Warum sollten die beiden sich also nicht kennen? Konzentrieren Sie sich jetzt darauf, Nordstrands Frau zu finden. Vermutlich ist sie es, mit der er über Peters Computer kommuniziert hat. Und die jetzt den USB-Stick hat.«

»Wenn er ihn nicht irgendwo in Holms Wohnung deponiert hat.«

»Selbst wenn, Sie müssen sie finden. Und lassen Sie Sander nach unseren Daten suchen. Ich bin nach den Gesprächen überzeugt, dass er besser dafür geeignet ist als Sie.«

»Selbstverständlich, Mr. Nobel.«

»Die Chinesen sitzen mir im Nacken, Dirk. Sie haben drei Milliarden Dollar in die Diskobucht investiert und wissen nicht, dass die Raffinerie nicht die volle Kapazität fährt.«

Er setzte sich wieder.

»Sie wissen das nicht«, murmelte er.

»Ich werde sie schon finden, Mr. Nobel. Und wenn ich sie und ihre Tochter gefunden habe ...?«

»Sie bekommen ein schwindelerregendes Honorar dafür, Probleme aus der Welt zu schaffen, nicht wahr? Die beiden sind solche Probleme. Schaffen Sie sie aus der Welt. Auf Wiedersehen.«

DER BANANA-CLUB LAG in ewig dämmriger Partybeleuchtung da. Auf der Bühne übte ein Stripper lange, sinnliche Bewegungsfolgen mit der blanken Stahlstange als Partner, ein Kellner auf Rollschuhen fuhr virtuos rückwärts im Slalom zwischen den Tischen herum und wischte unterwegs die Flächen ab. Ein Barkeeper räumte Gläser aus einem Abtropfkorb, während Lene mit dem Besitzer des Klubs in dem ehemaligen Projektorraum saß.

Der Besitzer war ein entgegenkommender, braun gebrannter Mann mittleren Alters in ausgeblichenem Poloshirt, Chinos und Mokassins. Er trug einen Ehering, Architektenbrille und graue, nach hinten gekämmte Haare.

Er saß vor seinem Computerbildschirm, der in vier Felder aufgeteilt war, und sah sich Aufnahmen der Überwachungskamera an.

»Gleich haben wir's, denke ich. Von exakt welchem Zeitpunkt sprechen wir?«

»Laut Bankkarte des Ermordeten hat er um 23 Uhr 21 zweihundertvierzig Kronen bezahlt.«

»Okay.«

Der Eigentümer sah die Kassenbons des Abends durch.

»Peter Holm wurde an Tisch 12 von Marcel bedient. Zwei Gin Tonic. So … da hätten wir den Ermordeten und seinen Begleiter. Bitte schön.«

Er rollte mit seinem Stuhl zur Seite, und Lene beugte sich vor. Ein Farbiger auf Inlinern brachte ein Tablett mit zwei eiswürfelgefüllten Gläsern an einen Tisch in einer schummrigen Nische. Peter Holm unterhielt sich entspannt, aber eindringlich mit einem jungen, gut aussehenden Mann mit schwarzen Haaren. Ihre Köpfe berührten sich fast, und der Redefluss wurde höchstens von einem vielsagenden Lächeln unterbrochen. Der Kellner zog Holms Kreditkarte durch ein kabelloses Lesegerät, während der junge Mann an seinem Drink nippte, eine Hand auf dem Unterarm des Geologen. Der Kellner drehte sich um und glitt davon, und Peter Holm lächelte verliebt. Die Knie des Paares trafen sich unter dem Tisch.

»Das sieht doch sehr freundschaftlich aus«, sagte Lene.

»Der Banana-Club ist ein freundlicher Ort, Polizeioberrätin.«

»Natürlich. Haben Sie den Mann mit der Kreditkarte schon mal gesehen? Nach Auskunft der Bank war er seit Eröffnung des Klubs mehrmals hier.«

Der Eigentümer stützte das Kinn in die Hand.

»Ich glaube nicht. Aber ich bin auch nicht allzu oft hier. Ich habe neben der Banane noch drei Restaurants, aber ich kann gerne den Manager und die Kellner fragen.«

»Danke. Könnte ich eine Kopie der Aufnahme haben?«

»Aber sicher, no problemo.«

»Was ist mit dem jungen Typen? Kennen Sie den?«

»Leider nein.«

Der Eigentümer schob eine CD in den Computer und klickte sich durchs Menü, während Lene gedankenverloren auf den Bildschirm schaute, der die Aufnahme aus vier verschiedenen Winkeln abspielte. Plötzlich zog etwas ihre volle Aufmerksamkeit auf sich: Ein schwarzer Riese im Smoking pflügte sich durch das Gedränge am Ende der Bar, wo eine junge Frau im Burberry-Trenchcoat einem eingeschüchtert dreinschauenden jungen Mann mit Pferdeschwanz Verwünschungen übelster Art entgegenbrüllte. Aber nicht sie hatten Lenes Interesse geweckt. Ebenso wenig wie der Barkeeper oder das Paar mittleren Alters, vermutlich die Eltern der jungen Frau. Ihre Aufmerksamkeit richtete sich auf einen dunkelhaarigen, breitschultrigen Mann mit wettergegerbtem Gesicht im Hintergrund der Versammlung. Schwarzer Anzug, weißes Hemd, locker sitzender Schlips und ein Ausdruck intensiver Weltmüdigkeit im Gesicht.

Michael Sander.

Lene lehnte sich zurück.

Ihr Leben war ein kosmisches Jo-Jo und Michael Sander von irgendeiner Gottheit als Halter der Schnur auserkoren.

Der Klub-Besitzer schloss den Kopiervorgang ab und schaute über Lenes Schulter auf den Bildschirm. Er fror das Bild ein.

»Das war ein richtiges Drama. Der Mann da rechts hatte vor über einem Jahr Frau und Kind in England zurückgelassen und sich seitdem nicht mehr bei ihnen gemeldet. Ein bekannter Schönheitschirurg, meine Güte. Die Familie hatte nicht die leiseste Ahnung, wo er abgeblieben war. Und dann zeigte sich, dass er hier im Klub arbeitet und mit einem unserer Stripper zusammenlebt.«

»Ich verstehe gut, dass die Frau außer sich ist«, sagte Lene. »Dann hat ihn also jemand aufgespürt?«

»Offensichtlich. Ich habe ihm und dem Stripper natürlich sofort gekündigt, obwohl Letzterer mein absoluter Zughengst war. Wir können uns keine Eklats leisten oder solche Melodramen. Das geht nicht.«

»Klar.«

Lene plauderte mit Charlotte Falsters Sekretärin im Vorzimmer der Polizeidirektorin, während sie an ihr vorbei auf die hässlichen Gebäude schaute, die zum Hauptsitz der Staatspolizei in Glostrup gehörten.

Sie warf einen Blick auf ihre Uhr. Charlotte selbst hatte auf dieses Treffen bestanden, und Unpünktlichkeit war eigentlich nicht ihre Art.

Aus dem Allerheiligsten drangen Stimmen nach draußen.

»Wer hat im Augenblick eine Audienz bei ihr, Pernille?«

Die Sekretärin hatte ihr Headset aufgesetzt und schrieb gerade ein Diktat.

Lene wiederholte ihre Frage, worauf die Sekretärin mit einem Lächeln einen Stöpsel aus dem Ohr nahm.

»Ich habe ihn noch nie vorher gesehen, und Charlotte hat ihn persönlich unten an der Rezeption abgeholt, was sehr ungewöhnlich ist. Gelbe Socken. Anzug. Brille.«

»Gelbe Socken? Okay. Danke.«

Die Sekretärin tippte weiter, während die Stimmen lauter wurden.

Lene verschränkte die Arme vor der Brust und schaute wieder aus dem Fenster. Weit hinten links entdeckte sie Anderssons dunkelblauen ministeriellen BMW. Der Chauffeur saß auf dem Fahrersitz, den Ellenbogen aus dem Seitenfenster geschoben, eine Zigarette zwischen den Fingern.

Lene hörte hinter sich die Tür aufgehen und hektische Schritte. Sie drehte sich erst um, als die Schritte den Flur erreichten, und erhaschte einen kurzen Blick auf Tom Anderssons markante Socken.

Charlottes Wangen glühten, und Lene stellte mit Genugtuung fest, dass ihre Chefin vor Wut raste. Normalerweise war die Polizeidirektorin der Inbegriff von Selbstbeherrschung, und nicht einmal Lene schaffte es, sie aus der Reserve zu locken, obgleich sie das im Laufe der Jahre zur Genüge provoziert hatte, sehr hartnäckig sogar. Offenbar besaß Tom Andersson ein noch größeres Talent als sie, Leute in Rage zu bringen.

»Komm rein und setz dich!«, sagte die Polizeidirektorin, ohne Lene anzusehen, und nahm selbst hinter dem dreiflügeligen Porträt des Staatssekretärs und ihrer beiden erfolgreichen Kinder Platz. Dann sprang sie wieder auf und trat ans Fenster, starrte auf den komplett uninteressanten Parkplatz runter, fingerte an ihrer Perlenkette, setzte sich wieder, suchte die Tischplatte nach etwas ab, womit ihre Hände sich beschäftigen konnten. Aber ihr Tisch war wie gewohnt leer, weil sie der Meinung war, dass Menschen mit einem unordentlichen Schreibtisch die falschen Prioritäten und unordentliche Gehirne hatten.

Sie faltete die Hände vor sich.

Lene betrachtete sie fasziniert.

Andersson hatte keinen Kaffee angeboten bekommen. Nicht einmal ein Glas Wasser.

»Was ist passiert?«, fragte sie.

»Nichts.«

Der Blick hinter den Brillengläsern wischte über Lenes Gesicht weiter zu den Jalousien. Ihre Finger an den Perlen. Ein zuckender Nerv am Hals.

»Ich hab Augen im Kopf, Charlotte. Andersson? Justizministerium. Was wollte er?«

Endlich sah ihre Vorgesetzte sie an.

»Was ist mit dir passiert?«

»Passiert?«

Charlotte tippte sich an ihre Nase.

»Wäre es nicht langsam an der Zeit, dass du den Kampfsport an den Nagel hängst? Kickboxen oder wie das gleich noch heißt. Bist du nicht allmählich zu ...«

»Ich weiß sehr wohl, wie alt ich bin, danke.«

»Aber wieso diese Selbstverstümmelung, das versteh ich einfach nicht. Ich mach Pilates und Bodyflow, das ist ganz hervorragend. Wir könnten ...«

»Pilates?«

»Ja.«

Lene würde sich eher bei lebendigem Leib an Nerze verfüttern lassen, als in eine der Pilatesgruppen in Ordrup zu gehen oder wo immer ihre Chefin war.

Zu Beginn ihrer Bekanntschaft hatten die beiden Frauen einander nicht riechen können. Lene hatte Charlotte für eine fantasielose Pedantin und Topjuristin gehalten, der die elementarsten Grundlagen für praktische Polizeiarbeit abgingen, während Charlotte Lene als Dinosaurier betrachtete, frei von jeglichem Sinn für modernes Management, Teamwork, Synergien, Visionen und einem objektiven Selbstbild.

Im Laufe ihrer Zusammenarbeit waren sie sich etwas näher gekommen, und momentan herrschte zwischen ihnen, wenn auch nicht direkt Freundschaft, so zumindest gegenseitiger Respekt.

»Danke für deine Fürsorge«, sagte Lene. »Ich könnte in Erwägung ziehen, mit dem Boxen aufzuhören, wenn du mir erzählst, was hier vorgeht und wieso wir Manndeckung von einem Ministerialbeamten bekommen, der an jungfräulichen Tatorten auftaucht, täglich Berichte verlangt und Beweismaterial ausgehändigt bekommt, bevor wir einen Blick darauf werfen konnten.«

»Kein Grund, das Ganze übermäßig zu dramatisieren, bloß weil ...«

»Du fingerst an deiner Perlenkette, Charlotte. Das letzte Mal, als ich dich das tun sehen habe, sollten die EU-Außenminister von einer islamischen Terrorzelle in die Luft gesprengt werden.«

»Ist das so? Tu ich das?«

Sie verschränkte wieder die Hände auf dem Schreibtisch vor sich.

»Jetzt rück schon damit raus«, sagte Lene.

»Also gut. Wenn du es wissen willst: Das Gespräch handelte hauptsächlich von dir. Außerdem ist Andersson kein Beamter. Wenn er einer wäre, dann könnte man ihn bei Unzufriedenheit im System einfach überspringen. Aber Andersson ist Sonderberater. Das heißt, dass ihm die Beamtenpension am Allerwertesten vorbeigeht, weil er keine bekommt. Er schwirrt bald weiter zum nächsten Brennpunkt. Und er hat einen besonderen Einfluss auf den Minister, sagt mein Mann. Außerdem ist er unbestechlich und unerpressbar. Außer wenn ihm einer droht, ihm seine Socken wegzunehmen.«

»Aber wieso sitzt er mir derart im Nacken?«

»Weil das sein Job ist. Das ist nichts Persönliches.«

»Und Holm?«, fragte Lene.

»Der Mord an Peter Holm hat allerhöchste Priorität. Er war Chefgeologe für Nobel Oil, die zusammen mit den Chinesen dabei sind, das größte bekannte Schieferöl- und Gasvorkommen zu erschließen. Das Projekt ist von kolossaler Bedeutung für Dänemark und viele zukünftige Generationen. Andersson hat angedeutet, dass das Motiv für den Mord kein privates ist.«

»Woher weiß er das? *Ich* weiß davon nichts!«

»Wenn ich ihn richtig verstanden habe, hat der Mörder unersetzliche und unschätzbare Informationen vom Tatort entfernt. Weißt du, um wen es geht?«

»Ich habe eine Vermutung, aber ich weiß es noch nicht mit Sicherheit. War Andersson dabei, oder was? Woher sonst kann er wissen, dass ...«

»Natürlich war er nicht dabei, aber im Augenblick fungiert er als Bindeglied zwischen Regierung und Nobel Group. Und nein ... Ich weiß nicht, in welchem Umfang sie Informationen austauschen, aber das tun sie, da alle das gemeinsame Interesse verfolgen, die Tat so schnell wie möglich aufzuklären und mit der Ölgewinnung in Grönland voranzukommen.«

»Es wurden Überwachungskameras in Holms Wohnung angebracht«, sagte Lene. »Professionelle Ausrüstung.«

Die Information schien Charlotte nicht zu überraschen, aber sie kommentierte sie nicht.

»Wenn Andersson behauptet, dem Mord lägen keine privaten Motive zugrunde, kann ich daraus nur schlussfolgern, dass er oder andere Zugang zu den Überwachungsfilmen hatten«, sagte Lene und versuchte ruhig zu klingen, obwohl sie innerlich kochte vor ohnmächtiger Wut. »Es wäre natürlich eine große Hilfe, die gleichen Voraussetzungen zu haben.«

Charlottes Blick flackerte.

»Schon klar. Du kannst mit Sicherheit davon ausgehen, dass Andersson den Gesamtüberblick hat, aber den habe ich nicht. *Ich* sitze nicht im parlamentarischen Untersuchungsausschuss.«

Er könnte ihre Karriere in Gefahr bringen, dachte Lene.

»Natürlich ist das klar, Charlotte! Aber was gedenkst du dagegen zu unternehmen? Mir Zugriff verschaffen?«

»Ich glaube nicht, dass das in meiner Macht steht. Nicht im Augenblick. Tut mir leid.«

»Ich soll also mit einem Sack über dem Kopf mitten in der Nacht über ein zwischen zwei Wolkenkratzern gespanntes Seil balancieren, willst du das damit sagen?«

Sie erwartete keine Antwort.

»Also, was wollte er wissen?«

»Im Grunde, ob du loyal bist.«

»Loyal?«

Charlotte sah Lene in die Augen. Mit dem Blick schien sie etwas kommunizieren zu wollen, das sich nicht so direkt formulieren ließ.

»Im weitesten Sinne. Loyal dem System gegenüber.«

»Und was hast du ihm geantwortet?«

»Dass du der loyalste Mensch bist, den ich kenne.«

»Hat er sich damit zufriedengegeben?«

»Nein. Er versteht nicht, wieso ich dir deine Alleingänge durchgehen lasse, so wenig wie er versteht, weshalb für so ein schwerwiegendes Verbrechen nicht mehr Ressourcen zur Verfügung gestellt werden. Er war extrem unzufrieden. Im Namen anderer natürlich.«

»Das war nie eine Frage von Ressourcen«, sagte Lene. »Ich arbeite alleine, weil es so am besten funktioniert. Und für alles Technische habe ich Bjarne. Er ist brillant, wenn auch extrem exzentrisch. Und dann habe ich Arne.«

»Genau das habe ich versucht, ihm zu erklären. Dass du die Beste bist, die wir für diese Art von Fällen haben. Aber er kommt aus einer Welt, die sich gravierend von deiner unterscheidet. Natürlich verfügt er persönlich über eine gewisse Macht und Einfluss, aber er kriegt trotzdem noch Anweisungen von weiter oben.«

»Was würdest du mir also anraten?«, fragte Lene formell.

»Falls und wenn du den Mörder identifizierst, möchte ich als absolut Erste und Einzige davon erfahren. Ich kann nicht oft genug unterstreichen, wie wichtig das ist.«

Lene zuckte mit den Schultern und stand auf.

»Wie ich diesen Mummenschanz hasse! Aber du wirst es in der Sekunde erfahren, in der ich es weiß.«

»Und du willst wirklich keine Unterstützung?«

»Wie meinst du das?«

»Johannes Mark ist ein tüchtiger Kollege, finde ich.«

Lene schnitt eine Grimasse.

»Johannes ist gerade konfirmiert worden. Ich würde nicht mal aus einem brennenden Auto aussteigen, wenn er mich dazu auffordert.«

Charlotte mochte es nicht, wenn ihre persönlichen Einschätzungen kritisiert wurden.

»Er ist umgänglich, kommt aus guter Familie, ist Reserveoffizier der königlichen Leibgarde, er hat Jura studiert und ist ein echter Teamplayer.«

»Na wunderbar, dann steck ihn doch in eine Fußballmannschaft. Hauptsache, du hältst ihn mir vom Leib.«

Ihre Chefin seufzte.

»Und was machst du jetzt?«, fragte sie.

»Erst mal einen Kaffee trinken, hab ich mir gedacht.«

»Ich meine in Bezug auf den Fall, Lene.«

»Ich begebe mich zurück in Holms Wohnung, wenn ich sicher sein kann, dass ich nicht mehr von irgendwelchen Kameras und Mikrofonen aufgenommen werde, die alles live an alle möglichen Menschen übertragen, von denen ich keinen blassen Schimmer habe, wer sie sind, und deren Identität du mir nicht preisgeben willst.«

Charlotte schnitt eine Grimasse.

»Warum?«

Lene sah sie an. Warum? Merkwürdige Frage. Es hatte was Klaustrophobisches, auf diese Weise über seine Ansichten verhört zu werden. Charlotte war es sonst eigentlich am liebsten, wenn Lene einen möglichst großen Bogen um die Abteilung machte.

»Weil die Techniker die wichtigsten Dinge nicht gefunden haben. Zum Beispiel ein Mobiltelefon oder einen Kalender. Ganz davon abgesehen, schaue ich mich gerne an einem Tatort um, wenn sonst niemand dort ist. Ich versuche zu rekonstruieren, mich in das Opfer und den Täter hineinzuversetzen. Das nennt sich Polizeiar...«

Charlotte hob abwehrend die Hand.

»Schon klar. Ich habe keine Ahnung von Polizeiarbeit. Das hast du mir mindestens eine Million Mal unter die Nase gerieben.«

Lene lächelte.

»Gut so.«

NACH IHREM FRUSTRIERENDEN GESPRÄCH mit Charlotte Falster begab Lene sich zurück in das kleine Büro, das sie mit ihrem unförmigen Assistenten und Techniker Bjarne teilte. Der Mann war ein elektrotechnisches Genie, aber zugleich unerträglich gehemmt und verklemmt. Er war Mitte vierzig und wohnte noch bei seiner Mutter. Lene legte die CD aus dem Banana-Club auf seinen Schreibtisch und setzte sich hinter ihren eigenen. Sie trommelte mit den Fingern auf die Tischplatte und betrachtete Bjarne, der in Mao-Schlappen über den Nadelfilz schlurfte und seinen privaten Wasserkocher anstellte.

»Hat irgendjemand angerufen, oder ist sonst irgendwas passiert?«, fragte sie.

»Zitronentee?«

Lene fröstelte und ließ ihren Blick auf seinem rosigen runden Gesicht ruhen.

Seine Mundwinkel bewegten sich einen Millimeter nach oben: Bjarne lächelte. Er tauchte den Teebeutel mechanisch ein paar Mal in den Plastikbecher, warf ihn in den Mülleimer, pustete den Dampf zweimal weg und nippte langsam und mit leerem Blick vor sich hin starrend an dem Gebräu. Das war Bjarnes Art, Lene aufzuziehen.

»Laut Telefonanbieter hat Peter Holm nachmittags drei Anrufe getätigt, ehe er umgebracht wurde«, murmelte er. »Einen mit seiner Mutter und zwei mit einem Rasmus Nordstrand. Der erste dauerte neuneinhalb Minuten, der zweite anderthalb. Rasmus Nordstrand ist dreiunddreißig Jahre alt und mit einer Freelance-Journalistin namens Anna verheiratet. Sie haben zusammen eine neunjährige Tochter, die Thea heißt. Er arbeitet als Meeresbiologe für Nobel Oil und ist in der Regel in Grönland stationiert. Ich habe mir sein Facebook-Profil angesehen, das ist jetzt auf deinem Rechner geöffnet.«

Lene klickte ihren Bildschirm an, und der junge schwarzhaarige Mann von dem Banana-Club-Video begrüßte sie mit einem breiten Lächeln von einer steinigen, windgepeitschten Ebene zwischen schneebedeckten Gipfeln. Er trug einen roten Parkacoat mit Nobel Oils Logo auf der Brust.

»Bjarne, du bist ein Genie«, sagte sie. »Das bist du wirklich. Das ist unser Mann. Du bist ein wunderbarer, wunderbarer Mensch.«

»Danke.«

Der Techniker wurde rot und setzte sich an seinen mit elektronischen Kleinteilen, Laptops und Käseflips zugemüllten Schreibtisch.

Lene klickte sich durch Rasmus Nordstrands Fotomappen, die wie allenthalben auf Facebook Sorglosigkeit, offene Präsenz und ein erfülltes Leben zeigten. Sie fand drei Jahre alte Hochzeitsbilder: die ernste schwarzhaarige Frau vor dem Eisladen war also Rasmus' Frau Anna, geborene Nielsen, und das Mädchen mit den allwissenden, eisblauen Augen ihre Tochter Thea.

Die Familie hatte den letzten Sommer in irgendeinem tropischen Paradies verbracht. Lene betrachtete die baumbewachsenen Klippensäulen, die typisch für das Meer vor der thailändischen Küste waren. Das Mädchen spielte am Strand, Rasmus' muskulöser Arm war um die Schultern einer hingebungsvoll lächelnden Anna Nordstrand gelegt, die einen goldenen Sari und einen großen Sonnenhut trug und wie eine dunkelhaarige Ausgabe von Nicole Kidman aussah. Rasmus hatte eine Schlange um sein Handgelenk tätowiert, genau die Gleiche, die sich um das linke Fußgelenk seiner Frau wand.

Paar-Schmuck, dachte sie mit einem neidischen Stich.

Glück, Glück, Glück.

Ihr Telefon klingelte, sie schnappte es sich.

»Kalle & Blomkvist, Meisterdetektive. Sie sprechen mit Kalle.«

»Da hab' ich mich wohl verwählt«, sagte Arne trocken.

»Hör schon auf, ich bin's. Was gibt's?«

»Nichts Besonderes«, sagte er. »Es gibt Neuigkeiten von mir und den Rechtsmedizinern, falls es dich interessiert und du nicht schon selbst darauf gekommen bist.«

»Da kannst du Gift drauf nehmen, dass ich interessiert bin«, entgegnete sie.

»Die DNA vom dem Sperma auf dem Laken stimmt wie zu erwarten mit Peter Holms DNA überein«, begann Arne, »während die DNA von dem Blut im Wohnzimmer, in der Küche und in der Durchfahrt im Hinterhof von ein und demselben unbekannten, männlichen Individuum stammt.«

Lene betrachtete Rasmus' lächelndes Gesicht auf ihrem Computerbildschirm.

Nicht wirklich unbekannt, dachte sie.

»Vermutlich handelt es sich hierbei um die DNA des Mörders«, sagte Arne. »Peter Holm war mit Rohypnol betäubt. Die Rechtsmediziner haben es in seinem Magen, im Blut und in einem Weinglas auf dem Nachttisch gefunden.«

»Danke, Arne. Super.«

Sie sollte eigentlich hochzufrieden sein, suchte aber vergeblich nach dem Erfolgsgefühl.

»Wunderbar. Gute Arbeit. Wirklich«, sagte sie matt. »Dann ist der Mörder nicht gekommen?«

»Gekommen?«

»Hatte keinen Orgasmus. Samenerguss.«

Bjarne bewegte sich unruhig hinter ihr.

»Nein. Und es gab keine Kondome in der Wohnung. Wäre das deine nächste Frage gewesen?«

»Ja. Danke für die Orientierung.«

»Nicht so eilig, verdammt! Ich hab das Beste bis zum Schluss aufgehoben.«

Er klang aufgeregt wie ein Kind.

»Und das wäre?«

»Ein paar besonders hübsche und komplette Fingerabdrücke auf der Mordwaffe, also der Schneekugel. Sie finden sich an mehreren Stellen in der Wohnung wieder. Seine Kleidung haben wir übrigens auch gefunden, unter dem Bett. Unterhose, Wüstenstiefel, Jeans und …«

»… und ein blaues T-Shirt von Pattaya Beach?«

Das hatte Lene auf dem Banana-Club-Video gesehen.

Arne schwieg.

»Entschuldige. Aber wir reden doch von Rasmus Nordstrand, oder?«, fragte sie leise.

Lene hörte ein tiefes Einatmen am anderen Ende, gefolgt von einem resignierten Seufzer.

»Korrekt. Ich habe Europol und die amerikanischen Zollbehörden kontaktiert, und Letztgenannte hatten tatsächlich einen Treffer. Seine Fingerabdrücke stimmen mit denen eines dänischen Staatsbürgers überein, der vor zwei Jahren über den Flughafen Anchorage, Alaska, in die USA eingereist ist. Rasmus Nordstrand. Das wusstest du also schon.«

Lene knirschte mit den Zähnen, als sie die Enttäuschung in Arnes Stimme hörte. Sie war auch enttäuscht – von sich selbst. Wieso gönnte sie ihm diesen kleinen Triumph nicht?

»Es war nur eine Vermutung. Vielleicht auch ein bisschen mehr«, sagte sie schuldbewusst, aber zu spät. »Du hast die notwendigen Beweise geliefert, dafür danke ich dir, Arne. Er scheint es zu sein. Aber warum? Ich sitze hier vor seinem Facebook-Profil, das frisch aktualisiert ist. Also, auf mich macht er den Eindruck des heterosexuellsten Mannes auf diesem Planeten. Alles ist überbordendes, fast triefendes Familienglück.«

Arne war für diesen Tag fertig mit ihr.

»Das wirst du schon rausfinden, Kalle. Du bist der Meisterdetektiv. Hast du selber gesagt. Und nein, ich weiß noch nicht, wer die Tür eingetreten hat. Mach's gut.«

»He! Gab es Mikrofone in der Wohnung?«, rief sie.

»Nein, aber noch eine weitere Kamera im Schlafzimmer, die aufs Bett gerichtet war.«

Lene legte auf. Sie rollte ihren Stuhl zurück, legte die Füße auf den Tisch und schaute wieder auf den Bildschirm.

»Schöner Mann, super Karriere, schöne Frau, schöne Tochter, das ist alles so verflucht perfekt. Warum also?«

»Hast du was gesagt?«, fragte Bjarne.

»Nein.«

Der Fall war damit aufgeklärt. Abgesehen natürlich von der Festnahme des Täters, Rasmus Nordstrand. Wie Tom Andersson es vorausgesagt hatte, verdammt offensichtlich. Ein Fall, den jeder Ermittler an einem trägen Tag im Büro aufklären konnte. Warum also war sie nicht zufrieden?

Weil das keinen Sinn ergab.

Rasmus Nordstrand war nicht schwul, da war sie ganz sicher, aber was bitte hatte er dann in Peter Holms Bett zu suchen gehabt?

Die Erklärung war vermutlich unter den Informationsfetzen verborgen, die so offensichtlich niemand mit ihr teilen wollte: Charlottes spürbare Nervosität, ihre ausweichenden Antworten, der Sonderberater aus dem Justizministerium, der andere befördern oder degradieren konnte und tägliche Berichterstattung forderte. Eine Aufforderung, der sie nicht nachgekommen war, seit sie vor zwanzig Jahren als Polizistin in Vesterbro angefangen hatte. Sie war in der Krawallsondereinheit mit einem grantigen flachsblonden Kollegen Streife gefahren, der Bent hieß und von allen Kollegen nur Lene ertrug. Wegen ihrer Haarfarben und der ihnen gemeinsamen Todesverachtung wurden sie Flamme & Zitrone genannt wie die beiden berühmten dänischen Widerstandskämpfer, die in dem Film »Tage des Zorns« verewigt wurden.

»Lene?«

»Was?«

»Warum machst du die Kugelschreiber kaputt? Taugen die nichts?«

»Kugelschreiber?«

Sie schaute auf ihre Hände. Ihre Finger waren blau verschmiert von den billigen Kugelschreibern, die für die Angestellten eingekauft wurden. Drei zerbrochene Stifte lagen vor ihr auf der Tischplatte, den vierten hielt sie in der Hand und war offensichtlich gerade dabei gewesen, ihn auch in der Mitte zu zerbrechen.

»Irgendwas nicht in Ordnung?«, fragte Bjarne.

»Alles okay, Bjarne. Es ist nur ... nein ... Ach, nichts.«

»Aber er ist es doch, oder? Nordstrand?«

»Selbstverständlich ist das unser Täter, Bjarne. Du hast tolle Arbeit geleistet. Keine Frage.«

Sie hatten irgendetwas in Peter Holms Wohnung übersehen. Warum sonst warteten Nordstrands Frau und Tochter seit Ewigkeiten vor dem Haus?

Das ergab nach wie vor keinen Sinn.

Ihr fiel das Versprechen an Charlotte wieder ein, und sie schickte eine interne Mail mit folgenden Worten:

Rasmus Nordstrand, 33, Meeresbiologe, Nobel Oil.
Verheiratet. Hat ein Kind. Er ist es. Aber warum?
Habe vor, das herauszufinden.
Lene

MICHAEL HATTE SICH AN EINEM TISCH in einem stillen Winkel der Hauptbibliothek in der Kristalgade eingerichtet. Sein Ellbogen ruhte neben einem doppelten Espresso mit Milch und einem Sandwich. Er hatte die Jacke ausgezogen und den Schlips gelockert. Danach hatte er über sein Satellitentelefon und einen sicheren Server in einem Keller unter dem Geografischen Institut der Berliner Humboldt-Universität einen privaten WiFi-Hotspot eingerichtet. Ein Server, dessen Existenz die Angestellten offenbar schon lange vergessen hatten, den er aber schon viele Jahre nutzte. Außer Michaels sporadischem Gebrauch war der letzte offizielle Log-in am 3. Juni 2011 notiert.

Er saß in der gleichmäßigen Brandung studentischen Gemurmels mit dem trockenen, kitzelnden Duft von Papier in der Nase.

Über Poseidons Krieger war nicht mehr zu finden als das, was er bereits aus den Medien wusste. Michael loggte sich in Rasmus Nordstrands Facebook-Profil ein, das sich auf den ersten Blick durch nichts von allen anderen Profilen unterschied. Es gab weder politische Stellungnahmen noch radikale Äußerungen, dafür eine Serie Urlaubsfotos aus Thailand. Michael registrierte beim Überfliegen eine kleine Tätowierung von Poseidons Dreizack auf der linken

Schulter des Meeresbiologen. Seine Frau sah aus wie die dunkelhaarige Ausgabe von Nicole Kidman, und die Tochter war süß. Strahlendes Lächeln.

Nichts, rein gar nichts auf den vielen Fotos oder den kommentierenden Texten deutete darauf hin, dass Rasmus Nordstrand bi- oder homosexuell war.

Er schaute sich die Facebook-Seiten von Rasmus Nordstrands Familie, Freunden und Kollegen an, Fotoalben mit willkürlichen Ausschnitten aus dem Leben irgendwelcher Menschen, bis er vor Langeweile hätte brüllen können. Und nicht zum ersten Mal dachte er, dass die Leute, statt zu leben, Inszenierungen ihres Lebens dokumentierten. Heute zeigen wir: Die Perfekte Familie. Heute zeigen wir: Ich Bin Verliebt. Die Dinge wurden erst wirklich, wenn sie mit anderen Menschen geteilt wurden.

Er biss in sein Sandwich, kaute nachdenklich, spülte mit kaltem Kaffee nach und wurde von einem Pling der In-Box seines Laptops aus seinen Gedanken zurückgeholt: eine Mitteilung der kleinen Privatbank in Liechtenstein, die sich um die lächerlich bescheidenen Transaktionen seiner Firma kümmerte. Der Geschäftsleiter Dr. Voller informierte ihn darüber, dass 100 000 Schweizer Franken auf seinem Konto eingegangen seien. Damit einher sprach er eine Einladung zu einem unverbindlichen Gespräch über Renteneinkünfte und Investitionsmöglichkeiten bei einem Glas Sherry aus, wenn Michaels Wege ihn das nächste Mal an Vaduz vorbeiführten. Die letzte informelle Einladung Dr. Vollers lag schon sehr lange zurück.

Er stützte das Kinn in die Hand, und gerade, als seine Augen zufielen, regte sich im hintersten Winkel seines

Bewusstseins etwas. Irgendeine Abweichung, die er auf einer der Facebook-Seiten gesehen hatte, ohne ihr eine Bedeutung beizumessen. Auf einem der Fotos.

Nicht auf Nordstrands Profil, aber auf dem eines seiner Freunde. Fotos von einem Männerausflug in ein altes Sommerhaus mit großer Veranda direkt an kristallklarem Meer, großen, rundgespülten Felsen im mattgrauen Frühabendlicht. Ein Tisch voller Bierdosen, Wodkaflaschen, Besteck und verdreckten Papptellern. Die jungen Männer sahen aus wie Fischer oder Kriegsveteranen: breitschultrig, bärtig, speckige Baseballcaps und ausgeblichene T-Shirts.

Die Bildunterschrift klärte auf, dass die Männertour des Jahres nach Orust in die Göteborger Schären gegangen war.

Michael lud die Bilder in sein bevorzugtes Bearbeitungsprogramm. Er vergrößerte, schnitt aus, vergrößerte erneut, bis er drei dicke, gespreizte Finger im Bildzentrum hatte, das Handzeichen, das für Eingeweihte Poseidons Dreizack symbolisierte. Die Finger gehörten zu einem blonden Wikinger mit Rauschebart und grünem T-Shirt der *3rd Danish Galathea Oceanographic Expedition 2006–07*. Lächelnd umflorter, blutunterlaufener Blick und ein identischer Dreizack wie auf Nordstrands Schulter auf den Oberarm tätowiert. Das war es, was Michaels Unterbewusstsein getriggert hatte.

Geil, jung, berauscht und in ihrer Selbstwahrnehmung unbesiegbar und unsterblich. Ein Stamm von Brüdern. Die drei gespreizten Finger ragten hinter Nordstrands Kopf auf. Rasmus warf seinem Kameraden einen warnenden Blick zu, seine Hand war auf dem Weg nach oben, um das Zeichen zu verbergen.

Michael lehnte sich zurück und trommelte mit den Fingern auf die Tischplatte.

Der Wikinger hieß Alan Knutzon und war allem Anschein nach Mitglied von Poseidons Kriegern; Axel Nobels Erzfeinde und international gesuchte Terroristen.

Sein Verdacht wurde nach einigen weiteren Recherchen im Internet bestätigt: Knutzon war ebenfalls Meeresbiologe und hatte im selben Jahr wie Rasmus Nordstrand sein Studium an der Universität Kopenhagen beendet. Sie hatten zusammen ihren Militärdienst absolviert. Der Wikinger wohnte mit seiner Freundin zusammen, Maria Kemper, in einer Wohnung in Vesterbro. Das Paar war kinderlos, und Alan Knutzon war inzwischen Abteilungsleiter beim Umweltbundesamt mit dem Schwerpunkt arktische und marine Biotope.

»Rasmus, wozu braucht man Feinde, wenn man Freunde wie Alan hat? Und Alan: Du weißt nicht zufällig, wo dein Freund sich gerade aufhält? Da gibt es jemanden, der ihn ganz dringend sprechen möchte«, murmelte er.

Er hatte einen Anfang.

Der Ordnung halber ging er die Aufzeichnungen aus Holms Wohnung noch einmal durch, ohne auf wesentliche Details zu stoßen, die er möglicherweise bei der ersten Durchsicht übersehen hatte.

Rasmus Nordstrand wiederholte mit Blick auf Holms Laptop dreimal dasselbe Wort. Michael spielte die kurze Sequenz mehrmals ab und versuchte es mit Lippenlesen, was absolut nicht seine Stärke war.

*Raketen? Gardinen? Macheten? Kakteen?*

»Was sagst du, Rasmus?«

Raketen? Das ergab keinen Sinn.

Aber das Wort »Raketen« war das, was dem Gesehenen am nächsten kam. Michael ließ von weiteren Deutungen ab. Er aß langsam sein Sandwich, trank den restlichen Kaffee und plante den Einbruch, den er sich für den Abend vorgenommen hatte. Er wollte gerade seinen Laptop zuklappen, als wieder eine dieser dünnen, warnenden Saiten in seinem Hinterkopf anschlug: irgendetwas stimmte nicht mit der Kleenex-Box auf Peter Holms Schreibtisch. Es war ein Stück rausgeschnitten worden aus der Aufnahme der versteckten Kamera, was an der Zeitangabe nicht zu sehen war.

Vor dem Cut ragte ein Papiertuch aus der Kleenex-Box, nach dem Cut war die Box leer. Irgendjemand hatte die Tücher für Gott weiß was verwendet.

In seiner Branche war es üblich, dass für Klient und Berater unterschiedliche Maßstäbe galten, was Aufrichtigkeit und Wahrheit betraf. Während der Kunde darauf bestand, dass der Berater seine Aufgabe mit absoluter Offenheit, Vertrauen und Transparenz erledigte, hielt er selbst gerne wesentliche Fakten zurück. Aus Eitelkeit oder Scham oder um von kriminellem Gebaren oder Verbrechen abzulenken.

Das war Teil seines Jobs, weshalb er es keinesfalls weniger anstrengend und ermüdend fand, weil er am Ende doch immer alles herausfand.

Was also war zwischen Rasmus Nordstrands überstürzter und splitternackter Flucht und dem Auftauchen der aufmerksamen Kriminaltechnikerin passiert, die die Kamera entdeckt hatte?

Du hast es nicht geschafft, Rasmus, dachte er und schauderte unwillkürlich. Du hast es nicht aus der Wohnung raus geschafft, sondern bist direkt in einen Albtraum hineingelaufen, wie du ihn dir niemals hättest ausdenken können. Dirk und seine psychopathischen serbischen Freunde haben dir die Geschlechtsteile abgeschnitten und an die Stirn geheftet, stimmt's?

Die Frage war, ob Axel Nobel von der Manipulation wusste oder ob Dirk Straat einen Fehler begangen und versucht hatte, seine Spuren zu verwischen.

Michael klappte den Laptop zu, koppelte das Satellitentelefon ab und massierte seine Schläfen. Natürlich konnte es auch eine viel unschuldigere Erklärung für die ausgeschnittene Sequenz geben. Sie wussten schließlich genau, welche Bereiche der Wohnung von den Kameras abgedeckt waren, und hatten natürlich kein Bedürfnis, sich selbst an einem Tatort verewigt zu sehen.

Das war eine Alternative, die er nicht sehr überzeugend fand.

ES WAR HALB ZWÖLF. Michael hatte ein paar Hundert Meter von Holms Hauseingang entfernt geparkt. Er nahm nicht den direkten Weg, sondern überquerte mehrmals den Strandvejen und hielt sich in den Schatten der Laternen oder so dicht an anderen Passanten, als würde er zu ihnen gehören. Die Kellner der Straßencafés räumten Tische und Stühle zusammen, in den kleinen Restaurants war nichts mehr los.

Michael konzentrierte sich auf geparkte Wagen, besonders fensterlose Lieferwagen, wie Dirk Straat sie bevorzugte. Er schaute von der gegenüberliegenden Straßenseite an der Fassade zu Holms Wohnung hoch. Hinter den Fenstern, die zur Straße rausgingen, war es dunkel, und in den Etagen über und unter der Wohnung des Geologen waren keine Zeichen von Leben zu erkennen.

Michael wollte gerade die Straße überqueren, als er hinter einem der Fenster in der dritten Etage etwas aufblitzen sah. Wie der Schein einer Taschenlampe, der nervös durch ein Zimmer zuckte.

Er kontrollierte seine 9-mm-Glock im Hüftholster.

Es blitzte wieder auf, und er lief eilig über die Straße.

Für das Öffnen des Haustürschlosses brauchte Michael etwa so viel Zeit wie ein Bewohner mit seinem rechtmäßigen Schlüssel. Er machte kein Licht, blieb eine Minute stehen und lauschte. Es war still wie in einer Bibliothek. Lautlos ging er die Treppe in die dritte Etage hoch, wo er im Schein seiner Stiftleuchte das Polizeisiegel und das provisorische Vorhängeschloss untersuchte.

Michael war sich nicht sicher, ob er tatsächlich jemanden hinter Peter Holms Fenstern gesehen hatte oder ob es nur die kurze Spiegelung einer vorbeifliegenden Silbermöwe in der Scheibe gewesen war. Er ging in die Knie und hob die Briefschlitzklappe an. Der lange, leere Flur war schwach vom Mondlicht beleuchtet, das durch die offen stehenden Türen hellere Rechtecke über den Boden warf.

Statt das Vorhängeschloss zu öffnen, schraubte Michael die Beschläge ab und steckte sie in die Tasche. Dann schob er Millimeter für Millimeter vorsichtig die Tür auf und schickte Stoßgebete gen Himmel, dass die Angeln gut geölt waren.

Die Wohnung roch unbewohnt, aber Peter Holm war ja auch ein seltener Gast in seinem eigenen Heim. Es war wärmer als im Treppenaufgang.

Außer ihm war noch jemand in der Wohnung, das spürte er.

Rechts von ihm lag eine Küche, die jedem Herrenhaus Ehre gemacht hätte. Aber es roch nicht nach Essen. Überall nur der unbewohnte, staubige Geruch.

Michael ging links in den ersten von drei großen Wohnräumen. Die Fenster wurden von einem grün-roten Neonschild auf der anderen Straßenseite angestrahlt. In dem Augenblick knarrte ein Bodenbrett unter seinem Fuß, und ihm entrang sich ein ärgerlichen Seufzer. Das Knarren oder

der von ihm ausgestoßene Seufzer lösten eine stille Explosion hastiger Bewegungen in dem hinteren Raum aus, begleitet von einem erschrockenen Ausruf, der in Michaels Ohren dezidiert weiblich klang. Er stürmte los und erhaschte einen kurzen Blick auf eine flüchtende schlanke Gestalt, die über ein Sofa sprang und Kurs auf den langen Flur nahm. Die Gestalt war schnell, aber Michael war überzeugt, schneller zu sein; bis er hinter dem Sofa über eine Stange stolperte, die ihn völlig aus der Bahn warf. In letzter Sekunde gelang es ihm, sich so zu drehen, dass er nicht mit dem Kopf auf die Glasplatte des Couchtisches aufschlug. Er vollführte eine Rolle vorwärts über die Schulter und kam in einer flüssigen Bewegung wieder auf die Füße. Er glitt gerade noch durch die Tür zum Flur, bevor sie zufiel.

In dem dunklen Flur kollidierte er mit einem neuen Hindernis, das bei seinem Kommen noch nicht dort gewesen war.

Das Hindernis war zugleich weich, fest, unnachgiebig und menschlich. Er sah den Flüchtenden in die Küche verschwinden und hörte unmittelbar darauf eilige Schritte auf der Hintertreppe.

Die andere Person wich keinen Millimeter von der Stelle, trat ihm stattdessen die Beine unter dem Leib weg. Im Fallen bekam Michael den Kragen einer Lederjacke zu fassen und zog den Gegner mit zu Boden. Er landete auf dem Rücken und rammte seinen Ellenbogen auf den Punkt, wo er das Gesicht des Fremden vermutete. Er hörte das satte Knacken einer brechenden Nase, begleitet von einem explosiven, feuchten Atemzug. Michael wälzte sich über seinen kleineren und schmächtigeren Gegner und kassierte ein blitzschnelles Knie im Schritt und einen Faustschlag gegen die Stirn. Sein Gegner trug Fingerringe, und seine Haut wurde wie von einer Messerklinge aufgeritzt.

Er wich nach hinten aus mit dem Geschmack vom Jüngsten Gericht und Erbrochenem im Mund, während er ein ersticktes, kummervolles Brüllen ausstieß. Der Schmerz im Schritt war unerträglich, er presste die Hände fest auf die Genitalien und unterdrückte den heftigen Würgereflex. Sein Gegner sprang auf die Füße und setzte zu einem Superliga-Spannschlag an, der seinen Kopf auf die Umlaufbahn des Mars geschossen hätte. Michael ignorierte die diversen Schmerzquellen und packte den Stiefel mitten in der Luft, kam auf die Knie und erlebte den ergreifenden Anblick, wie der Angreifer mit einem Krachen auf dem Rücken landete, dass die Bodenbretter bebten. Er warf sich über den Gegner und richtete einen Handkantenschlag gegen die Kehle des anderen, der mit großer Wahrscheinlichkeit unmittelbar tödlich war, wenn er traf wie geplant.

Aber mitten in der Bewegung verharrte er. Irgendwas lief hier gerade verdammt schief. Erstens umschloss seine linke Hand, mit der er sich auf dem Brustkorb des anderen abstützte, etwas Weiches, Rundes, Warmes und Fülliges, das nur eine gut entwickelte Frauenbrust sein konnte. Zweitens duftete sein Angreifer nach teurem Parfum. Und drittens spürte er einen Pistolenlauf an seinem Hals.

Er schielte zu der nachtblauen, tückischen Waffe hinunter.

Und stöhnte.

»Lene ... Bist du das? ... Du bist es, oder? Sag, dass du es nicht bist!«

»Nimm die Hand weg, und das augenblicklich, Arschloch, oder du spielst in zwei Sekunden Harfe … und … Michael? Michael! Was um alles in der Welt machst du hier?«

Er rollte von ihr runter und richtete sich auf, lehnte sich gegen die Wand und rieb sich hektisch mit den Händen übers Gesicht, ehe sie wieder in den Schritt zurückkehrten.

»Jetzt ist sie entkommen«, brummte er.

»Wer?«

»Niemand. Shit. Dein Timing ist mal wieder zum Kotzen, verdammt! Ich hätte ahnen müssen, dass du mir in die Quere kommst!«

»Können wir Licht machen?«, fragte sie undeutlich.

Sie kam auf die Beine, machte Licht, barg das Gesicht in ihren Händen und ging vor ihm in die Hocke.

»Was machst du hier? Wer bezahlt dich? Dir ist schon klar, dass du dich an einem Tatort befindest und dass das an sich schon strafbar ist.«

»Dann zeig mich doch an«, sagte er.

»Um ein Haar hätte ich dich erschossen.«

»Tu das. Du würdest mir damit einen Dienst erweisen. Und Glückwunsch noch zur Beförderung seit unserer letzten Begegnung. Kannst du dir den neuen Titel für deine Unterschriften merken? Oder hast du einen Stempel?«

»Ja, auf dem steht: Leck mich am Arsch! Bei unserer letzten Begegnung hast du mir durch die Lunge geschossen, Michael.«

»Ich hab dich für jemand anderen gehalten. Hast du die Blumen nicht bekommen?«

»Ich hab sie in die Tonne gestopft.«

Michael sah sie von der Seite an. Sie war ganz die Alte.

»Du bist wirklich ein Arschloch, Michael. Meine Nase, verdammt noch mal. Hast du mich nicht erkannt?«

»Doch.«

Sie funkelte ihn wütend an.

»Meine Schwester liegt mir die ganze Zeit in den Ohren, dass ich dich anrufen soll«, sagte er. »Sie wird begeistert sein.«

»Warum zum Henker sagt deine Schwester das?«

»Weil sie glaubt, dass es gut für mich wäre, mit einem Freund zu reden. Dass wir uns ähnlich sind.«

»Da irrt sie sich. Ich bin nicht dein Freund, und wir sind uns nicht ähnlich.«

»Das habe ich ihr auch zu erklären versucht.«

Lene rappelte sich auf und taumelte mit vorgerecktem Kopf Richtung Badezimmer, um nicht noch mehr Blut auf ihre helle Lederjacke zu bekommen. Michael ging vornübergebeugt in die Küche, trat zornig die Tür zur Hintertreppe zu, zerstieß Eiswürfel in einem Geschirrtuch und öffnete einen von Peter Holms Chateau Margaux 1990, den er sich selbst niemals würde leisten können. Er schenkte den edlen Wein in zwei edle Gläser, setzte sich an Holms provenzalischen Esstisch, nippte an dem Wein und presste sich den Eisbeutel gegen die Leiste.

Zehn Minuten Renovierungsarbeiten später nahm Lene ihm gegenüber Platz. Sie hatte Watte in den Nasenlöchern, schien die Nase aber im Übrigen wieder zurechtgerückt zu haben. Sie stießen schweigend an. Lene nahm einen Schluck, schloss die Augen und seufzte.

»Der ist gut. Richtig gut. Wer war das?«

»Warum bist *du* hier?«

»Das ist ein sogenannter Tatort, Michael. Ich darf hier sein. *Du* hingegen hast hier nichts verloren.«

»Ich hab mich in der Tür geirrt.«

»Klar. Wie geht es Sara?«, fragte sie.

»Fantastisch.«

»Kannst du mir nicht einfach sagen, was du in der Wohnung eines Toten zu suchen hast?«, fragte sie. »Einer Person, die nicht direkt eines natürlichen Todes gestorben ist. Und wer ist da über die Hintertreppe geflüchtet?«

»Vielleicht jemand, der gehört hat, dass die Wohnung demnächst zum Verkauf steht. Hättest du mich nicht aufgehalten, wären wir jetzt schlauer.«

Michael leerte das Weinglas und schenkte sich nach. Er wedelte mit der Flasche, aber Lene legte eine Hand auf ihr Glas.

»Ach ja, du bist ja *im Dienst*«, murmelte er sarkastisch. »Wann hast du Feierabend?«

»Wenn du mir erzählt hast, was du hier machst und wer dich bezahlt.«

»Du weißt ganz genau, dass das nicht passieren wird. Du kannst raten, und du wirst es sicher herausfinden, aber von mir erfährst du es nicht.«

Sie sahen wütend aneinander vorbei.

»Was ist mit deiner Schwester?«, fragte sie schließlich, und Michael merkte, wie er sich etwas beruhigte. Lenes Anwesenheit hatte in der Regel diese Wirkung auf ihn. Das war sehr eigenartig.

»Ich wohne mit ihr zusammen in Gentofte. Wir haben eine Wohnung in einer alten Villa gekauft.«

Sie zog die Augenbrauen hoch.

»Und was ist mit Sara und den Kindern?«

»Meine reizende Gattin hat regelmäßig mit dem Bonsai-Lehrer gevögelt. Es hat ein Jahr gedauert, bis ich was gemerkt habe. Der ganze Ort wusste davon. Ein schöner Detektiv bin ich. Interessanterweise kannte ich den Typen.«

»Woher?«

»Wir sind zusammen zur Schule gegangen. Er war immer so abgeklärt, in sich selbst ruhend, verständnisvoll, hat nie die Stimme erhoben. Mindfull, ehe überhaupt jemand wusste, was das war.«

»Zen?«

»Auf die stinklangweilige Art, ja. Ich hatte getippt, dass er Bestatter oder Psychotherapeut wird.«

Er stand auf und trank Wasser aus unter dem Wasserhahn gewölbten Händen.

»Ich weiß sehr gut, dass ich selbst schuld daran bin. Die letzten fünf Jahre war ich zusammengenommen vielleicht hundert Tage zu Hause. Und wenn ich dort war, war ich mit den Gedanken woanders. Sara hat sich um alles gekümmert. Um die Milliarden Eltern-Lehrer-Gespräche, Theateraufführungen, Ausflüge und Hüttentouren, all diese psychotischen Auswüchse an Mittelmäßigkeit, die für ein Kind in diesem Land dazugehören. Jetzt begleitet sie der Bonsai-Lehrer. Er liebt das.«

Lene bekam Wein in den falschen Hals und hickste vor Lachen.

Michael musterte sie kühl.

»Freut mich wirklich, dass du das so lustig findest. Na ja, dann ist meine Schwester krank geworden und nach

Dänemark gezogen, und ich musste mich um sie kümmern. Das tue ich jetzt seit über einem Jahr, in dem ich meine Kinder so gut wie gar nicht gesehen habe. Das ist die Hölle, sage ich dir.«

»Aber ich dachte, deine Schwester lebt glücklich mit Mann und Kindern in Israel? Ist sie nicht Augenärztin oder so was?«

»Das war sie, und das hat sie gemacht, bis ein Lastwagenfahrer ihren zweiundzwanzigjährigen Sohn auf dem Küstenweg südlich von Haifa totgefahren hat. Josiah war auf seinem Motorrad unterwegs zu einem Kricketspiel. Die fahren wirklich wie die Gesengten in Israel. Ihr Mann hat sie nach ein paar Monaten verlassen und ist mit einer Studentin der Universität zusammengezogen, an der er unterrichtet. Und die ist jetzt von ihm schwanger.«

»Inwiefern krank?«

»Psychisch krank. Sie war in die Geschlossene eingewiesen und hat eine Elektroschocktherapie bekommen. Wenn sie zu Hause ist, muss ich immer befürchten, dass sie Selbstmord begeht. Das ist extrem anstrengend, aber im Moment geht es ihr etwas besser, habe ich das Gefühl. Seit einiger Zeit steht sie morgens wieder auf und geht ins Bad. Sie hat wieder begonnen zu essen. Hoffentlich stabilisiert sie sich so weit, dass ich die Zeit übrig habe, einen Antrag an die staatliche Aufsichtsbehörde zu stellen, damit ich endlich meine Kinder sehen kann. Im Augenblick schaffe ich nicht mehr, als auf meine Schwester aufzupassen.«

Er schaute auf seine Uhr.

»Tatsächlich ist mir gar nicht wohl bei dem Gedanken, dass ich sie so lange allein lasse.«

»Das tut mir leid«, sagte Lene und hörte sich an, als würde sie es ernst meinen.

»Meinem Vater ist es ganz genauso ergangen«, sagte er. »Angeborene Melancholie. Man läuft sozusagen mit einer Zeitbombe im Gehirn herum, die jederzeit aktiviert werden kann. Wenn eins der Kinder stirbt, zum Beispiel.«

Er sah den großen, nach innen gerichteten Schmerz in ihren Augen.

»Es tut mir leid, Lene, ich wollte nicht ...«

Lene nickte, und ihre Hand glitt über die Tischplatte zwischen ihnen. Seine bewegte sich auch ganz leicht. Dann gab er auf und zog sie zurück. Das hatte keinen Sinn.

»Hast du etwas dagegen, wenn ich mich ein wenig umsehe?«, fragte er.

»In der Tat. Aber wahrscheinlich muss ich dich erschießen, um dich daran zu hindern, oder?«

»Korrekt.«

LENE BLIEB IN DER KÜCHE SITZEN, während Michael durch die Wohnung ging und Licht machte, wo immer er hinkam. Im Wohnzimmer hinter dem Sofa fand er die lange Gardinenstange aus Messing, die ihn um ein Haar den Kopf gekostet hätte.

Sie war mit Längsrillen versehen und ursprünglich mit kunstvollen Messingknöpfen verschlossen gewesen, die jetzt auf dem Boden lagen. Ein vortreffliches Versteck. Er richtete die hohle Stange auf die Schreibtischlampe und schaute hindurch. Natürlich war nichts darin. Ein USB-Stick zum Beispiel.

Rasmus Nordstrand hatte wirklich außerordentliche Geistesgegenwart bewiesen, als Dirk Straat die Tür eingetreten hatte.

Michael schaute hinunter auf den Strandvejen. Ein Stück entfernt nach links stand ein dunkelblauer Opel Lieferwagen wie der, den er Holm und Nordstrand vor dem Banana-Club hatte folgen sehen. Aus dieser Entfernung konnte er aber unmöglich erkennen, ob jemand darin saß.

Er legte die Stirn an die kühle Scheibe, zündete sich eine Zigarette an und hatte die Hälfte geraucht, als er sie hinter sich hörte. Lene stand an den Türrahmen gelehnt da, die

Arme vor der Brust verschränkt. Sie betrachtete ihn mit weitem, offenem Blick und sah schöner aus denn je.

Michael suchte nach etwas, das er als Aschenbecher benutzen konnte. Irgendwann gab er es auf, zog eine weiße Hyazinthe aus dem antiken Glas und ließ die Kippe ins Wasser fallen. Dann steckte er die Blume zurück.

Lene beobachtete seine Aktion mit Abscheu.

Michael warf einen Blick auf die Messingstange.

»Raketen«, murmelte er.

»Raketen?«

»Was?«

»Hast du gerade ›Raketen‹ gesagt?«, fragte sie.

»Ich weiß es nicht«, sagte Michael. »Ich weiß nicht, was ich gesagt habe. Wahrscheinlich hast du mir eine Gehirnerschütterung verpasst. Mal wieder.«

»Wieder?«

»Ja, als du mich in der leeren Lagerhalle niedergeschlagen hast, bei dem Fall mit den Terroristen«, sagte er. »Bevor sie uns enthauptet und gefilmt haben. Ich zeige dir gerne die Narben, falls du dich nicht mehr erinnerst.«

Sie war gerade dabei, sich mit beiden Händen die Haare aus dem Gesicht zu streichen, und starrte ihn, die Finger in den kastanienroten Locken vergraben, an.

»Meine Güte, das war meine Doppelgängerin! Und das weißt du ganz genau. So wie du auch weißt, dass wir nicht enthauptet worden sind! Sonst würdest du kaum hier stehen.«

»Du kannst alles behaupten. Ich bin mir ganz sicher, dass du es warst.«

»Und – wo befinden wir uns jetzt? Jeder auf seiner Seite?«

»Natürlich.«

»Weißt du, wer Holm ermordet hat? Und warum?«

»Das weißt du auch, sonst wärst du eine schlechte Ermittlerin, und das bist du nicht.«

»War das ein Kompliment?«

»Eine Beobachtung. Ich habe dich arbeiten sehen, nicht nur bei einer, sondern bei mehreren Gelegenheiten. Außerdem sind hier mehr Spuren als im Zoo.«

Sie fand ein Haargummi in einer Jackentasche und hielt es mit den Zähnen fest. Ihr Hemd spannte über der Brust, als sie das Haar im Nacken zusammenfasste. Das war eine so alltägliche und dabei so private und feminine Geste, dass Michael mit leicht geöffnetem Mund innehielt, während eine Stimme in ihm einen langen, zähneknirschenden Abschied schrie. Wovon? Von allem?

Sie war fertig mit ihrem Pferdeschwanz.

»Okay, sagen wir, ich weiß, wer es war. Aber warum?«

Michael ging zurück ans Fenster. Der Lieferwagen war weg.

»Wieso bleibst du dabei?«, fragte er über die Schulter. »Ich arbeite für einen Klienten. Ich bin nicht zu meinem Vergnügen hier oder weil ich gehofft habe, dir in die Arme zu laufen, okay? Du weißt, dass ich dir nichts sagen kann.«

»Hast du auf einen Stapel Bibeln geschworen? Dein Klientenvertrauen ist wohl kaum absolut und muss nicht unter allen Umständen eingehalten werden, oder? Hier ist ein Verbrechen geschehen. Ein Mord, Michael.«

»Ich muss auf gar nichts schwören. Das hier ist mein Job, und den kenne ich«, sagte er zornig.

»Und du kannst es nicht einmal mir sagen?«

Er hatte Lust, sie zu erschießen. Oder zu küssen. Aber vor allem, sie zu erschießen.

»Hör auf!«

»Es ist Nobel Oil, stimmt's?«

»Du weißt doch, wer Peter Holm ermordet hat«, sagte er hart. »Du weißt es. Sagen wir einfach, dass es kein privates Motiv war, okay? Es war nicht privat, und jetzt halt die Klappe!«

»Damit bist du der Zweite, der mir das erzählt«, sagte sie leise. »Dass der Mord nicht privat motiviert ist.«

Michael kniff die Augen zusammen. War das ein neuer Trick?

»Wer war der erste intelligente Bursche?«, fragte er.

»Ein Sonderberater aus dem Justizministerium. Er meinte, wir hätten es mit einem ganz offensichtlichen Verbrechen zu tun.«

»Politiker!« Michael schnitt eine Grimasse. »Und dann verarschen sie dich, egal was du tust. Irgendwo gibt es eine große Uhr, die dich auszählt, da kannst du sicher sein.«

Ihre Augen funkelten wütend.

»Dein Leben scheint echt bequem zu sein. Keine Regeln, keine Loyalität, keine Ethik, nichts.«

Michael grinste breit.

»Und keine Vorgesetzten, nicht zu vergessen. Ich komme dich gerne besuchen, wenn sie dich in die Kfz-Zulassungsstelle versetzen und du angefangen hast, mit der Kaffeemaschine zu reden.«

»Rasmus Nordstrand?«, sagte sie unvermittelt und beobachtete ihn.

Michael wusste, dass sein Gesicht nichts verriet, und Lene musste ziemlich verzweifelt sein, wenn sie Namen von Verdächtigen nannte.

»Klingelt da keine kleine Glocke? Nichts?«

»Ich muss jetzt gehen. Ich glaube, Ida ist vom Bingo zurück.«

»Warum können wir ihn nicht finden? Oder seine Frau und die Tochter? Er hat eine neunjährige Tochter, für die er sicher alles bedeutet. Ist das egal? Herrgott. Du bist so eine Honorarhure geworden.«

Er schielte zu der Tür, durch die die Beute entkommen war, sagte aber nichts.

»War es Anna Nordstrand, die mitten in der Nacht ein plötzliches Interesse an Gardinenstangen überkommen hat?«, fragte Lene. »Und was war in der Stange? Dein Ticket in irgendein Tropenparadies?«

»Das wüssten wir jetzt, wenn du mich nicht aufgehalten hättest, Schatz.«

»Wir?«

»Oder einer von uns.«

»Ich kenne dich nicht mehr«, sagte sie leise, was weitaus schlimmer war als ihre Ausraster und Vorwürfe. »Er hat eine Frau und ein Kind, die haben am Morgen nach dem Mord geschlagene fünf Stunden auf der anderen Straßenseite gesessen.«

Michael schaute zur Decke und versuchte verzweifelt, an einem kleinen Rest kalter, nüchterner und objektiver Professionalität festzuhalten. Wieso wartete Nordstrands Familie vor dem Tatort? Elementar, mein guter Watson: weil sie keine Ahnung hatten, wo ihr Ehemann und Vater abgeblieben war, wohl aber wussten, was er oben bei Peter Holm im Schilde führte.

»Komm schon, Michael«, lockte sie. »Können wir wirklich nicht ...«

»Nein, können wir nicht«, sagte er. »Ich bin meinem Klienten gegenüber verpflichtet, wie ich jetzt schon mehrfach gesagt habe. Wann kapierst du das endlich?«

Er ging an ihr vorbei, ohne sie anzusehen.

»Was gedenkst du zu tun, wenn du ihn gefunden hast?«, fragte sie.

»Ihn ausliefern.«

»An wen?«

Sie folgte ihm auf den Flur.

»An wen?«, hörte er sie rufen, als er die Treppe runterlief.

DIE VERBITTERUNG WAR INTENSIVEM Selbstmitleid gewichen, als Michael zu Hause eintraf. Gewürzt mit einem Gefühl, den Irrtum seines Lebens begangen zu haben. Zumindest einen weiteren in einer langen Reihe.

Er ging ins Bad, begutachtete seine Blessuren im Spiegel, hatte aber keine Energie, sich darum zu kümmern. Außerdem hatte er sie verdient. Er war nicht vorsichtig genug gewesen, und Glück hatte noch nie eine Chance gehabt in seiner Branche. Auf Glück bauten höchstens Anfänger und Amateure. Er warf ein paar Schmerzpillen und eine Schlaftablette ein und spülte sie mit lauwarmem Leitungswasser runter.

Michael hörte das leise Klicken von Idas Tastatur, als er an ihrer Tür vorbeiging. Er setzte sich an den Küchentisch, schenkte sich einen Whisky ein und stellte fest, dass er aus einem Ohr blutete. Er konnte sich nicht erinnern, dort von irgendetwas getroffen worden zu sein. Er steckte ein Stück aufgerolltes Haushaltspapier in den Gehörgang, legte Jacke und Krawatte ab, nahm das Magazin aus der Glock und lud durch, um sicherzustellen, dass die Kammer leer war.

Das Glas leerte sich wie von selbst, und er schenkte nach. Er konnte an nichts anderes denken als an die Kunst des

Verrats. Straat. Nobel und ein Sonderberater des Justizministeriums. Politiker. Lene hatte keine Chance. Sie konnte tun, was sie wollte, alles wäre verkehrt. Wenn sie Nordstrand fand und er noch am Leben war, wären Nobels Daten in alle Himmelsrichtungen verstreut und in einer Weise öffentlich gemacht, die das Ende des Konzerns und des Projekts in der Diskobucht bedeuteten, was ihr den Vorwurf einbringen würde, dass sie es nicht verhindert hatte. Und wenn sie weder die verdammten Daten noch Nordstrand aufspürte, würden sie ihr Unfähigkeit und Pflichtversäumnis vorwerfen.

Die wartende Ehefrau und Tochter deuteten darauf hin, dass Rasmus Nordstrand weit, weit weg war.

Bei Ida brannte Licht, als Michael den Kopf zur Tür hereinsteckte. Seine Schwester hatte sich hinter ihrem Schreibtisch, Laptop und Teebecher verschanzt und sah ihn griesgrämig über den Rand ihrer Lesebrille an. Sie klappte den Rechner zu und schaute schuldbewusst zu dem Foto ihres Sohnes auf dem Regalbrett. Michael musterte sie aufmerksam, gewohnt, jedes noch so kleine Detail zu deuten, das auf einen Rückfall schließen ließ: dass sie im Bademantel herumlief, dass sie sich nicht anzog oder aß, weil sie es nicht verdiente zu leben, alles Mögliche. Aber jetzt war ihr Haar zu einem ordentlichen Zopf geflochten, sie trug ein frisch gebügeltes weißes Hemd und Sandalen, die Michael noch nie an ihr gesehen hatte.

Er versuchte zu lächeln.

»Hast du dich geschminkt, Ida? Lippenstift? Was ist passiert? Hast du ein Escort-Unternehmen mit Webcam und so weiter gestartet?«

Seine Schwester wurde rot, was er seit mindestens einem Jahr nicht mehr erlebt hatte.

»Ist es so unverständlich, dass ich, trotz psychiatrischer Diagnose, das Bedürfnis nach ein wenig Privatsphäre habe? Ist es das? Wieso kannst du nicht klopfen wie jeder normale Mensch?«

»Entschuldigung. Du hast recht. Ich dachte nur ... Wie auch immer, gute Nacht.«

»Gute Nacht, Michael.«

Er wollte sich zurückziehen, als der Schein der Kerzen sein Gesicht streifte und Idas Augen hinter der Lesebrille sich weiteten. Sie sprang auf und lief zu ihm.

»Michael, um Himmels willen, du siehst aus wie von einem Zug überrollt. Komm her ... Wer hat dir das angetan? Komm schon! Ich finde was ... Mein Gott! Kann man dich nicht mal fünf Minuten aus den Augen lassen, ohne dass du in Schwierigkeiten gerätst?«

Er ließ sich von ihr in den duftenden, femininen Raum ziehen, der von der Schreibtischlampe und den Kerzen warm und heimelig erleuchtet war. Ida drückte ihn in einen der Sessel und verschwand.

Michael legte den Kopf in den Nacken und schloss die Augen. Es tat gut, sich zu ergeben.

Seine Schwester kam mit Jod, Eis, Chlorhexidin, Pflaster, warmem Wasser und einem Waschlappen bewaffnet zurück und verarztete ihn. Darin war sie gut.

»Ich habe nur getan, wozu du mich aufgefordert hast«, murmelte er. »Ich habe Lene Jensen getroffen.«

»Lene?«

»Blind Date. Total blind.«

»War sie das? Sag mal, ist sie nicht ganz …«

Michael hatte das Gefühl, Lene verteidigen zu müssen.

»Ich war auch nicht gerade zimperlich mit ihr, glaub mir. In Wirklichkeit hat sie sich nur verteidigt, und das kann sie richtig gut. Ich hatte nur vergessen, wie gut.«

»Aber warum?«

»Weil ich sie für jemand anderen gehalten habe.«

»Schon wieder? Ich kapiere einfach nicht, wieso du sie immer mit anderen verwechselst, Michael. Ich hab sie gegoogelt, sie sieht aus wie ein Filmstar. Mit wem hast du sie verwechselt? Dem Weihnachtsmann?«

»Sie ist wirklich verdammt hübsch. Au! Aber es war dunkel, stockfinster, und wieso bitte sollte ich den Weihnachtsmann angreifen?«

Ida reinigte vor sich hin schimpfend seine Wunden mit Seife und Chlorhexidin und versorgte den Schnitt auf der Stirn mit einem Pflaster.

»Wenn du schon so aussiehst, wie hast du sie dann zugerichtet?«

Darauf bekam sie keine Antwort. Die Schlaftablette und der Whisky hatten Michael ins Traumland katapultiert. Er begann zu schnarchen, zuckte zusammen und stöhnte leise, als würde er im Traum verfolgt. Sie seufzte, breitete eine Decke über ihn, zog ihm die Schuhe aus und kehrte an ihren Computer zurück.

LENE HOFFTE AUF EIN WUNDER, aber Michael kam nicht zurück. Trotzdem blieb sie noch eine Weile stehen und wartete. Dann ging sie ins Wohnzimmer und setzte sich in einen von Peter Holms schwarzen Corbusier-Sesseln, die für sie immer mit Flughäfen, unbegrenzten Möglichkeiten und diversen Träumen verbunden gewesen waren. Die gab es nicht mehr. Sie versuchte, dagegen anzugehen, ergab sich dann aber der Verbitterung, der Trauer und den Tränen.

Später bewegte sie sich träge durch die Räume, auf der Suche nach Dingen, die Arne und sein Team übersehen hatten. Sie fand nichts, das für irgendwen außer den Ermordeten im Entferntesten relevant sein könnte.

Sie war so in Gedanken versunken, dass sie nichts um sich herum wahrnahm. Gerade hatte sie den Autoschlüssel aus der Tasche gefischt, als sie eine Hand auf ihrer Schulter spürte. Sie fuhr zusammen und drehte sich in der Hoffnung um, es wäre Michael, der sich eines Besseren besonnen hatte. Gemeinsam könnten sie es schaffen. Sie waren ein fantastisches Team, wenn sie die anstrengenden Gefühle beiseiteschoben.

Tom Andersson lächelte sie freundlich an.

»Entschuldigen Sie, Frau Polizeioberrätin. Es war nicht meine Absicht, Sie zu erschrecken.«

Lene sah den Sonderberater enttäuscht an, der einen halben Kopf kleiner war als sie. Heute trug er Fliege. Dazu einen grauen Popelinemantel, der noch ungetragen roch. Der Duft des Imprägniermittels mischte sich mit einem dezenten Aftershave, das ihr gut gefiel. Aber er war eben nicht Michael.

»Natürlich nicht«, sagte sie gleichgültig.

Sie hielt an ihm vorbei Ausschau, ob der BMW in der Nähe war, aber der Chauffeur hatte über Nacht offensichtlich freibekommen. Dann richtete sie ihren Blick auf Andersson.

»Sie dürften kaum zufällig hier sein und haben keinen Hund dabei, mit dem Sie Gassi gehen, sehe ich?«

Der Berater lächelte verlegen.

»Hunde sind nicht so meins. Ich bin in China aufgewachsen. Die haben dort ein sehr ambivalentes Verhältnis zu Hunden.«

»Sie meinen, weil sie sie streicheln, füttern und dann schlachten, um sie selbst zu verspeisen?«

Andersson lächelte höflich über ihre Unwissenheit.

»Falls ich irgendwann mal Hund serviert bekommen habe, kann ich Ihnen garantieren, dass ich das nicht gemerkt habe. Ich würde sagen, Hund ist schon lange von der chinesischen Speisekarte verschwunden. Nein, ich habe zwei Katzen. Und ich habe nicht vor, sie zu verspeisen.«

»Mit Stammbaum, natürlich.«

»Inges Katzenpension. Ich befürchte, dass keine von ihnen sonderlich aristokratisch daherkommt.«

*»Aristocats«,* murmelte Lene.

Das war früher einer der Lieblingsfilme ihrer Tochter gewesen. Am besten hatten ihr die beiden Hunde auf dem Motorrad gefallen. Wie hießen die noch gleich? Napoleon und ...

»Genau.« Andersson lächelte.

Lene sah sich um. Der Strandvejen lag still und verlassen da, bis auf ein paar vereinzelte Fußgänger und vorbeirauschende Taxis. Aber da war noch etwas anderes, Unbehagliches, eine unsichtbare Präsenz, doch Lene konnte die Quelle ihres Unbehagens nicht lokalisieren.

»Sind Sie häufig in China?«

»Nicht so oft, wie ich gerne wollte, leider. Ich bin in Hongkong aufgewachsen. Mein Vater war Diplomat bei der Ostasiatischen Kompanie. Man darf China nicht unterschätzen. Das wäre ein großer, ein sehr großer Fehler. Bemerkenswerterweise ist Unterschätzung ein Fehler, den fast alle Menschen begehen. Selbst die, die es besser wissen sollten.«

»Denken Sie da an jemand Bestimmten?«

»Das tue ich, aber lassen wir das.«

Einen Augenblick hing Andersson seinen Gedanken nach. Dann wechselte er abrupt die Spur. Das Lächeln war aus seinem Gesicht gewischt, stählerner Blick hinter schmalem Brillengestell.

»Und wie schreiten die Ermittlungen voran? Was ich eigentlich wissen will, ist natürlich, ob Sie den Täter schon identifiziert haben?«

»Nicht mit Sicherheit«, antwortete sie.

Andersson nahm die Brille ab und putzte sie betrübt dreinschauend mit einem schneeweißen, gestärkten Stofftaschentuch, das er von irgendwo hergezaubert hatte.

»Das ist nicht gut, Frau Polizeioberrätin.«

»Wir befinden uns noch in einer sehr frühen Phase der Ermittlungen.«

Der Sonderberater nickte, offenbar unzufrieden.

»Soweit ich das verstanden habe, ist der Fall eigentlich vollkommen simpel. Und ich habe auch verstanden, dass Sie hochqualifiziert sind. Da scheine ich wohl falsche Informationen bekommen zu haben. Oder Sie sagen mir nicht alles, was Sie wissen. Möglicherweise, weil Sie mir nicht trauen, vielleicht aber auch, weil Ihnen nicht klar ist, wer ich bin. Vielleicht ja auch, weil Sie nicht abschätzen können, auf wessen Seite ich stehe.«

»Möglicherweise von allem etwas, Tom. Und wer sagt, dass der Fall so verdammt simpel ist? Ganz offensichtlich doch jemand, der besser Bescheid weiß als ich. Erwarten Sie keine Wunder von einer Kriminalbeamtin mit einem Sack über dem Kopf. Und woran sind Sie eigentlich vorrangig interessiert? Am Mörder oder an etwas ganz anderem? Wieso werde ich das Gefühl nicht los, dass allen völlig egal ist, wer der Täter ist? Hat er Peter Holm etwas gestohlen? Oder genauer gesagt, Peter Holms Arbeitgeber, Nobel Oil? Das würde jedenfalls erklären, wieso ich plötzlich ein Promi mit persönlicher Manndeckung aus dem Ministerium bin.«

Andersson schüttelte sich in seinem geräumigen Popelinemantel und sah sie anerkennend an. Er lächelte sogar.

»Gehen wir ein Stück?«, fragte er.

»Gerne.«

Sie folgten dem Bürgersteig. Für jeden Schritt, den Lene machte, musste Tom zwei Schritte machen. Sie schielte zu seinen Socken runter, deren Tagesfarbe heute Giftgrün war.

»Wonach suchen Sie denn wirklich?«

»Nach Wissen *und* einem Mörder«, sagte er. »Nach gefährlichem Wissen, vermutlich. Peter Holm war eine der zentralen Kapazitäten von Nobel Oils Engagement in der Diskobucht, dem größten Vorkommen an Naturgas und Schieferöl. Die Bedeutung des Projektes kann gar nicht hoch genug eingeschätzt werden.«

»So wie China?«

»Exakt. China ist übrigens auf allen Ebenen involviert, nicht zuletzt finanziell. Ein Projekt wie die Diskobucht stößt immer auf Skepsis und Widerstand, wie alle Fortschritte von Bedeutung. Und dieses Projekt mehr noch als andere, wie es sich zeigt. Eine Gruppe militanter Umweltaktivisten hat sich zum Ziel gesetzt, die Förderung zu bremsen oder ganz zu verhindern. Obwohl ... Umweltaktivisten ist so ein positives Wort. Da denkt man an Flussbegradigungen, Seehundbabys, Plastikmüll an Stränden und so weiter. In Wirklichkeit sind das schlicht und ergreifend Terroristen, die über Leichen gehen. Auch wenn es sich *nur* um chinesische Arbeiter handelt, die weit weg von ihrer Heimat sind.«

»Davon habe ich gehört«, sagte sie.

Anderssons Hand landete auf ihrem Arm, leicht wie ein Vogel auf einem Ast. Dann hob sie wieder ab.

»Sie nennen sich Poseidons Krieger. Lächerlich melodramatisch, aber das ist auch das einzig Dilettantische, was man ihnen vorwerfen könnte. Sie sind sehr effektiv.«

»Und sie haben mit dem Mord an Peter Holm zu tun?«

Andersson blieb stehen.

»Das ist zumindest eine Theorie, die Sie nicht außer Acht lassen sollten.«

Er weiß noch viel mehr, dachte Lene.

»Eine Theorie?«, hakte sie nach.

»Ja. Weshalb es uns überrascht hat, dass Polizeidirektorin Falster nur eine Person mit den Ermittlungen betraut hat. Ich habe versucht sie zu überzeugen, für die Ermittlungsarbeit mehr Personal zur Verfügung zu stellen, jedoch ohne Erfolg, bis auf Weiteres jedenfalls.«

»Ich pflege meine Fälle aufzuklären. Und dazu brauche ich keine Fokusgruppen, Massenobservierungen, angezapfte Telefone, Hubschrauber, Tränengasgranaten und Polizeihunde. Tatsächlich so gut wie nie. Zu viele Ermittler an einem Fall behindern sich nur gegenseitig.«

»Wenn Sie das sagen?«

»Bleiben Sie dabei?«, fragte Lene.

»Wobei?«

»Auf weiteren Ressourcen zu bestehen? Oder mehr Personal?«

»Davon gehe ich aus«, sagte er. »Wenn nicht sehr bald Fortschritte zu erkennen sind. Das ist ganz natürlich.«

Lene schaute zu ihrem kleinen blauen Auto. Andersson war wieder in Gedanken versunken.

»Poseidons Krieger? Ich werde Bescheid geben, wenn ich irgendwelche Krieger finde. Und ich wäre Ihnen sehr verbunden gewesen, wenn ich diese Information etwas eher bekommen hätte«, sagte sie.

Wieder landete seine Hand auf ihrem Unterarm. Diesmal mit gewissem Nachdruck.

»Ich befolge auch nur Befehle von oben. Oder zumindest Anweisungen. Ich kriege jeden Morgen eine Moderationskarte in die Hand gedrückt. Ich habe mir tägliche Berichte von Ihnen erbeten, scheine mich aber offenbar unklar ausgedrückt zu haben.«

»Sie werden einen Bericht bekommen, wenn es etwas zu berichten gibt. Versprochen.«

Tom Andersson sah sie mitleidig an, als hätte sie gerade verkündet, in bodenlosen Treibsand hinausmarschieren zu wollen.

»Ihrem angeschlagenen Äußeren nach zu urteilen, machen Sie tatsächlich keine Fortschritte«, sagte er. »Wohl eher das Gegenteil. War das jemand, den Sie kennen?«

»Ich bin gegen eine Tür gelaufen. Es war dunkel. Das ist es immer noch«, sagte Lene gereizt. »Gute Nacht, Tom.«

Sie wandte sich ab und wollte gehen.

»Michael Sander, zum Beispiel?«

Sie blieb abrupt stehen.

»Kennen Sie das erste Gebot des Staatsdieners, Lene?«

Sie drehte sich langsam zu ihm um.

»Niemals zu sagen, was wir wissen oder denken?«

Er lächelte schwach.

»Man dient. Daher der Name. Weil man jemandem dient. Sie dienen anderen, Lene.«

»Und jetzt werden Sie mir bestimmt gleich verraten, wie das zweite Gebot lautet, nämlich, dass niemand unentbehrlich ist, stimmt's?«

»Exakt. Das wäre doch bedauerlich. Wir hören morgen voneinander.«

»Sie habe etwas von gefährlichem Wissen gesagt?«, sagte sie.

»Wissen, in jedem Fall. Holm war gerade aus der Diskobucht nach Kopenhagen zurückgekommen. Er ist vom Flughafen direkt zu einer Besprechung mit Axel Nobel gefahren, statt nach dem langen Flug zuerst zu Hause vorbeizuschauen.«

»Wollen Sie mir erklären, wie ich meine Arbeit zu tun habe, Tom?«

»Nein. Aber offensichtlich war diese Besprechung extrem wichtig.«

»Warum war sie Ihrer Meinung nach so wichtig?«

»Die komplette Satellitenkommunikation zwischen der Feldstation und dem Hauptquartier lag seit vierzehn Tagen brach. Da sie keine Brieftauben benutzen, nehme ich mal an, dass innerhalb dieser zwei Wochen entscheidende Dinge passiert sind.«

»Zum Beispiel?«

»Ich habe keine Ahnung. Aber es gibt zumindest eine Person, die das weiß: Axel Nobel. Möglicherweise nur er und Peter Holm.«

»Wieso sollte ich Ihnen glauben?«, fragte sie.

»Weil es die Wahrheit ist.«

»Es gab Überwachungskameras in seiner Wohnung«, sagte sie.

Andersson nickte.

»Holm und ein paar andere prominente Führungskräfte von Nobel Oil haben Todesdrohungen erhalten, und man war im Begriff, gewisse Schutzmaßnahmen zu ergreifen.«

»Und wenn sich zeigt, dass die nur bei Holm zu finden sind?«

Der Berater sah sie lange an und schien etwas zum Nachdenken bekommen zu haben.

»Und was ist, wenn die Kameras den Mord aufgezeichnet haben?«

»Sie sind noch nicht aktiviert.«

»Sagt wer?«

Zum ersten Mal schwang eine leise Unsicherheit in Anderssons Stimme mit.

»Also … Nobel Oil. Axel Nobel.«

»Axel Nobel? Mit dem Sie offenbar rege kommunizieren? Und der als Einziger weiß, was in Grönland vorgefallen ist? Na wunderbar, dann ist doch alles in bester Ordnung. Haben Sie schon die Tatsache in Betracht gezogen, dass Axel Nobel derjenige ist, der am meisten davon profitiert, als Einziger den Gesamtüberblick zu haben? Schlafen Sie gut, Tom.«

Lene bog die erste Straße rechts ab, dann wieder rechts und fuhr einmal um den Block herum. Sie parkte das Auto vor einem Sushi-Take-away und ging zur Ecke des Strandvejen. Sie hatte ein kleines, aber leistungsstarkes Fernglas dabei und drückte sich an die Hauswand, als sie um die Ecke bog, betend, dass Tom Andersson nicht mit einem Fragezeichen im Gesicht einen Meter vor ihr stehen möge.

Der Sonderberater war schnell, wenn er wollte, jetzt zum Beispiel befand er sich etwa hundertfünfzig Meter entfernt auf der anderen Seite des Strandvejen. Seine kurzen Beine wirbelten wie Trommelstöcke. Vor einem dunklen, langen Audi blieb er stehen. Die Beifahrertür öffnete sich, und ein Mann stieg aus. In dem kurzen Lichtschein aus dem Wageninneren erkannte Lene ihn augenblicklich als Axel Nobel, Dänemarks reichsten Mann.

Es sah aus, als würde er Andersson die Leviten lesen, während der Berater trotzig und einsilbig dagegenhielt. Nobel gestikulierte heftig in Richtung von Holms Eigentumswohnung.

Der Schlagabtausch war relativ kurz. Axel Nobel setzte sich wieder in den Audi, der blinkte und vom Bordstein losrollte. Andersson schaute resigniert hinter dem Wagen her. Dann zog er die Schultern hoch und ging in die entgegengesetzte Richtung.

Lene schmeckte etwas Warmes und Salziges auf der Zunge. Sie hatte schon wieder Nasenbluten.

Sie drückte die Nasenlöcher zwischen Daumen und Zeigefinger zusammen und begab sich zurück zu ihrem Wagen, während sie alle Männer verfluchte, insbesondere Michael Sander.

Sie hatte die halbe Strecke zurückgelegt, als sie plötzlich innehielt. Sie war sich nicht sicher. Alles andere als sicher. Es war nichts Greifbares. Nur eine vage Erinnerung, ein Hauch von Déjà-vu; etwas oder jemand, das oder den sie vor nicht allzu langer Zeit gesehen hatte. Sie lief zurück auf den Strandvejen und schaute in die entgegengesetzte Richtung von Tom Anderssons Kurs.

Da war nichts. Sie waren weg: eine lange, ranke und eine etwas kleinere Gestalt. Eine Frau und ein Kind. Vielleicht. Das Paar hatte Hand in Hand dort gestanden. Verlassen. Beobachtend.

Michael hatte etwas von einer großen Uhr gesagt, die ihre Karriere auszählte. Sie glaubte fast, das Ticken zu hören.

Lene setzte sich in ihr Auto, fand ein Papiertaschentuch im Handschuhfach und riss es in Streifen, die sie in die Nasenlöcher stopfte. Das tat wahnwitzig weh.

Sie lehnte den Kopf an die Kopfstütze und starrte nach draußen, ohne irgendetwas zu sehen im Glorienschein der entfernten Straßenlaterne. Es fing an zu regnen, und das Geräusch brachte sie zum Weinen. Als sie die Augen schloss, sah sie wieder die Frau und das Kind vor sich, vollkommen verloren. Einsam und alleingelassen.

Napoleon und Lafayette. So hießen die Hunde in *Aristocats*. Sie war froh, dass ihr wenigstens das wieder eingefallen war.

IN EINEM AUSSERGEWÖHNLICHEN Energieschub hatte Ida die Fenster geputzt, die jetzt blitzten wie Weingläser in einem Michelin-Restaurant. Ein ganz neues Verhalten, das Michael optimistisch als ein weiteres Zeichen voranschreitender Genesung deutete. Sonnenlicht flutete in die Küche, und Michael spiegelte sein verschwollenes, verfärbtes und verpflastertes Gesicht in der Kaffeekanne, die seine Schwester gleich mit poliert hatte. Heute war offenbar keine blanke Oberfläche vor ihr sicher.

Endlich hatte er die letzte Sekretärin in der Hierarchie an der Strippe, die ihn zu Axel Nobel durchstellte. Nach ein paar halbherzigen Begrüßungsformeln erklärte Michael dem Vorstandsvorsitzenden, dass er alles andere als glücklich über ihre bisherige Zusammenarbeit war.

»Axel, Sie machen es mir nicht gerade leicht. Oder ist es Ihr holländisches Haustier, das die ganze Sache torpediert?«

»Inwiefern?«, fragte Nobel verwundert.

Michaels Tonfall und direkte Art schienen ihn zu überraschen. Was auch der Sinn war.

»Weil er glaubt, cleverer zu sein als ich. Ein guter Tipp: Lassen Sie es bleiben. Das ist keiner von Ihnen.«

Michael schlürfte direkt vor dem Mikrofon des Mobiltelefons Kaffee.

»Aber was haben wir getan?!«

Axel Nobels Stimme schraubte sich hoch und klang ernstlich beleidigt, was Michael mit einem müden Lächeln registrierte.

»Das würde ich Ihnen lieber von Angesicht zu Angesicht sagen«, sagte er. »Und nicht in Ihrem Mausoleum, in dem alle Leute glauben, Sie könnten fliegen. Ich möchte Sie umgehend an einem öffentlichen Ort treffen. In einem Park, meinetwegen.«

Er ließ die Worte in dem folgenden Schweigen landen.

»Ihr Ton schmeckt mir überhaupt nicht, Michael, und ich bin normalerweise derjenige, der anderen Leuten anbietet, mich bei meinem Vornamen zu nennen.«

»Wie ärgerlich, Axel. Und mir schmeckt es absolut nicht, unzureichend informiert zu werden. Das macht alles nur nach komplizierter, und am Ende wird es Sie eine Stange mehr Geld kosten, weil ich meine Zeit darauf verwenden muss, die hirnlosen Vorstöße anderer Idioten wieder auszubügeln.«

»Der Pavillon. Im Fælledpark«, sagte Nobel kurz angebunden. Er hatte seine Stimme wieder im Griff.

»In einer halben Stunde«, sagte Michael.

Er wartete nicht auf die Bestätigung.

Ida sah von ihrem Haferbrei und Kaffee auf und musterte ihn über den Rand der Morgenzeitung.

»Irre ich mich, oder hast du gerade Axel Nobel, den mächtigsten Mann Dänemarks, zusammengeschissen?«

Michael massierte sich das Ohr.

»Was? Ich hör so gut wie nichts. Mein Ohr pfeift wie U-Boot-Alarm beim Abtauchen.«

»Das legt sich auch wieder. War das Axel Nobel?«

»Ja. Er ist wirklich ein Arschloch, er hat es nur noch nicht gemerkt. Er hält sich für schwer anständig.«

»Schon klar. Aber ist es klug, so mit ihm zu reden? Ist er nicht dein Klient? Dein einziger Klient?«

Michael nahm ihr Gesicht in seine Hände und drückte ihr einen Kuss auf die Stirn.

»Du siehst heute zum Anbeißen aus, Schwesterherz.«

Sie zog den Kopf zurück.

»Ich habe Pläne«, sagte sie selbstbewusst.

»Pläne?«

»Guck mich bloß nicht so an, als hätte ich gerade verkündet, für die amerikanische Präsidentschaftswahl zu kandidieren. Ja, Pläne. Du weißt schon, wie in Lebensplanung.«

Michael zog die Augenbrauen hoch und suchte nach einer passenden Antwort. Sie hatte seit anderthalb Jahren keine Pläne mehr gemacht.

»Ich habe davon gehört. Es gab Zeiten, da habe ich selber Pläne gemacht. Aber das ist sehr lange her.«

»Wie auch immer, ich hab Pläne für heute. Ich hab mich bei einem Fechtklub angemeldet und nehme eine Privatstunde bei irgendeinem ungarischen Weltmeister. Immerhin hab ich noch meine Florette, den Anzug und die Maske. Und hinterher frühstücke ich mit Laura.«

»Laura?«

Ida seufzte.

»Laura, Laura, Laura«, sagte sie. »Ich bin drei Jahre mit Laura aufs Gymnasium gegangen, in der Zeit warst du ununterbrochen damit beschäftigt, sie ins Bett zu kriegen.

Das war echt komisch, Michael. Pferdeschwanz. Blondine. Tugendhaft. Segelschuhe.«

Sie sah ihn mit etwas zu glänzenden Augen an.

»Traust du mir das nicht zu?«

»Natürlich trau ich dir das zu.«

»Wie ist Axel Nobel eigentlich als Mensch?«

»Erschreckend. Aber immerhin hat er unmittelbar nach unserem Eingangsgespräch einen Vorschuss von 100 000 Schweizer Franken auf unser Konto in Liechtenstein überwiesen. Das Gesamthonorar beläuft sich auf eine Million, du darfst Laura also gerne zur Latte einladen. In gewisser Weise …«

»In gewisser Weise?«

»We're gonna have to earn it, wie Blondie sagt.«

»Blondie?«

Michael zog eine schwarze Windjacke an und lud die Glock durch, ehe er sie in das Halfter über der rechten Hüfte schob. Es war eine Patrone in der Kammer, und er wusste, dass er ziehen, schießen und ein Ziel von der Größe einer Spielkarte auf zwanzig Meter Entfernung unter einer Sekunde treffen konnte, zehn von zehn Malen. Zumindest hatte er das mal gekonnt.

»Blondie. *Zwei glorreiche Halunken.* Den Film haben wir x-mal gesehen, Ida. Clint Eastwood ist Blondie. Schlussszene mit 200 000 Dollar in Südstaatengold, die in einem Grab mit dem Namen Arch Stanton liegen. Die müssen sie sich erst verdienen. Sagt Blondie.«

»Auf dem Friedhof?«

»Ja.«

»Wer ist noch dabei? Lene?«

»Wie meinst du das?«

Er schnürte seine Laufschuhe zu und stellte bei einem Seitenblick fest, dass sie blass war und ihre Augen wütend funkelten.

»Komplett blöd bin ich auch nicht. Du hast dich heute Nacht mit Lene geprügelt, stimmt's? Sie befindet sich auf der anderen Seite deines Eine-Million-Schweizer-Franken-Auftrages. Ist es das wert?«

»Das ist ihre Entscheidung. Sie weiß, was sie tut, und ich schulde ihr nichts. Im Gegenteil. Ich habe ihr schon viel zu oft den Arsch gerettet.«

Ida stand auf und spülte ihre Schüssel mit ungelenken Bewegungen aus. Sie hatte einen ausgesprochen ausdrucksstarken Rücken.

»Was redest du da. Sie ist Polizistin. Das ist ihr Job. Man nennt das auch Pflichterfüllung.«

Michael rastete aus.

»Du musst mir keine Vorlesungen über Pflichten halten, Ida. Ich dachte, das wüsstest du. Ich weiß, was Pflicht bedeutet! Im Moment ist es meine Pflicht und Schuldigkeit, Geld zu verdienen und Rechnungen zu bezahlen. Das ist mein Job. Dein Job ist es, dass du wieder auf die Beine kommst.«

»Du machst das also meinetwegen?«

Sie sah ihn mit großen Augen an.

»Deinetwegen! Meinetwegen! Das macht keinen Unterschied. Wie soll ich das trennen?«

Er machte einen Schritt auf sie zu, überlegte es sich anders und ging an ihr vorbei nach draußen.

EIN STÜCK WEITER WEG SPIELTEN ein paar Jungs, angefeuert von ihren Eltern, Fußball. Über die Rasenfläche vor Michael stapfte eine Kindergartentruppe mit großen und kleinen Menschen wie eine Expedition auf der Suche nach König Salomons Minen. Michael entdeckte Nobel und Straat an einem grünen Tisch auf der weißen Kiesfläche vor dem geschlossenen Café im Stil eines pseudogriechischen Pavillons. Sonst war niemand zu sehen.

Der Vorstandsvorsitzende drehte den Kopf, als er Michael hörte. Dirk Straats große Hände waren tugendhaft auf der Tischplatte gefaltet. Er musterte Michael ohne jede Regung in seinem bleichen Gesicht, aber die stahlgrauen Augen scannten alles ein.

Michael stellte sich neben ihren Tisch, ohne die Hände aus den Jackentaschen zu nehmen.

»Ich würde gerne unter vier Augen mit Herrn Nobel sprechen, Dirk. Sie finden in der Zwischenzeit sicher ein paar Tauben, denen Sie die Flügel ausreißen können, oder ein paar Kinder, die Sie quälen können. Probieren Sie es doch mal da drüben zwischen den Bäumen.«

Der Holländer erhob sich mit einem Knurren, aber Nobel legte eine Hand auf seine Schulter und drückte ihn zurück auf seinen Platz. Michael sah mit größtmöglicher Gleichgültigkeit an ihnen vorbei. Dann richtete er erneut den Blick auf Straat.

»Und das nächste Mal, wenn ich Ihren blauen Lieferwagen irgendwo sehe, könnte es passieren, dass ich alle Insassen umbringe. Ihr seid ungefähr so unauffällig wie Lady Gaga in einem Flüchtlingslager.«

Michael schob die rechte Hand in die Hosentasche. Mit dieser Bewegung strich er die Jacke hinter die Glock, sicher, dass die beiden das sehr wohl registrierten. Nobel flüsterte dem Holländer etwas ins Ohr, worauf Straat aufstand und zu den Bäumen und dem Laufpfad stapfte. Michael zog sich einen Stuhl an den Tisch heran und setzte sich so, dass er den Holländer im Blick hatte.

Nobel seufzte.

»War das wirklich nötig? Müssen Sie ihm jedes Mal, wenn Sie sich begegnen, ans Bein pinkeln? Mir ist sehr wohl klar, dass Dirk kein Heiliger ist, aber das sind Sie weiß Gott auch nicht. Und wer braucht schon Heilige? Aber ich brauche einen einigermaßen ausgeglichenen Dirk, okay? Wenn Sie also so gut wären, ihm das nächste Mal nicht gleich wieder auf den Schlips zu treten?«

»Ich werde mir Mühe geben«, sagte Michael. »Aber er hat die Aufnahmen aus Holms Wohnung manipuliert. Oder Sie. Das verkompliziert die Sache unnötig, und ich kann Komplikationen nicht leiden. Die kosten Zeit.«

Nobel sah ihn aufrichtig überrascht an.

»Was wollen Sie damit sagen?«

»Spielen Sie nicht den Unschuldigen, das ist ermüdend«, sagte Michael.

Es blitzte in den grünen Augen des Vorstandsvorsitzenden, dann erlosch der Funke.

»Was fehlt?«

»Das letzte Fünftel der Aufnahme, schätze ich. Zwischen Rasmus Nordstrands überstürzter Flucht und den Kriminaltechnikern.«

»Na ja, Dirk wird kaum von einer Überwachungskamera aufgenommen werden wollen, die er selbst installiert hat. Der rausgeschnittene Teil zeigt ihn vermutlich in Holms Wohnung, und ich kann gut nachvollziehen, dass er das löscht. Aber das muss noch lange nicht heißen, dass er versucht, etwas zu vertuschen. Ich bin absolut sicher, dass Nordstrand Peter umgebracht hat. Und ich habe neue Informationen für Sie: Rasmus Nordstrands Fingerabdrücke wurden auf der Schneekugel gefunden, mit der Peters Schädel zertrümmert wurde. Das steht unbestritten fest. Außerdem hatten Sie recht: Peter wurde mit Rohypnol betäubt. Nordstrands Fingerabdrücke waren auch an dem Weinglas auf dem Nachtschrank.«

Michael betrachtete ihn lange. Axel Nobel musste sehr gute Beziehungen haben, wenn er an solche Informationen kam, was Michael in seiner Auffassung bestätigte, dass in diesem Fall keine Grenze zwischen Nobel Oil und der Regierung existierte.

Dann dachte er an Lene. Da sie offenbar Zugang zu den Daten aus der Rechtsmedizin und der Kriminaltechnik hatten und wussten, wer der Mörder war, brauchten sie Lene im Grunde genommen gar nicht. Spätestens jetzt war Michael sicher, dass sie Rasmus Nordstrand niemals finden würde.

»Okay. Aber warum hat Nordstrand kaltblütig einen Menschen umgebracht?«

»Wie meinen Sie das? Er hat Peters Festplatte kopiert. Dann kam es zum Zweikampf. Das haben Sie ja selbst gesehen. Ich behaupte nicht, dass es vorsätzlicher Mord war, dass es im Voraus so geplant war. Peter ist einfach zum falschen Zeitpunkt wach geworden.«

»Und Sie haben keine Kopie von Holms Daten? Das ist schwer zu glauben. Wir schreiben das Jahr 2015. Sie waren wohl kaum in Runen auf Pergament verewigt.«

»Nein, waren sie nicht, aber es spielt im Grunde genommen auch gar keine Rolle, ob wir Kopien haben oder nicht. Wenn ... gewisse Informationen ... bestimmte geologische Analyseergebnisse aus der Diskobucht an die Öffentlichkeit gelangen, sind wir fertig, weil die Leute grundsätzlich der Sensation und dem Skandal glauben. Verschwörungstheorien. Das ist fundamental menschlich. Genauso wird es an den Börsen auf der ganzen Welt sein. Zufälligerweise waren alle Satellitennetzwerke in den letzten Wochen von Peters Turnus sabotiert, weshalb uns genau diese Analysedaten nicht vorliegen. Und ausgerechnet diese Funde hatte er noch nicht in Grafiken, Tabellen und einem abschließenden Bericht zusammengefasst.«

Michael steckte sich eine Zigarette an und blies sinnierend den Rauch aus.

Straat lehnte an einem Baum und schaute den Joggerinnen hinterher.

»Aber die Daten sind verschlüsselt?«

Axel Nobel schaute neidisch auf die Zigarette und nickte.

»Ich wäre nicht so unglaublich besorgt, wenn es nur um Poseidons Krieger ginge. Aber wenn die Konkurrenz die Daten in die Finger kriegt, muss damit gerechnet werden, dass Exxon oder BP die besten Spezialisten der Welt dransetzen, den Code zu knacken. Ohne Vorsprung bin ich nicht mehr konkurrenzfähig. Das ist niemand. Unsere chinesischen Partner werden sich aus der Diskobucht zurückziehen und in den nächsten zwanzig Jahren mein Unternehmen in jeden Gerichtssaal auf diesem Erdenrund zerren, während sie sich mit Royal Dutch Shell zusammentun und Grönland schröpfen. Die Anwälte verdienen sich eine goldene Nase, und Dänemark ist der Verlierer.«

Michael war immer noch nicht überzeugt.

»Und dafür war Nordstrand bereit zu töten? Alles aufs Spiel zu setzen? Frau und Kind?«

»Das sind Fanatiker, Michael. Das hier ist ein Krieg. Sie betrachten alle Mitarbeiter von Nobel Oil als Kriminelle, die abscheuliche Verbrechen an Mutter Erde begehen.«

»Ja ... aber genauso verhält es sich doch auch, oder etwa nicht? Sie halten ein brennendes Feuerzeug unter das Dynamitfass Welt.«

Nobels Blick fokussierte sich wie ein Laserstrahl auf Michaels Gesicht. Seine Hände wischten über den Tisch. Umfassten die Tischkante. Ließen sie wieder los.

»Hören Sie mir gut zu, Michael. Ich habe vier Kinder, drei Enkel, und weitere sind unterwegs. Wieso sollte ich dafür sorgen, dass sie auf der dunklen Seite des Mondes aufwachsen? Das ist doch unsinnig. Ich habe keine Möglichkeit, sie auf einen besseren Planeten als diesen zu schicken. Aber das Schieferöl liegt erreichbar in einem Berg. Es ist da! Wenn nicht Nobel Oil und Dänemark es fördern und vermarkten, tun es andere. Ist es Ihnen lieber, dass die Chinesen oder Russen das übernehmen? Damit würden Sie einen rauchenden Colt an die Schläfe der westlichen Welt und des Weltsicherheitsrates drücken. Sie würden alle demokratischen Initiativen blockieren: Syrien, Tibet, Irak. Jeder könnte ohne Furcht vor Sanktionen aus der zivilisierten Welt gegen die Menschenrechte verstoßen. Sie könnten einfach den Hahn zudrehen, und alle würden die Klappe halten. Außer den Amerikanern, aber die haben keine Lust mehr, nach irgendwelchen dummen europäischen Irrtümern die Kastanien aus dem Feuer zu holen.«

»Nein, das würde ich wohl nicht wollen«, räumte Michael ein.

Nobel schüttelte den Kopf.

»Das wollen Sie ganz bestimmt nicht, glauben Sie mir.«

Der Vorstandsvorsitzende sah Michael streng an, als wollte er ihn tadeln.

»Sie selbst sind aber auch nicht gerade ein Wahrheitsapostel, Michael Sander.«

»Da stimme ich Ihnen unumwunden zu. Denken Sie an etwas Bestimmtes?«

»Sie haben steif und fest behauptet, auf den Aufnahmen niemanden wiedererkannt zu haben«, sagte Axel. »Aber das haben Sie. Die Polizeioberrätin Lene Jensen, eine fähige, aber offenbar ziemlich verrückte Frau.«

Michael zuckte mit den Schultern.

»Das macht uns nicht zum Liebespaar. Im Gegenteil, ich meide sie wie die Pest. Ich habe das nicht für relevant gehalten, mehr nicht.«

Axel Nobel lächelte, aber er schickte ihm einen warnenden, kalten Blick aus seinen tief liegenden Augen.

»Vielleicht sollten Sie die Beurteilung, was relevant ist und was nicht, besser mir überlassen, Michael. Für eine Million Schweizer Franken erwarte ich zumindest Aufrichtigkeit. Außerdem wurde Lene Jensen beobachtet, wie sie gestern Nacht eine halbe Stunde nach Ihnen Peter Holms Wohnung verlassen hat.«

In Michaels Brust ballte sich die Angst zu einer kalten, harten Faust zusammen. Dirk Straat schaute beiläufig zu ihnen rüber, als nähme er Maß fürs Leichenhemd.

»Sie weiß nichts, Axel. Nicht mehr als Sie selbst. Sie ist bei der Staatspolizei angestellt und hat keinen Einfluss darauf, wer dort was macht. Und da Sie offenbar Zugriff auf die gleichen Informationen haben wie sie, spielt sie keine Rolle für Sie.«

»Möglich. Haben Sie etwas gefunden in der Wohnung?«

»Der USB-Stick mit Holms Daten war in der Gardinenstange versteckt. Nordstrand hat es noch geschafft, ihn dort zu verstauen, ehe Straat die Wohnung betrat, und jemand war dort, um ihn zu holen, als ich dort eintraf. Vertrackterweise konnte der Betreffende über die Hintertreppe flüchten, weil ich von Polizeioberrätin Lene Jensen daran gehindert wurde, die Verfolgung aufzunehmen, die mit dem ihr eigenen saumäßigen Timing genau zum denkbar ungünstigsten Zeitpunkt dort aufgekreuzt ist. Wir haben uns in der Dunkelheit einen erbarmungslosen Zweikampf geliefert, bis wir kapiert haben, wer der Gegner ist.«

Er sah Nobel an.

»Offenbar hat Nordstrand seine Chance zu entkommen als minimal eingeschätzt.«

»Offenbar«, sagte der Vorstandsvorsitzende knapp. »War es seine Frau?«

»Wessen Frau?«

»Nordstrands natürlich.«

Michael fischte bedächtig eine neue Zigarette aus dem Päckchen und zündete sie an. Er bot Nobel eine an, der nach kurzem Zögern annahm, sich von Michael Feuer geben ließ und einen langen, genüsslichen Zug nahm.

»Axel?«

»Mmmmh?«

»Wir drehen uns im Kreis«, sagte Michael. »Und ich habe das Gefühl, der Kreis wird immer kleiner. Wieso glauben Sie, dass es seine Frau war? Wieso nicht Nordstrand selbst? Sie bleiben dabei, dass er entkommen ist?«

Nobel öffnete langsam die Augen.

»Selbstverständlich. Natürlich. Es wird wegen Mordes nach ihm gefahndet, oder? Darum bin ich selbstredend davon ausgegangen, dass er jemand anderen schickt. Und ich behaupte nicht, dass er entkommen ist. Ich weiß es.«

Michael lächelte traurig.

»Rasmus ist tot. Mausetot. Darum wurden die Aufnahmen manipuliert, weil darauf zu sehen ist, wie Dirk und seine Söldner ihm den Kopf abreißen, dummerweise bevor er ihnen sagen konnte, wo Ihre geologischen Analysen versteckt sind. Aber wissen Sie was? Das ist mir absolut scheißegal. Ich verstehe das, so was kann passieren. Ein Augenblick der Unaufmerksamkeit, große Aufregung und eine kleine Unbesonnenheit, Situationen, die sich im Bruchteil einer Sekunde entwickeln, da kann schon mal was brechen, ein Hals zum Beispiel. Und da steht man dann mit einer Leiche, von der man nicht weiß, wohin mit ihr.«

Nobel nickte bedächtig.

»Ich zweifle nicht an Ihren Sachkenntnissen. Diese Dinge sind auch mir nicht fremd, Michael. Ich war viele Jahre beim Militär. Ich war beim Jägerkorps und später in den britischen Spezialtruppen. Im Gegensatz zu denen, die Bücher über ihre glorreiche Zeit beim Jägerkorps oder dem britischen Special Air Service schreiben, aber nie einen im Hass abgefeuerten Schuss gehört haben, war ich bei vielen Auslandseinsätzen dabei. Mein älterer Bruder sollte eigentlich die Firma übernehmen, als unser Vater sich zurückzog. Wenn ich ehrlich sein soll, ging es mir gut beim Militär. Aber dann erkrankte mein Bruder an Leukämie, und ich wurde aus dem Irak nach Hause beordert.«

»Das ist hart.«

»Ich schwöre beim Leben meiner Kinder, dass ich Rasmus Nordstrand nicht umgebracht oder andere damit beauftragt habe. Das schwöre ich. Er ist entkommen.«

Michael sah den Vorstandsvorsitzenden forschend an. Dann nickte er.

Nobel trat die Zigarette im Kies aus.

»Es war also jemand in Peter Holms Wohnung, ist aber mit dem USB-Stick abgehauen. Damit wären wir zurück auf Start. Ist diese Beschreibung der Situation zutreffend?«

»Vielleicht nicht ganz zurück auf Start. Ich habe ein weiteres Mitglied von Poseidons Kriegern identifiziert. Glaube ich zumindest.«

Michael zog den Stuhl halb um den Tisch herum und schaltete sein Smartphone ein. Er schaltete es gleich wieder aus und musterte Nobel neugierig.

»Wenn es Ihnen so zuwider ist, Eigentümer und Chef des Unternehmens zu sein, und Sie lieber weiter beim Militär wären, warum tun Sie das dann nicht? Ich gehe mal davon aus, dass es keine Frage des Geldes oder der schönen Aussicht von Ihrer Kuppel ist?«

Axel Nobel sah ihn leicht verlegen an. Er war es sicher nicht gewohnt, anderen Menschen als seinen nächsten Angehörigen einen Blick hinter die Fassade zu gestatten.

»Eine Frage des Geldes war es nie«, sagte er zögernd. »Natürlich nicht. Davon hatte ich immer mehr, als ich ausgeben kann. Man kann schließlich nur ein Hemd auf einmal tragen und nur ein Auto fahren. Ich bin kein Materialist. Glauben Sie, es ist der Lohn, der die Gründer von Microsoft, Oracle, Google oder Apple antreibt, achtzig Stunden in der Woche zu arbeiten? Soweit ich weiß, hatte Steve Jobs bei Apple ein Jahresgehalt von einem Dollar, und er hat sich zu Tode geschuftet, auch wenn sie das offiziell Bauchspeicheldrüsenkrebs genannt haben.«

»Mich würde das schon motivieren«, sagte Michael und dachte an die Stratosphärengondel. Für einen Mann, der behauptete, kein Materialist zu sein, war das ein ganz schön teures Spielzeug.

»Ja, das würde es sicher, am Anfang. Aber nach einem Monat auf Tobago mit Drinks und Wasserski wird man wahnsinnig. Sie sind ehrgeizig, Michael. Sie wären gerne die beste Version Ihrer selbst. Der Beste in Ihrem Job. Sie streben nach Anerkennung.«

»Tu ich das?«

Michael war überrascht über Nobels Fehlinterpretation. Am grundlegenden Glauben an sich selbst hatte es ihm nie gemangelt. Es gab allerdings Zeiten, in denen er auch Respekt vor sich selbst gehabt hatte.

Der Vorstandsvorsitzende sah ihn an und wurde ungeduldig.

»Nicht in dem Sinne, dass Sie aufs Cover von *Euroman* wollen, Sie wollen Anerkennung von Ihresgleichen.«

»Die gibt es nicht«, rutschte es Michael heraus.

Nobel lachte laut, und Michael stimmte in sein Lachen ein. Die Situation war völlig surrealistisch. Noch vor fünf Minuten wäre er bereit gewesen, Nobel und Straat bei der geringsten physischen Bedrohung abzuknallen wie zwei tollwütige Hunde. Er wusste, dass der Holländer eine Pistole im Schulterholster trug, und hatte eine Ausbuchtung über einer von seinen Socken bemerkt, die auf eine zusätzliche Pistole in einem Knöchelholster hindeutete.

Axel Nobel zuckte mit den Schultern, und Michael dachte, der kurze vertrauliche Moment sei vorbei.

»Nein, die gibt es wohl nicht. Sie müssten in eine Familie hineingeboren sein wie meine, um das zu verstehen. Ich will nicht behaupten, mein Leben sei das Dasein eines Kronprinzen im Königshaus. Das ist viel schwieriger. Aber in gewisser Weise ist es, wie in ein anderes Jahrhundert als sein eigenes hineingeboren zu sein. Sie, und damit meine ich meine Vorfahren, haben eine Kathedrale errichtet. Dafür haben sie dreihundertfünfzig Jahre gebraucht, und sie haben Tag und Nacht gearbeitet. Eine Kathedrale zur Anbetung des Geldes, und natürlich der Macht und des Einflusses, der mit dem Reichtum einhergeht. Dieses Prinzip lässt sich auch auf Länder übertragen, ist es nicht so? Je reicher ein Land ist, desto mehr Macht hat es. Schauen Sie sich die Schweiz an. Das Einzige, womit sie in den vergangenen sechshundert Jahren zur Veredelung der Menschheit beigetragen haben, sind die Kuckucksuhr und das Bankschließfach. Aber ihr politischer Einfluss ist enorm. Und genau diese Macht würde Russland oder China bekommen, wenn wir ihnen die Diskobucht überlassen. Es hat eine lange Reihe von Nobels gebraucht, um an diesen Punkt zu gelangen. Nachkommen mit einem schwachen Charakter wurden ins Exil an die Riviera geschickt und durch Brüder oder Vettern ersetzt, die das nötige Rüstzeug mitbrachten. Die in der Lage waren, die notwendigen Maßnahmen zu ergreifen. Zu jeder Zeit und unter allen Umständen. Für die Familie und Zukunft.«

»Notwendige Maßnahmen?«, fragte Michael mit einem leichten Schaudern.

»Die notwendigen Maßnahmen, ja. Wenn die Reihe an Ihnen ist, gehört schon eine gehörige Portion Mut dazu, allem den Rücken zu kehren, den Schlüssel umzudrehen und das Unternehmen verfallen zu lassen, was keine dreihundertfünfzig Jahre dauert, sondern höchstens eine halbe Generation. Schauen Sie sich ØK an oder Burmeister & Wain. Sie alle haben geglaubt, unverwundbar zu sein, unsterblich, aber sie sind schneller von der Bildfläche verschwunden, als man gucken konnte. Andere Familienmitglieder würden vielleicht eher ihr individuelles Glück verfolgen und auf die Konsequenzen pfeifen, aber diese Stärke habe ich nicht.«

Micheal hatte genug gehört und kein Interesse daran, den charismatischen Vorstandsvorsitzenden so nah an sich heranzulassen, dass er womöglich noch Sympathien für ihn zu hegen begann.

Aber Nobel war nicht mehr zu bremsen. Er schien Michaels Anwesenheit gar nicht mehr wahrzunehmen. Es war wie ein innerer Monolog, der herauswollte.

»Du bist im gleichen Maß Teil der Familie, wie die Familie Teil von dir ist, es ist unmöglich, eine Grenze zu ziehen. Mein Vater ist jetzt fünfundachtzig, und wissen Sie, was er jeden ewigen Morgen um sieben Uhr macht, nachdem er die *Berlingske* und *Børsen* gelesen hat, aber vor seinem ersten Schluck Kaffee und der ersten Zigarette?«

»Nein.«

»Er schreibt den Aktienkurs von Nobel Oil mit einem Stück Kreide auf eine schwarze Tafel in seiner Küche. Ist der Kurs unverändert zum Vortag, oder geht er nach oben, höre ich nichts, aber sollte er niedriger notiert sein, und sei es nur um 50 Öre, hab ich ihn an der Strippe. Er hat Angst.«

»Wovor?«

»Dass das der Anfang vom Ende ist. Dass er seinen Vorfahren Rechenschaft schuldig ist, wenn er sie im Jenseits wiedertrifft. Dass sie ihm dann vorwerfen, er wäre nicht umsichtig genug, nicht tüchtig genug gewesen, dass er ihre gesammelten Mühen und Verdienste nicht gewissenhaft verwaltet hätte, dass er den Verkehrten zu seinem Nachfolger gemacht hat, dass er nicht rücksichtslos oder brutal oder vorausschauend oder clever genug war. Und wissen Sie, was?«

»Nein.«

»Sie hätten recht, und das weiß er. Er hat nur einen Wunsch in diesem Leben, und zwar den, dass die Firma nicht an Wert verliert oder anderweitig bedroht wird, solange er die Verantwortung trägt. Und er wird Himmel und Hölle in Bewegung setzen, dass auch unter meiner Verantwortung das nicht passiert. So ist es einfach. Ich weiß nicht, wie ich das benennen soll. Es ist wohl eine Art Liebe. In jedem Fall aber eine Notwendigkeit, die uns ab unserem ersten Lebensjahr anerzogen wurde.«

Michael hatte fast so etwas wie Mitleid mit ihm.

MICHAEL ZEIGTE NOBEL DEN CLIP von Nordstrands Männerwochenende in den Schären.

»Sie waren zusammen auf der Uni«, erzählte er. »Sie sind Meeresbiologen, Geografen und Ozeanografen. Sie wissen alles über Grönlands geologische Beschaffenheit und Umwelt. Was möglich ist und was nicht. Der Kerl da heißt Alan Knutzon und hat, wie Sie sehen können, den gleichen Dreizack auf den Oberarm tätowiert wie Rasmus Nordstrand auf der Schulter. Er wohnt übrigens mit seiner Freundin Maria Kemper in Vesterbro. Sie haben keine Kinder, aber eine Katze namens Tommy.«

Michael sah Nobel an.

»Ich würde mit Knutzon anfangen. Ihn dezent observieren, um herauszufinden, mit wem er sich trifft, mit wem er telefoniert und was er sagt. Ich würde Mikrofone und Kameras in seiner Wohnung installieren. Lassen Sie Dirk das erledigen, falls er es schafft, ohne durch den Boden zu brechen oder auf die Katze zu treten.«

Nobel lehnte sich zurück und blickte in Straats Richtung, wie Michael mit unguter Vorahnung registrierte.

Dann lächelte er Michael an.

»Gar nicht so übel, Michael. Gar nicht so übel. Alan Knutzon? Hervorragend. Sonst noch was?«

»Nein.«

Axel Nobel erhob sich. Mit den Händen in den Taschen ließ er den Blick über die sonnengescheckte Rasenfläche schweifen.

»Meine Brüder und ich waren fast jeden Tag hier und haben Fußball gespielt, als wir auf die Krebs-Schule gegangen sind.«

»Waren Sie gut?«

Nobel sah ihn fragend an.

»Natürlich waren wir gut.«

»Natürlich waren Sie das. Was wollen Sie jetzt noch von mir?«

»Wenn Sie Anna Nordstrand aufspüren könnten, das wäre fantastisch. Oder zumindest so viel wie möglich über sie herausfinden.«

Nobel gab Straat ein Zeichen, der sich augenblicklich in Bewegung setzte. Das Gesicht des Holländers war wie in Stein gemeißelt, und er würdigte Michael keines Blickes.

»Was ist mit Knutzon?«, fragte Michael.

»Wir kümmern uns um ihn«, sagte Nobel mit einem Blick auf seine Uhr.

Michael sah den Holländer an und wusste plötzlich, was das Unheimliche an dem Mann war: Seine Augen reflektierten kein Licht wie die Augen anderer Menschen, sie waren matt wie geschliffener Stahl.

Er ballte die Hände in den Taschen zu Fäusten und drückte die Fingernägel in die Handballen.

»Polizeioberrätin Lene Jensen«, sagte er. »Rechnen Sie damit, dass sie Ihnen in irgendeiner Weise in die Quere kommt. Das macht sie gerne.«

Nobel zog unbekümmert die Schultern hoch.

»Ich erwarte, dass Lene Jensen sich vernünftig verhält. Moderat.«

Michael starrte ihn an.

»Lene? Moderat? Ich habe Ihnen offenbar nicht deutlich genug erklärt, mit welchem wahnwitzigen Fanatismus sie in ihren Fällen ermittelt, besonders nach ...«

Der Vorstandsvorsitzende fiel ihm ins Wort.

»Alle wollen das hier. Alle, Michael. Nicht zuletzt die Regierung. Ich hoffe zu ihrem Besten, dass sie das versteht. Aber ehrlich gesagt spielt es keine Rolle, ob sie das tut oder nicht. Melden Sie sich, wenn Sie Anna Nordstrand gefunden haben, okay?«

Er verschwand mit Straat ins Gespräch vertieft hinter dem Pavillon. Michael blieb sitzen.

Seine Hände lagen auf dem Tisch, immer noch zu Fäusten geballt, während sich in seinem Kopf alle möglichen beunruhigenden Szenarien abspielten, ohne dass er sie steuern konnte.

*Am selben Vormittag*
*56° 50′ 4″ nördlicher Breite, 6° 25′ 4″ östlicher Länge*
*Lille Fisker Banke, Nordsee*

DER GROSSE, MODERNE NOT-TRAWLER Regine af Thyborøn glitt unter minimalen Motorumdrehungen über ein blankes Meer, das die schneeweißen Schiffswände und den turmhohen Deckaufbau spiegelte. Der Skipper, ein junger Mann mit Basketballkappe und kariertem Holzfällerhemd, saß mit halb geschlossenen Augen in dem Navigationssessel, die Stiefel auf dem Armaturenbrett, einen dampfenden Kaffeebecher in der Hand. Auf Kanal 16 waren keine Stimmen zu hören, dafür ein Klavierkonzert im HF-Radio. Das Fischecholot würde piepsen, falls ein interessanter Schwarm unter den Sensoren des Trawlers hindurchschwamm, so wie der Radar oder das AIS-System Alarm schlagen würde, wenn eine Kollision drohte. Der Skipper schloss also in der sicheren Gewissheit die Augen, dass die Elektronik auf sie aufpasste.

Er war den größten Teil der Nacht wach gewesen. Gerade wurde ein Netz eingeholt, aber er hegte keine großen Hoffnungen, was den Fang betraf. Da ging plötzlich ein jäher Ruck durch das Schiff, und die Seiltrommel achtern blieb mit einem kreischenden, metallischen Scheppern stehen. Über seinem Kopf fing ein Alarm an zu heulen wie verdammte Seelen, und der Skipper fluchte derb, als er heißen Kaffee über seinen Schoß verschüttete. Er riss die Tür zum Führerhaus auf und schob sich eilig seitwärts über den schmalen Steg an dem Aufbau entlang bis zum Achterdeck.

Das mit zappelnden und silbrig glänzenden Fischen gefüllte Netz schaukelte schwer an der Seilwinde über der Rutsche, die in den Gefrierraum führte. Der Trawler-Meister hielt den Totmannschalter der Seilwinde gedrückt, und drei Besatzungsmitglieder hingen an dem Netz, um die schweren Pendelbewegungen abzufangen.

Der Skipper sah seinen Trawler-Meister besorgt an.

»Was ist los, Sven? Ist jemand verletzt?«

Der sonst so gesprächige Trawler-Meister schüttelte den Kopf und zeigte auf das Netz.

»Nein. Ich meine ... doch, irgendwie schon, aber ...«

Der Skipper folgte dem Fingerzeig. Aus den Maschen des Netzes ragte ein nacktes Menschenbein, bis zur Lende entblößt, weiß, hellrot und bläulich, an mehreren Stellen gebrochen, drei Zehen fehlten.

Der junge, gut ausgebildete Skipper, der aus einer alten Fischerfamilie stammte, die seit dem Mittelalter in der Nordsee fischte, bekreuzigte sich.

DER INFERNALISCHE ROTORENLÄRM des neuen Agusta-Westland-Hubschraubers vom Seenotrettungsdienst veranlasste den Skipper der Regine af Thyborøn, sich ein Ohr zuzuhalten und das VHF-Funkgerät auf das andere zu pressen. Der Lärm war unbeschreiblich und ließ alle Knochen im Leib vibrieren.

Wenigstens war der Seegang heute gemäßigt, und sie mussten sich nicht mit einem krängenden, rutschigen Deck herumschlagen.

Zusammen mit einem Rettungsschwimmer wurde eine Metallbahre auf das breite Achterdeck der Regina abgeseilt. Trawler-Meister Sven stand bereit, sie entgegenzunehmen. Sie hatten, so gut es eben möglich war, den entsetzlich malträtierten Körper aus dem Netz befreit und ihn in eine Plane gehüllt. Sie hatten sogar angeboten, den nächsten Hafen anzufahren, auch wenn sie das teuer zu stehen gekommen wäre, aber irgendjemand ganz oben im System hatte entschieden, dass das zu lange dauerte. Als hätten sie regelrecht darauf gewartet, dass das geschah.

Der Rettungsschwimmer setzte mit den Füßen auf dem Deck auf und barg die Bahre. Er löste die Leine der Seilwinde, rief ein paar Worte in ein Kehlkopfmikrofon, worauf der Helikopter sich etwa fünfzig Meter entfernte und der Skipper wieder seine Gedanken hören konnte.

Der Rettungsschwimmer schob die Haube des Neoprenanzuges nach hinten, begrüßte Skipper und Trawler-Meister und warf einen Blick auf das an der Reling verschnürte Bündel.

»Sind Sie mir behilflich?«

Der Skipper und Sven sahen sich an.

Dann nickten sie.

»Vorsicht«, sagte der Skipper. »Die Teile hängen nicht sonderlich fest aneinander.«

Zehn Minuten später befand sich die Leiche an Bord des Hubschraubers, der seine Nase meerwärts ausrichtete und östlichen Kurs aufnahm. Bald war er nur noch als Punkt am Horizont zu sehen.

Sven sah den jungen Skipper an.

»Und was jetzt, machen wir weiter, oder ...?«

»Ich denke schon. Aber ich glaube nicht, dass wir noch was fangen, Sven.«

»Das glaube ich auch nicht. Vielleicht haben wir diese Tour ja nur seinetwegen gemacht. Armer Kerl.«

»War das ein Mann?«

»Ich schätze schon. Schwer zu sagen.«

Der Skipper setzte sich in seinen Sessel auf der Brücke, gab einen neuen Kurs in den Autopiloten ein und schaltete das Fischecholot an.

Der große Dieselmotor im Bug des Trawlers begann zu grummeln, und die Regine zog wieder ihr Kielwasser über das stille Meer.

CHARLOTTE FALSTER TIPPTE mit einem glänzenden Nagel auf eine graue Fallakte, die Lesebrille baumelte an einer dünnen Silberkette um ihren Hals, während sie Lene missbilligend musterte, die mehr im Gästesessel lag als saß. Sie trug ein australisches T-Shirt mit Bondi-Beach-Aufdruck und einem Hai mit weit aufgerissenem Maul unter der hellen, blutfleckigen Lederjacke, und sie war erschöpfter, als sie sich je gewesen zu sein erinnerte.

Sie war in Hellerup im Wagen eingeschlafen, irgendwann wieder aufgewacht und konnte sich kaum noch bewegen. Dann hatte sie in einer Spelunke in Husum Spiegeleier gegessen, die hauptsächlich von verkaterten Alkoholikern auf dem Nachhauseweg frequentiert wurde. Ihre Chefin liebte frühe Morgensitzungen.

»Du siehst noch schlimmer aus als beim letzten Mal«, sagte Charlotte aufbauend. »Was, um Himmels willen, treibst du eigentlich? Bist du in eine Truppe Schlachtenbummler hineingeraten?«

Lene hatte keine Kraft für eine Erklärung.

»Ja ...«

»Ich habe deinen vorläufigen Bericht über Rasmus Nordstrand gelesen. Scheint doch alles recht klar zu sein, oder? Aber du kannst ihn nicht finden?«

»Ich habe alle zur Verfügung stehenden Leute zu seinen Freunden und Kollegen in Kopenhagen geschickt, und ich habe mit der Polizei in Grönland gesprochen. Sogar deinen teamfähigen Günstling Johannes habe ich eingesetzt, um nach ihm zu stöbern, aber Rasmus Nordstrand hat sich samt Frau und Kind in Luft aufgelöst, er ist wie vom Erdboden verschluckt. Der Rest der Familie ist verschlossen und wortkarg wie eine Sekte. Und verzweifelt auf die stumme Art.«

»Ah ja. Aber der Fall ist trotzdem ziemlich klar, oder? DNA, Fingerabdrücke, die Kleider in Holms Wohnung, die er auch im Banana-Club getragen hat. Ein Streit zwischen Liebenden, der aus dem Ruder gelaufen ist?«

»So sieht es auf den ersten Blick aus.«

Charlotte seufzte.

»Aber nur Stümper wie ich interpretieren die Fakten auf diese Weise?«

Lene blieb ihr die Antwort schuldig. Sie betastete vorsichtig ihre Nase. Ein Nasenloch war fast zugeschwollen und pfiff beim Einatmen. Vermutlich hatte sich die Nasenscheidewand verschoben. Michael, dieser Vollidiot!

Charlotte lehnte sich zurück und verschränkte die Arme vor ihrer blauen Chanel-Jacke.

»Und was gedenkst du jetzt zu tun?«, fragte sie.

»Ihn finden, natürlich.«

»Du glaubst also auch, dass er der Mörder ist?«

»Die Möglichkeit besteht.«

»Wenn man einen Hufschlag hört, ist es nicht immer ein Zebra, das kommt, Lene. Manchmal ist es auch ganz einfach nur ein Pferd.«

»Und was ist mit den Kameras?«

»Zu denen wollte ich gerade kommen.«

Charlotte setzte ihre Lesebrille auf und nahm ein Blatt Papier.

»Laut dieser Bestätigung, signiert von Peter Holm, war er mit der Überwachung seiner Wohnung einverstanden. Nobel Oil hatte infolge der Ölgewinnung in Grönland zum wiederholten Mal Morddrohungen erhalten, und Holms Name war einer der oberen auf der Liste. Daraufhin haben Nobel Oils Sicherheitsfirmen beschlossen, ein Dutzend Wohnungen zu überwachen, hatten zum Zeitpunkt des Mordes aber noch nicht alle Mikrofone installiert oder alle Kameras aktiviert. Darum gibt es aus Holms Wohnung keine Aufnahmen von dem eigentlichen Verbrechen.«

Lene zog die Schultern hoch und sank noch tiefer in den Sessel.

»Das ist natürlich die bequemste Erklärung«, sagte sie. »Aber warum hat dann an der verflixten Kamera ein grünes Lämpchen geblinkt?«

»Willst du damit irgendwelche finsteren Verschwörungstheorien andeuten?«

Lene lächelte.

»Keine Ahnung. Gibt es die?«

Sie schauten aneinander vorbei. Lene war eine Meisterin des Wartens, ohne sich zu rühren oder den Gesichtsausdruck zu verändern, und Charlotte verlor, wie üblich.

Die Polizeidirektorin stand auf, ging ans Fenster und schaute hinaus. Lene bewegte sich nicht.

Charlotte drehte sich um und schob die Hände tief in die Jackentaschen.

»Kaffee?«

»Nein danke.«

Charlotte war offenbar zu einer Entscheidung gelangt, sah Lene an dem Zug um den Mund ihrer Chefin, den sie nur zu gut kannte: *Das ist mir jetzt äußerst unangenehm, aber es führt kein Weg daran vorbei, weil du es ja selbst so haben willst, nicht wahr?*

»Du hast dich auf eine Stelle bei Europol in Den Haag beworben. Und du hast Himmel und Hölle in Bewegung gesetzt, um sie zu kriegen«, sagte sie.

Lene richtete sich in ihrem Sessel auf und sah Charlotte wachsam an. Es war völlig korrekt, sie wäre notfalls über Leichen gegangen für den Job als Inspektorin in Den Haag. Endlich richtige Verbrechen aufklären, internationale Pädophilie, Trafficking, Drogenhandel in industriellen Dimensionen. Sie war überzeugt davon, dort etwas ausrichten zu können. Sie war sprachbegabt und hatte den Winter über Französisch gelernt. Ihr Englisch war okay und ihr Deutsch herausragend.

»Ja. Aber ich habe seit drei Monaten nichts von denen gehört. Darum bin ich davon ausgegangen, dass die Stelle anderweitig besetzt wurde. Obwohl ich nicht verstehe, wieso sie mich nicht wenigstens zu einem Gespräch eingeladen haben. Ich dachte, ich kenne alle anderen skandinavischen Bewerber und kann locker mit ihnen konkurrieren.«

»Das kannst du zweifellos, und jetzt habe ich dich auch empfohlen«, sagte Charlotte. »Genau wie der dem Staatspolizeichef und Justizministerium unterstellte Einstellungsausschuss. Die Stelle soll im Laufe eines Monats besetzt sein. Laut Vereinbarung ist Dänemark jetzt an der Reihe, der Rest sind eigentlich nur noch Formalitäten. Natürlich nur unter der Voraussetzung, dass du immer noch interessiert bist.«

»Du weißt genau, dass ich das bin.« Lene saß jetzt ganz aufrecht da. »Und was ist mit Nordstrand?«

»Johannes Mark übernimmt den Fall, und ich bin sicher, dass er das gut machen wird. Dann kann ich die Unterlagen also nach Den Haag weiterleiten?«

Lene schloss die Augen.

»Ja ... Ja, verdammt! Und danke.«

Charlotte lächelte, ihre Schultern senkten sich,

»Jetzt einen Kaffee? Und du weist Johannes in den Fall ein?«

»Ja, mach ich«, flüsterte Lene. »Und ja, gerne Kaffee.«

SIE SASSEN SCHON GERAUME ZEIT am Küchentisch, ohne etwas zu sagen, der Tee in seinem Becher war kalt geworden. Sie sahen sich nicht an, aber Alan Knutzon wusste auch so, dass sein Gesichtsausdruck genauso hölzern und verschlossen war wie Marias. Sie reagierten mit winzigen Gesten und Blicken auf jedes ungewohnte Geräusch von der Straße oder aus dem Treppenhaus.

Alan schaute zum mindestens zwanzigsten Mal auf sein Handy. Nichts. Keine Mail, keine SMS. Sie hatten absolute Funkstille in der Gruppe verhängt, bis einer von ihnen herausgefunden hatte, was mit Rasmus passiert war. Und mit Anna.

Maria hob den Kopf und strich den schwarzen Zopf in den Nacken. Im Treppenhaus waren fremde Stimmen zu hören. Die alleinstehende ältere Mieterin unter ihnen, Frau Winther, redete mit jemandem, den Stimmen nach zu urteilen mit einer jungen Frau. Und einem Kind.

Frau Winther schloss ihre Wohnungstür, und Maria und Alan hörten leichte Schritte auf der Treppe. Im nächsten Augenblick klingelte es bei ihnen.

»Mach nicht auf«, sagte Maria.

»Es ist mitten am Tag, Schatz. Ich sehe nur mal nach.«

Er ging auf den Flur und schaute durch den Spion. Vor der Tür stand eine hübsche, dunkelhaarige, jüngere Frau in Anorak und Jeans. Ihre Wangen waren gerötet, sie sah gesund und frisch aus. Sie hatte sich einen Rucksack über die Schulter gehängt und hielt eine weiße Sammelbüchse vom Roten Kreuz in der Hand. Sie redete gedämpft auf einen kleinen, dunkellockigen Jungen an ihrer Seite ein. Er schaute lächelnd zu ihr auf. Die Ähnlichkeit war frappierend.

Die Frau richtete ihren Blick auf den Türspion und drückte erneut den Klingelknopf. Alan drehte sich um und fand ein paar Münzen in einer Jacke, die im Flur hing.

Er öffnete die Tür, und die Frau lächelte ihn an. Sie war noch hübscher, als sie durch den Spion betrachtet gewirkt hatte.

»Hallo! Möchten Sie vielleicht das Rote Kreuz unterstützen? Wir freuen uns über jeden Beitrag. Nicht wahr, Simon?«

Der Junge nickte nachdrücklich und lächelte Alan an.

Die Frau rollte das »r« in Beitrag, aber ihr Akzent war schwer einzuordnen. Ihre feuchten Lippen waren leicht geöffnet, dahinter war eine Reihe ebenmäßiger weißer Zähne zu erkennen. Alan schaute auf die Sammelbüchse, während er die Münzen in den Schlitz steckte, als die rechte Hand der Frau in einer schnellen, aber fließenden und zielstrebigen Bewegung nach oben schwang. Er nahm noch wahr, dass sie einen dunklen Gegenstand in der Hand hielt, der ihn über dem Hemdkragen am Hals traf und blaue Lichtblitze und hitziges Knistern auslöste.

Die Münzen sprangen lautlos über die Fußmatte. Sein Arm fiel kraftlos herunter, und die Beine gaben unter ihm nach. Das Lächeln der Frau verschwand, und Alan dachte erstaunt, wie rasant schnell so ein Gesichtsausdruck sich doch verändern und wie katastrophal dumm man sein konnte.

Beim Aufschlagen seines Kopfes auf dem Flurteppich entdeckte Alan den grau gestreiften Familienkater Tommy hinter der Türschwelle zum Wohnzimmer. Er gab Alan mit einem Blick zu verstehen, wie unverzeihlich seine maßlose Gutgläubigkeit war.

Das Gepolter veranlasste Maria, in den Flur zu laufen, wo sie von zwei kräftigen Männern überwältigt wurde. Eine Hand presste sich auf ihren Mund, und ihre Hände wurden zwischen den Schulterblättern hochgezwungen. Ohne die Hand vor dem Mund hätte sie vor Schmerz laut geschrien.

Als Alan wieder zu Bewusstsein kam, war er nackt. Er saß auf einem Küchenstuhl, die Unterarme und Hände mit Tape an die Oberschenkel gefesselt. Er musste durch die Nase atmen, weil seine untere Gesichtshälfte mehrmals mit Gaffa-Tape umwickelt war, auch unter dem Kinn bis über den Schädel. Er konnte nur noch die Augen bewegen. Um ihn aufrecht zu halten, war sein Oberkörper am Stuhlrücken festgezurrt und seine Füße an den Stuhlbeinen. Er hatte sich noch nie so verletzlich gefühlt und ließ seinen Tränen freien Lauf. Maria lag nackt auf dem Rücken vor ihm auf dem Küchenboden. Ihr Kopf war genau wie seiner kreuz und quer verklebt, und ihre dunklen Augen waren auf ihn gerichtet. Sie versuchte verzweifelt, mit den gefesselten Händen ihren Schoß zu bedecken. Aus ihren Augenwinkeln liefen Tränen über die Schläfen in das dunkle, feuchte Haar.

Vor Alan saß ein adrett gekleideter Mann in den Vierzigern mit mattgrauen Augen und einem pergamentartigen blassen Gesicht. Die Wimpern, Augenbrauen und das kurz geschnittene Haar waren hellblond, fast farblos. Er saß rittlings auf einem Stuhl, den Blick zur Lehne, auf dem der Unterarm ruhte, und hatte das Kinn auf den Unterarm gestützt. Er betrachtete Alan mit der gleichen Leidenschaft wie einen Fleck an der Wand. Der Mann trug schwarz-weiße Golfschuhe mit kleinen Troddeln auf dem Spann, und am Kühlschrank lehnte eine weiße Golftasche. Die Schlägerköpfe steckten zum Schutz in einer Art Strickhütchen in Form verschiedener Tierfiguren. Mit einem Anflug von Übelkeit registrierte Alan einen Elch, ein Pferd, ein Schwein und einen Eulenkopf über dem größten Schläger.

Im Flur standen zwei breitschultrige Männer in schwarzen Lederjacken, rauchten und unterhielten sich mit gedämpften Stimmen in einer ihm unbekannten Sprache. Der eine trug goldene Ohrringe und hatte ein markantes, zigeunergleiches Gesicht, der andere hatte eine Tonsur und war riesig. Der Zigeuner spielte mit einem goldenen Feuerzeug.

Der Mann auf dem Stuhl legte ein digitales Aufnahmegerät auf die Ecke des Küchentisches und schlug Alan anschließend zweimal ganz ruhig mit der flachen Hand ins Gesicht, zuerst mit der Innenfläche, dann mit dem Handrücken. Die Schläge waren weder hart noch bösartig, sollten nur für Alans ungeteilte Aufmerksamkeit sorgen.

Danach steckte sich der Mann ein übel riechendes Zigarillo an. Alan starrte auf den roten Glutpunkt.

Der Mann folgte seinem Blick und lächelte.

»Ich habe nicht vor, dir den Zigarillo ins Auge zu drücken, Alan«, sagte er und blies die Glut an. »Du verstehst Englisch, oder? Nick für Ja, für Nein schüttel den Kopf. Wenn du kein Englisch verstehst, haben wir ein großes Problem. Dann bist du wirklich zu nichts zu gebrauchen. Verstehst du, was ich sage?«

Alan nickte.

»Gut, mein Freund. Also. Es tut mir leid, dass ich dir hier deinen größten Albtraum bescheren muss. Das ist real. Ich bin dein Albtraum. Wir befinden uns gemeinsam darin, und ich verschwinde nicht, wenn du blinzelst. Wir, die drei Fremden in deiner Wohnung, sind real. Verstehst du?«

Der Fremde sprach mit holländischem Akzent. Nicht sehr stark, aber hörbar. Alans Blick wanderte wie von einem Magneten angezogen zurück zu Maria, und der Fremde seufzte. Er zog ein langes Klappmesser aus der Jackentasche, ließ die Klinge aufschnappen und schnitt einen langen Schlitz in das Klebeband über Alans Mund. Die Messerspitze glitt über seine Oberlippe, verletzte ihn aber nicht.

»Dein Name?«

»Alan Knutzon.«

Der Mann schaute mit hochgezogenen Augenbrauen auf das grüne Display des Aufnahmegerätes.

»Lauter, bitte.«

»Alan Knutzon.«

Das war offenbar zufriedenstellend.

»Poseidons Krieger. Wer seid ihr und wie viele? Namen, Adressen, aber flott, wenn ich bitten darf. Wir hätten die Runde gerne komplett, verstehst du.«

Maria sah Alan an und schüttelte den Kopf, und der Mann mit den Ohrringen betrat die Küche. Er drückte seine Zigarette in der Spüle aus und sah den Holländer an.

»Poseidons Krieger?«

Der Holländer musterte Alan eingehend.

Schweiß lief über sein Gesicht. Er starrte Maria an, unter der sich eine Urinpfütze ausbreitete. Beschämt schloss sie die Augen.

Der Anführer umfasste Alans Kinn und drehte sein Gesicht weg von seiner Liebsten.

»Schau mich an. Bist du dir wirklich ganz sicher? Bezüglich deiner Entscheidung, meine ich?«

Alan nickte, und der Mann sagte etwas zu dem Zigeuner. Dann riss er ein Stück Gaffa-Tape ab und klebte es über den Schlitz vor Alans Mund.

Der Zigeuner befreite Marias Handgelenk und zog ihren Arm vom Körper weg, obwohl sie sich dagegenstemmte. Er drückte ein Knie auf das Gelenk, und ehe Alan überhaupt begriff, was passierte, war der glatzköpfige Riese in die Küche gekommen und hatte mit einer Nagelpistole und drei kurzen Explosionen Marias Hand am Boden festgetackert.

Sie riss die Augen in einem akuten Schmerzschock auf, und ihr Körper löste sich in einem Bogen vom Boden. Einen Augenblick balancierte sie nur auf Hinterhaupt und Fersen, während die andere Hand an die Bretter genagelt wurde und sie wie gekreuzigt auf dem Boden lag, den Alan in

Eigenarbeit geschliffen und versiegelt hatte, bevor sie in die Wohnung eingezogen waren.

Alan schrie hinter dem Klebeband. Er versuchte, sich mitsamt Stuhl aufzurichten, aber der Riese mit der Glatze drückte ihn zurück.

»Ruhig ... ganz ruhig.«

Der Holländer zog seinen Stuhl näher heran und riss ihm den Klebestreifen vom Mund.

»Alan?«

Er verpasste ihm ein paar schallende Ohrfeigen, bis wieder Augenkontakt hergestellt war. Dann rieb er sich erschöpft die Augen, streckte den Arm aus und löschte den Zigarillo unter dem Wasserhahn.

»Fuck, ich bin es so leid, Mann. Mein Chef ist ein echtes Arschloch. Unter uns, das ist er wirklich. Er verlangt das Unmögliche. Andererseits ist das die einmalige Chance für uns, einen Fuß bei den richtig Reichen in die Tür zu bekommen. Einflussreichen Menschen. Menschen mit großen Problemen. Wir helfen wohlhabenden Menschen mit großen Problemen. Davon leben wir. Und du und deine Freunde sind so ein großes Problem. Das muss aufhören, verstehst du? Ihr habt eure Zeit und euren Spaß gehabt, aber damit ist jetzt Schluss.«

Er sah Maria an. »Sie ist hübsch. Eine sehr hübsche und nette junge Frau. Du kannst dich glücklich schätzen. Darf ich dir was sagen?«

Der Mann sah Alan aufrichtig und ernst an, der nickte und versuchte, den Hass in seinen Augen nicht zu zeigen.

»In dieser ... Angelegenheit ... diesem Fall, wenn du so willst, gibt es ein *Vorher* und ein *Nachher*, und das eine hat nichts mit dem anderen zu tun. Absolut nichts. Verstehst du?«

Alan schüttelte weinend den Kopf, während der Holländer nach den passenden Worten suchte.

»*Vorher* sind die Dinge schmerzlich. Wie jetzt. Sehr schmerzlich. Warum soll ich nicht ganz aufrichtig zu dir sein?« Der Holländer hielt einen erhobenen Zeigefinger vor sich in die Luft, um seinen nächsten Punkt zu unterstreichen. »Aber: Die Verletzungen, die wir Maria zufügen, bis du ganz offen und glaubwürdig mit uns sprichst, werden mit der Zeit heilen. Sie wird so gut wie neu sein. Zumindest, was ihre körperlichen Funktionen betrifft. Das kann ich dir versprechen. Weil ich so was schon oft erlebt habe. Das ist nicht angenehm, aber ihr habt ja fähige Ärzte in eurem Land.«

Das Gesicht des Holländers wurde feierlich. Er verschränkte die Hände vor der Stuhllehne.

»Und jetzt das *Nachher*, Alan. Das nächste Stadium, und es gibt nur diese zwei Stadien. Well, das sieht schon ganz anders aus. Wenn du uns zwingst weiterzumachen, wird sie das für den Rest ihres Lebens mit sich rumschleppen. Und so ein Leben ist lang, besonders für so ein junges, hübsches Mädchen. Wir können sie von einer Sekunde auf die andere zum Tier machen, und sie wird dieses Tier bleiben, verstehst du? Du wirst nicht glauben, wie schnell das geht. Selbst für uns, die wir das so oft miterlebt haben, ist es jedes Mal schier unglaublich, aber die Biologie ist einfach stärker. Viel stärker als die Seele, könnte man sagen. Und keiner kann sie zurückholen. Wir nicht und auch niemand sonst. Ein Ding der Unmöglichkeit. Wir können ihr ihre eigenen Eingeweide zu fressen geben und sie so am Leben halten. Das können wir. Haben wir alles schon ausprobiert.«

Zwei Minuten später hatte der Holländer alle Namen und Adressen. Er lächelte, schaltete das Aufnahmegerät aus und schob es in die Jackentasche.

Er tätschelte Alans Wange. Stand auf, machte einen Schritt, und Alan schloss die Augen vor intensiver, bebender Erleichterung.

Der Fremde entschied sich anders und setzte sich wieder hin.

»Fantastisch, Alan. Wirklich. Tausend Dank. Ich glaube dir. Absolut. Da wäre nur noch eine letzte, kleine Sache. Wo ist Anna Nordstrand?«

Alan Knutzon presste Schweiß aus allen Poren, seine Lungen pumpten panisch.

»Ich weiß es nicht«, sagte er. »Ich weiß es wirklich nicht.«

Dirk Straat sah ihn lange an. Dann wechselte er einen Blick mit dem Zigeuner und nickte. Seine beiden Assistenten verschwanden im Wohnzimmer und kamen mit allen Sofapolstern zurück in die Küche, schlossen die Tür und stapelten sie übereinander.

Straat stand auf und streckte sich. Er zog die Jacke aus, legte sie mit dem Futter nach außen zusammen und reichte sie dem Zigeuner. Dann schob er die Hemdsärmel hoch und lächelte Alan an, der seinen Bewegungen mit panischem Blick folgte.

»Wenn du Schmerz liebst, Alan, solltest du es mal mit Golf probieren. Das ist ein furchtbares Spiel.«

Straat nahm einen Driver aus der Golftasche, während der Zigeuner über Marias Mund ein kleines Kreuz in das Klebeband schnitt. Straat drückte ein Golftee in das Kreuz und forderte sie auf, es mit den Zähnen festzuhalten. Sie schüttelte energisch den Kopf, bis der Riese ihren geflochtenen Zopf mit der Heftpistole an den Boden nagelte. Sie schloss die Zähne um das Tee und schloss die Augen. Dirk Straat legte behutsam einen Golfball darauf. Dann stellte er den linken Golfschuh mit der Spikesohle zwischen ihre kleinen Brüste, suchte den Balancepunkt und schlug den Ball hart und sauber gegen die Sofapolster.

Er lächelte Alan Knutzon an, der sich hinter dem Gaffa-Tape erbrach und gezwungen war, das Erbrochene wieder runterzuschlucken. Straat nahm einen neuen Ball aus der Golftasche.

Zehn Minuten später waren sie fertig. Alan Knutzon war erneut mit dem Elektroschocker ausgeschaltet worden und hing halb bewusstlos und gelähmt in den Klebebandschlaufen.

Wo einmal die Nase seiner Frau gewesen war, klaffte nun ein blutiger, dunkelroter Krater. Der Unterkiefer war deformiert und zerschmettert, aber sie lebte noch. Der Zigeuner verpasste ihr einen Stromstoß. Es blitzte blau, und scharfer Ozongeruch breitete sich in der Küche aus.

Der glatzköpfige Riese hatte unter dem Spülbecken eine Müllbeutelrolle gefunden. Er riss in aller Seelenruhe vier Tüten ab, schob jeweils zwei ineinander und stülpte sie zuerst über Marias und danach über Alans Kopf. Er straffte sie über ihren Gesichtern und wickelte Klebeband um ihre Hälse, um die Tüten luftdicht zu verschließen. Mit dem ersten Ausatmen blähten sich die Tüten auf, und die Gesichter verschwanden.

Dirk Straat wusch sich die Hände im Spülbecken und wischte sich mit einem Lappen den Schweiß von der Stirn.

Er sah Zack an, den Zigeuner.

»Er weiß es tatsächlich nicht«, sagte er kopfschüttelnd. »Nobel bringt mich um.«

»Aber wir haben die Namen der anderen, Dirk.«

»Selbstverständlich, mein Freund.«

Straat zog seine Jacke wieder an.

»Macht hier sauber und schafft die zwei aus der Welt. Und wenn ich sauber sage, meine ich kriminaltechnisch gesehen spurlos sauber, okay? Elena und der Junge sollen euch helfen.«

»Der Junge?«

»Es wird ihm guttun, was über das Leben zu lernen.«

»Über das Leben?«

»Du weißt, was ich meine.«

Er versicherte sich mit einem forschenden Blick, dass die beiden seine Anweisungen verstanden hatten.

»Natürlich, Dirk. Was ist mit der Katze?«

»Was soll mit der sein? Glaubst du, die reicht eine Zeugenaussage mit Unterschrift ein? Lass sie in Ruhe. Wir sind schließlich keine Unmenschen.«

LENES HÄNDE SCHIMMERTEN GRÜNLICH im Schein der Neonröhren am Empfang des Rechtsmedizinischen Institutes. Der diensthabende Wirtschaftsleiter telefonierte, und die Dunkelheit draußen verwandelte die Fenster in perfekte Spiegel. Sie sah sich zum weiß Gott wievielten Mal die mystische SMS-Nachricht an, die sie zu Hause im Wohnzimmer erreicht hatte, als sie gerade todmüde aufs Sofa gesunken war, die Stiefel auf dem Couchtisch und eine Schüssel mit Nudeln in der Hand. Sie hatte Bertoluccis *Himmel über der Wüste* ins DVD-Laufwerk geschoben und eine Tafel Marabou zum Dessert in greifbarer Nähe deponiert.

RASMUS NORDSTRAND GEFUNDEN. RI, SOFORT.

Da stand kein Name, Absender »Unbekannt«. RI konnte nur Rechtsmedizinisches Institut heißen.

»Lene?«

»Sorry?«

»Helle ist in einer Sekunde für dich da, Schatz.«

»Danke.«

Der Wirtschaftsleiter war tätowiert wie ein Rocker und hatte eine Reihe Ohrringe in jedem Ohr und ein Piercing in der Nasenscheidewand. Er war quadratisch, herzlich, fett und behaart und wurde von allen Jesus genannt.

Lene trat an seinen Schreibtisch, der von Papieren und Krankenberichten überquoll, und hielt ihm ihr Mobiltelefon unter die Nase.

»Du hast mir die Nachricht nicht zufällig geschickt, oder?«

Der Wirtschaftsleiter stocherte mit einem Fingernagel zwischen den Backenzähnen herum und förderte etwas zutage. Er stieß ein zufriedenes Grunzen aus, schluckte, las die Nachricht und streckte seine schaufelgroßen Pranken vom Körper weg.

»Ich kann keine SMS schreiben, Schatz. Dafür sind meine Finger zu fett.«

Die Flügeltür, die zu den Seziersälen führte, öffnete sich mit einem schleifenden Geräusch. Eine jüngere Frau in blauem OP-Kittel, mit OP-Haube und Mundschutz unter dem Kinn nickte Lene zu und winkte sie zu sich.

»Hallo, Lene, wie geht's deinem Magen?«, fragte Vizestaatsobduzentin Helle Englund.

»*So* übel?«

Helle wusste sehr wohl, dass Lene die Pathologie hasste und wenn irgend möglich einen großen Bogen um das Institut machte.

»Ach was«, sagte die Ärztin mit extrem ausdruckslosem Gesicht. Lene fröstelte.

Sie folgte der Rechtsmedizinerin durch einen langen Gang in einen großen, sehr hellen und gut gelüfteten Seziersaal mit vier Tischen, von denen einer mit einem Körper unter einem Laken belegt war. Die Lüftungsrohre waren in frischen Farben und knallbunt gestrichen, sicher als Stimmungsaufheller, dachte Lene. Als sie näher an den Tisch herantrat, bemerkte sie die großen hellroten, braun geränderten Flecken auf dem Laken und den jodigen Tiefseegeruch, der von dem Tisch ausging.

»Hast du mir vor vielleicht einer halben Stunde eine SMS geschickt, Helle?«

»Nein, ich wusste ja noch nicht einmal, dass das dein Fall ist.«

»War Johannes Mark schon hier?«

Die Rechtsmedizinerin sah sie mit gerunzelter Stirn an.

»Warum sollte er?«

»Stimmt, warum sollte er ...«

Helle Englund zog Latexhandschuhe über und sah Lene an, die nickte und die Luft anhielt. Die Ärztin faltete das Laken zusammen und legte es beiseite. Lene schluckte und würgte und konnte nur mit Mühe ihren Brechreiz unterdrücken. Der Meeresgeruch war überwältigend. Der Leichnam hatte keine Haare, kein Gesicht und keine Genitalien. Er floss sozusagen auf dem Seziertisch auseinander, als gäbe es kein Skelett, das ihn zusammenhielt. Lene bemerkte eine circa fünf Zentimeter breite, klaffende Wunde unter dem Nabel, die aussah wie hellrote, zerrupftc Watte. Arme und Beine der Leiche waren an unzähligen Stellen gebrochen, und aus der weißblauen Haut ragten überall Knochensplitter.

Lene zog sich ein Stück zurück, schlug die Hände vors Gesicht und schielte zwischen ihren Fingern zu Helle hinüber. Ihr Inneres war in Aufruhr.

»Was, um Himmels willen, ist mit ihm passiert? Ist das Rasmus Nordstrand? Ich meine ...«

»Es ist schwierig, das Geschlecht spontan zu bestimmen, aber das ist er. Die DNA stimmt überein, und er hat die Schlangentätowierung am Handgelenk.«

»Warum ist er so zugerichtet, Helle? Warum ist er so grauenvoll deformiert ...«

»Sämtliche Röhrenknochen in Armen und Beinen sind an unzähligen Stellen gebrochen«, sagte die Pathologin. »Es gibt keinen einzigen heilen Knochen in seinem Körper. Das Gleiche gilt für den Schädel, der ziemlich weich ist. Wie ein Beutel Tonscherben. Die Schleppnetztour über den Meeresgrund hat ihn übel zugerichtet, aber das ist nicht das Einzige.«

Lene sah die junge Frau aus entsetzt aufgerissenen Augen an.

»Nicht das Einzige?! Was willst du damit sagen ... Ich finde ja, dass ... dass ...«

Sie wollte die Hände vom Gesicht nehmen, um durch den Mund zu atmen, aber sie klebten förmlich fest.

»Er ist nicht von einem Schiff über Bord gegangen. Er ist nicht ertrunken. Er war bereits tot, als er ins Wasser fiel«, sagte Helle. »Es findet sich kein Meerwasser in seinen Lungen, und das Genick war schon lange vorher gebrochen. Spontan würde ich sagen, dass er mit maximaler Fallgeschwindigkeit auf die Wasseroberfläche aufgeschlagen ist, und die beträgt bei einem menschlichen Körper etwa 220 Kilometer in der Stunde. Das ist, als würde man auf Beton aufschlagen.«

Lene hickste hilflos.

»Das heißt ... er wurde aus einem Flugzeug geworfen, als er schon tot war?«

»Oder aus einem Hubschrauber, ja.«

»O Gott.«

Lene starrte den Toten an, als etwas – ein glänzendes, albinoartiges Wesen – seinen Kopf durch die Öffnung unter dem Nabel steckte. Die Haut über der Bauchhöhle bewegte sich, und plötzlich glitt mit einem Schwall hellrotem, schaumigem Meerwasser ein halbmeterlanger, kalkweißer Schleimaal aus der Wunde. Das Tier war so dick wie ihr Arm. Ein weiterer halber Meter folgte mit einem feuchten Schmatzen. Der Aal rollte sich zwischen den Beinen des Toten zusammen. Er hob den blinden Kopf und wackelte mit seinen langen, beweglichen Tentakeln, die wie Bartstoppeln unter dem Kinn hingen. Hinter den schwarzen Lippen waren mehrere Reihen zackenförmiger, spitzer Zähne zu erkennen.

Lene schrie auf, lief zu den Waschbecken und übergab sich. Ihr brach der Schweiß aus, sie stützte sich mit beiden Händen ab und zitterte am ganzen Leib, während sie hinter sich Metall auf die Bodenfliesen scheppern hörte und Helle Englunds lautes Fluchen. Ein ohrenbetäubender Alarm heulte los. Lene drehte sich auf weichen Knien um und sah den meterlangen Schleimaal in affenartiger Geschwindigkeit über die Fliesen direkt auf sich zuschlängeln. Sie schrie erneut, nicht in der Lage, ihre Füße zu bewegen, die von einer tiefen Urangst an den Boden genagelt waren. Sie fummelte ihre Dienstpistole aus dem Holster und hätte sie fast fallen gelassen. Der Aal war höchstens noch drei Meter entfernt. Mit gefühllosen Fingern lud sie die Waffe durch und feuerte zwei Schüsse ab, die das Tier natürlich verfehlten und stattdessen völlig unkontrolliert durch den Seziersaal prallten. Sie wollte gerade ein drittes Mal schießen, als Helle auf der Schleimspur durch die Schusslinie schlitterte und den Aal mit einem langen Seziermesser in der Mitte durchhackte. Die zwei Hälften glitschten unbeeindruckt weiter auf Lene zu.

Da endlich erreichten die Impulse aus Lenes paralysiertem Gehirn ihre Füße, sie sprang mit einem hohen Satz über das Tier und rannte zu dem Seziertisch. Sie stützte sich auf der Kante ab und sah Helle mit dem Messer auf das Tier einhacken. Noch nie hatte sie einen Menschen so bewundert wie in diesem Moment die junge Pathologin.

Außer Michael Sander, damals, als er ...

Etwas Kaltes, Feuchtes und Schweres glitt über ihre Hand. Sie drehte in stummer Angst den Kopf zur Seite und sah, dass zwei weitere Schleimaale Rasmus Nordstrands Bauchhöhle verlassen hatten und sich von dem Seziertisch wanden.

Lene riss die Hand weg und schrie, wie sie noch nie im Leben geschrien hatte.

LENE SASS AUF DEM SOFA in Helle Englunds Büro. Sie hatte sich eine Decke um die Schultern gelegt, und im Abstand von wenigen Sekunden durchzuckten kalte Schauer von den Haarwurzeln bis zu den Fußspitzen ihren Körper. Helles Schreibtischlampe war die einzige Lichtquelle im Raum, die Schatten waren tief und schwarz.

Sie zog die Beine an den Körper.

Die eine der beiden Pinnwände in dem Büro war von oben bis unten mit klinischen Fotos von allen nur erdenklichen grauenvollen Verletzungen vollgehängt. Die andere, hinter dem Stuhl der Rechtsmedizinerin, war mit gemalten Bildern ihrer Kinder und Fotos eines augenscheinlich idyllischen Lebens bestückt.

Helle kam herein. Sie hatte geduscht, duftete frisch und trug Jeans, Clogs und ein T-Shirt mit dem Institutslogo. Ohne Lene anzuschauen, setzte sie sich auf ihren Schreibtischstuhl, schlüpfte aus den Holzclogs und legte ihre Füße auf die Tischplatte. Sie verschränkte die Hände hinter den feuchten blonden Haaren und sah an die Zimmerdecke.

»Herrgott«, sagte sie.

Lene war stumm. Sie spürte noch immer das Gewicht des Aals auf ihrer Hand und dachte mit größter Dankbarkeit an Jesus, der irgendwann mit einem Eimer und einer

Feueraxt bewaffnet aufgetaucht war. Methodisch und furchtlos hatte er den letzten Rest Leben aus den albtraumhaften Tieren geschlagen und sie in den Eimer gesammelt.

Helle drehte sich um und schaute unter dem Ellbogen hindurch zu Lene.

»Alles in Ordnung mit dir?«

»Was?«

»Ich hab gefragt, ob mit dir alles in Ordnung ist. Geht's dir gut?«

Ein neuerlicher Kälteschauer veranlasste Lene, sich fester in die Decke zu wickeln.

»Nein, mir geht es überhaupt nicht gut! Diese ... Monster ... werde ich bis an mein Lebensende nicht mehr aus dem Kopf kriegen! Nie mehr!«

Sie konnte den Schluchzer nur unterdrücken, indem sie sich auf einen Fingerknöchel biss.

Die Rechtsmedizinerin nickte und starrte ins Leere.

»Ja ... Du hast recht, das ...«

»Hast du so was schon mal erlebt?«

»Aale? Ja. In Wasserleichen. Das ist nicht ungewöhnlich, lebende Aale im Körper zu finden, selbst hier drinnen. Aber Tiefsee-Schleimaale sind mir noch nie untergekommen. Die sind übrigens blind, haben dafür einen umso ausgeprägteren Geruchssinn. Sie ernähren sich ausschließlich von Aas.«

Lene schüttelte den Kopf. »Wie hältst du das bloß aus, Helle? Tagein, tagaus. Was erzählst du deinen Kindern, wenn sie wissen wollen, was du machst? Warum bist du nicht Hautärztin oder Schönheitschirurgin geworden? Topverdienst. Haus in der Toskana. Jacht in Rungsted.«

»Das frage ich mich auch mindestens zehnmal am Tag. Oder mein Mann.«

Die Ärztin schob die Füße zurück in die Holzschuhe und drehte sich auf ihrem Stuhl zu Lene um.

»Ich kann es dir nicht sagen«, sagte sie. »Weil ich nicht will, dass diese Arschlöcher ungeschoren davonkommen.«

»Nein, das sollen sie nicht, aber ... Mal ganz ehrlich, Helle.«

Helle reckte sich, bis die Gelenke knackten.

»Wie sieht's aus, bist du bereit für eine Zusammenfassung? Über Rasmus Nordstrand?«

»Nein, aber leg trotzdem los.«

»Todesursache: gebrochenes Genick. Aber das ist, wie gesagt, lange davor passiert, ehe er in der Nordsee gelandet ist. Er war also bereits tot, als er aus großer Höhe auf die Wasseroberfläche prallte. Irgendwann waren seine Hände gefesselt, an den Gelenken sind Schnürspuren zu erkennen.«

»Es besteht kein Zweifel, dass er Peter Holm ermordet hat, aber danach ... direkt danach muss es ihm selbst an den Kragen gegangen sein.«

»Von wem?«

»Meine Vermutung ist, dass es dieselben Personen waren, die auch die Kameras in Holms Wohnung installiert haben. Irgendeine paramilitärische Sicherheitsfirma. Nobel Oils Söldner. Darum ist Nordstrand auch allen so egal. Alle, außer seiner Familie und mir, haben gewusst, dass er tot ist. Sie haben ihn umgebracht und an einem Ort entsorgt, wo er ihrer Meinung nach niemals gefunden worden wäre.«

»Und warum hat er Holm ermordet?«

»Ich weiß es nicht. Aber offenbar sind alle der Meinung, dass Nordstrand nur seine verdiente Strafe bekommen hat. Sie reden von Terroristen. Umweltaktivisten, die die Ölförderung in Grönland sabotieren. Ganz offensichtlich hat Nobel Oil so etwas wie eine Carte blanche, sich um alles Notwendige zu kümmern, darum stehe ich auch unter ihrer Beobachtung, damit ich die Dinge nicht unnötig verkompliziere.«

»Muss ich mir Sorgen machen?«

»Nein ... Nein, Helle, das musst du nicht. Du machst nur deine Arbeit. Aber in fünf Minuten, nachdem ich mich von dir verabschiedet habe, wirst du Besuch von einem Sonderberater aus dem Justizministerium bekommen. Er heißt Andersson. Du erkennst ihn an seinen Socken. Sehr auffällig.«

»Andersson?«

»Tom Andersson. Sehr freundlich. Bis zu einer gewissen Grenze.«

Die Rechtsmedizinerin seufzte. Vermutlich war sie genauso müde, wie Lene sich fühlte.

»Was soll ich ihm sagen?«

»Alles. Obwohl er vermutlich das meiste sowieso schon weiß.«

»Es ist nicht üblich, dass wir Obduktionsberichte an irgendwelche Beamten weitergeben, weil sie uns freundlich darum bitten.«

»Das weiß ich. Aber gib ihm, was er haben will, deinetwegen. Wenn er erst über deinen Chef und die Klinikdirektion gehen muss, damit du spurst, fühlt er sich unnötig angepisst. Das ist es nicht wert. Ganz davon abgesehen ist er kein Beamter.«

»Und was ist mit dir?«

Lene dachte nach. Sie mochte Helle sehr. Sie kannten sich lange und hatten die Paragrafen schon bei mehr als einer Gelegenheit gebeugt. Und sie waren immer ehrlich zueinander gewesen.

»Ich bin auf dem Weg zu Europol in Den Haag. Ein großer, verchromter Halt-die-Klappe-Bonbon, den ich geschluckt habe. Entweder ergreife ich die Chance, oder ich lande selbst irgendwann in der Nordsee.«

»Bei den Aalen«, murmelte Helle.

»Klappe, Helle!«

Helle grinste.

»Es ist sonst doch nicht deine Art, aufzugeben oder dich bestechen zu lassen.«

»Ich bin jetzt sechsundvierzig, Helle. Du bist ein Kind. Lass uns darüber reden, wenn du deine Milchzähne verloren hast, okay? Außerdem bleibt mir nicht mehr viel Zeit, bis der Flieger geht.«

Sie nahm das Handy aus der Tasche und las noch einmal die rätselhafte SMS.

»Offenbar habe ich einen unbekannten Freund, der den Fall gerne aufgeklärt haben möchte, obwohl ich keinen Schimmer habe, wer das sein könnte. Ganz sicher kein offizieller Vertreter unseres Landes. Gab es sonst noch was? Abgesehen von den gefesselten Händen und dem gebrochenen Genick?«

Die Rechtsmedizinerin fischte einen kleinen Plastikbeutel aus der Tasche und warf ihn Lene zu, die ihn vor die

Schreibtischlampe hielt. In dem Beutel lagen etwa ein Dutzend grünliche, fingernagelgroße Glasscherben.

»Glas?«

»Ein spezielles grünes, verstärktes Glas, wie man es für größere Glasfassaden und Ladenfenster benutzt«, sagte Helle. »Die habe ich aus seiner Kopfhaut, den Schultern und einer Hand entfernt.«

»Dann hat er sich das Genick gebrochen, ist durch ein geschlossenes Fenster geflogen und aus einem Flugzeug oder Helikopter in die Nordsee geworfen worden, wo er in einem Fangnetz über den Meeresboden geschleift wurde? Wie oft wollten die den Mann denn noch umbringen? Da hätte selbst Indiana Jones irgendwann das Handtuch geschmissen!«

»Möglicherweise hat er sich das Genick beim Sturz durch das Fenster gebrochen«, meinte Helle. »Der Rest fällt unter … Entsorgung.«

»Kann ich die Scherben behalten?«

»Klar. Ich hab noch mehr davon.«

»Danke.«

Lene stand auf und legte die Decke zusammen.

»Ich denke, das reicht, um die Angehörigen zu informieren«, murmelte die Pathologin. »Er ist es. Das ist Rasmus Nordstrand.«

»Ja. Natürlich. Die Angehörigen.«

»Er war verheiratet, oder?«

»Ja. Seine Frau ist mir die letzten drei Tage auf Schritt und Tritt gefolgt. Zusammen mit ihrer Tochter.«

»Warum?«

»Sie hat die ganze Zeit auf diesen Moment gewartet. Sie war sich nur nicht sicher.«

SEIT SEINEM TREFFEN MIT AXEL NOBEL war Alan Knutzon Michael nicht mehr aus dem Kopf gegangen. Die Art und Weise, wie Nobel mit Straat kommuniziert hatte, hatte etwas Unheilschwangeres gehabt – berechnend und vorsätzlich. Michal hatte versucht, nicht weiter darüber nachzudenken und sich auf Anna Nordstrand zu konzentrieren. Wenn er sie aufspürte, würde er vermutlich auch Nobels verschwundene Daten finden. Damit wäre der Fall für seinen Teil gelöst, und er würde Dirk Straat nie wieder begegnen müssen.

Oder Lene.

Er könnte mit Ida wegfahren. Irgendwohin, wo sie die beste Behandlung bekäme. An einen ruhigen, hübschen Ort in der Schweiz oder Südfrankreich zum Beispiel. Um wieder auf die Beine zu kommen, nach vorne zu schauen. Das hatte für ihn höchste Priorität. Neben dem Wunsch, endlich seine Kinder wiederzusehen, obwohl er nicht wusste, wie er das ohne Kidnapping bewerkstelligen sollte.

Seine Suche war erfolglos gewesen. Anna Nordstrand war freie Journalistin und arbeitete von zu Hause aus. Michael war in der Wohnung der Familie Nordstrand gewesen, ohne etwas zu finden, das ihm weiterhalf. Die Geschirrspülmaschine war ausgeräumt und trocken, es gab keine frischen Lebensmittel oder Milchprodukte im Kühlschrank, und in ihrem Briefkasten im Treppenhaus hatte die uninteressante Post der vergangenen drei Tage gelegen. Die Wohnung roch muffig und unbewohnt. Nirgendwo gab es persönliche Dokumente der drei Bewohner; keine Pässe, Krankenversicherungskarten oder Examenszeugnisse. Die Dusche war trocken wie die Wüste Gobi und nirgendwo die Spur eines Mobiltelefons, iPads oder Laptops. Das Ehepaar und seine Tochter hatten die Wohnung ganz offensichtlich gemeinsam verlassen.

Michael sah sie vor sich: in einer Strandhütte in Goa. Unbeschwert und sorglos, während sie versuchten, Dänemark, Poseidons Krieger und alles zu vergessen, was mit der Diskobucht zu tun hatte. Das jedenfalls hätte er getan, wenn er eine Anna gehabt hätte, die wie Nicole Kidman aussah. Vielleicht spielten sie gerade Karten. Schmiedeten Pläne, warteten auf ihre gefälschten Pässe. Liefen in Sarongs und Flipflops herum. Vielleicht ließ Rasmus Nordstrand sich ja einen Vollbart stehen und bei einem ortsansässigen Hautarzt seinen Dreizack entfernen. Und Anna Nordstrand war jetzt platinblond und die Tochter glatzköpfig. Vielleicht …

Die Straße, in der Knutzon mit seiner Freundin wohnte, war schmal, und die Häuser waren alt. Dort war über Generationen ein bekannter Nachtklub gewesen mit einem unregelmäßig flackernden tropischen Neonvogel als Logo. Ein tabakfarbener Ort, an dem die Zeit stehen geblieben war, mit teuren Nutten, Barkeepern, die alles gesehen hatten, noch teureren, verwässerten Drinks und vom Alter gezeichneten Gangstern mit Brillantine im Haar und COPD.

Die verrenteten Kriminellen aus Vesterbro waren, verglichen mit den Rockern und Einwandererbanden von heute, geradezu herzlich, humorig und liebenswert.

An der Stelle, wo einst der Nachtklub gestanden hatte, war jetzt ein trister Aldi, die Junkies waren nach Lolland umgezogen, und das Wohnviertel war von dem kreativen Hipster-Tapas-Sushi-Latte-Segment samt Kindern mit den merkwürdigsten Namen okkupiert worden: Männer, die sich weigerten, erwachsen zu werden, Fahrradanhänger, Designerläden, Autoritätsprobleme, Ausbildungen in gewaltfreier Kommunikation, Elektroautos und ideologisch markante Kindergärten, wie sie sich an allen Stellen in der Hauptstadt ausbreiteten, die sich noch einen Funken Aufrichtigkeit bewahrt hatten.

Und dann war dort der dunkelblaue Lieferwagen, der genau in dem Augenblick vom Bordstein wegrollte, als Michael von der Vesterbrogade in die Gasse einbog. Ein Lieferwagen mit gelbem, holländischem Kennzeichen. Dirk Straat war Michael wieder mal einen Schritt voraus, allmählich war er das gründlich leid.

Er zog kurz in Erwägung, dem Lieferwagen zu folgen und alle Insassen hinzurichten, aber die Befürchtung, was mit Knutzon und seiner Freundin passiert war, brauchte erst einmal Gewissheit.

In seinem tiefsten Innern war ihm natürlich sonnenklar, was dort mitten an einem ganz gewöhnlichen Wochentag passiert war, von dem alle glaubten, er sei wie alle anderen, und wessen Schuld das war.

Er parkte auf dem freien Platz vor der Nummer 14 und sah an der Fassade hoch: ein altes Haus. Sehr alt. Der

Mittelteil des Hauses sah schwerer aus als die Seiten, als wollte es in der Mitte einbrechen. Es gab keinen einzigen rechten Winkel in dem ganzen Gebäude. Vermutlich stand es unter Denkmalschutz. Knutzon und seine Freundin wohnten im zweiten Stock. Die Fenster waren alle geschlossen und die Gardinen vorgezogen.

Er hörte das Geläut der Mariakirche in der Istedgade.

Ein Tor führte auf das Grundstück. Michael schaute von seinem Platz hinter dem Lenkrad ein paar Jungs zu, die einen Ball gegen eine Mauer im Innenhof schossen. Axel Nobel hatte im Fælledpark gebolzt, hatte er erzählt. Michael konnte sich den Vorstandsvorsitzenden beim besten Willen nicht in kurzer Hose, mit Schrammen auf den Knien und einem frechen, unbekümmerten Lachen vorstellen. Wahrscheinlich hatte er den anderen mit einer Handwaffe und den Familienanwälten gedroht, falls er und seine Brüder nicht gewannen.

Michael stieg aus und sah sich um. Es wirkte alles ganz normal. Ihm fiel nichts Ungewöhnliches auf, aber er fühlte sich wie unter einer Glasglocke, aus der langsam der Sauerstoff abgesaugt wurde. Sein Puls ging schneller. Er stützte sich mit einer Hand an dem kalten Metall des Stahltors ab und wurde von Panik ob seiner eigenen Schwäche übermannt.

Nicht jetzt, verdammt.

Hatte Ida doch recht? War er unzuverlässig geworden, krank im Herzen? Hatten Sara und ihr Teufelsanwalt irgendetwas Lebenswichtiges in ihm kaputt gemacht?

Das Lästigste war, dass ihm Lene nicht aus dem Kopf ging. Lebensgefährlich, weil es seine Konzentration störte, auf die er jetzt in höchstem Maße angewiesen war. Er war schlicht und ergreifend ein zerstreuter, melancholischer Narr, der nichts anderes verdiente als eine gehörige Abstrafung. Schicksal, Hybris oder Karma – oder der große Rechenmeister dort oben – hielten keine schützende Hand über oder unter Idioten, die es besser wissen sollten, das war ihm schon klar.

Michael war in den Augen anderer immer der straighte, funktionierende Profi, der es den anderen überließ einzuknicken, Fehler zu begehen. Es waren die anderen, die auf der Strecke blieben, während er immer wieder nach Hause kam. Sein alter Mentor aus seiner Zeit bei Shepherd & Wilkins, Keith Mallory, hatte ihn *Landrover* genannt. Michael Sander war vielleicht nicht stromlinienförmig, ästhetisch designt von Ghia oder Pininfarina, aber sein Motor und die Reifen waren robust, er meisterte alle Hindernisse, und man konnte sich darauf verlassen, dass er, wenn der Staub sich gelegt hatte, mit einem triumphierenden Grinsen dastand – und um ein paar exotische Erfahrungen und neue Narben reicher.

Er schloss die Augen und klammerte sich an das gusseiserne Tor, bis er registrierte, dass das metronomische Schmatzen des Fußballs an der Wand verstummt war. Als er die Augen öffnete, standen zwei Jungen vor ihm, neun oder zehn Jahre alt, der eine mit einem Lionel-Messi-, der andere mit einem Cristiano-Ronaldo-Trikot. Der größere der beiden, Ronaldo, hatte den Ball unter den Arm geklemmt.

Michael lächelte sie matt an.

»Alles okay?«, fragte Messi.

»Ja, danke. Ich glaube, das kommt daher, weil ich lange nichts gegessen habe. Da kann einem … ein bisschen schwummerig werden.«

Messi zog ein Snickers aus der Hosentasche und hielt es Michael hin. Ronaldo betrachtete die Übergabe des Riegels, als wäre er die olympische Fackel.

Michael nahm den Schokoriegel entgegen, der warm und weich war.

»Bist du sicher?«

»Klar.«

»Vitus braucht ihn nicht, und ich bin nicht hungrig«, sagte der andere feierlich.

Er entfernte das klebrige Papier von der Schokolade, während die Jungs mit angehaltenem Atem jeden Biss verfolgten.

»Helfen Sie auch mit bei Alans und Marias Umzug?«

Michael wurde wieder schwindelig. Er schloss die Augen. Bitte nicht.

Das Sirren in seinem Ohr breitete sich auch im Rest des Körpers aus, als würde er sich dem elektrostatischen Hochspannungsfeld einer Transformatorenstation nähern.

»Umzug?«, fragte er.

»Wie die zwei Männer in den schwarzen Lederjacken. Der eine hat Ohrringe, stimmt's, Vitus?«

»Ja, und der andere hat eine Glatze«, ergänzte Messi. »Sie haben ein paar große Plastiksäcke für Alan rausgetragen. Und komisch gesprochen haben die. Kanak-Sprak. Die Frau und der Junge haben geputzt.«

»Und dann war da noch einer mit Golftasche. Mein Opa hat auch eine Golftasche. Vielleicht war das Alans.«

»Vielleicht«, sagte Michael und hätte am liebsten laut aufgeschrien.

»Genau, der Blasse.« Ronaldo nickte.

»War er schick angezogen?«, fragte Michael.

»Er sah aus, als wollte er heiraten.«

»Das würde ich ja gerne mal sehen«, sagte Michael. »Ihr hattet nicht zufällig eure Handys laufen und habt Bilder gemacht?«

Die Jungs wechselten kurze Blicke und verdrehten die Augen. »Wir spielen Fußball und machen keine Fotos.«

Vitus blieb stehen und musterte ihn forschend. Der andere war schon vorgegangen, und gleich darauf hallte wieder der satte, elastische Lärm aus dem Innenhof.

»Hat's geholfen?«, wollte Vitus wissen. »Mein Snickers?«

»Und ob.« Michael lächelte. »Ich war übrigens immer für Barça.«

Der Junge mit dem Messi-Shirt legte die Stirn in Falten.

»Natürlich«, sagte er ernst, als könnten nur verwirrte Individuen und komplette Idioten für irgendeine andere Mannschaft sein.

»Das ist Unterzuckerung«, sagte er. »Ich kenn das gut. Das ist, wie wenn man gegen eine Wand läuft und plötzlich Gummiknochen hat.«

»Genau. Hast du Maria und Alan gesehen, nachdem die Männer weg waren?«

»Alan kommt manchmal runter und kickt mit uns. Aber heute war er noch nicht da. Die haben keine Kinder.«

Nein, heute nicht, dachte Michael. Da kannst du lange warten, Messi.

»Mach's gut. Und danke für das Snickers.«

Der Junge nickte feierlich und lief in den Innenhof. Wenige Sekunden später hatten die beiden Freunde sich fürchterlich in den Haaren.

Nach den bangen Vorahnungen fühlte Michael eine Welle der Erleichterung, nachdem er sich Zugang zu Alan Knutzons und Maria Kempers Wohnung verschafft hatte. Sie war unordentlich, aber auf die gemütliche, bewohnte Art. Auf dem dunkelblauen Sofa lag eine grau gestreifte Katze und spielte mit etwas Hellrot-Weißem, während sie den Eindringling ohne Neugier betrachtete. In der Küche hätte man eine künstliche Befruchtung vornehmen können, so sauber war es dort. Und friedlich.

Michael lächelte.

Straats Männer waren vergeblich hier gewesen und mussten unverrichteter Dinge wieder gehen. Das würde Nobel nicht freuen, was Michael herzlich egal war. Das Fenster stand auf Kipp, und vor lauter Erleichterung steckte er sich eine Zigarette an und setzte sich mit einer Untertasse in Reichweite an den Küchentisch.

Er war erschöpft. Nicht aus Schlafmangel, sondern weil sein Leben ein chronische, ewige Katastrophenzone war. Er schaute sich noch einmal in der Wohnung um, ohne irgendetwas Beunruhigendes zu entdecken. Ermittlungstechnisch war es hier ähnlich wenig informativ wie in Nordstrands Wohnung. Er machte die Zigarette aus und wollte gerade wieder gehen, als ihm die Katze in den Sinn kam.

In einem Küchenschrank fand er eine Packung Brekkies und bückte sich, um den Fressnapf zu füllen, als ihm drei

Gedanken gleichzeitig durch den Kopf schossen: 1.) Die Jungen unten im Hof hatten erzählt, die Ausländer hätten Plastiksäcke zu dem Lieferwagen rausgetragen, 2.) irgendwie hatte es stark würzig gerochen, wobei er an die übel stinkenden, griechischen Zigarillos denken musste, die Dirk Straat rauchte, und 3.) im Fressnapf der Katze war etwas ganz anderes als das übliche braune Trockenfutter zu sehen, nämlich etwas porzellanweiß Schimmerndes. Er nahm es vorsichtig mit Daumen und Zeigefingerspitze heraus und sah es sich an, worauf sein Puls erneut in die Höhe schnellte, bis es in seinen Ohren rauschte, als stünde er unter einem Wasserfall. Es war ein menschlicher Eckzahn, der aussah, als wäre er sauber aus einem Oberkiefer geschlagen worden. Strahlend weiß und leicht gelblich, wo er unter dem Zahnfleisch gesessen hatte. Er war nahezu sicher, dass es der Zahn einer Frau war. Vollendet.

Er setzte sich wieder und legte den Zahn vor sich auf den Küchentisch.

Straat war hier gewesen, und die Bewohner waren tot.

Und er, Michael Sander, hatte Alan Knutzon und seine Lebensgefährtin ans Messer geliefert. Ihnen das schwarze Kreuz an die Tür gemalt. Er hätte sie auch gleich selbst umbringen können.

Er erhob sich, ließ den Zahn liegen und schaute nach unten, als er etwas an seinem Bein spürte. Die Katze hatte noch immer ihr Spielzeug im Maul. Michael legte die Stirn in Falten und ging in die Hocke. Die Katze zog sich etwas zurück und sah ihn misstrauisch an.

Das war kein Spielzeug, sondern ein Stück einer menschlichen Nase.

In schwarzer Verzweiflung schoss Michaels Hand vor, packte die Katze am Nackenfell und drehte ihr routiniert den Hals um. Es knackte unter seinen Fingern, das Tier zappelte kurz und hing dann schlaff in seiner Hand, während sich die senkrechten Pupillen langsam vor dem gelben Hintergrund weiteten.

Michael fummelte das menschliche Fragment aus dem Katzenmaul und legte es auf den Küchentisch neben den Zahn.

Dann trug er die Katze ins Wohnzimmer. Eine kleine Glocke an ihrem blauen Halsband klingelte wehmütig. Er legte sie in ihren Korb neben dem Sofa und breitete eine Decke über ihr aus.

Messi stand alleine am Tor, als Michael das Grundstück verließ. Als er Michael sah, erstarb das aufblühende Lächeln in seinem Gesicht unmittelbar. Er hielt den Ball etwas fester und starrte zu Boden.

Michael ging dicht an ihm vorbei, raus in die Sonne auf die lichtüberflutete Straße, umgeben von ganz alltäglichen Geräuschen, hervorgebracht von ganz alltäglichen Menschen bei ihren ganz alltäglichen Verrichtungen.

MICHAEL HATTE DARAUF BESTANDEN, dass seine Shot-Gläser nicht abgeräumt wurden. Er drehte sie um, nachdem er den Famous-Grouse-Whisky getrunken hatte, und knallte sie mit kurzen Ausbrüchen intensiven Selbstmitleids auf den Bartresen. Inzwischen stand eine Respekt einflößende Reihe vor ihm. Der phlegmatische Barkeeper hätte normalerweise gegen diesen Verstoß gegen die allgemeine Etikette protestieren müssen, aber er und Michael waren allein in der Bar, und das finstere Gesicht seines einzigen Gastes strahlte eine außergewöhnliche Härte aus, die Schultern in der Windjacke waren breit, die Körperhaltung militärisch. Also alles andere als zu Diskussionen, Einwänden oder Small Talk einladend.

Auf dem Flachbildschirm in der Ecke war ein endloses Snookerturnier aus Manchester zu sehen. Routiniert und stumm bewegten sich zwei elegant gekleidete Kombattanten um das grüne Tuch und vollführten ihre kleinen Wunder. Die Zuschauer quittierten besonders meisterliche Stöße mit kollektiven Seufzern oder Fingerschnipsern. Der Barkeeper füllte am hinteren Ende des Tresens eine Schale mit Erdnüssen, und Michael führte gerade ein paar weitere Zentiliter schottischen Vergessens zum Mund, als ein Luftzug die Rauchsäule seiner Zigarette verwirbelte.

Mit einem resignierten Seufzer erkannte er den neu eingetroffenen Gast im Spiegel hinter dem Tresen.

Polizeioberrätin Lene Jensen schob ihr wohlgeformtes Hinterteil so weit wie möglich von Michael entfernt auf einen Barhocker. Sie würdigte ihn keines Blickes. Der feiste Barkeeper watschelte zu ihr, und Lene bestellte ein Bier vom Fass, das er mit unerträglicher Langsamkeit einschenkte, als handelte es sich um eine japanische Teezeremonie: ein komplizierter Prozess, bei dem es auf die optimale Schräghaltung des Glases bei minimalem Bierstrom an der Innenseite ankam, danach gründliches Abschaben des Bierschaumes mit einem hölzernen Spatel, ehe er der Polizeioberrätin mit einem angedeuteten Diener das kalte, beschlagene Glas servierte.

Michael beobachtete ihn hasserfüllt.

Lene trank mit einem wohligen Schauer ihren ersten Schluck.

Michael leerte sein Glas, drehte es um und knallte es so laut auf den Tresen, dass Lene zusammenzuckte.

Seine Worte artikulierte er übertrieben deutlich: »Ich liege vermutlich falsch, dass dies ein netter Zufall ist, Po-li-zei-o-ber-rä-tin Jen-sen. Verdammt, was für ein Titel, kannst du dir den überhaupt merken?«

Lene rutschte mit ausdruckslosem Gesicht von ihrem Barhocker, ging die wenigen Schritte auf ihn zu und verpasste ihm eine scheppernde Backpfeife, die wie eine Handgranate auf seiner Wange explodierte. Danach kehrte sie zu ihrem Bierglas zurück.

Der Barkeeper verfolgte den Auftritt mit einem süffisanten Grinsen, das er sofort abschaltete, als er Michaels Blick begegnete.

Fast zwei Minuten lang herrschte unsichere Grabesstille in dem Lokal.

»Wie hast du mich gefunden?«, fragte er schließlich.

»Über dein Handy. Das hast du mir selbst beigebracht. Schalte es aus, wenn du nicht gefunden werden willst. Willst du nicht gefunden werden?«

»Nein.«

Michael winkte dem Barkeeper, der zögerte. Er winkte heftiger, und der Mann nahm ein neues Glas aus dem Regal.

»Du bist übrigens gerade arbeitslos geworden«, sagte sie.

»Bin ich das?«

Sie sah ihn über den Rand des Bierglases an und nickte. Ihre großen grünen Augen waren halb geschlossen. Sie nahm einen Schluck und drehte das Glas zwischen ihren langen und vornehm blassen Fingern hin und her. Ihr Nagellack glänzte, die Nägel waren oval und gepflegt. Die großen niederländischen Meister hätten ihre Hände geliebt. Sie sahen so ganz und gar nicht nach Instrumenten aus, die unschuldigen Menschen harte Ohrfeigen verpassten, Pistolen im vorgeschriebenen Zweihandgriff bedienten und scharf schossen oder in Boxhandschuhen steckten und unschuldige Untergeordnete k. o. schlugen.

»Du hast schöne Hände«, sagte er.

»Fuck you.«

Sie sah für einen Augenblick so aus, als wollte sie erneut von ihrem Hocker rutschen, die drei Meter zu seinem Platz überwinden und ihm noch eine pfeffern. Aber sie blieb sitzen.

Ein Piepsen aus Lenes Umhängetasche signalisierte den Eingang einer SMS. Sie nahm die Tasche hoch und schaute äußerst skeptisch und mit einer tiefen Falte zwischen den Augenbrauen auf das Display. Dann ließ sie das Handy wieder in die Tasche gleiten und stellte sie zurück auf den Boden.

Michael speicherte jede Bewegung.

Sie schaute auf, und er schaltete augenblicklich auf Desinteresse um.

»Was hast du gesagt? Dass ich arbeitslos geworden bin?«, fragte er.

»Sie haben Rasmus Nordstrands Leiche gefunden. Du brauchst also nicht weitersuchen. Im Auftrag deines Klienten, meine ich.«

Michael blinzelte und versuchte, den Blick zu fokussieren, aber sein Gehirn war wie zäher Brei.

Eigentlich sollte er nicht überrascht sein. Er war schließlich die ganze Zeit davon ausgegangen, dass Nordstrand nicht mehr lebte. Trotzdem wunderte er sich. Warum um alles in der Welt? An Axel Nobels Stelle hätte er mit allen Mitteln dafür gesorgt, Nordstrand am Leben zu halten, zumindest so lange, bis er damit rausgerückt war, wo er die gestohlenen geologischen Analysen versteckt hatte. Und danach gab es eigentlich keinen Grund mehr, ihn umzubringen. Sie hätten ihn einfach der Polizei übergeben können, die ihm seine Geschichten von Waterboarding und Prügelfolter sowieso nicht geglaubt hätten.

»Wie haben sie ihn gefunden?«

»Leck mich am Arsch, Michael.«

»Gib mir eine Chance!«

»Das habe ich gestern in Peter Holms Wohnung getan. Du wolltest sie nicht annehmen.«

»Doch … Doch, wollte ich. Das wollte ich, aber …«

»Du hast einen Klienten, hast du gesagt. Und was für ein heiliger, vertraulicher Bund das ist.«

»Du bist ganz schön selbstzufrieden, kann das sein?«

Die Frage ließ sie innehalten. Lene hatte noch nie das Talent zur Verstellung gehabt. Das, was man sah, bekam man auch, und man wusste ganz genau, woran man bei ihr war. Das war eine der Eigenschaften an ihr, die er …

»Nein, ich bin nicht sonderlich zufrieden mit mir«, sagte sie ernst.

»Wieso nicht? Du hast ein schweres Verbrechen aufgeklärt, und du hast deinen Täter gefunden, okay, nicht in der Verfassung, die du dir gewünscht hast, aber trotzdem.«

Lene trank ihr Glas leer und bestellte ein neues Bier. Der Barkeeper begann sein umständliches Ritual und schaute immer wieder zu Michael, als wüsste er, wie sehr er ihn damit provozierte.

Michael schloss die Augen, aber die Welt rotierte trotzdem langsam weiter, als säße er auf dem Holzpferd eines alten Karussells. Er hatte noch nie so einen tiefen Hass empfunden wie in diesem Moment für Axel Nobel und Dirk Straat. Sie hatten ihn nach Strich und Faden verarscht, und er hatte es die ganze Zeit gewusst. Sie hielten ihn für einen zurückgebliebenen Idioten, der alles glaubte, was sie ihm erzählten. Und Nobel hatte sogar auf das Leben seiner Kinder geschworen. *Christ.*

Michaels Selbstvertrauen fiel komplett in sich zusammen. Er war immer derjenige gewesen, der alles unter Kontrolle hatte, der am besten informiert war, immer zwei oder drei Züge auf dem Schachbrett voraus.

Was war mit ihm geschehen? War er abgestumpft und träge geworden? Lag es an den wenigen und routinemäßigen Aufträgen wie dem von Ehepaar Palmer und ihrer verklemmten Tochter? Der Verantwortung für seine Schwester? Der Scheidung? Lene?

Wurde er langsam alt?

Er fühlte sich nicht alt, aber wie fühlte sich das eigentlich an? Das war nur ein Wort.

Lene sah ihn an, aber es war nichts zu lesen in ihrem Gesicht. Kein Verständnis, kein Mitgefühl, natürlich nicht. Sie sah ihn an wie eine vollkommen Fremde.

»Ich bin nicht zufrieden«, sagte sie langsam. »Und das vorrangig aus zwei Gründen. Mir ist einfach nicht klar, wieso Rasmus Nordstrand mit Peter Holm ins Bett gegangen ist, um ihn danach umzubringen. Ich sehe dir an, dass du es weißt, aber ich weiß es nicht. Offensichtlich als einziger Mensch in Kopenhagen.«

Protest würde nichts nützen. Lene merkte immer, wenn jemand log. Immer. Sie konnte es selbst nicht genau erklären, und Michael hatte sich längst damit abgefunden, dass es so war.

»Und der zweite Grund?«

»Der zweite Grund ist der, dass Rasmus Nordstrand keines natürlichen Todes gestorben ist, zum Beispiel an Lungenentzündung in seinem Bett oder weil er vom Bus überfahren wurde.«

»Okay? Ich meine, nein. Oder? Was meine ich eigentlich?«

»Keine Ahnung. Jedenfalls war er die am übelsten zugerichtete Leiche, die mir je untergekommen ist«, sagte Lene. »Er war völlig zerschmettert, nicht ein heiler Knochen mehr im Leib. Sie haben ihn heute Vormittag in der Nordsee gefunden.«

»In der Nordsee? Wie ist er da gelandet?«

»Er ist nicht selbst da rausgeschwommen, Michael.«

»Jetzt erzähl schon!«

»Was kriege ich dafür?«

»Ich werde dir schon was geben. Versprochen«, sagte er.

Sie nickte skeptisch, während er fieberhaft darüber nachdachte, was er ihr geben konnte. Er hatte nicht das Gefühl, dass irgendetwas von dem, was er hatte, interessant für sie war.

Michael wünschte verzweifelt, er würde sich auf Augenhöhe mit ihr befinden. Wenn sie doch nur zusammenarbeiten könnten. Dann würden sie als Erstes Straat, seine Söldner und zuletzt Axel Nobel als i-Tüpfelchen einen Kopf kürzer machen. Sie würden die verschwundenen Daten aus der Diskobucht finden und in der *Süddeutschen Zeitung* veröffentlichen, in *Le Monde* und im *International Herald Tribune*. Und er selbst ... er würde den Rest seines Lebens arbeitslos bleiben. Weil niemand auch nur im Traum daran dächte, einen Sicherheitsberater anzuheuern, der seinem Arbeitgeber bei erstbester Gelegenheit die Kehle durchtrennte. Er würde ein bettelarmer Held mit lupenreinem Gewissen werden. Und er würde Ida nicht helfen können, weil er mit einem alten, blinden Hund in zwei Pappkartons unter einer Autobahnbrücke lebte.

»Was willst du wissen?«, fragte sie.

»Die Nordsee?«

Endlich war da ein Hauch von Empathie in dem Gesicht, das er so unbeschreiblich hübsch fand: Resignation, tiefe Irritation und Überdruss, vielleicht. Aber sie schaute zumindest nicht mehr durch ihn hindurch.

»Er ist in einem Trawlernetz mitgeschleppt worden. Mit zahllosen grünen Glassplittern in der Kopfhaut und in den Schultern. Als wäre er vor den ganzen anderen grauenvollen Dingen, die ihm widerfahren sind, durch ein geschlossenes Fenster gestoßen worden.«

»Zerschmettert?«

»Komplett, als hätte man ihn aus einem Flugzeug geworfen. Und ... und ... da waren ein paar ... drei ganz furchtbare, furchtbare ...«

»Was, Lene?«

»... weiße Aale in seinem Körper. Aasfresser.«

Sie zitterte, und ihre Zähne schlugen an das Bierglas.

Er sah das leere Büro in der oberen Etage von Nobel Oil vor sich, das gerade renoviert wurde. Die fehlende Glaswand war grün gewesen wie der Rest von Axel Nobels megalomanem Monument. Darunter, weit unter der Fensteröffnung, der Laufsteg, auf dem unweigerlich jeder, der durch das Fenster stürzte, mit Glassplittern in der Kopfhaut und gebrochenem Genick landete. Herrgott! Genau dort, in diesem Büro hatte er gestanden und sich den Müll des unschuldig lächelnden Nobel angehört über alte Gebäude, die ständig instand gehalten werden mussten.

Das Shotglas zerbarst mit einem Knall zwischen seinen Fingern. Der Barkeeper glotzte ihn mit offenem Mund an, während Lene stumm den Kopf schüttelte. Michael wickelte sein Taschentuch um die Schnitte in der Handfläche und schloss die Hand zu einer festen Faust.

»Soll ich weitermachen?«, fragte sie.

»Unbedingt«, sagte er.

»Ich finde nicht, dass ich wesentlich zur Aufklärung dieses Falles beigetragen habe«, sagte sie, als ihr Telefon erneut piepste.

Sie las die Nachricht mit dem gleichen besorgten Gesichtsausdruck.

Michael bemerkte, dass ihr Glas leer war, und hatte eine Idee. Mit einem strengen Blick zog er die Aufmerksamkeit des Barkeepers auf sich und zeigte auf Lenes Glas. Der Barkeeper nickte und räumte es ab, um ein neues zu zapfen.

Michael drückte seine Zigarette im Aschenbecher aus und zündete sich die nächste an.

»Hast du mit seiner Frau gesprochen?«, fragte er.

Lene baute sich mit verschränkten Armen einen Meter vor ihm auf.

»Nein, habe ich nicht. Und dieses Gespräch ist jetzt zu Ende, Michael. Wenn ich dich das nächste Mal sehe, werde ich dich wegen Behinderung polizeilicher Ermittlungen und Zurückhaltung wichtiger Informationen, die zur Aufklärung in einem Mordfall beitragen könnten, festnehmen. Schönen Abend noch.«

Sie wollte an ihm vorbeigehen, aber er streckte den Arm aus und hielt sie auf.

»Der Fall ist doch aufgeklärt. Warte.«

Michael nahm einen Bierdeckel vom Tresen und fischte einen Kugelschreiber aus der Innentasche seiner Jacke. Er notierte ein paar Buchstaben und Zahlen, wollte ihn ihr geben, zögerte, aber sie schnappte ihm den Pappdeckel aus der Hand.

»Was ist das? … 35. Dein IQ?«

»Alan Knutzon … mit z. Viktoriagade. Doppelmord. Blauer Lieferwagen, ein Opel, mit den Henkern und den Leichen. Niederländisches Kennzeichen. Wenn ihr euch beeilt, richtig beeilt, holt ihr sie vielleicht noch ein. Aber dann musst du gewaltig schnell ausrücken.«

»Doppelmord?«

Ihre Pupillen weiteten sich langsam, sie stand da wie angewurzelt. Der Barkeeper drehte die Lautstärke des Fernsehers hoch und stellte das nachgefüllte Bierglas an Lenes Platz.

Zwei offensichtliche Stammkunden betraten die Bar und setzten sich an einen Ecktisch, wo sie sich augenblicklich in eine Fußballdiskussion vertieften. Der Barkeeper schenkte Bittere ein, ohne auf ihre Bestellung zu warten.

»So ist es«, sagte Michael. »Finde den Wagen, dann kannst du den Fall abschließen.«

»Und wer sind die?«

»Wer ist wer?«

Sie stampfte mit dem Fuß auf, die Stammkunden hoben neugierig die Köpfe.

»Die Ermordeten, verdammt noch mal!«

Die beiden Männer mittleren Alters starrten sie an.

»Idiotin«, zischte Michael, riss ihr den Bierdeckel aus der Hand, schrieb zwei Worte darauf und hielt ihn ihr direkt vor die Nase: *Poseidons Krieger.*

»Und jetzt hau ab«, nuschelte er. »Und bitte, ich will dich nie mehr wiedersehen.«

»Michael …«

»Ich wünschte, ich könnte sagen, dass ich mich riesig freue, dich zu sehen, Lene, aber du bist seit unserer letzten

Begegnung noch viel verbohrter und fanatischer geworden, und deine Unfähigkeit, Maß zu halten, wird irgendwann dein Untergang sein«, sagte er steif. »Noch ein Letztes: Wir zwei sind fertig miteinander, und es ist mein aufrichtiger Wunsch, dich nie wiederzusehen. Aber wenn ihr den Lieferwagen findet, gehst du bitte nicht allein dorthin und klopfst an die Tür. Die Leute, die das in der Viktoriagade erledigt haben, sind aus dem Balkan importiert und absolut todsicher. Solche Gegner wünschst du nicht mal deinem schlimmsten Feind, die ticken komplett anders als alle anderen, hinter denen du jemals her warst. Und ja, ich bin betrunken, aber ich meine, was ich sage.«

»Das sind auch nur Menschen«, entgegnete sie trotzig. »Die bluten, wenn man ein Loch in sie reinschießt.«

»Da wäre ich mir nicht so sicher. Erwarte kein normales oder berechenbares Verhalten. Hol dir die Sondereinsatztruppe zur Unterstützung. Keine Mädchen.«

Sie legte ihm eine Hand auf den Unterarm, aber er zog ihn weg.

»Du hattest recht«, sagte sie schließlich. »Mit der Uhr.«

»Welcher Uhr?«

»Ich habe mich auf eine Stelle bei Europol in Den Haag beworben. In drei Wochen bin ich weg, dann wirst du mich ganz sicher nicht mehr sehen. Versprochen.«

Den Haag? Das lag gleich an der Autobahn nach Süden und ein Stück rechts. Mit dem Mercedes könnte er in acht Stunden dort sein. Und trotzdem war es, als hätte sie gerade verkündet, in eine andere Galaxie versetzt worden zu sein.

»Den Haag? Europol?«

»Ja, plötzlich war es möglich. Dank Charlotte«, sagte sie.

»Das glaube ich gerne«, sagte Michael. »Und sie hat recht. Das hier ist ein Fall, den du nicht lösen kannst, und sie tut das, um dich zu schützen, damit du nicht von der Presse ans Kreuz genagelt wirst oder von diesem jämmerlichen, inzestuösen Verein in Christiansborg, der die Verwandtenheirat gestattet.«

Sie lächelte, aber das Lächeln reichte nicht bis in die Augen, die ihn traurig ansahen.

»Ich habe sogar einen persönlichen Wachhund. Einen Sonderberater aus dem Justizministerium. Tom Andersson. Kennst du den?«

»Ich hab von ihm gehört. Ein scharfer Hund, aber fair, heißt es. Er ist das Kindermädchen des Ministers.«

»Haargenau. Ich fühle mich sehr privilegiert und wichtig angesichts so großer Fürsorge. Er hat mir anvertraut, dass das kein spontanes Handgemenge zwischen Liebenden war, das mit Peter Holms Tod endete.«

»Hab ich doch gesagt.«

Lene lehnte sich an den Tresen.

»Es gab dort oben Überwachungskameras.«

»Tatsächlich?«

Er wurde rot, was sie sofort bemerkte.

»Das hast du also auch gewusst«, platzte sie bitter heraus. »Tausend Dank. Und du hattest natürlich die Gelegenheit, dir die Aufnahmen anzusehen?«

Michael wurde wütend. Und er wurde nüchtern, was ein kleines Wunder war.

»Was ist eigentlich dein Problem? Du hast einen Mord, und du hast einen Mörder. Du sagst mir, dass er nicht in der Verfassung ist, seine Motive darzulegen oder dich mit einem unterschriebenen Geständnis mit Schleife drum herum zu beglücken, aber das ist vermutlich dein kleinstes Problem. Du hast den Fall aufgeklärt. Die Lösung lag doch auf der Hand. Also, was willst du noch?«

Sie sah ihn an und sagte extrem deutlich: »Mir ist nach wie vor unklar, wieso ein top-ausgebildeter Meeresbiologe dänisch-grönländischer Herkunft mit großem Freundeskreis, Bilderbuchkarriere, gutem Gehalt, schuldenfrei, mit hübscher Frau, die wie Nicole Kidman aussieht, und charmanter Tochter, der selbst das perfekte Hugo-Boss-Model ist, sein gesamtes Leben aufs Spiel setzt, um das ihn vermutlich der Rest der Bevölkerung auf unserem Planeten beneiden würde, indem er einem Geologen, der ihn in einem Schwulen-Nachtklub aufgegabelt hat, den Schädel einschlägt. Laut seiner Kontoauszüge hat er noch nie einen Drink in einer Schwulenbar bezahlt oder einen Saunaklub besucht. Er ist nie in einem der Parks aufgegriffen worden, in dem sich die Verzweifelteren von ihnen treffen, und er hat niemals ein Schwulenvideo im Internet angeschaut oder in einem der Hotelzimmer, in denen er wohnte, wenn er für Nobel Oil in der Welt unterwegs war. Zumindest hat er nicht mit seiner Karte dafür bezahlt. Was sagt mir das, Michael?«

Er sah sie beeindruckt an.

»Äh ... du findest auch, dass sie Ähnlichkeit mit Nicole Kidman hat?«

»Who cares? Ist das alles, was du zu bieten hast? Das sagt mir, dass er das kürzeste Zündholz gezogen hat, als sie ausgelost haben, wer Peter Holm verführen soll. Und wahrscheinlich war er derjenige von Poseidons Kriegern, der am besten aussah, okay?«

»Das war er wohl.«

»Und worauf hatten sie es abgesehen?«

»Also ...«

»Denk über deine Antwort nach, ich gehe so lange pinkeln«, sagte sie.

»Ich warte hier«, sagte Michael.

In derselben Sekunde, in der sich die Tür zu den Toiletten hinter ihr schloss, schnappte er sich ihre Tasche und wollte zwischen den Milliarden Dingen, die Frauen darin aufbewahren, ihr Mobiltelefon suchen, als die fette Hand des Barkeepers auf seinem Unterarm landete. Mit der anderen stützte er sich auf dem Tresen ab.

»Was machen Sie da?«, sagte er. »Flossen weg von der Tasche der Dame, okay!«

Michaels Blick wanderte langsam von der Hand des Barkeepers über seinen Arm zu seinem rot aufgedunsenen Gesicht. Und plötzlich hatte er ein langes Klappmesser in der linken Hand. Er ließ das Blatt aufschnellen und balancierte es auf der Spitze zwischen den Fingern des Barkeepers auf der Tresenplatte.

»Wohin soll ich Ihren Arm schicken?«, fragte Michael.

Der Barkeeper wurde blass. Er ließ Michaels Arm los und widmete sich wieder ganz dem Snookerspiel auf dem Bildschirm. Die beiden Gäste wichen Michaels Blick aus, als er sie anstarrte.

Er las die zwei kurzen Sprachmitteilungen von Anna Nordstrand, die so schnell wie überhaupt möglich ein Treffen mit Lene wünschte. Es sei lebenswichtig. Michael merkte sich die Nummer, ließ das Telefon wieder in Lenes Tasche verschwinden und stellte sie zurück.

Jetzt hatte er sie. Wenn ihr Handy eingeschaltet war, würde er Anna Nordstrand aufspüren, egal wo.

Lene kam zurück, trank einen Schluck Bier und schob das Glas weg.

»Hast du persönlich irgendeine Idee, was Nordstrands Motiv angeht?«, fragte er beiläufig.

»Nicht, solange nicht noch von irgendwo was Neues kommt.«

»Ich hab dir das Kennzeichen und die Viktoriagade gegeben.«

Ihr Blick wurde einen Tick milder.

»Entschuldige. Das hast du, und ich danke dir dafür.«

»Was sagt Tom Andersson?«, fragte er.

»Mein Freund Arne bezeichnet ihn als Sphinx, eine sehr treffende Beschreibung. Andersson meinte, dass etwas aus Peter Holms Wohnung entwendet wurde. Wichtige Informationen. Und er meinte, es habe in letzter Zeit Probleme auf dem Ölfeld gegeben.«

»Die werden nach Strich und Faden sabotiert«, sagte Michael. »Alles bricht vor ihren Augen zusammen. Ölleitungen werden gesprengt, und das Öl strömt ins Meer, ihre Satellitenkommunikation wurde unterbrochen, der Laden ist bis in die Eingeweide von Poseidons Kriegern infiltriert. Da oben arbeiten eine Menge Menschen und Spezialisten, die mindestens dreißig verschiedene Sprachen und Dialekte sprechen, die können nicht alle im Vorfeld auf Herz und Nieren geprüft werden. Man kann es ihnen nicht wirklich vorwerfen, dass sie versuchen, sich zu schützen.«

Seine Ausführlichkeit zerrte an ihren Geduldsnerven.

»Ja, ja, ja. Das ist mir schon klar. Jeder, der in den vergangenen sechs Monaten eine Zeitung aufgeschlagen hat, weiß das. Das ist es nicht. Es ist der Berg.«

»Der Berg?«

»Meint Andersson. Zumindest hat er das angedeutet.«

Michael holte tief Luft.

»Und was ist mit dem Berg?«, fragte er mit einer Stimme, die vor Gereiztheit ins Falsett überzuschlagen drohte.

»Das hat er nicht näher ausgeführt. Aber ich hab mir vorgenommen, es herauszufinden.«

»Du willst nach Den Haag, Schatz.«

Ihr Gesicht nahm wieder den trotzigen Ausdruck an, den er nur zu gut kannte. Herrgott, wie gut er ihn kannte.

»Hör zu: Rasmus Nordstrand war der heterosexuellste Mensch auf der Welt. Er hat Holm mit dem einzigen Ziel verführt, etwas bei ihm zu holen. Vermutlich die frischesten geologischen Analysen aus der Diskobucht. Möglicherweise war da irgendwas granatenmäßig schiefgelaufen. Etwas, das Axel Nobel auf keinen Fall öffentlich machen wollte.«

»Er wollte Holms Computer hacken und den Inhalt auf allen Titelseiten sehen«, sagte Michael. »Nordstrand war ein fanatischer Umweltterrorist.«

Lene ist schon viel zu weit mit ihren Schlussfolgerungen und Urteilen, dachte er. Laut seinem Vertrag mit Nobel müsste er sie eigentlich in den Hinterhof rausbringen und mit einem Kopfschuss exekutieren. Aber sein Auftraggeber hatte ihren Vertrag mit der Lüge über Rasmus Nordstrand bereits gebrochen.

Und jetzt noch Alan Knutzon und Maria Kemper.

»Hatte er etwas am Leib, als er gefunden wurde?«, fragte Michael.

»Nur seine Tätowierungen.«

»Ist Andersson zu irgendwas nutze?«

»Er will täglich Berichte. Ich habe ihm noch nicht einmal von Nordstrand erzählt. Ich traue ihm nicht.«

Sie starrte nachdenklich vor sich hin.

»Erst recht nicht mehr, nachdem ich ihn gestern wenige Hundert Meter von Holms Wohnung im Strandvejen mit dem Fahrgast eines großen dunkelblauen Audis habe reden sehen. Deinem Chef. Axel Nobel.«

»Ah ja. Wie lange dauerte ihre Unterhaltung?«

»Sie haben gestritten. Ich glaube nicht, dass sie sich sonderlich mögen. Zwei Minuten. Höchstens.«

Tom Andersson und Axel Nobel, dachte Michael. Dafür gab es wahrscheinlich eine ganz natürliche Erklärung. Wie Nobel selbst gesagt hatte: Allen Seiten war sehr daran gelegen, Skandale zu vermeiden und die Diskobucht nach den Sabotageakten wieder zum Laufen zu bringen. Allen voran der Regierung. Erfolgsgeschichten aus der Amtszeit wären im kommenden Wahlkampf von unschätzbarem Wert, und die Diskobucht war das Kronjuwel der amtierenden Regierung, das Dänemark zu einem neuen Norwegen machen könnte: einem Land, in dem Milch und Honig flossen. Die Regierung, die den Dänen Ölmilliarden brachte, würde bis zum Jüngsten Tag im Amt bleiben. Axel Nobels greiser Vater könnte weiterhin jeden Morgen auf seiner schwarzen Tafel neue rekordverdächtige Aktienkurse notieren, und der Sohn würde ins Pantheon der Familie erhoben werden.

»Wonach genau hat Rasmus Nordstrand also gesucht?«, fragte Lene und musterte Michael eingehend. Da war immer noch ein winziges bisschen Platz für ihn, spürte er, aber der Platz wurde stetig kleiner.

»Ich weiß es wirklich nicht, Lene. Ich *weiß* es nicht.«

»Was heißt, dass du es mir nicht sagen willst.«

»Was heißt, dass ich es nicht weiß. Da ich es nicht zu wissen brauche, hat es mir auch niemand gesagt. Das ist so üblich.«

Sie glaubte ihm nicht, und die kleine, warme Sonne in ihren Augen erlosch.

Und dann war sie weg.

Ihr Duft blieb viel zu kurz in der Luft hängen. Er verflüchtigte sich und wurde ersetzt durch den Geruch nach Kneipe und Niederlage. Michael hatte sich noch nie so unheilbar einsam gefühlt. Es war nichts mehr da, er hatte nichts mehr, nicht einmal seinen Beruf. Die simplen, aber unantastbaren Regeln, nach denen er sein erwachsenes Leben gelebt hatte. Zum Beispiel, dass man niemals denjenigen verriet, der die Zeche zahlte, egal wie zuwider einem dieser Jemand auch sein mochte. Man nahm einen Auftrag an und wurde der Auftrag. Man bekam nicht mittendrin kalte Füße und dachte nicht einmal im Traum daran, einem außenstehenden Dritten existenzielle Details anzuvertrauen – wie er es eben gerade bei Lene getan hatte.

Er konnte Michael Sander nicht mehr finden. Er war nur noch eine leere Hülle, die ein Bein vor das andere setzte, nutzlos für sich und andere. Keith Mallory hätte ihn für seine Schwäche und seinen Wankelmut verachtet.

Er steckte seine Zigaretten in die Tasche und stand auf, um zu gehen.

»Wer zahlt für die Dame?«, fragte der Barkeeper.

»Hat sie nicht gezahlt?«

Der Barkeeper schüttelte den Kopf.

»Ist ja klar«, murmelte Michael und zückte seine Brieftasche.

LENE VERSCHICKTE AUF DER FAHRT nach Glostrup das niederländische Kennzeichen über ihr Handy und forderte einen Streifenwagen für die Adresse in der Viktoriagade an, mit der Order, sich Zugang zur Wohnung zu verschaffen. Danach fand sie im Handschuhfach das Blaulicht, das sie so gut wie nie benutzte, aktivierte den magnetischen Mechanismus und setzte es aufs Dach. Es tat sich nichts. Sie drückte alle möglichen Knöpfe und Hebel, aber das Licht blieb dunkel. Im nächsten Augenblick sah sie im Rückspiegel die Plexiglasglocke vom Autodach rutschen, über die Straße kollern und in tausend blaue Scherben und Splitter zerbersten.

Sie erreichte Charlotte Falster zu Hause und beantragte höchste Priorität für die Fahndung nach dem Lieferwagen. Lene hatte sich innerlich bereits auf alle möglichen Ausflüchte und Verweise auf Johannes Mark als Teamleiter vorbereitet, aber Charlotte erwies sich als überraschend kooperativ und gab augenblicklich grünes Licht.

Der Verkehr auf der Umgehungsstraße 3 war überschaubar. Lene trat das Gaspedal durch, was eine Spitzengeschwindigkeit von 115 km/h bedeutete. Vielleicht sollte sie irgendwann mal in Erwägung ziehen, sich einen neuen Wagen zuzulegen, aber sie hing nun mal an ihrem alten blauen Citroën.

Lene wusste, wie sehr Arne es hasste, an seinem Bridgeabend gestört zu werden. Das war der einzige freie Abend in der Woche ohne seine kranke Frau, was alle zu respektieren versuchten.

»Arne? Ich bin's.«

Am anderen Ende war ein tiefer Seufzer zu hören. Fast ein Stöhnen.

»Arne?«

»Ich höre. Oder ... eigentlich tu ich das nicht. Was willst du?«

Er ist noch immer eingeschnappt wegen der Sache mit Rasmus Nordstrand, dachte Lene. Dass sie ihn um seinen kleinen Moment des Triumphes gebracht hatte, als er ihr Rasmus' Fingerabdrücke servieren wollte.

»Ich weiß, dass heute dein Bridgeabend ist, aber es gibt neue Tote.«

»Es stirbt immer irgendwer. Das Leben ist eine unheilbare Krankheit.«

»Tote wie in vorsätzlich und mit krimineller Absicht ermordet.«

»Bist du dir im Klaren darüber, mit was für einem Blatt ich hier gerade sitze? Das ist das beste Blatt seit Monaten. Und nur zu deiner Information, es gibt einen Diensthabenden in der Abteilung. Wieso rufst du nicht ihn oder sie an? Und was machst du eigentlich, wenn ich in Rente gehe?«

Sie überholte einen Lastwagen. Es dauerte eine halbe Ewigkeit, und ihr Wagen heulte vorwurfsvoll auf in dem niedrigen Gang.

»Es tut mir wirklich leid, aber du bist und bleibst nun mal der Beste, und die Sache hängt mit dem Nordstrand-

Fall zusammen. Das entwickelt sich allmählich zum absoluten Albtraum, dem ich ein Ende bereiten muss, ehe wir alle zusammen als Breaking News auf CNN enden. Das ist die reinste Ebola-Epidemie, Arne. Um mich herum sterben sie wie die Fliegen.«

»Was sagt Charlotte?«

»Dass du mir helfen sollst. Ich bitte sie gerne, dich persönlich anzurufen, aber ...«

Sie sah ihn regelrecht vor sich, wie er sich vor Unbehagen schüttelte. Er hielt nicht viel mehr von der Polizeidirektorin als sie selbst.

»Adresse?«, sagte er kurz.

In Glostrup hatten nur wenige Kollegen Dienst, die Lene allesamt an die Fahndung nach dem blauen Lieferwagen setzte. Sie selbst kontaktierte die Polizeibezirke von Kopenhagen und Umgebung und schärfte ihnen ein, dass dieser Fall absolute Priorität hatte vor allen Hausfriedensbrüchen, Geschwindigkeitskontrollen, Kneipenschlägereien und Haschtüten.

Danach lief sie rastlos in ihrem kleinen, dunklen Büro auf und ab und vermisste Bjarnes massige, schweigsame Anwesenheit. Sie kochte Wasser für einen Beutel Nescafé, den sie aus der Schublade eines Kollegen mopste, kontrollierte ihren Account, war für eine vernünftige Beantwortung einiger Mails aber zu unkonzentriert. Und dabei dachte sie die ganze Zeit an Michael.

Sie verstand ihn nicht. Sie begriff nicht, wie er sich einfach nur zurücklehnen konnte und um sich herum die fürchterlichsten Dinge geschehen ließ, ohne einzugreifen. Ihr war schon immer klar gewesen, dass er ein Profi war, dem es um Geld und Freiheit ging, ziemlich desillusioniert, aber jetzt war er auch noch zynisch geworden. Er hatte immer auf sie aufgepasst, immer Rücksicht auf sie genommen, auch wenn dadurch die Ausführung seines eigenen Auftrages gefährdet wurde. Aber das war offensichtlich Vergangenheit.

Dann dachte sie an Michaels Schwester Ida, die ihm vorgeschlagen hatte, sie aufzusuchen, weil sie der Meinung war, dass er einen Freund brauchen könnte. Eine schöne Freundin war sie.

Die Erinnerungen aus dem ersten Jahr nach dem Tod ihrer Tochter waren verschwommen. Fast jeden Tag hatte sie sich bis zur Besinnungslosigkeit betrunken. Und wenn Rotwein und Wodka nicht reichten, hatte sie den Rausch durch Schlaftabletten und Tranquilizer ergänzt.

Michael funktionierte wenigstens, obwohl seine Frau ihn für einen anderen verlassen hatte und ihm verweigerte, seine Kinder zu sehen. Er passte auf seine Schwester auf und hatte ihr den Doppelmord in der Viktoriagade gesteckt, was vermutlich bedeutete, dass er seinen Auftrag und sein Honorar in den Wind schießen konnte.

Wann hatte sie das letzte Mal irgendetwas für einen anderen Menschen empfunden? Sie konnte sich nicht entsinnen, ließ man ihre chaotischen und ambivalenten Gefühle für Michael mal außer Acht.

Lene legte die Stirn an die kühle Scheibe und merkte, wie heiß ihre Haut war. Michael hatte ihr Fanatismus und Verbohrtheit vorgeworfen. Und ihr ihren Untergang vorausgesagt.

Er hatte recht.

EINE STUNDE SPÄTER RIEF ARNE ZURÜCK. Er klang wie gewohnt. Mit nichts anderem hatte Lene gerechnet. Im Beruf war der Chefkriminaltechniker professionell bis in die Fingerspitzen.

»Das ist der sauberste Tatort, den ich je gesehen habe«, sagte er.

»Aber es ist ein Tatort?«, fragte Lene.

»O ja, das ist es. Hochinteressant. Zum einen das Fehlen der Opfer. Was nur teilweise korrekt ist. Da waren wirklich Profis am Werk. Es wurden zwei Personen ermordet oder entführt: Alan Knutzon, Meeresbiologe, und seine Lebensgefährtin Maria Kemper, Bibliothekarin. Sie sind nicht mehr in der Wohnung, nur Teile von ihnen. Auf dem Küchentisch liegen der Eckzahn einer Frau und ein Stück Nasenknorpel. Nach der Tat scheint noch jemand in der Wohnung gewesen zu sein, und der Betreffende wusste, was er tat. Er hat die Dinge sozusagen für uns arrangiert, ausgestellt könnte man fast sagen. Unter anderem eine tote Katze in ihrem Korb.«

»Eine tote Katze?«

»Jemand hat ihr das Genick gebrochen und sie so in den Korb gelegt, dass es aussieht, als würde sie schlafen. Er hat außerdem eine Decke über sie gebreitet. Die Katze hieß übrigens Tommy.«

»Aha. Na, ich glaube, du liegst hundert Prozent richtig mit deinen Annahmen, Arne. Bei allem. Danke. Wie …? Was ist passiert, denkst du?«

»Ein Opfer ist mit Klebeband am Küchenstuhl gefesselt gewesen. Das andere Opfer war an den Küchenboden genagelt. Das Ganze hat in der Küche stattgefunden.«

»Festgenagelt? Was, um Himmels willen …«

»Folter. Unter anderem mithilfe einer Nagelpistole. Luftbetrieben und fast geräuschlos. Wie Schreiner sie benutzen. Ganz sorgfältig, ohne Eile oder Spuren zu hinterlassen, die mit dem bloßen Auge zu erkennen sind. Will sagen, man bräuchte das größte Sherlock-Holmes-Vergrößerungsglas, um herauszufinden, was für perverse Dinge hier stattgefunden haben. Dagegen finden sich massenweise mikroskopische Blutstropfen, Urin, Galle. Sie haben allerdings extrem gründlich hinter sich aufgeräumt. So was habe ich noch nicht gesehen. Profis, wie gesagt.«

»Danke, Arne.«

»Ich melde mich wieder, sobald ich Genaueres weiß. Das hier ist wirklich spannend.«

Er klang regelrecht begeistert.

»Das kann ich mir vorstellen«, sagte sie matt und dachte an Michaels Warnung, dass sie es mit absolut kaltblütigen, ausländischen Profis zu tun hatten, denen sich ausschließlich ein Sondereinsatzkommando nähern sollte.

Aber dafür musste sie diese Profis natürlich erst einmal aufspüren.

Sie dachte an Tommy und daran, dass Michael ein großer Tierfreund war.

Arne legte auf, und Lene schlief ein. Zumindest fiel sie in einen unruhigen Dämmerzustand, die Füße auf dem Schreibtisch, die Hände im Nacken verschränkt. Sie träumte von den dumpfen Einschlägen einer Nagelpistole, die einen Menschen an den Boden nagelte, und riss bei dem Laut verwirrt und benommen die Augen auf. Ihre Stiefel waren auf dem Boden gelandet und hatten sie geweckt. Ihre Kehle war staubtrocken, und sie leerte den Becher mit kaltem Kaffee.

Ihre Tür stand offen, und das Büro lag im Dunkeln. Lene hörte ein Telefon klingeln und wartete, dass das grüne Lämpchen an ihrem eigenen zu blinken begann und eine aufgeregte Stimme am anderen Ende wichtige Neuigkeiten verkündete. Aber es passierte nichts, und Lene dachte, dass sie mehr als alles andere eine gehörige Portion Schlaf bräuchte. In ihrer momentanen Verfassung wäre sie keine große Hilfe, egal wobei.

Sie wünschte ein paar verstreuten einsamen Seelen eine gute Nacht, die verurteilt waren, bis zum nächsten Morgen durchzuhalten, und begab sich zu ihrem Auto auf dem menschenleeren, kühlen Parkplatz.

Sie rollte auf der Umgehungsstraße heimwärts und wollte gerade in Frederiksberg abfahren, als die diensthabende Beamtin von der Station City anrief.

»Guten Abend«, sagte die Frau.

Lene schaute auf ihre Uhr. Es war halb fünf.

»Guten Morgen.«

Die Frau kam ohne Umschweife auf das holländische Kennzeichen zu sprechen, worauf Lene an den Straßenrand fuhr und das Warnblinklicht einschaltete. Ihr Herz hämmerte.

»Ja?«

»Wir haben eine sichere Identifikation am Ende der Bådehavnsgade im Sydhavnen. Dort sind vorrangig Schrottplätze, brachliegende Gärtnereien und Schuttabladeplätze.«

»Ich kenn die Gegend«, sagte Lene.

»Okay ... Klar, natürlich. Es ist ein Streifenwagen in der Nähe. Soll ...«

»Nein, auf keinen Fall! Die sollen genau dort bleiben, wo sie sind, verstanden? Sie sollen ...«

Lene schrie in ihrer kleinen Fahrerkabine. Dann wurde ihr klar, dass die Polizeibeamtin am anderen Ende nur ihre Arbeit machte. Sie senkte die Stimme.

»Entschuldigung.«

»Schon gut«, sagte die Frau tonlos. »Der Einsatzleiter steht neben mir. Moment.«

»Ich will nur sagen, dass es sich um extrem gefährliche, bewaffnete Kriminelle handelt«, flüsterte Lene.

Der Einsatzleiter übernahm das Gespräch.

»Was brauchen Sie?«, fragte er.

Lene fuhr vom Randstreifen und trat das Gaspedal durch. Sie versuchte, sich an jedes noch so kleine Detail zu erinnern, das Michael über die Männer in dem blauen Lieferwagen gesagt hatte. Gegner, die du deinem ärgsten Feind nicht wünschst, war eins davon.

Es gab mehrere Möglichkeiten. Sie könnte ein paar Streifen von der Bereitschaftsabteilung im Artillerivej anfordern. Die wären vielleicht in fünfzehn Minuten vor Ort und mit Maschinenpistolen bewaffnet ... und das war's. Michael hatte gesagt, sie sollte aufs AKS zurückgreifen. Das Sondereinsatzkommando war auf schwer bewaffnete

Gegner gedrillt, aber es würde zu lange dauern, sie zu mobilisieren, dachte Lene. Sie hatte das eindeutige Gefühl, dass Leute, die für Nobel Oil oder eine ihrer paramilitärischen Sicherheitsfirmen arbeiteten, schnell, effektiv und wachsam waren.

Sie fluchte innerlich.

»Ich bräuchte die Unterstützung des Sondereinsatzkommandos. Meine Einschätzung beläuft sich auf mindestens zwei, möglicherweise drei oder vier schwer bewaffnete Profis, aber das weiß ich nicht sicher«, sagte sie.

»Fahrzeuge?«

»Unbekannt. Außer dem Lieferwagen.«

»Waffen?«

»Keine Ahnung.«

»Zwei bis vier Personen?«

»Vermute ich, bin mir aber nicht sicher.«

Am anderen Ende wurde es still.

»Ist Zeit, sie einzukreisen?«, fragte der Einsatzleiter.

Vermutlich dachten sie beide das Gleiche: Die Bådehavnsgade war eine Missgeburt von Straße, die sich wie eine mäandernde Schlange durch den Freihafen wand, zu sich selbst zurückführte und weiter hoch zur Sjællandsbrücke und dem Autobahnnetz kroch, das Kopenhagen mit Europa verband und sich östlich durch den Sydhavnstippen und Valbypark zum Autobahnkreuz Richtung Europa schlängelte. Man konnte den Slalom über einen der vielen kleinen Jachthäfen umgehen oder über die Eisenbahnbrücke und raus zum Flughafen Kastrup.

»Wie lange würde das dauern?«, fragte sie, um irgendwas zu sagen.

»Mindestens eine Stunde«, sagte der Leiter. »Sie wissen selbst, was für eine Hölle das da draußen ist. Das Beste wäre vielleicht, ihnen zu folgen, bis ein geeigneter Platz gefunden ist, um sie aufzuhalten. Einen Helikopter und zwei bis drei zivile Einsatzwagen könnte ich in einer halben Stunde in dem Bereich haben.«

Lene fuhr bei Folehavnen ab und weiter Richtung Sydhavnen. Ihr Hirn hatte eine Entscheidung getroffen, ohne den Rest von ihr zu fragen. So war es immer schon mit den wichtigen Entscheidungen in ihrem Leben gewesen.

»Tun Sie das. Unauffällig«, sagte sie.

»Selbstverständlich.«

»Wer ist dort draußen?«

»Augenblick.«

Stimmengewirr im Hintergrund, Telefonklingeln. Die Station City war erwacht.

Der Einsatzleiter meldete sich wieder.

»P32, Basim Yenni und Clara Johansson. Sie ist noch total grün. Im Moment parkt der blaue Lieferwagen hinter einer stillgelegten Schrotthalle am Ende des Fragtvej. Das Gebäude ist lang, rot, einsturzgefährdet und offen, drinnen ist es vermutlich ziemlich dunkel und nur schwer durchzukommen. Keine Menschenseele, sagen die beiden Kollegen vor Ort. Nur Graffiti, ausgebrannte Autowracks und Möwen.«

»Verstanden.«

»Soll ich sie abziehen?«

»Ja, bitte. Ans Ende der Sjællandsbrücke. Ich finde sie. Und bringen Sie den Helikopter in die Luft und ein paar Zivilfahrzeuge dort raus. So viele wie möglich. Aber in Sicherheitsabstand.«

»In Ordnung. Und was haben sie getan?«

»Zwei Menschen umgebracht«, sagte sie.

Basim Yenni.

Es fühlte sich wie Jahre an, dabei war es erst wenige Tage her, dass sie ihn im Boxring ausgeknockt und danach neben ihm unter der Dusche gestanden hatte, rein freundschaftlich. Sie war alt genug, um seine Mutter zu sein. Das hatte er mehrmals gesagt.

Clara Johansson? Lene hatte noch nie von ihr gehört, ging aber davon aus, dass es eine der üblichen Pferdeschwanz-Amazonen von Lylland war.

Lene dachte angestrengt nach. Sie fuhr bei Rot über die Borgmester Christiansens Gade, von dort waren es nur noch sechshundert Meter runter zur Sydhavnsgade. Normalerweise hatte sie keine bösen Vorahnungen, aber jetzt war es, als würde die Straße sich verengen, die Zeit langsamer ticken, alle Geräusche drangen viel deutlicher an ihr Ohr.

Es würde etwas passieren. Das spürte sie. Und das nicht von ungefähr.

ER KONNTE SICH NICHT ERINNERN, wie er nach Hause gekommen war, aber sein Mercedes stand wie gewohnt vor der Hecke, die übrigens dringend geschnitten werden musste. Genau wie der Rasen und Michael selbst. Vor ihm stand ein Glas Whisky, aber er konnte es nicht leeren, obwohl er wusste, dass es ihm guttun würde. Er hatte mehrere Ansätze hinter sich, das Glas zum Mund zu führen, aber es war ihm nicht gelungen, den Inhalt über die Lippen zu bekommen.

Ida war im Bad, das Wasser lief.

Das Geräusch lenkte seine Gedanken auf die Nordsee und weiter zu Nobel und Dirk Straat. Seine Hände begannen vor Hass zu zittern.

»Bist du okay?«, rief er durch den Flur.

Es vergingen ein paar stumme Sekunden. Er legte die Stirn in Falten.

»Alles gut?«, rief er.

»Ja … Ja, Michael.«

Ihre Stimme klang ruhig, aber müde. Vermutlich hatte sie bis tief in die Nacht gelesen. Er hätte gerne gehört, wie es mit ihren Verabredungen gelaufen war. Zum Fechten und anschließendem Frühstück mit dieser Laura, an die er sich ums Verrecken nicht erinnern konnte. Dann dachte er an Lene und verspürte einen stechenden Schmerz, der tief ins Herz ging. Sie reizte ihn bis aufs Blut, aber die Vorstellung, sie nie mehr wiederzusehen, war schier unerträglich.

In den folgenden Minuten versuchte er, sich davon zu überzeugen, dass sie ihm nichts Besonderes bedeutete. Er war einfach nur einsam. Brauchte jemanden. Sie war eine Kandidatin.

Er steckte sich eine Zigarette an und döste vor sich hin, das Kinn in die Hand gestützt, während die Zigarette langsam zwischen seinen Fingern herunterglühte.

ES WAR EIN SCHÖNER MORGEN mit einem klaren, rot-orange-violetten Himmel über dem flachen Amager Feld. Ein früher Flieger zog eine wollig weiße Schnur hinter sich her. Lene hatte ein Motorboot mit ein paar morgenfrischen Freizeitanglern aus dem Fischereihafen fahren sehen, vorbei an Rotteøn und Kalveboderne Richtung Øresund. Der Dieselmotor klopfte etwas schneller als ihr Herz. Sydløbet und Sydhavnstippen waren Ecken der Hauptstadt, die auf wundersame Weise von der visuellen Destruktion verschont geblieben waren, die ansonsten das Schicksal der Hafenfronten vom Sluseløbet bis zum Nordhafen war, wo sich zwischen neun und sechzehn Uhr nur die Angestellten der Hauptniederlassungen der Banken, großen Wirtschaftsunternehmen und Anwaltskanzleien an den ewig wechselnden Bruchflächen zwischen Meer, Licht, Himmel und Stadt erfreuen konnten. Man hatte Køben Havns Geburtsstätte verkauft und damit der Bevölkerung den freien Zutritt zu Himmel und Meer.

Lene klopfte mit einem Fingerknöchel gegen die beschlagene Seitenscheibe des Streifenwagens. Schliefen die beiden? Oder ... Ein kalter Schauer rieselte ihr über den Rücken, und sie hatte schon die Hand am Türgriff, als das

Fenster heruntterglitt und Basim sie verschlafen anlächelte. Er hielt eine Pistole in der Hand.

Ein strenger Duftmix aus der Fahrerkabine schlug ihr entgegen: kalter Kaffee, Erbrochenes von betrunkenen nächtlichen Mitfahrern, was kein Putzmittel je ganz wegbekam, ein Wunderbaum am Rückspiegel, der Duft eines Mannes und einer Frau, die lange Schichten miteinander verbrachten, der von den Nylonhemden der Uniformen verstärkte, säuerliche Schweißgeruch. Außerdem roch es nach Waffenöl und dem Shampoo der jungen Frau. Lene fühlte sich von einer Zeitmaschine zurückkatapultiert in die Istedgade zu Bent in ihrem alten Ford Mondeo. In ihrem Streifenwagen hatte es haargenau so gerochen wie hier. Sie bückte sich und nahm die junge Kollegin in Augenschein, die Lene mit ebenmäßigen, gesunden Zähnen verlegen und übereifrig anlächelte. Sie hatte die Hände auf dem Schoß gefaltet. Sie war blond und hatte das Haar in einem Pferdeschwanz zusammengefasst. Keine Mädchen, hatte Michael gesagt.

Basim war blasser als sonst. Er ließ sich nichts anmerken, aber seine Gestik und Mimik waren vor Anspannung verlangsamt.

»Wo sind sie?«, fragte Lene.

»Zweihundert Meter den Fragtvej runter. Dort gibt es einen Schrottplatz, einen Autohändler und jede Menge alte Boote auf dem Trockenen, die auseinanderfallen.«

»Habt ihr sie gesehen?«

Die junge Frau beugte sich vor und nickte.

»Zwei Männer. Lederjacken. Große, kräftige Kerle. Der eine mit Glatze, der andere tätowiert. Er trägt Ohrringe und sieht aus wie ein Zigeuner.«

»Sind sie bewaffnet?«

Basim reichte ihr das Fernglas.

»Wir haben keine Waffen gesehen. Es ist insgesamt sehr ruhig, bis auf ...«

»Bis auf was?«

Die beiden im Wagen sahen sich an.

»Einen Heckenschneider oder so was in der Art«, sagte die junge Kollegin.

»Ein kleiner Benzinmotor«, ergänzte Basim.

Lene richtete sich auf. Am hinteren Ende der schmalen Seitenstraße war der Dachfirst einer lang gestreckten Lagerhalle zu erkennen. Entlang des Firstes gab es ein paar kleine Sprossenfenster, die meisten zerschlagen. Etwa in der Mitte des Daches klaffte ein großes Loch, dessen Umriss sie an Australien erinnerte. Ein hochfrequentig kreischendes Geräusch schallte herüber. Verstummte. Ertönte erneut. Verstummte.

Die Sonne wärmte ihr Gesicht und Haar, die Luft war frisch und roch nach Meer.

Lene gab Basim das Fernglas zurück. Dann atmete sie tief ein, lockerte die Schultern und versuchte, an nichts zu denken. Basim sah sie besorgt an, seine Kollegin bekam davon nichts mit. Aber sie hatte auch noch nie fünf Runden mit Lene Jensen im Ring gestanden.

»Was ist da los?«, fragte er. »Kommt der AKS? Die Bereitschaft? Helikopter? Was läuft?«

Sie sah ihn an.

»Ja, sie kommen. Natürlich. Ihr wartet hier auf sie.«

»Was haben die eigentlich gemacht?«, fragte das Mädchen.

»Die haben gestern in der Viktoriagade zwei Menschen umgebracht. Ich gehe davon aus, dass sie die Leichen mitgenommen haben und jetzt dabei sind, sie zu entsorgen. Das sind Profis, und sie sind mit Sicherheit bewaffnet, möglicherweise mit Automatikwaffen.«

Die junge Frau starrte durch die Windschutzscheibe, und Lene konnte sich nur zu gut vorstellen, wie sie sich in diesem Moment gerade fühlte.

Links vor ihr lagen ein paar lange, niedrige Gebäude: ein Reifencenter und ein Metallgroßhandel. Sie zeigte dorthin.

»Fahr da rüber, Basim. Setz dich mit dem Einsatzleiter der Station City in Verbindung, die sollen euch über Funk auf dem Laufenden halten. Und vermeidet um alles in der Welt, gesehen zu werden.«

Sein schmales, dunkles Gesicht war skeptisch und besorgt.

»Und was machst du?«

»Nichts. Ich schaue mich ein wenig um.«

Er glaubte ihr nicht und stieg aus dem Wagen, zog sie ein paar Meter beiseite, wo sie außer Hörweite waren.

Lene sah ihn hart an.

»Dafür ist jetzt keine Zeit, Basim. Ich gehe jetzt. Spar dir deine Rede, okay?«

»Für deine Beerdigung?«

»Zum Beispiel.«

Einen Augenblick lang sah es aus, als wollte er sie mit Gewalt aufhalten. Dann schüttelte er den Kopf.

»Du bist verrückt«, sagte er.

»Nein, bin ich nicht. Es bedeutet nur nicht wirklich was.«

MICHAELS KOPF FUHR MIT EINEM RUCK in die Höhe. Er fluchte und wedelte hektisch mit der Hand. Die glühende Zigarette beschrieb einen Bogen durch die Luft, ehe sie im Spülbecken landete und erlosch.

Wie lange hatte er geschlafen?

Im Bad lief noch immer das Wasser, die Küchenfenster waren vom Wasserdampf beschlagen.

Er lief durch den Flur und schlug mit der flachen Hand gegen die Badezimmertür.

»Ida?«

Als keine Antwort kam, rüttelte er an der Türklinke.

»Ida, verdammt noch mal!«

Er machte einen Schritt nach hinten und trat die Tür ein. Das Licht brannte, und dichte Wasserdampfwolken schlugen ihm entgegen und hüllten ihn ein. Dunkelrotes Wasser lief munter über den Wannenrand und verschwand durch den Abfluss im Fußboden.

Idas Arme trieben weiß und schwerelos in dem roten Wasser. Die Hände, ihre Unterarme und das schmale Oval ihres Gesichtes mit Nase und Mund waren über der Wasseroberfläche. Michael griff ins Wasser und zog den Stöpsel. Er versuchte, Ida aus dem blutroten Wasser zu heben, verlor sie aber wieder an den Tod. Wasser schwappte über den Boden und seine Schuhe bis an die Wandleiste und wieder zurück. Er weinte und fluchte und bekam sie endlich zu fassen.

Sie hatte keinen Puls. Er drückte sein Ohr auf ihre Brust, legte einen Finger an ihre Lende und den Hals. Dunkles Venenblut pumpte aus einem tiefen Schnitt in der linken Ellenbeuge.

Seine Schwester war eigentlich leicht wie eine Feder, aber ihr nasser Körper und ihre kraftlosen Gliedmaßen waren unmöglich zu fassen, immer wieder rutschte sie ihm aus den Armen. Endlich gelang es ihm, sie auf den Flur zu ziehen. Er riss einen Schnürsenkel aus seinem Schuh und schnürte ihren Arm kurz über der Ellenbeuge ab, rannte in die Küche und riss seine Jacke von der Rückenlehne. Er fand sein Handy, ließ es fallen, wählte schließlich die 112 und brüllte ins Mikrofon, wie eilig es war.

Dann lief er zurück zu Ida und überließ seiner Militärausbildung und seinen Instinkten das Ruder: kräftiges, kurzes, elastisches Pressen auf dem unteren Drittel von Idas Brustbein, zehnmal, gefolgt von einem Atemstoß durch den dicht um ihre Nase geschlossenen Mund. Erneut zehnmal pressen. Unter seinem rechten Ringfinger brach mit schockierender Plötzlichkeit eine Rippe, aber an einer gebrochenen Rippe starb man nicht gleich. Er schob ihr Augenlid hoch, aber das Licht aus dem Flur war zu schwach, um zu erkennen, ob ihre Pupillen lichtstarr und tot waren oder sich lebendig zusammenzogen. Nach einem weiteren Atemstoß durch die Nase spurtete Michael in die Küche, schnappte sich einen Küchenstuhl, legte ihre Beine hoch und band sie mit einem Handtuch fest, falls in den Füßen noch ein halber Liter Blut war, der dort nichts ausrichten konnte, wohl aber in Idas Gehirn.

Es vergingen Jahrzehnte oder – wie er später mit großem Erstaunen feststellte – acht Minuten, bis ein großer Mann in knarrender, orange-schwarzer Jacke ihn beiseiteschob und einen Beatmungsballon über Mund und Nase seiner Schwester stülpte und die künstliche Beatmung einschaltete, während eine Frau in regennasser Einsatzjacke mit so vielen Reflexstreifen, dass man sie wahrscheinlich vom Mond aus sah, Idas Hals nach hinten bog und ihr im Laufe einer Sekunde eine dicke Venüle in die einzige offene Vene stach, die am Hals noch zu finden war. Michael erhob sich auf zitternden Beinen, wischte sich mit der Hand über den Mund, schmeckte das Blut seiner Schwester und murmelte unzusammenhängend vor sich hin wie ein verängstigter, geistig Zurückgebliebener, während die fremden Menschen sich um Idas zierlichen Körper kümmerten. Der Notarzt brachte Elektroden auf ihrem Brustkasten an, verband sie mit einem kleinen Monitor, drückte ein Stethoskop auf ihre Brust und sagte etwas zu der Frau, die überhaupt nicht reagierte. Sie hängte einen Beutel Plasmaexpander an den Tropf und drückte ihn so fest zusammen, dass ihre Knöchel weiß wurden, um die Vene zu weiten und die Flüssigkeit in den Kreislauf zu bringen, um damit das Herz der sterbenden Selbstmörderin zu provozieren, das zurückhaltend zu arbeiten begann. Während sie die zähe Flüssigkeit in Idas Körper drückte, betrachtete sie Michael ausdruckslos. Dann schaute sie auf den Küchenstuhl und die hochgelegten Beine und die Aderpresse über dem klaffenden Schnitt in der Ellenbeuge, und Michael bildete sich ein, ein anerkennendes Zucken in ihrem ernsten, aber dennoch freundlichen Gesicht zu sehen. Der Arzt zog ein wenig Flüssigkeit mit einer Spritze auf, steckte eine ellenlange Kanüle auf, legte den Zeigefinger in die Mulde unter Idas Brustbein, stieß die Kanüle in ihr Herz und drückte den Stempel bis zum Anschlag durch, den Blick auf den Monitor gerichtet.

Dann nickte er.

Zum zweiten Mal in anderthalb Minuten wurde die Wohnungstür fast aus den Angeln gerissen, als Rettungssanitäter mit einer Trage hereinstürmten. Wie gut, dass die Wohnung und der Flur so groß sind, dachte Michael. Groß genug für den Transport von Schwerverletzten.

Sie fuhren an ihm vorbei, Ida in dicke weiße Decken eingepackt wie ein Baby. Und er stand einfach nur da, reglos, an die Wand gedrückt.

Der hochgewachsene Notarzt hängte sich seine roten Taschen über die Schulter, die Krankenschwester lief mit dem Plasmabeutel in der Hand hinter der Trage her, als wäre es Idas Herz, das sie massierte. Und seine Schwester schien mitzuatmen. Eine winzige Bewegung unter den Decken.

»Rigshospital«, murmelte der Arzt, als er an Michael vorbeilief, ohne ihn anzusehen.

»Ist sie ...«

Die Tür knallte ins Schloss.

Wie in Trance ging Michael durch die leeren Räume und stellte sich in den Erker, der zum Garten rausging. In dem Augenblick schaltete sich der Ton wieder ein: eine Kakofonie aus laut heulenden Sirenen und quäkenden Funkgeräten, die er vorher gar nicht wahrgenommen hatte.

LENE STAND GANZ STILL DA, die Pistole auf den Betonboden gerichtet, der überlagert war von dem Müll mehrerer Jahrzehnte und auf dem kaum ein Durchkommen war. Sie wartete, bis ihr Puls sich beruhigte. Sie stand hinter einem ausgebrannten VW-Bus am anderen Ende der langen roten Halle und hatte gerade eine schlafende Taube aufgeschreckt, die in einer Explosion entrüsteten Gurrens und hektischen Geflatters haarscharf an ihrem Gesicht vorbei und durch das Fenster geflogen war. Lene hätte sich vor Schreck fast in die Hose gemacht.

Sie schloss die Augen und fluchte innerlich. Hatten sie sie gehört?

Zumindest waren die Stimmen hinter dem Gebäude verstummt. Lene ging in die Hocke und versicherte sich, dass ihre Füße hinter den platten Reifen des Busses verborgen waren, falls einer der Mörder das Bedürfnis verspüren sollte, nach dem Rechten zu sehen.

Die Stimmen setzten wieder im normalen Unterhaltungston ein. Sie erkannte das Geräusch von Metall, das gegen etwas Weicheres prallte, als würde man mit einer Keule auf eine Wassermelone einschlagen. Dann setzte der Benzinmotor wieder ein mit einem lang gezogenen, fräsenden

Kreischen, danach erneut das Geräusch von platzender Wassermelone.

Lene starrte auf ein Graffito an der schmutzigen Wand: *Don't Waste Your Life on Graffiti.* Sie streckte die Hand aus und verstellte den Winkel des gesplitterten Seitenspiegels, hoffend, damit keine Lichtreflexe oder rostiges Quietschen auszulösen.

Die Männer waren hinter einem hohen Stapel zusammengepresster Autowracks verborgen, aber sie konnte das hintere Ende des blauen Lieferwagens und die spiegelverkehrten Buchstaben und Zahlen des holländischen Kennzeichens erkennen. Lene richtete sich auf und glitt lautlos hinter dem VW-Bus hervor. Sie hielt die Pistole vorschriftsmäßig in Augenhöhe und in beidhändigem Anschlag vor sich, einen Finger am Abzug. Nach gängigen Standards war sie eine hervorragende Schützin. Das sagte zumindest der Schießinstrukteur der Polizei. Aber Michaels Geschick hatte sie nicht. Sie hatte ihn einmal am Schießstand erlebt mit seiner mühelosen Treffsicherheit und Schnelligkeit am Rande zur Naturwidrigkeit.

Die Sonne streute Sterne durch Hunderte von kleinen Löchern in den Dachziegeln, und über Lene gurrten unermüdlich die Tauben. Ihre Stiefel versanken in einer daumendicken Schicht Taubenkot, der unter ihren Sohlen zerknackte wie Zuckerguss. Es war kühl in der langen Halle.

Die Stimmen wurden lauter, und Lene hörte klassische Musik aus dem blauen Lieferwagen, darauf die sanfte, dänische Stimme der Radiomoderatorin. Das Autoradio lief. Warum auch nicht? Musik bei der Arbeit. Jetzt war sie noch zehn Meter vom hinteren Ende des Lieferwagens entfernt.

Acht. Sie stellte sich auf die Zehenspitzen, um sicherzugehen, dass in der Fahrerkabine niemand saß. Die Türen zum Lastraum standen weit offen, das Wageninnere war sauber und leer.

Sie lauschte. Weit entfernt war leises Motorengeräusch zu hören wie von einem Helikopter. Der Einsatzleiter der Station City hatte Wort gehalten. Der Anblick des Helikopters als kleiner Punkt am Horizont hatte etwas Tröstliches, obwohl er aus der Entfernung gar nichts ausrichten konnte. Sie legte eine Hand an den Stapel verrosteter Autowracks und suchte nach einer Lücke oder einem Spalt, durch den sie etwas sehen konnte, aber ohne Erfolg.

Die beiden Männerstimmen waren jetzt ganz nah, auf der anderen Seite des Wrackstapels, höchstens fünf Meter entfernt. Lene setzte behutsam einen Fuß vor den anderen. Sie sah ihr blasses Gesicht in den vielen Glasscherben auf dem Boden.

Michael, wo steckst du? Warum bist du nicht hier? O Gott.

Sie holte tief Luft und ging in einem großen Bogen um den hohen Schrotthaufen herum.

Staubkörner und Millionen roter, klebriger Blutpartikel flirrten im Licht der schräg einfallenden Sonnenstrahlen. Es war ihr unmöglich zu begreifen, was sie sah. Die vom Blutstaub gesättigte Luft legte sich auf ihre Haut, ihre Hände waren von roten Schuppen bedeckt, der süßlich metallische, aufdringliche Geruch brachte sie zum Würgen.

Es war der Blick in ein anderes Universum: Die beiden Metzger konnten keine Menschen sein, auch wenn sie wie

Menschen aussahen. Sie trugen lange schwarze Gummischürzen, gelbe Gummihandschuhe und Gummistiefel sowie große Schutzbrillen. Unter den blutglänzenden Schürzen waren sie nackt, Arme und Oberkörper waren von schwarzen und dunkelroten Blutplacken bedeckt, mit den Brillen sahen sie aus wie riesige Insekten.

Die Männer arbeiteten mit einer anatomischen Auswahl grob zerlegter Leichenteile. Der Größere der beiden, ein glatzköpfiger Riese mit einer Kettensäge in den Händen, drückte gerade die Klinge zwischen die kleinen Brüste eines Frauentorsos. Unterleib und Kopf fehlten, den Lene, gekrönt von schwarzem, blutverschmiertem Haar, mit erloschenem, tief nach innen gewandtem Blick entdeckte. Wo einst die Nase gewesen war, klaffte ein blutiger Krater, die halb geschlossenen Augen betrachteten ihren eigenen Körper aus drei Metern Entfernung. Der Kopf stand aufrecht auf dem Halsstumpf. Vielleicht zufällig, vielleicht als eine Art Trophäe. Ein perverser Scherz. Die Schlachter hatten eine graue Plastikplane auf dem Boden ausgebreitet und an einer Seite einen Ausguss gefaltet, über den das schwarz geronnene Blut in einen Abfluss geleitet wurde.

Während Lene paralysiert zuschaute, sägte der schwitzende Riese den Oberkörper der Frau mit routinierten, geschmeidigen Bewegungen der Länge nach durch wie einen Holzstumpf oder Tierkadaver. Fett, Blut und feine weiße Knochensplitter spritzten in einem Fächer zwischen seinen gespreizten nackten Beinen nach hinten, sie sah seinen Hodensack und den dicken, dunklen Schwanz bei jeder Bewegung mitschwingen.

Der andere Metzger zog ein behaartes, abgewinkeltes Männerbein hinter sich her zu zwei olivgrünen Tonnen, die vor den ausgebreiteten Planen standen. Mit etwas Mühe hob er es vom Boden hoch und versenkte es in einer der Tonnen. Schaumig graue Flüssigkeit schwappte über den Rand und breitete sich mit einem chemischen Zischen auf dem Boden aus. Wo sie die Plane traf und auflöste, stieg weißer Dampf auf. Die Außenseiten der Tonnen waren mit gelben und roten Warnzeichen übersät, die in drei Sprachen über Verätzungen, Transport, Aufbewahrung und die Risiken bei Einnahme oder Kontakt aufklärten.

Ein winziger klarer Winkel in Lenes Bewusstsein sagte ihr, dass die Tonnen mit Salpetersäure gefüllt waren. Der Rest ihres Gehirns versuchte, ohnmächtig und zeitverzögert zu verarbeiten, was sie sah, irgendeine Entscheidung zu treffen und sie auszuführen. Sie war sich der Reihenfolge schmerzlich bewusst, aber es ging ihr wie mit den Aalen im Sektionssaal: Der Anblick der zwei Männer und ihrer grausamen Tätigkeit lähmte ihren gesamten Muskelapparat. Ihr Mund stand offen, und ihre Arme hingen schlaff herunter, sodass der Pistolenlauf auf den Boden zeigte.

Die Metzger hatten ihre Werkzeuge auf einer morschen Tür abgelegt, die auf zwei Sägeböcken ruhte. Seitwärts lehnte ein automatischer Maschinenkarabiner, und der schwarzhaarige Zigeuner, der damit beschäftigt war, die Körperteile in die Salpetersäuretonnen zu hieven, hatte über der Pobacke eine Automatikpistole unter den Ledergurt der Schürze geschoben, die einen blassen Abdruck in seiner rötlich braunen Haut hinterließ, wenn er sich vorbeugte. Rücken und Arme waren mit schwarzblauen Tätowierungen bedeckt, die sich weiter über seine muskulösen Pobacken zogen. Seine Ohrringe blitzten in der Sonne. Er versuchte vergeblich, den Fuß mit einem Stock unter die Oberfläche zu drücken, und kassierte einen höhnischen Kommentar von seinem Kollegen, worauf sein Mund sich zu einem wölfischen Grinsen verzog. Dann richtete er sich auf, drehte sich um und sah Lene aus vielleicht sechs Metern Entfernung an. Er legte die Stirn in Falten, aber das Lächeln blieb, wurde möglicherweise noch etwas wölfischer.

DIE SICHERHEITSBRILLE DES ZIGEUNERS war blut- und fettverschmiert, sodass Lene seine Augen nicht sehen konnte. Er gab keinen Ton von sich, weder rief er seinem Kollegen eine Warnung zu, noch sagte er etwas zu ihr. Lene war wie gelähmt, mit jeder Faser ihres Körpers wissend, dass sie jetzt sterben würde: auf dem Betonboden, in der Taubenkacke, und ihre letzte Wahrnehmung wäre das Loch im Dach in Form des australischen Kontinents, wo sie niemals gewesen war und niemals das Bedürfnis gehabt hatte hinzufahren, weil es dort giftige Spinnen und Quallen und Schlangen gab und ... Der Zigeuner bewegte sich wider Erwarten behände und koordiniert. Die Pistole schnellte mit seiner Hand hinter dem Rücken hervor, entglitt seinem fettigen gelben Gummihandschuh und schlitterte über die Plane durch das Sichtfeld des glatzköpfigen Riesen.

Der hatte Brustkorb, Herz und Lungen mit seiner Säge zerfetzt und fräste gerade durch die Wirbelsäule. Der Frauentorso klappte in zwei Hälften auseinander, öffnete sich wie ein Buch und fiel rechts und links zu Boden.

Er schaute auf die Pistole und drehte sich zu seinem Kollegen um. Dann drehte er den Kopf in die andere Richtung und entdeckte Lene. Er riss die Arme zur Seite und warf die Motorsäge in der Drehbewegung mit beiden Händen und gestreckten Armen durch die Luft wie ein Dirigent, der die ersten Töne einer Symphonie anschlug. Die Kette surrte gleichmäßig zu den heulenden Umdrehungen des Motors. Offenbar war das Sicherheitsschloss blockiert, dachte sie dumpf. Die Motorsäge rotierte langsam um die eigene Achse durch die Schatten und Lichtflecken. Lenes Blick war auf das hitzig vibrierende, flirrende Kettenblatt fokussiert. Sie machte einen Schritt nach hinten, rutschte auf den Glasscherben aus und landete mit einem kurzen Aufschrei auf dem Hintern.

Der Zigeuner setzte sich in Richtung seiner Automatikpistole in Bewegung, die vielleicht vier Meter von ihm weg lag, während die Motorsäge dicht über Lenes Kopf hinwegrauschte und sie grausam verstümmelt hätte, wenn sie sich nicht auf den Hosenboden gesetzt hätte. Da spürte sie plötzlich einen scharfen Schmerz in der linken Schulter und schielte verdutzt auf den ausgefransten Schnitt, der wie von Zauberhand in dem hellen Leder ihrer Jacke klaffte. Das wattierte Futter quoll in weißen Flusen heraus, saugte das Blut auf und färbte sich rot.

Der Riese stapfte breitbeinig auf sie zu. Was nicht ganz einfach war auf der feuchten Plane. Seine Gummistiefel glitten ungelenk auseinander. Die Schürze schwang hin und her und gab den Blick auf seine angespannten Oberschenkelmuskeln frei, den hin und her baumelnden Hengstpimmel und ein Paar speckige Babyknie. Der vordere Fuß des Riesen setzte auf trockenem Boden auf, fand Halt. Er richtete sich mit einem befreiten Lächeln auf, als Lene das hintere Bein unter ihm wegschoss. Die Kugel traf sein Kniegelenk, und für den Bruchteil einer Sekunde bildete sie sich ein, Licht von der anderen Seite zu sehen. Er riss sich die Brille vom Gesicht und brüllte wild. Die Brille flog beiseite und hinterließ eine helle Augenmaske in seinem rot und schwarz verschmierten Gesicht. Im nächsten Augenblick krümmte er sich zusammen, die Hände um das zerfetzte Knie gepresst, weshalb Lenes zweite Kugel ihn an der Halswurzel und die dritte in sein linkes Auge traf.

Das intakte rechte Auge des Metzgers starrte sie erst hasserfüllt, dann überrascht an, bevor sich dem aufgeblähten Hals ein rasselndes Blöken entrang und er vornüber auf den Boden klatschte.

Lene schaute resigniert zu dem Zigeuner, der vor der blutverschmierten Plane auf dem Boden lag, von seiner Metzgerbrille befreit und in garantiert todbringender Körperhaltung. Seine Arm- und Brustmuskeln bewegten sich unter der Haut wie sich windende Schlangen, die Mündung der Handfeuerwaffe war auf ihr Gesicht gerichtet, die eisgrauen Augen kristallklar fokussiert. Sie würde es niemals im Leben schaffen, ihre eigene Waffe auf ihn zu richten.

Sie runzelte zornig die Stirn, als Basim hinter dem Stapel rostiger Autowracks hervortrat, lautlos wie ein Schatten. Der Zigeuner hörte ihn nicht. Basim machte einen langen Schritt nach vorne, seine Pistole war keine zwanzig Zentimeter vom Hinterkopf des Mannes entfernt, als er abdrückte. Die Kugel riss das halbe Gesicht des Mörders mit, der Schädel wurde durch die Wucht mit einem kurzen, dumpfen Krachen auf den Beton geschleudert.

Basim zielte erneut und schoss dem Zigeuner in den Nacken. Er wollte schon ein drittes Mal feuern, als Lene ihren unversehrten Arm hob.

»Es reicht, Basim. Danke.«

Die dunklen Augen des Kollegen wurden heller. Er lächelte sie besorgt an. Dann gefror sein Lächeln schlagartig, sein Mund öffnete sich, aber Lene erfuhr niemals, was er rufen wollte. Sie hörte ein Zischen über sich und ließ sich rückwärts fallen.

Ein breitblättriges Fleischerbeil beschrieb einen glänzend rotierenden Bogen durch die Luft, wo sich eine halbe Sekunde zuvor noch ihr Hals befunden hatte. Lenes Perspektive war auf den Kopf gestellt, und sie sah eine junge, dunkelhaarige Frau im Anorak. Sie sah die markante Kinnlinie, den halb offenen Mund, die tropfenförmigen, hübsch geformten Nasenlöcher und die langen, gespreizten Beine, die in Jeans steckten. Aus dieser Position sah sie allmächtig aus. Die Frau schrie frustriert, weil sie ihr Ziel verfehlt hatte, ihr Oberkörper befand sich noch in der Drehung des Wurfes, als Lene wie ein Breakdancer herumschnurrte und ihr hart in die Kniekehlen trat.

Die Fremde sackte auf die Knie, während das Fleischerbeil mit einem klirrenden Scheppern irgendwo zwischen den Abfallhaufen landete. Sie setzte an, den Kopf zur Seite zu drehen, als Lene mit aller Kraft einen Schlag unter ihrem linken Ohr platzierte.

Die Frau kippte auf das Gesicht und blieb still liegen.

»Willkommen in Kopenhagen«, murmelte Lene.

Sie stand auf, presste mit einer Grimasse eine Hand fest auf ihre Wunde an der Schulter und sah zu Basim. Der junge Mann erbrach sich gerade in einer Ecke. Vielleicht war es das Adrenalin. Oder die Dinge, die auf dem Boden verteilt herumlagen oder -standen.

Lene wartete geduldig, während sie probierte, ob sie ihren Arm bewegen konnte, was nicht sonderlich gut ging.

Da entdeckte sie den kleinen schwarzhaarigen Jungen, der ein paar Meter entfernt aus den Schatten getreten war. Er schaute mit ernstem Gesicht auf die bewusstlose Frau am Boden.

Die Augen des Jungen waren gesund und klar, die Augäpfel weiß, fast bläulich. Er war ordentlich gekleidet und hatte einen kleinen orangegrünen Rucksack auf den Schultern, feste Schuhe an den Füßen und ein Mobiltelefon mit leuchtendem Display in der Hand.

Lene nahm es ihm ab, hielt es ans Ohr und sagte ein paarmal »Hallo?« ins Mikrofon.

Am anderen Ende war ein Rauschen zu hören. Dann ein einzelner Atemzug, danach brach die Verbindung ab.

»Wer war das?«, fragte sie den Jungen auf Englisch.

Er sagte ein paar Worte in einer Sprache, die sie nicht verstand. Dann zog er die Schultern hoch. Vielleicht wusste er es wirklich nicht.

Lene blätterte durch das Menü des Telefons, aber es war alles leer. Es war ein billiges Gerät, die SIM-Karte vermutlich eine Tages- oder Stundenkarte aus irgendeinem Kiosk oder einer Tankstelle.

Basim stellte sich neben sie. Er wischte sich mit beiden Händen über den Mund, sah erst sie und dann den Jungen an.

»Wer war am anderen Ende?«, fragte er.

»Keine Ahnung, aber untersuch den Jungen«, sagte Lene. »Vermutlich hat er Atomwaffen im Rucksack.«

»Ich hole unseren Geigerzähler«, sagte er und lachte, aber das Lachen klang hohl und angespannt.

Lene sah ihn an und versuchte, ein dankbares Lächeln zu verbergen.

»Habe ich dir nicht ausdrücklich gesagt, dass du dich fernhalten sollst, Basim?«

»Was …? Ich … Ja, hast du. Entschuldigung!«

Seine Stimme war viel heller als gewöhnlich.

»Ich hatte die Situation unter Kontrolle«, sagte sie.

»O ja. Das hab ich gesehen.«

»Ich hatte alles unter Kontrolle, Basim.«

Er machte den Mund auf. Und schloss ihn wieder. Sah sie besorgt an.

»Du meinst das tatsächlich«, sagte er. »Das ist das Schlimme daran.«

»Ich meine was?«

Das Funkgerät in seiner Innentasche knisterte.

»Was soll ich ihnen sagen?«

»Sag, es habe Komplikationen gegeben.«

Im Zentrum von Kopenhagen, in einem Zwei-Sterne-Restaurant mit einem Eintrag im Guide Michelin, das für seine molekulare Fusionsgastronomie bekannt war, tupfte Dirk Straat seine Lippen mit der gestärkten Serviette aus irischem Flachsleinen sanft ab, schaute auf seine pulverisierten, estragongerösteten Muscheln mit Harissa an einem Knusperstreifen Entenravioli, während er seine SIM-Karte aus dem Handy fummelte.

Es ging ihm nicht gut.

Zack und Hector waren tot, so viel war sicher. Elena möglicherweise auch, aber den Jungen hatten sie am Leben gelassen, wenn er die Übertragung aus dem Südhafen richtig interpretierte. Es war ein taktisch kluger Zug von Elena gewesen, seine Nummer zu wählen und dem Jungen das Telefon in die Hand zu drücken.

Ein diensteifriger Kellner in anthrazitgrauem, priesterlichem Gewand mit einer Art mittelalterlicher französischer Kappe auf dem Kopf tauchte neben ihm auf. Der junge Mann erkundigte sich, ob er nicht zufrieden sei. Dirk verspürte den nahezu unbezwingbaren Drang, sein riesiges altnordisches Jagdmesser aus der Lederscheide zu ziehen, das er zusammen mit einer winzigen isländischen Schafssalami geschickt bekommen hatte, es dem Kellner in die Leiste zu stoßen, wo die großen Arterien verliefen, und ihm beim Verbluten zuzuschauen.

Er verneinte, dass irgendetwas mit Küchenchef Daniels Kreation nicht in Ordnung sei. Ihm sei nur bedauerlicherweise etwas dazwischengekommen, sodass er sich nach dem zweiten Gang verabschieden müsse.

Der Kellner sah mit leerem Blick auf seine MasterCard, ohne Anstalten zu machen, sie zu nehmen.

»Ist irgendetwas an meiner Aussage unverständlich?«, fragte Dirk. »Habe ich mich nicht klar genug ausgedrückt?«

Die Gesichter in dem sterilen, niedrigen Raum wendeten sich zu ihm um. Verschwommene, bleiche Ovale am Rand seines Gesichtsfeldes.

Der Kellner verschwand mit seiner Kreditkarte, und Dirk starrte nacheinander die schockierten Gäste an, bis sie ihre Blicke senkten.

MICHAEL WAR SO ETWAS WIE ein Stammgast in der Notaufnahme des Rigshospitals, war selbst unzählige Male dort verarztet worden. Das Wartezimmer sah so aus wie immer: mit grünem Nappaleder bezogene Stühle wie aus den früheren Star-Trek-Jahrgängen und der natürlich nicht funktionierende Kaffeeautomat mit dem breit lächelnden kolumbianischen Kaffeebauern mit Strohhut. Niemand konnte was Genaues sagen, und die Krankenschwester hinter dem protzig designten, halbrunden Empfangstresen versteckte sich hinter einer undurchdringlichen Aura à la »Stör uns nicht, Loser, wir haben Dinge zu erledigen, die wichtiger sind als du«. Übernächtigte und besorgte Angehörige sahen erwartungsvoll auf, sobald ein Arzt oder eine Krankenschwester sich in den Wartezimmerbereich verirrte.

Irgendwann erschien das müde Gesicht einer Ärztin in einem Türspalt; sie winkte Michael zu sich. Ihre Frisur lag in Ruinen, und der hellblaue OP-Anzug sah aus, als hätte sie darin geschlafen. Sie kratzte sich am Arm, ihre Miene verriet nichts.

Raschen Schrittes und mit quietschenden rosa Crocs führte die Ärztin Michael durch einen schummrigen Flur, von dem zu beiden Seiten Krankenzimmer mit piepsenden und zischenden Respiratoren, Tropfenzählern und Herzmonitoren abgingen, die von konzentrierten Krankenschwestern abgelesen und eingestellt wurden.

»Sie sind der Bruder, nicht wahr?«, fragte die Ärztin über die Schulter. »Der Krankenakte habe ich entnommen, dass es nicht das erste Mal war?«

Michael packte sie an den Schultern, bremste sie mitten in einem Schritt und drehte sie zu sich um.

Die Ärztin sah ihn mit offenem Mund an.

»Ehe wir weitergehen, Frau Doktor, wäre ich Ihnen sehr verbunden, wenn Sie mir sagen würden, ob meine Schwester noch lebt oder nicht. Das bedeutet mir etwas, verstehen Sie.«

»Ich bin davon ausgegangen, das wüssten Sie«, stammelte die Ärztin. »Hat Sie niemand informiert?«

»Nein, niemand.«

»Shit. Die Leute hier kriegen manchmal echt den Kopf nicht aus dem Arsch«, sagte sie und biss sich leicht mit einem weißen Schneidezahn auf die Unterlippe. Dann lächelte sie müde, aber entspannt.

»Es tut mir aufrichtig leid. Ja, sie ist definitiv am Leben. Sie hat die Hälfte ihres Blutes verloren, aber das haben wir aufgefüllt. Ihr Herz hat ausgesetzt, schlägt jetzt aber wieder in einem stabilen Rhythmus. Sie hat eine dünne Sehne durchtrennt, eine Arterie und ein paar größere Venen im Ellbogen, aber die konnten wir wieder zusammennähen. Nerven wurden zum Glück nicht geschädigt.«

Michael legte die Hände vors Gesicht und schaute die Ärztin zwischen nass werdenden Fingern hindurch an.

»Danke. Entschuldigen Sie, wenn ich Ihnen Angst gemacht habe, es ist nur … Es tut mir leid, aber …«

Sie legte ihm eine Hand auf die Schulter.

»Schon gut. Aber sie muss wirklich damit aufhören. Das wissen Sie natürlich.«

»Ja, natürlich.« Michael zögerte. »Was ist mit … Sie wissen schon …«

Er tippte sich mit einem Finger an die Stirn.

»Ich habe noch nicht mit ihr sprechen können, und es ist sicher nicht gesund für das Gehirn, wenn der Körper einen so großen Blutverlust erleidet, selbstredend, und Herzstillstand macht auch nicht schlauer, garantiert, aber soweit ich das beurteilen kann, ist ihr IQ nach wie vor phänomenal.«

»Das liegt in der Familie«, sagte Michael.

»Na dann.«

Sie fuhren schweigend im Aufzug nach oben, und Michael war überrascht zu sehen, dass es hell war, als sie im zehnten Stock aus dem Fahrstuhl traten. Die Sonne tauchte die Etage in strahlend gelbes Licht, was ihn seine Müdigkeit noch bleierner empfinden ließ. Die Ereignisse des Abends und der Nacht waren wie ein komprimierter Albtraum, zusammengeschnitten von einem irren Regisseur. Er dachte an Lene in der Bar. Die Zigarette in seiner Hand, mit der er am Küchentisch weggedämmert war. Idas weiße Arme in der Wanne – wie Fischstücke in Tomatensuppe.

Er erinnerte sich an jedes Detail, aber die Ereignisse waren von seinen Emotionen abgekoppelt. Es war, als schaute er sich einen Film an, der nichts mit ihm zu tun hatte.

Das Krankenzimmer lag etwa in der Mitte des Flures, die Fenster konnten nicht geöffnet werden. Ida schlief oder war in künstliches Koma versetzt worden. Ihr Ellbogen war mit einem dicken weiß-blauen Verband umwickelt. Sie war weiß wie das Kissen, auf dem ihr Kopf lag, und ihre Augenlider wurden mit durchsichtigem Tape geschlossen gehalten, damit die Augen nicht austrockneten. Eine Krankenschwester überprüfte gerade einen Tropf, der dem zierlichen Körper eine Bluttransfusion zuführte. Sie gab der Ärztin einen kurzen Bericht und verließ den Raum.

»Sie ist stabil«, sagte die Ärztin. »Sie wird wieder die Alte sein, das verspreche ich Ihnen.«

»Danke«, sagte Michael und setzte sich auf den einzigen Stuhl im Zimmer.

Der Pager der Ärztin piepste. Sie schaute auf das Display.

»Da muss ich zurückrufen«, sagte sie.

Michael sah sie an.

»Danke«, sagte er noch einmal.

»Wiedersehen. Und gute Besserung für Ihre Schwester.«

»Ja. Danke.«

Er saß vier Stunden an ihrem Bett, in denen nicht mehr passierte, als dass Ida ein paarmal schmatzte und tief seufzte. Anfangs wurde ihr Blutdruck noch alle Viertelstunde gemessen, dann nur noch einmal pro Stunde. Der Himmel war wolkenlos. Es schien ein schöner Tag zu werden. Er sah einen Polizeihubschrauber in östlicher Richtung über den Morgenhimmel fliegen.

Um zehn Uhr stand er auf, streckte sich und fragte, ob es in Ordnung sei, wenn er rausging und eine Zigarette rauchte. Die Krankenschwester drückte ihm einen Becher schwarzen Kaffee in die Hand, und er hinterließ seine Mobilnummer, falls Ida in der Zwischenzeit aufwachte.

Er saß auf einer Bank vor dem Gebäude neben einem großen Rauchen-verboten-Schild und inhalierte gierig. Sein Blick war auf den Boden gerichtet, und sein Kopf fühlte sich leer an, als er plötzlich bemerkte, dass jemand neben ihm stand, vermutlich schon eine ganze Weile. Michael sah auf. Und gleich darauf wieder auf die Bodenfliesen.

»Ist es in Ordnung, wenn ich mich setze?«, fragte Lene. »Ich war in der Notaufnahme.«

»Das ist ein relativ freies Land«, murmelte Michael.

»Hier ist Rauchverbot«, sagte sie.

Sie musste die Stimme heben, um den Verkehrslärm vom Tagensvej und Blegdamsvej zu übertönen.

»Das kann ich bei einem Krankenhaus an einem der verpestetsten und verkehrsdichtesten Plätze auf unserem Planeten nur schwerlich ernst nehmen«, sagte Michael.

»Ich würde mal sagen, es geht um die Signalwirkung.«

»Sicher.«

In ihm regten sich keine großen Emotionen. Nur der ewig mahlende Gedanke, der wie ein News-Ticker in Endlosschleife im hinteren Winkel seines Kopfes pochte: Ich muss weg. Ich muss Ida hier wegbringen. Wir müssen weg hier ... Ich muss weg. Ich muss Ida hier wegbringen ...

Lene setzte sich mit einem Seufzer neben ihn und streckte vorsichtig die Beine aus. Als er zur Seite schielte, sah er, dass ihr linker Arm in einer Schlinge steckte und die Schulter ihrer Lederjacke zerrissen und blutig war.

»Hast du den Hubschrauber nicht gesehen?«, fragte er.

»Was hast du hier zu suchen?«, fragte sie.

»Meinen nächsten meisterlichen Schachzug überlegen. Das würde ich zumindest tun, wenn ich Figuren hätte. Und ein Spielbrett. Was ist mit dir? Ich nehme mal an, du bist zu dem blauen Lieferwagen gegangen und hast angeklopft, obwohl ich dir gesagt habe, dass das nichts für Mädchen ist und du die Finger davon lassen sollst?«

»Wer soll das denn sonst machen? Die Heinzelmännchen?«

»Ja! Heinzelmännchen mit Hunden, schusssicheren Westen und Maschinenpistolen. Und Hubschraubern.«

»Da war ein Hubschrauber«, sagte sie. »Aber sehr weit weg. Ich weiß nicht, was der ausrichten sollte.«

Michael lehnte sich zurück und sah sie an. Sie war blass, ihre grünen Augen waren eingesunken, ihre Wangen hohl. Sie sah aus, als wäre sie eine Woche nach einem Schiffbruch von einem Rettungsfloß geborgen worden.

»Gut siehst du aus«, sagte er.

»Mmh ... klar.«

Sie legte die gesunde Hand in den Nacken und drehte ihren Kopf, von einer Reihe Knacklauten begleitet, hin und her.

»Du hattest recht«, sagte Lene. »Das waren keine menschlichen Wesen. Nicht wirklich.«

»Aber sie haben geblutet?«

»Reichlich.«

»Erzähl.«

»Sie waren in einer stillgelegten Schrotthalle im Sydhavnen dabei, Alan Knutzon und Maria Kemper mit einer Motorsäge zu zerlegen und die Teile in Tonnen mit Salpetersäure aufzulösen.«

»Mexikanische Suppenköche«, sagte Michael.

»Heißen die so? Das wusste ich nicht.«

»Im nördlichen Teil von Mexiko wurde das in den Drogenkriegen im großen Stil betrieben, hab ich gehört. Und …?«

»Nichts. Rein gar nichts. Keine Papiere. Wir haben natürlich ihre Fingerabdrücke rumgeschickt. Sie hatten eine Frau und einen vielleicht siebenjährigen Jungen dabei. Er hat ein aktiviertes Mobiltelefon in der Hand gehalten. Ich vermute, da hat sich irgendjemand an ganz anderer Stelle ein Hörspiel angehört.«

Straat, dachte Michael.

»Okay«, murmelte er.

»Ja. Aber der Junge spricht irgendeine zentraleuropäische Sprache. Und die Frau …«

Lene senkte den Blick und errötete leicht.

»Was ist mit der Frau?«

»Ich hab ihr den Kiefer mehrmals gebrochen. Sie wird gerade operiert und kann vermutlich die nächsten Wochen nicht richtig sprechen. Und jetzt sag schon, wieso du hier bist.«

Michael war sich nicht sicher, ob er Lene von seinen privaten Problemen erzählen sollte. Er hatte sie schließlich abgeschrieben. Davon abgesehen machte sie den Eindruck, selbst gerade mehr als ausreichend Probleme zu haben. Sie wusste vermutlich nichts davon, dass in diesem Moment hinter den Kulissen unter Hochdruck daran gearbeitet wurde, die Fälle Rasmus Nordstrand, Alan Knutzon und Maria Kemper zu vertuschen und anderen Mannschaften vor die Füße zu spielen: irgendeinem Sonderausschuss, dem Geheimdienst und dem Staatsgeheimnisgesetz oder Europol, schön weit weg und aus den Augen, bis der Rest von Poseidons Kriegern ausgeliefert sein und die Diskobucht wieder Öl pumpen würde.

Aber es würde sicher nicht Polizeioberrätin Lene Jensen sein, die den Fall zum Abschluss brachte. Straat hatte die fehlenden Namen der Poseidonkrieger garantiert von Alan Knutzon bekommen, ehe sie ihn liquidiert hatten.

»Hast du mit seiner Frau gesprochen?«, fragte er.

»Wessen Frau?«

»Nordstrands natürlich.«

Lene sah ihn provokant lächelnd an.

»Dein Ticket nach Bora Bora, ein endloser Quell kalter Drinks und warmer, brauner Schönheiten in Baströcken?«

Michael lächelte angestrengt.

»Genau. Hast du sie getroffen?«

»Nein, habe ich nicht«, sagte sie kühl. »Aber das ist nur eine Frage der Zeit. Sie hat mich von Anfang an beschattet. Die ganze Zeit mit ihrer Tochter im Schlepptau. Sie weiß mit Sicherheit, wo ich wohne.«

Michael spitzte die Ohren. Lene schien erschöpfter zu sein als gedacht, wenn sie unzensiert derartige Informationen preisgab.

»Meine Schwester hat heute Nacht versucht, sich das Leben zu nehmen«, sagte er. »Sie liegt im zehnten Stock.«

»Ida?«

»Sie hat sich mit einem Skalpell die Ellenbeuge aufgeschnitten«, sagte er tonlos. »Sie ist Ärztin und weiß, was sie tun muss. Sie hat sich in sehr heißes Wasser gelegt, damit die Blutung nicht stoppt. Und sie hat eine ganze Schachtel Aspirin geschluckt, damit das Blut nicht gerinnt. Es war ihr wirklich ernst.«

»Warum? Ich meine, warum gerade jetzt? Hast du nicht gesagt, es gehe ihr besser?«

Michael nickte heftig.

»Es ging ihr tatsächlich besser. Ich habe keine Ahnung, wieso ausgerechnet jetzt. Das ist so sinnlos und eine riesige Scheiße.«

Er starrte vor sich hin, die Ellbogen auf die Knie gestützt.

»Ich muss ihr helfen. Ich darf sie nicht mehr aus den Augen lassen. Ich muss sie irgendwo an einen guten Ort bringen. Nach Südfrankreich. In die Schweiz ... Was weiß denn ich.«

»Das kannst du nicht, Michael.«

»Doch, das kann ich! Ich brauche nur Geld.«

Lene sah ihn wortlos an. Dann legte sie ihre unversehrte Hand auf seine Schulter und ließ sie eine Weile dort liegen. Sie hatte ihn so gut wie nie berührt, obwohl sie bei mehreren Gelegenheiten nebeneinander geschlafen hatten, in engen Zelten in der Wildnis zum Beispiel. Oder auf dem Hängeboden in einer eiskalten Pfadfinderhütte.

»Das *kannst* du nicht leisten«, sagte sie noch einmal. »Ich weiß das. *Ich* weiß das! Damals bei Josefine ... Im Rückblick war es völlig klar, dass sie es irgendwann tun würde, aber ich habe die ganze Zeit daran festgehalten, dass es besser würde, dass sie das Schlimmste überstanden hätte. Und es ging ihr tatsächlich besser. So gut, dass sie Pläne gemacht hat. Sie wusste ganz genau, was sie tat, und hat bewusst ihre Entscheidungen gefällt. Sie war so klar im Kopf, dass sie erkannte, dass sie niemals mehr aus dieser Hölle rauskommen würde, weg von dem, was geschehen war, dass sie niemals mehr glücklich werden würde wie alle anderen, wie ihre Freundinnen, die sie nicht länger in ihrer Nähe ertrug. Mädchen, die sie seit dem Kindergarten kannte, die sich Klamotten kauften, die studierten, Partys feierten und Freunde hatten, mit denen sie ins Bett gingen, während Josefine völlig zerstört worden war und es mit niemandem zusammen aushielt. Für sie gab es nichts mehr, für das es sich zu leben lohnte. Sie wollte nur noch weg.«

»Du bist eine Meisterin, Menschen Mut und Trost zu geben, aber echt«, sagte er.

»Tut mir leid, aber ...«

Michael stand auf und schaute zu ihr runter.

»Vielleicht hast du ja recht, aber ich muss es trotzdem probieren. Noch ist sie nicht tot.«

»Gehst du?«, fragte sie traurig. »Dann viel Glück und Erfolg. Auch für deine Schwester.«

»Ebenso.«

Nach ein paar Schritten blieb er stehen und drehte sich um.

»Ich weiß nicht, ob es eine Rolle spielt, aber du hattest tatsächlich recht.«

»Was meinst du?«

»Ich habe geglaubt, mein Ticket in die Freiheit befände sich in der verflixten Gardinenstange in Peter Holms Wohnung.«

»Aber da war doch nichts«, sagte Lene.

»Nordstrand hat Holms Festplatte kopiert. Alle Daten waren auf einem USB-Stick gespeichert, verschlüsselt mit einem der sichersten Codes der Welt, und ich habe nicht die blasseste Ahnung, was genau diese Daten beinhalten. Ich weiß nicht, ob dich das irgendwie weiterbringt, aber es sind diese Daten, um die sich alles dreht.«

»Bist du sicher, dass du mir das erzählen solltest?«

»Ich bin arbeitslos. Das hast du selbst gesagt.«

Sie fing seinen Blick ein und hielt ihn fest. Es war, als würde sie in die Augen eines Ertrinkenden blicken.

»Michael?«

»Was?«

»Du hast Frauen und Kindern nie etwas angetan, oder?«

»Doch, habe ich, und das weißt du. Kannst du denn nie aufhören!«

O Gott, dachte sie und hätte sich ohrfeigen mögen. Sie hatte völlig vergessen, dass Michael bei einer Befreiungsaktion dänischer Geiseln in Somalia einem Mädchen in den Rücken geschossen hatte. Auf einen Kilometer Distanz, nicht ahnend, dass sich unter der Kutte noch ein halbes Kind versteckte. Lene wusste, wie sehr ihn das quälte, hatte es aber vergessen.

»Shit, Michael! Tut mir leid. Das hatte ich nicht mehr auf dem Schirm, ich hab überhaupt nicht daran gedacht … Entschuldige.«

Er schüttelte den Kopf.

»Ich habe nichts zu entschuldigen, Lene. Wir sitzen beide in einer Nussschale, die auf einen Wasserfall zutreibt, und prügeln uns wie Hund und Katze, statt einander zu helfen.«

»Du hast recht«, sagte sie. »Du hast hundertprozentig recht. Aber ich muss es wissen.«

»Warum?«

»Das erzähle ich dir irgendwann mal«, sagte sie. »Versprochen.«

Sie schaute seinem breiten, geraden Rücken hinterher, bis sich die Schiebetüren der Klinik wieder hinter ihm geschlossen hatten.

DIE ZEIGER HATTEN SICH bis auf drei Uhr nachmittags vorangequält, und Lene dachte, dass dieser Tag zu den schrecklichsten ihres Lebens zählte.

Der kleine Junge aus Sydhavnen war verschwunden. Er war von irgendwelchen wohlmeinenden Menschen von einer der zahllosen dänischen Organisationen abgeholt worden, die davon lebten, sich aller erdenklichen Dinge anzunehmen, die auf -opfer endeten.

Die junge Frau, die Lene um Haaresbreite einen Kopf kürzer gemacht hätte, war inzwischen wieder bei Bewusstsein. Ihre Kieferknochen waren mit Stahldrähten, Schienen und Schrauben zusammengeflickt worden, und sie trank Wasser durch ein Saugrohr, aber sie war weit davon entfernt, sich geschlagen zu geben. Sie betrachtete Lene und die serbokroatische Dolmetscherin, die an ihrer Bettkante saßen, mit unverhohlenem Hass in den eisblauen Augen. Selten hatte Lene so eine geballte, ungezähmte Wildheit und Wut bei einem Menschen gespürt. Zwischendurch murmelte und lallte sie, und die Dolmetscherin, eine elegante Dame in den Fünfzigern, errötete im Namen ihres Volkes und weigerte sich, das Gesagte zu übersetzen.

Nach mehrstündigem sinnlosem Verhör, während dessen Lene mehrmals das dringende Bedürfnis verspürte, der Frau die Pistole an die Schläfe zu drücken, um auf diesem Weg ein paar reelle Informationen zu erzwingen, ging die Tür auf, und ein jüngerer Mann, Christian Erichsen, den sie von einem früheren Fall kannte, trat ein und bat sie um ein kurzes Gespräch unter vier Augen. Draußen. Sofort.

Christian schaute auf die geschlossene Tür zum Krankenzimmer, Lene schaute ihn an.

»Wir übernehmen ab jetzt«, sagte er.

»Wir?«

»Ja.«

Sie musterte ihn. Lene hatte den gut aussehenden jungen Mann mit Pferdeschwanz und Vollbart kennengelernt. Jetzt sah er aus wie ein Wirtschaftsprüfer. Er war Polizeidirektor beim Nachrichtendienst und formell gesehen ihr übergeordnet.

Sie blinzelte, und jedes Mal, wenn ihre Augenlider sich schlossen, schwankte sie.

Christian stützte sie.

»Alles okay mit dir?«, fragte er.

»Der PET übernimmt also den Fall, obwohl ich diejenige bin, die ...?«

»Das waren Ausländer. Balkan-Veteranen, soweit wir wissen. Es ist besser, wenn wir an dieser Stelle weitermachen.«

»Fantastisch. Viel Erfolg. Natürlich sind das Balkan-Veteranen! Wie die Hälfte aller Angestellten in den europäischen Sicherheitsfirmen. Das weiß jeder. Wenn es keine Ex-Spetsnaz sind, haben sie ihre flaumbärtige Jugend damit verbracht, Massenmorde an Moslems in Ex-Jugoslawien zu begehen oder Frauen und Kinder in Sarajevo über den Haufen zu knallen.«

»Darüber bin ich mir sehr wohl im Klaren, aber ...«

»Aber was?!«

Christian richtete sich auf. Einige seiner Kollegen kamen ihnen auf dem Krankenhausflur entgegen. Typische Geheimdienst-Fuzzis: muskelbepackt, kurz geschoren, fanatische Triathleten, dachte Lene. Fantasielos, aber extrem gut in Form.

»Ich habe direkte Order von oben, die damit auch für dich gilt«, sagte Christian.

»Ach ja?«

»Charlotte Falster will dich so schnell wie möglich in ihrem Büro sehen.«

Lene sah ihn müde an. Dann zog sie ihn am Ärmel hinter sich her in eine ruhige Ecke neben einem unbesetzten Tresen. Seine Kollegen gingen in das Krankenzimmer, und die Tür schwang hinter ihnen zu.

»Christian«, begann sie gelassen und mit so viel Wärme in der Stimme, wie sie aufbringen konnte. »Du schuldest mir noch einen Gefallen, das weißt du, oder?«

Er lächelte. Wenn seine Untergebenen nicht in der Nähe waren, brauchte er nicht den harten Macker zu spielen, und Lene wusste, dass er sie schon immer gut hatte leiden können.

»Tue ich das, wirklich?«

»Ja, das tust du, wirklich. Safar Khan. Und dein Freund Mikkel. Hast du das vergessen?«

Er rieb sich verunsichert das Kinn.

»Kommt ganz drauf an«, sagte er vage. »Möglicherweise habe ich es vergessen, oder auch nicht.«

»Was läuft hier eigentlich, Christian? Und red jetzt nicht um den heißen Brei herum.«

»Ich weiß es tatsächlich nicht und bezweifele auch, dass im Moment irgendjemand einen Überblick hat. Ganz oben glühen ein paar Telefonleitungen dunkelrot, und es gibt viele wichtige Lunchtreffen. Es ist völlig normal, dass wir uns einschalten, sobald ausländische Profikiller involviert sind. Vermutlich Terroristen.«

»Die sind genauso wenig Terroristen wie Schneewittchen und die sieben Zwerge. Sie sind von einer Sicherheitsfirma eingestellt, die direkt bei Nobel Oil unter Vertrag steht, mit dem Auftrag, Poseidons Krieger mit allen Mitteln auszurotten. Wach endlich auf, Mann.«

»Hast du Beweise?«

»Nein.«

Sie stampfte mit dem Fuß auf, was als spitzer Schmerz in die Schulter schoss.

Er drehte sich um und wollte gehen.

»Das werden wir herausfinden, Lene. Ich schick dir was, wenn wir mehr über die Terroristen wissen.«

»Das sind keine Terroristen«, rief sie hinter ihm her.

Nach einem Dutzend Versuche hatte sie endlich einen wortkargen Basim am Apparat.

»Ich habe mich noch gar nicht richtig bedankt bei dir«, leitete sie das Gespräch ein. »Es war gut, dass du dort warst. Richtig gut, wirklich.«

»Schon okay«, sagte er. »Clara hat sich krankgemeldet. Sie stand total unter Schock.«

»Wer ist Clara?«

»Meine Kollegin. Mädchen. Pferdeschwanz.«

»Das tut mir leid. Was machst du?«

»Fußball gucken.«

»Auf der Station?«

»Zu Hause. Was willst du?«

»Nur Danke sagen, weil du mir in dieser Scheißhalle das Leben gerettet hast.«

»Selber danke. Ist schon okay, ich muss los.«

»Basim, was ist passiert?«

Pause. Im Hintergrund war ein kleines Kind zu hören. Eine Tür fiel zu.

»Genau das ist es. Es ist nichts passiert, und ich darf nicht darüber reden. Bis auf Weiteres, sagen sie.«

Lene sah zu Boden. Ihr wurde übel von dem Krankenhausgeruch. Sie hatte schon ewig nichts mehr gegessen, seit …?

»Wer sagt das?«, fragte sie.

»Jemand aus der Station. Jemand, der das Sagen hat. Also, hör zu: Meine Frau ist im Mutterschutz. Wenn sie nicht im Mutterschutz ist, studiert sie. Im Herbst will sie ihre Diplomarbeit schreiben. Ich brauche diesen Job, schlicht und ergreifend. Ich habe nichts anderes. Ich habe keinen reichen Vater oder Onkel, und meine Frau auch nicht, okay?«

»Verstehe, Basim.«

»Es tut mir echt leid.«

»Ist in Ordnung. Ciao. Mach's gut.«

Das war's.

Sydhavnen hatte nicht stattgefunden.

Sie schaute an ihrer zerfetzten Jacke und dem Arm in der Schlinge herunter. Das war keine Einbildung. Das *war* passiert! Sie riss die Schlinge mit einem resoluten Ruck ab und schleuderte sie von sich. Sie hatte irrsinnige Schmerzen, konnte den Arm aber bewegen und fast bis in die Waagerechte heben, was fürs Erste reichen musste.

Nächster Anlaufpunkt auf dieser Tagesreise durch die Hölle war Charlotte Falster.

IDA WAR WACH, ALS MICHAEL ZURÜCKKAM, nachdem er im Krankenhauscafé irgendetwas vollkommen ohne Geschmack gegessen hatte. Sie war blass und starrte an die Decke, aber ihr Blick und ihre Bewegungen waren recht sicher.

Er ging wortlos an ihrem Bett vorbei und stellte sich mit fest verschränkten Armen und dem Rücken zu ihr vor die Fenster, weil er sie sonst vermutlich geschüttelt hätte.

»Ich zähle die Löcher an der Decke«, murmelte sie. »46 quer und 64 längs. Wie viel macht das insgesamt? Warte, 2924. Nein, 2944. Das sind also …«

»Halt die Klappe, Ida!«

»Entschuldige.«

Es war so still im Raum, dass er das Ticken seiner Armbanduhr hörte. Der Himmel war blau und leer gefegt.

»Was war es dieses Mal?«, fragte er über die Schulter. »Du hast dich zum ersten Mal seit Ewigkeiten geschminkt, dir was anderes angezogen als Jogginghosen und irgendwelche albernen T-Shirts von irgendeinem Badeort am Roten Meer, du hattest dich zum Training mit einem ungarischen Fechtmeister angemeldet, du wolltest mit Laura frühstücken; deine Freundin mit den Segelschuhen und dem Keuschheitsgürtel, an die ich mich nicht erinnern kann.

Also, was war diesmal der Grund? Hast du jemanden vom Rad fallen sehen? Einen geprügelten Hund? Was?!«

Er fuhr rasend vor Wut herum.

Ida starrte auf ihre gefalteten Hände. Zum Erröten war noch zu wenig Blut in ihrem Kreislauf, und vermutlich war sie zu dehydriert, um zu weinen, dachte er, aber dann blühten doch ein paar Hektikflecken in ihrem Gesicht auf.

»Es tut mir schrecklich leid, dass ich so eine Bür…«

»Sag das nicht!«, rief Michael mit wildem Blick. »Wenn du das Wort aussprichst, bringe ich dich eigenhändig um! Das ist mein voller Ernst!«

Seine Hände öffneten und schlossen sich in unbändiger Raserei, und für eine wahnsinnige Sekunde hatte er einfach nur Lust, sie um den dünnen Hals seiner Schwester zu legen und zuzudrücken.

Ida streckte eine Hand nach ihm aus. Und er hatte sich geirrt: Sie konnte sehr wohl weinen.

»Verzeih mir, Michael. Ich habe gelogen. Ich habe dich angelogen!«

Er sah sie verwirrt an, alle Wut sickerte mit einem Herzschlag aus ihm heraus.

»Worüber?«

»Dass ich mich mit Laura treffe. Ich war mit einem Mann verabredet.«

»Einem Mann? Was meinst du damit? Ein Mann? Aber du hast doch noch nie, niemals auch nur einen Blick auf …«

»Ich weiß! Verdammt noch mal, das weiß ich auch! Reine Zeitverschwendung. Total idiotisch. Er hatte ein paar Fotos von mir gesehen und gesagt, er finde mich hübsch. Das hat er echt gesagt, und dass ich in Wirklichkeit noch hübscher bin, als ich … als ich ihn heute getroffen habe. Oder gestern.«

Michael ließ sich auf den Stuhl neben Idas Bett fallen und wollte gerade eine Zigarette aus der Schachtel fischen, als Idas Gesichtsausdruck ihn bremste. Soweit er wusste, hatte es in Idas Leben nur einen Mann gegeben: der, den sie geheiratet und mit dem sie Josiah bekommen hatte. Alle fanden es fantastisch, dass sie den Mann heiratete, den sie mit neunzehn Jahren im Kibbuz kennengelernt hatte.

Wunderbar, fantastisch.

Eine Krankenschwester öffnete die Tür, registrierte die Stimmung und zog sich rasch wieder zurück.

»Fotos?«, fragte Michael tonlos. »Sorry, aber bist du nicht ein wenig zu alt und ein bisschen zu klein, um Fotos an Next Topmodel zu schicken? Was für Fotos überhaupt, Ida?«

Ida sah ihn resigniert an.

»Michael, manchmal bist du wirklich ganz schön verbohrt … Meine Güte, das war ein Internet-Date. Ideal Partner heißt das Portal, falls es dich interessiert. Ich bin mir sicher, dass du schon mal von dem Konzept gehört hast. Wir schreiben uns seit einem Monat. Er besitzt eine Bootswerft, entwirft die Boote selbst und hat eine Vierzig-Fuß-Segeljacht und ein Haus am Meer und eine süße zwölfjährige Tochter. Sie ist ganz entzückend, und er ist Witwer. Und er spielt Schach. Sie hat Rattenschwänze.«

Michael musste sich beschämt eingestehen, was für eine unglaubliche, unfassbare, enorme Erleichterung es wäre, wenn jemand anders übernehmen würde. Nur ein paar Monate. War es herzlos, so zu denken?

»Aber das hört sich doch grandios an, Ida! Was ist passiert? Kann er dich nicht leiden? Sag mir, wie der Idiot heißt, und ich nehme ihn dermaßen in die Mangel, dass er höchstens noch eine Optimisten-Jolle auf zwei Rädern fährt.«

Sein Ausbruch löste eine neue Tränenflut aus.

»Nein, nein, nein. Er kann mich gut leiden, wirklich, sehr, und ich ihn auch. Er ist perfekt. Zu perfekt. Nach unserem Treffen hat er mich fünfmal angerufen. Er ist wahnsinnig intelligent, sieht toll aus und ist unfassbar nett. Du würdest ihn garantiert mögen, Michael.«

Er blinzelte, schüttelte den Kopf und lehnte sich in seinem Stuhl zurück.

»Du irrst dich, ich mag niemanden, und ich muss sagen, dass ich gerade etwas verwirrt bin, um nicht zu sagen konfus. Er sieht gut aus, ist intelligent, nett, entwirft Segelboote, und du liebst Boote, er hat eine süße Tochter mit geflochtenen Zöpfen und keine rachsüchtige Exfrau mit Anwälten aus der Vorhölle, und er findet dich attraktiv. Wo liegt das Problem? Hast du beschlossen, dich aus purem Glück umzubringen? Das würde dir ganz neue Türen in deiner Selbstmörderkarriere öffnen. Also sollte ich von nun an besonders auf der Hut sein, wenn du am glücklichsten bist und singst und im siebten Himmel schwebst, ganz abgesehen davon, dass das nie vorkommt!«

Sie legte die Hände vors Gesicht und schluchzte.

»Du verstehst das nicht. Du verstehst einen Scheißdreck. Es war *zu* gut. *Zu* passend. Das kann nicht sein.«

»Und warum nicht, bitte schön?!«

Idas Gesicht tauchte wieder auf, tränennass. Sie zog die Nase hoch, suchte nach einem Taschentuch, bis Michael ihr seins gab.

»Weil ich geisteskrank bin«, kam es schließlich, leise, mutlos.

Michael atmete langsam aus. Da sagte sie was.

»Du bist nicht geisteskrank, Ida ... Na ja, vielleicht ein winziges bisschen ... Aber niemand ist perfekt. Hast du ihm gesagt, dass du geisteskrank bist?«

»Ich habe ihm von Josiah erzählt und ... meinen Problemen. Von dir. Was du für mich getan hast. Unsere Situation. Dass wir zusammenwohnen. Dass ich gerne wieder anfangen würde zu arbeiten. Dass ich darum kämpfe. Dass ich wirklich versucht habe, rauszukommen ... Leute zu treffen. Alltägliche Dinge zu tun.«

»Und?«

»Er hat es gut aufgenommen. Irre finden sich immer, oder? Das ist sozusagen ein Naturgesetz. Es stellte sich heraus, dass seine Frau vor drei Jahren mit ihrem ersten Kind bei einem Verkehrsunfall ums Leben gekommen ist, einem vierzehnjährigen Jungen. Er kennt das also gut ...«

»Aber das ist doch wunderbar!«

Michael legte die Stirn in Falten, als ihm aufging, was er da gerade gesagt hatte.

»Okay, das drückt es vielleicht nicht ganz zutreffend aus, aber das ist doch perfekt! Ihr seid das beste Match, das mir je untergekommen ist.«

Sie putzte sich die Nase. Dann sah sie ihn an.

»Findest du das wirklich?«, fragte sie mit einem Hauch von Hoffnung in der Stimme.

»Ja! Verdammt! Ruf ihn an. Sofort. Ich bitte dich. Nein, ich flehe dich an, Schwesterherz.«

Sie lächelte zurückhaltend und machte eine ausholende Geste.

»Und wie soll ich das hier erklären? Wie soll ich erklären, dass ich wie ein Stück Scheiße aussehe?«

»Aber das tust du überhaupt nicht! Du bist hübsch. Trendy blass. Vampirbraut. Komm schon. Sag einfach, du hättest eine Glastür in einem Kaufhaus übersehen.« Michael schnipste mit den Fingern. »Weil du an den wunderbarsten Mann der Welt gedacht hast und völlig in Gedanken auf Wolken geschwebt bist. Er wird vollstes Verständnis haben und vielleicht ein bisschen ein schlechtes Gewissen. Vergiss nicht, dass du das Sonnensystem eines Mannes über sein Gewissen lenken kannst, Ida.«

»Natürlich nicht. Das war das Erste, was ich von Mutter gelernt habe.«

Er sah sie auffordernd an, aber das Licht in ihren Augen erlosch, als hätte jemand den Stecker gezogen.

»Das Letzte, was er brauchen kann, ist jemand wie mich«, sagte sie und drehte sich auf die Seite, das Gesicht den Schränken zugewandt.

»Aber ...«

Michael blieb sitzen. Er wusste nicht, was er sagen sollte. Vermutlich hatte sie ja recht.

Ich muss sie hier rausholen, dachte er zum fünfundachtzigsten Mal an diesem Tag. Und ich muss selbst sehen, dass ich wegkomme. Das muss doch möglich sein.

»Was ist mit Lene?«, murmelte sie mit abgewandtem Gesicht.

»Was soll mit ihr sein?«

»Hast du mit ihr gesprochen?«

»Du wirst es nicht glauben, aber ich hab sie vorhin unten vor dem Krankenhaus getroffen. Sie hat sich an der Schulter verletzt.«

Ida drehte sich auf den Rücken und starrte wieder an die Decke.

»Ernsthaft?«

»Ich glaube nicht.«

»Seht ihr euch wieder?«

»Nein, Ida.«

»Ich würde mir wünschen, dass wenigstens einer von uns glücklich wird, Michael.«

»Du wirst schon glücklich werden, Schwesterherz.«

»Das habe ich nicht gemeint.«

»Ich weiß. Schlaf jetzt.«

Ihr Gesicht drehte sich wieder zu den Schränken.

Michael dachte an Axel Nobel und Dirk Straat, an eine Million Schweizer Franken und an eine Frau und ihre Tochter, die angeblich Lene auf den Fersen waren.

Und damit schlief er ein.

# TEIL III

ES WAR, ALS HÄTTE SIE CHARLOTTES BÜRO nie verlassen. Es war, als führten sie ein Gespräch weiter, das niemals enden wollte. Die Polizeidirektorin fingerte an ihrer Perlenkette und war außerstande, länger als eine Minute still zu sitzen. Wenn möglich, war ihre Rastlosigkeit noch greifbarer als beim letzten Mal.

Aber je nervöser und ungehaltener Charlotte wurde, desto ruhiger wurde Lene.

»Habe ich das richtig verstanden, dass das kleine Intermezzo im Sydhavnen heute Morgen gar nicht stattgefunden hat ... rein offiziell?«, sagte sie.

Charlotte sah sie scharf an.

»Was meinst du damit? Selbstverständlich hat das stattgefunden! Du hast eigenhändig dazu beigetragen, dem Rechtsmedizinischen Institut Leichen in allen nur erdenklichen Stadien der Zerstückelung oder Auflösung zu liefern. Mal im Ernst, Lene, die Kollegen müssen auf Kühlkapazitäten der Institute in Århus und Odense zurückgreifen. Aber was ich ganz und gar nicht begreife, ist, wie es dir einfallen konnte, alleine da reinzugehen? Der schiere Wahnsinn. Wozu, bitte schön, haben wir eine Sondereinsatztruppe, toptrainiert, um genau solche Situationen zu handeln, wenn jede x-beliebige Polizeioberrätin, die ganz offensichtlich auf dem besten Weg ins Klimakterium ist, jedwede Expertise ignoriert und einfach ...«

»Ich war nicht alleine, wie sich gezeigt hat, und nicht ich habe die ganzen Leute umgebracht, höchstens einen von ihnen, und der wollte mir mit einer Kettensäge ans Leder und schien Pfefferspray als Mundspray zu verwenden. Was hätte ich da, bitte schön, anderes tun sollen, als ihn zu erschießen? Außerdem bin ich noch nicht im Klimakterium, danke! Was das betrifft, sprich bitte nur für dich selbst. Und so was kann man nicht trainieren. Diese Klettverschluss-Typen mit ihren Kevlar-Westen und Helmen und Abseilaktionen nützen einen Scheißdreck, ob sie von der Sondereinsatztruppe, dem Froschmannkorps oder dem Jägerkorps sind. Keiner von denen hat je den Ernstfall geprobt. Sie trainieren bis zum Erbrechen, machen Formationsfallschirmsprünge bei irgendwelchen Hafenfesten und hoffen, dass sie ihre Ausbildung als Abkürzung zu Jobs als Fernsehmoderatoren oder Autoren nutzen können oder zu Beraterfirmen, die bei Teambuildung-Activities übergewichtige Büroangestellte in Kornsilos abseilen. Basim Yenni war dort, und er hat wirklich Mut bewiesen, und genau das ist es, was wir brauchen, und außerdem irgendeine ... Clara. Ich hab gehört, dass sie sich krankgemeldet hat, und ...«

»Sie war absolut grün hinter den Ohren! Frisch von der Polizeischule. Sie hat einen Schock. Wir mussten sie zum Krisenpsychologen schicken.«

»Schock? Sie war mindestens vierhundert Meter entfernt und hat im Streifenwagen gesessen! Vielleicht sollte sie lieber Design studieren oder Kommunikationswissenschaften wie alle anderen. Und Basim hat von irgendwem in der Station City einen Maulkorb verpasst bekommen. Er hat mir das Leben gerettet, Charlotte, und wenn ihn irgendwer deswegen unter Druck setzt oder ihn schikaniert, werde ich demjenigen gehörig die Fresse polieren, und wenn es das Letzte ist, was ich in diesem Leben tue.«

Sie verstummte und versicherte sich, dass ihre Chefin sie gehört und verstanden hatte.

»Das Ulkige ist …«, fuhr sie gedämpfter fort.

Die Polizeidirektorin sah sie fragend an.

»Was ist ulkig, Lene? Das interessiert mich wirklich. Ich finde hier rein gar nichts ulkig.«

»Das Ulkige ist, dass an keiner Stelle auch nur mit einer Silbe der Doppelmord in der Viktoriagade oder der Schusswechsel im Sydhavnen erwähnt wird. Weder im Radio noch im Fernsehen oder in den Online-Zeitungen. Das ist schon faszinierend, finde ich.«

»Der Geheimdienst hat den Fall übernommen. Ein *geheimer* Nachrichtendienst, wie dir eventuell bekannt ist. Die Chefredakteure wurden angehalten, den Ball flach zu halten.«

»Klar. Hast du was zu trinken?«, fragte Lene. »Was Starkes?«

Charlotte lächelte.

»Habe ich tatsächlich. Ich könnte auch ein Gläschen vertragen. Ich habe einen köstlich trockenen Sherry für Notfälle. Und das hier geht wohl als Notfall durch, nehme ich an.«

»Ich hatte auf was gehofft, das du nicht einer deiner Freundinnen anbietest, weil die Tochter nicht an der

Sorbonne angenommen wurde«, sagte Lene. »Aber was soll's, her damit.«

Charlotte holte eine Flasche und zwei Gläser. Und um zu zeigen, dass sie nicht völlig verständnislos für die Realität ihrer Angestellten war, füllte sie die Gläser bis zum Rand.

Lene leerte das Glas in einem Schluck und verlangte wortlos mehr. Charlottes Wangen bekamen Farbe, und sie schenkte nach. Dann lehnte sie sich zurück und hielt den Stiel des Glases elegant zwischen zwei Fingern. Ihr Goldarmband klimperte.

»Ich habe mit meinem Mann gesprochen«, sagte sie. »Wenn du's wissen willst, ich hab ihm gründlich die Leviten gelesen. Und ich soll dich herzlich grüßen.«

»Otto? Dein Mann? Du hast ihm die Leviten gelesen?«

Lene hatte den Staatssekretär Otto Jarl Falster ein paarmal getroffen; ein gewichtiger, formidabler Mann mit dicker schwarzer Brille und immer dezent dunkel gekleidet. Ein tadelloser, kompetenter und intelligenter Beamter. Er war zu Josefines Beerdigung gekommen und hatte ein paar gute Dinge zu Lene gesagt.

»Das hätte ich gerne gehört«, murmelte sie.

»Was? ... Das tue ich laut seinen Worten ziemlich oft ... Also, ihm die Leviten lesen. Na ja, wenn die Ereignisse die theoretischen Denktätigkeiten überholen, ist die automatische Reaktion im Ministerium, den Kopf in den Sand zu stecken und zu hoffen, dass die Dinge sich irgendwie von selbst lösen. Wenn die Ereignisse sich überschlagen und extrem brisant sind wie in diesem Fall, ist die Reaktion kopflose Panik, verstehst du?«

»Natürlich.«

»Wenn man den Zeitpunkt etwas hinauszögern kann, an dem diese unschönen Ereignisse öffentlich bekannt werden und die Politiker Stellung beziehen müssen, bleibt ihnen wenigstens Zeit, sich zu orientieren. Das Problem ist nur, dass in diesem Fall ständig neue dramatische Ereignisse geschehen, ehe man zu den vorhergehenden Stellung nehmen konnte. Du schiebst eine träge Masse ministerieller Unentschiedenheit vor dir her, Lene. Die Leute werden nervös, sie fühlen sich provoziert und beginnen sich zu fragen, wer zum Teufel der Störenfried eigentlich ist. Weil jede Abweichung vom ministeriellen Alltag Unruhe bedeutet. So entsteht das Bedürfnis nach einem Sündenbock. Der in diesem Fall du bist. Und im weiteren Verlauf dann ich, weil die Leute sich mit Fug und Recht fragen, warum ich dich nicht im Griff habe. Dazu kann ich nur sagen, dass ich das noch nie hatte, und auf die glorreichen Meriten der Vergangenheit hinweisen.«

»Willst du mir allen Ernstes damit sagen, ich hätte zwei Profikiller entkommen lassen sollen, die zwei dänische Staatsbürger ermordet und zerstückelt haben?«

»Selbstverständlich nicht. Du erledigst deine Arbeit gewissenhaft, wenn auch extrem unkonventionell. Aber dieser Fall ist größer und verworrener als alles, woran du je gesessen hast. Dir muss klar sein, dass du dich auf einer dunklen Bühne befindest mit Mitspielern, die du vermutlich nie zu Gesicht bekommen wirst: die Beamten von Slotsholmen, Axel Nobel von Nobel Oil, Dänemarks mächtigstes Individuum, die chinesische Entwicklungsbank, die grönländische Selbstverwaltung, den Chef der Staatspolizei, den Geheimdienst PET, die Oppositions- und Regierungsparteien und ein Meer an Umweltorganisationen, die lobbyieren, bis sie blau anlaufen, um die Schieferölförderung zu stoppen. Nicht wegen der hohen Umweltrisiken, sondern weil sie schließlich irgendwas tun müssen für die vielen freiwilligen Beiträge und Spenden, die sie erhalten. Besorgte Meeresbiologen und Politiker aus Kanada und den USA mit ihren privaten Agenden und Poseidons Krieger, deren Existenz den meisten ein Dorn im Auge ist. Du bist das Mädchen, das ins Wespennest getreten ist, Lene. Und du machst immer weiter. Mehr?«

»Was?«

Charlotte reichte ihr die Sherryflasche.

»Ja, danke.«

Das Zeug schmeckte erstaunlich gut und betäubte wunderbar die Nervenenden.

»In allen Verwaltungsbehörden auf der ganzen Welt findet man drei Standardreaktionen, wenn die Ereignisse sich überschlagen. Erstens: Das spezielle Ereignis wird geleugnet und bagatellisiert, entdramatisiert und heruntergespielt, um uns das Gefühl zu vermitteln, dass es gar nicht so schlimm ist, und man soll ja eh nicht alles glauben, was man hört und liest. Zweitens: Man räumt ein, dass tatsächlich ein paar besorgniserregende Dinge geschehen, dass aktuell aber keine Mittel zur Verfügung stehen, um daran etwas zu ändern, man aber sehr gerne größere finanzielle Ressourcen hätte, um Ähnliches in Zukunft zu vermeiden.«

»Und drittens?«

»Man gibt zu, dass tatsächlich etwas passiert ist, es aber zu spät ist, daran noch etwas zu ändern.«

»Und was meint Otto, wo wir uns auf der Skala befinden?«

»Bei Nummer vier, Lene.«

»Vier?«

»Nummer vier ist die totale Verdunkelung. Es gibt da einige Präzedenzfälle. Denk nur an das amerikanische Bombenflugzeug mit den drei Atombomben an Bord, das 1968 bei der Thule Air Base verunglückt ist. Der Fall wurde verdunkelt. Ebenso die Gerüchte über eine eventuelle krankheitserregende radioaktive Verstrahlung der Thule-Eskimos. Damals kam die Forderung aus Washington, dieses Mal aus Peking. Und allen voran wird der PET für die Verdunkelung sorgen.«

»Können die das wirklich?«, fragte Lene. »Peking, meine ich?«

»China ist eine Supermacht. Sie wollen die Diskobucht um jeden Preis als hübschen, stabilen politischen Brückenkopf in der Arktis behalten, ein Musterbeispiel dafür, was über eine moderne Kooperation zwischen China und den Regionalstaaten, in diesem Fall Dänemark, zu erreichen ist. Alle unterstützen das. Dänemark soll die gleiche Rohstoffwirtschaft haben wie Norwegen, daran gemessen, dass wir nicht viel anderes können als ... lesen und schreiben, zum Beispiel.«

»Dann wollen das also alle?«, fragte Lene.

»Ja. Wenn du Online-Zeitungen lesen würdest, hättest du mitbekommen, dass in drei Wochen die Folketingwahl stattfindet.«

»Ziemlich plötzlich, oder?«

»Weil die aktuelle Regierung sicher ist, dass sie wiedergewählt wird.«

»Und dem Mädchen, das im Wespennest gestochert hat, wird eine Zwangsjacke verpasst?«

»Krass ausgedrückt, ja. Aber der Fall gehört von jetzt an auf alle Fälle dem PET, und du gehst nach Den Haag!«

»Das heißt, man zögert die Ermittlungen bis nach der Wahl hinaus?«

»Manche Dinge lassen sich mit Vorteil auf nach der Wahl verschieben, ja«, räumte Charlotte ein.

Alles in Lene sträubte sich gegen die ruhige und sachliche Feststellung Charlottes. Was war nur mit ihrer Chefin passiert? Auch wenn sie keine Busenfreundinnen waren, war Lene immer selbstredend davon ausgegangen, dass Charlotte unbestechlich und resistent gegen Erpressung war. Nicht zuletzt dank ihres Mannes. Aber vielleicht gab es in diesem Fall tatsächlich kein Schwarz und Weiß, wie sie es bevorzugte. Grautöne lagen ihr gar nicht. Peter Holm war ermordet worden, mit Sicherheit von Rasmus Nordstrand, der wie Alan Knutzon und Maria Kemper anschließend selbst umgekommen war. Aber hatten sie nur ihre verdiente Strafe bekommen? Sie hatten ohne Frage einer abgedrehten, fanatischen Bruderschaft angehört, die hinter Sabotageaktionen stand, die unschuldige chinesische Arbeiter das Leben gekostet hatten; Männer, die ein kümmerliches Dasein in Metallcontainern fristeten, um ihre Familien auf der anderen Seite der Erdkugel in China zu versorgen, mit denen sie einmal im Monat fünf Minuten skypen durften.

»Fuuuuck«, murmelte sie.

»Entschuldigung?«

»Nichts. Sag mir, was ich deiner Meinung nach tun soll, dann tu ich es«, sagte Lene entgegenkommend.

Charlotte musterte sie mit zusammengekniffenen Augen.

»Das hasse ich am allermeisten an dir, wenn du plötzlich Kooperationswillen zeigst, aber auf die übertriebene, falsche Art«, sagte sie.

»Hassen?«

Charlotte stützte sich mit den Unterarmen auf die Schreibtischplatte. Ihre Miene war ernst, die Stimme klar.

»Lene, ich bin keine Idiotin. Wie lange kennen wir uns jetzt? Sechs Jahre? Glaubst du, ich weiß nicht, was du hinter meinem Rücken über mich sagst? Dass ich ein pedantischer Kontrollfreak bin, arschlangweilig, lächerlich und null Peilung von praktischer Polizeiarbeit habe? Dass ich sozusagen völlig überflüssig und im Weg bin? Nenne mir einen Grund, wieso ich dich nicht hassen sollte. Weil ich gefühllos bin?«

»Halt, stopp ...«, platzte Lene heraus und verstummte gleich wieder, knallrot im Gesicht und mit trockenem Mund.

Das traf alles zu, aber aus Charlottes Mund klang das alles viel schonungsloser.

»Du hast recht«, sagte sie schließlich. »Vollkommen recht. Es gibt nicht viele Kollegen, die dich mögen. Jedenfalls nicht viele aus meiner Generation.«

»Ich bin eure Chefin, Lene. Da geht es nicht darum, dass ihr mich mögt. Ich kann nicht mit Kollegen befreundet sein, die ich eventuell feuern oder versetzen muss, und ihnen mit der Gewissheit, die Verursacherin zu sein, dabei zugucken, wie ihr Leben zusammenbricht. Probier das mal aus. Dann hätte ich fünf Minuten Zeit, meinen Schreibtisch aufzuräumen, während du dich wie ein Elefant im Porzellanladen aufführst. Aber ich beklage mich nicht.«

Lene brachte es nicht über sich, Charlotte in die Augen zu sehen.

»Was ich aber auch zu allen sage, ob sie es hören wollen oder nicht, und was wahrscheinlich nicht bis zu dir vordringt, ist die Tatsache, dass du dich ganz fantastisch verhalten hast, als Josefine krank wurde.«

Ihre Chefin hob eine Augenbraue.

»Danke«, sagte sie.

»Selber danke. Michael Sander ist übrigens involviert.«

Lene wartete gespannt auf eine Reaktion, die ausblieb. Charlotte hatte immer schon eine Schwäche für Michael gehabt.

»Hast du ihn getroffen?«, fragte sie nur.

»Zufällig, vor dem Rigshospital, nachdem sie meine Schulter verarztet hatten.«

»Vor dem Rigshospital? Heute?«

»Korrekt. Seine Schwester ist nach einem Selbstmordversuch eingeliefert worden. Dann ist er inzwischen auch noch geschieden worden, und seine Exfrau will nicht, dass er seine Kinder sieht, obwohl ihm das zusteht.«

»Der arme, arme, Michael«, sagte Charlotte betroffen.

»Ja.«

Lene legte die Stirn in Falten. Irgendetwas stimmte hier nicht. Sie sprach Charlotte sicher nicht ein gewisses Maß an Empathie ab, aber die Stimmlage war irgendwie theatralisch.

In dem Augenblick merkte sie, dass sie in eine Falle getappt war. Charlottes Gehirn war das achte Weltwunder, messerscharf.

»Glaubst du, ich habe einen Hirnschaden?«, sagte sie.

»Ähm … Nein, natürlich nicht.«

»Aber du«, sagte Charlotte spitz.

»Ich weiß nicht, wann du endlich lernst, mir zu vertrauen. Wahrscheinlich niemals. Aber eine Voraussetzung dafür, dass ich dir helfen kann, ist, dass du mir etwas gibst, auch wenn das gegen deine heiligen Prinzipien verstößt.«

»Etwas?«

»Ich gehe mal nicht davon aus, dass du hellseherische Fähigkeiten hast. Darum wundere ich mich über einen vorläufigen Bericht von Arne, der besagt, dass eine Person, die sich auf Tatorte versteht, in der Viktoriagade einen menschlichen Zahn und das Stück einer Nase regelrecht als Ausstellungsstücke präsentiert, aber nicht die kleinste Spur von sich hinterlässt. Des Weiteren habe ich den Aussagen Tom Anderssons entnommen, dass Michael Sander von Nobel Oil beauftragt wurde. Und ebenjener Tom Andersson hat ihn vergangene Nacht aus Peter Holms Wohnung kommen sehen, eine halbe Stunde vor dir. Darum stelle ich die verwegene Vermutung an, dass du Michael möglicherweise vor dem Rigshospital getroffen hast, aber nicht zum ersten Mal. Du hast laufend mit ihm Kontakt gehabt. Er hat dir, uns, der Öffentlichkeit mit diversen Tipps geholfen, die zur Aufklärung des Doppelmordes und der Identifizierung der Täter geführt haben. Bleibt die Frage, ob du ihm auch geholfen hast und womit?«

Lene wollte zu einem Protest ansetzen, wusste aber, dass das zwecklos war.

»Du hast recht«, sagte sie. »In allen Punkten. Es ist eben nicht so simpel, das Ganze. Er arbeitet für Axel Nobel, hat mir aber nicht gesagt, worin exakt sein Auftrag besteht.

Ich habe keine Ahnung, woher er das mit dem ermordeten Paar in Vesterbro wusste. Die beiden waren offensichtlich Mitglieder von Poseidons Kriegern. Das müssen sie gewesen sein. Ich gehe davon aus, dass Michael den Auftrag hatte, die Aktivisten aufzuspüren, aber nicht, sie umzubringen. Und ich glaube, er war am Tatort, was ich aber nicht mit Sicherheit weiß, und war, das vermute ich zumindest, verzweifelt und außer sich über ihren gewaltsamen Tod.«

»Wer sind dann die Täter?«

Lene zog die Schultern hoch.

»Ich schätze, sie gehören einer paramilitärischen Sicherheitsfirma an, die bei Nobel unter Vertrag steht. Es ist ein explosionsartiger Anstieg solcher privaten Armeen zu verzeichnen, die Verträge mit Regierungen oder multinationalen Unternehmen haben. Exsoldaten, die schießen, ehe sie irgendetwas anderes ausprobieren.«

»Willst du damit andeuten, dass Axel Nobel seine Widersacher durch professionelle Exsoldaten einer Sicherheitsfirma liquidieren lässt?«

»Genau das deute ich an, weil das die einzig sinnvolle Erklärung ist«, sagte Lene. »Nobel steht höllisch unter Zeitdruck, weil er es sich nicht leisten kann, die Anlagen in der Diskobucht stillstehen zu lassen. Vermutlich setzen ihn die Chinesen massiv unter Druck, und auch Teile der Regierung.«

»Hast du irgendwelche Beweise?«

»Überhaupt keine. Die Frau aus dem Schrottlager im Sydhavnen hat nichts Brauchbares von sich gegeben, und der Junge ist verschwunden. Ich bezweifle auch, dass aus ihr irgendwas rauszukriegen ist. Und der Junge ist ... eben noch ein kleiner Junge.«

»Dann stehen Michael und du in diesem Fall auf verschiedenen Seiten?«

»Ja.«

Charlotte zog die Jacke fester um sich, obwohl es ziemlich warm in ihrem Büro war.

»Das ist wirklich das Drehbuch zu einer absurden Tragödie, Lene«, sagte sie in einem Ton, der echtes Mitgefühl ausdrückte.

»Sag mir was, das ich noch nicht weiß. Es ist krank, wirklich krank. Ich versteh das nicht. Es sieht ihm gar nicht ähnlich, dass er ...«

»Seine Schwester. Ich glaube, er hat sonst niemanden mehr außer ihr. Ich kann mir gut vorstellen, was das mit einem macht, und du vermutlich auch. Er will hier weg, um seiner Schwester die bestmögliche Behandlung zuteilwerden zu lassen, damit er die Baustellen in seinem eigenen Leben wieder in Angriff nehmen und seine ganze Energie verwenden kann, endlich ein Umgangsrecht für seine Kinder zu erwirken.«

»Ist das wirklich sein innigster Wunsch?«

»Das glaube ich, ja.«

»Und was ist mit dir? Was würdest du dir wünschen?«

Lene zögerte.

»Gerechtigkeit?«

Charlotte sah sie an.

Dann brachen beide in schallendes Gelächter aus. Und hörten gar nicht mehr auf zu lachen.

»Hör schon auf«, hickste Charlotte schließlich. »Sofort!«

»Okay. Entschuldigung.«

»Nein, ganz im Ernst, was willst du? Du hast noch Resturlaub. Nimm ihn jetzt und geh dann nach Den Haag. Sie werden begeistert von dir sein.«

»Glaubst du?«

»Nein, aber wenigstens bin ich dich dann los.«

»Das ist dein innigster Wunsch?«

»O Gott, ja!«, kam es aus tiefster Seele.

»Ich glaube, du wirst mich vermissen«, sagte Lene.

»Darüber werde ich hinwegkommen«, entgegnete die Polizeidirektorin.

LENE TRAF BJARNE an seinem Schreibtisch an. Er war gerade dabei, das Untergestell eines Modellflugzeuges anzukleben. Die Maschine glänzte feuerwehrrot und hatte mehrere Tragflächen.

Sie blieb in der Tür stehen und betrachtete den völlig in seine Arbeit versunkenen Techniker, die Zungenspitze im Mundwinkel, die fetten Hände mit größter Präzision bewegend.

Mein Asperger-Mann, dachte sie fast zärtlich. Im Grunde genommen war er mit ihren wenigen Fällen völlig unterfordert und unterbeschäftigt, aber jeder Vorschlag, ihn einer anderen Dienststelle zuzuweisen, damit auch andere von seinen zahllosen Talenten profitierten, führten zu nach innen gerichteten Stimmungskrisen. Dann saß er stundenlang schweigend auf seinem Stuhl und starrte Löcher in den Nadelfilz, bis Lene ihn erlöste.

Sie hüstelte leise hinter vorgehaltener Hand, worauf Bjarnes Augen sich langsam und ruhig in ihre Richtung drehten, ohne jede Regung im Gesicht. Die Zungenspitze blieb, wo sie war, und die Finger fuhren mit ihrer Arbeit fort. Er besaß das beneidenswerte Talent zur totalen, selbstvergessenen Vertiefung.

»Bjarne?«

»Hm?«

Lene lehnte sich an den Türrahmen und verschränkte die Arme vor der Brust, was erstaunlich gut ging mit der verletzten Schulter.

»Was ist das für eins? Das Flugzeug?«

»Freiherr Baron Manfred von Richthofen, der Rote Baron, du weißt schon. Das ist eine Fokker Dr.I Dreidecker.«

»Bjarne, kann ich dich was fragen, das nichts mit dem Ersten Weltkrieg oder deutschen Jagdfliegern zu tun hat?«

»Probier's halt.«

»Okay. Wenn du bei einem sehr großen, multinationalen Unternehmen angestellt und für die IT-Sicherheit zuständig wärst, und du bekämst den Auftrag, extrem wertvolle Daten von einer der wichtigsten Feldstationen der Firma, zum Beispiel in einer völlig abgelegenen Wüste, zu verschlüsseln, damit sie ins Hauptquartier übermittelt werden können, ohne unterwegs geknackt zu werden, welche Methode würdest du da anwenden?«

Sie runzelte die Stirn und überlegte, ob sie sich klar und unzweideutig ausgedrückt hatte, wie Bjarne gerne seine Informationen bekam.

Er zuckte mit den Schultern, als wäre die Frage zu simpel, um ernsthaft auf sie einzugehen.

»AES-Code. Den verwenden alle großen Player, von der NSA und CIA bis LEGO und Samsung. Der ist unknackbar.«

Lene runzelte wieder die Stirn.

»Braucht er viel Arbeitsspeicher?«

»Im Gegenteil. Die Software komprimiert die Daten so, dass sie weniger Platz brauchen als Klartext.«

»AES?«

»Advanced Encryption Standard. Die amerikanische Regierung hat im Jahr 2000 ein Gesetz zur Standardverschlüsselung der Kommunikation aller Ministerien verabschiedet, auch der militärischen. Der Rijndael-Algorithmus hat überzeugt. Er wurde in Belgien von Joan Daemen und Vincent Rijmen entwickelt und ist einfach wie nur was.«

»Und sicher?«

Bjarne musterte sie mit seinem Eulenblick. Dann stellte er den Dreidecker des Roten Barons auf den Schreibtisch, fegte den ganzen Krimskrams inklusive Käseflips mit einer großzügigen Handbewegung beiseite und schob den Flieger an, der leicht und glatt über die Platte rollte.

»Sieht aus, als wäre er klar zum Abheben«, sagte Lene.

»Ja, ist er«, antwortete Bjarne. »Also, die Verschlüsselung ist todsicher. Ein paar Leute behaupten, es hätte erfolgreiche Angriffe auf den Code gegeben, aber dafür gibt's keine Beweise. Selbst in der Theorie avancierter Mathematik wird er als unknackbar betrachtet. Darum wäre AES in der von dir erdachten Situation die naheliegende Wahl.«

Lene legte die Stirn in Falten.

Dann hatte sie eine andere Idee.

»Er kann nicht geknackt werden, aber wäre es möglich, Daten so aussehen lassen, als wären sie mit diesem … diesem Rijn-Dingsbums verschlüsselt?«

»Rijndael-Algorithmus. Ja, klar. Im Prinzip ist es nichts anderes als ein symmetrisches Verschlüsselungsverfahren, will sagen, der Schlüssel fürs Ver- und Entschlüsseln ist identisch, für die Entschlüsselung von Daten wird halt genau rückwärts vorgegangen.«

»Und der Code kann wirklich nicht geknackt werden?«

»Das wird als ausgeschlossen betrachtet«, sagte Bjarne kategorisch und bekam diesen verträumten Ausdruck, den Lene so gut kannte und zeitweilig fürchtete. Den er auch gehabt hatte, als er Lene anvertraut hatte, dass er den Flugverkehr am Kastruper Flughafen von jedem beliebigen Computer aus steuern könnte. Der feuchte Traum eines Flugzeugmodellbauers, vermutete sie.

»Was ist los, Bjarne?«

Er legte einen Finger auf die Maschine des Roten Barons und schob sie vor und zurück.

»Nichts ...«

»Sag schon.«

»Nein, nichts.«

»Bjarne! Ich hab keine Zeit, dir jede Information einzeln aus der Nase zu ziehen.«

»Schon gut. Derjenige, der den Rijndael-Algorithmus knacken könnte ...«

»Würde einen Planeten nach sich benannt bekommen?«

Bjarne sah sie entrüstet an.

»Nein! Der Betreffende würde niemals, niemals, niemals auch nur irgendeiner Menschenseele davon erzählen können. Weil er dann nämlich ganz schnell vom Erdboden verschwinden oder in Guantanamo landen würde. Aber ... aber ...«

»Aber was?«

»Das wäre sozusagen eine Mount-Everest-Besteigung.«

Das religiöse Funkeln in Bjarnes Augen war wieder da. Sie strahlten förmlich hinter den dicken Brillengläsern.

»Der Mount Everest wird doch inzwischen alle naselang bestiegen«, sagte Lene. »Das ist auch nichts anderes mehr als die Besteigung unserer höchsten dänischen Erhebung.«

»Jetzt übertreibst du aber ein bisschen. Zwischen 147 und 8848 Metern besteht ja wohl noch ein kleiner Unterschied.«

»Was braucht man, um den Code zu knacken?«

Das Flugzeug rollte geräuschlos über die Tischplatte, blieb stehen. Bjarnes Finger bewegte sich nicht mehr.

»Nein ... unmöglich. Komplett unmöglich. Als Erstes bräuchte man einen Supercomputer, von der NASA oder einer der größten Universitäten, einen CRAY XE-6 zum Beispiel, aber so ein Teil least man nicht einfach mal für ein paar Stunden.«

»Oder einfach einen gewöhnlichen Server in der betreffenden Firma, die die verschlüsselten Daten verschickt und erhält?«

Bjarne sah sie an und nickte langsam.

»Das könnte eine Abkürzung sein«, sagte er. »Ziemlich clever sogar. Theoretisch. In dem Fall würde es reichen, die Server der Firma zu hacken und nach der Version der Rijndael-Chiffre zu durchsuchen. Aber dann bräuchte man immer noch eine eigene Version. Wir reden doch rein theoretisch, oder?«

»Klar ... gewissermaßen.«

»Gewissermaßen?«

Lene setzte sich an ihren Schreibtisch.

»Wo kann man so ein Rijndael-Dingens kaufen?«

»Im Internet zum Beispiel. Kostet circa dreißigtausend.«

»Dreißigtausend?«

»Dollar.«

Lene stöhnte.

»Wir haben hier nicht zufällig einen rumliegen?«

»Nein. Aber ich kenne jemanden, der einen hat. Den könnte man eventuell ausborgen. Im Prinzip ist das auch nichts anderes, als sich ein Office-Paket zu leihen.«

»Wer hat so ein Programm, Bjarne?«

»Der PET natürlich.«

»Kennst du jemanden beim PET?«

»Möglich.«

»Theoretisch, Bjarne?«

»Nein, praktisch.«

JEMAND LEGTE EINE HAND auf Michaels Schulter. Er fuhr mit einem Ruck hoch und starrte in das dunkelbraune Augenpaar eines Mädchens, dessen Gesicht von einem schneeweißen, seidenschimmernden Hijab eingerahmt wurde. Unter dem Hijab trug die Besitzerin der braunen Augen einen weißen Arztkittel.

»Wer sind Sie?«, fragte er und rieb sich die Augen.

Ida lag still da, atmete aber gleichmäßig.

»Rihana«, sagte das Mädchen. »Ich bin Medizinstudentin und heute Nacht für Ihre Schwester eingeteilt.«

»Rihanna?«

»Leider nicht. Ri-ha-na, mit einem N. Und singen tue ich auch nicht.«

»Sie sind auch etwas angezogener.«

»Im Augenblick«, sagte sie und sah ihn an. »Aber das bin ich nicht immer.«

Das Mädchen stellte einen geräumigen Rucksack auf den Boden, bestimmt randvoll mit dicken Anatomiebüchern.

Er hatte den Geschmack der Innenseite des Suspensoriums eines griechischen Ringers auf der Zunge, wie sein Freund Keith Mallory immer sagte, und sein Kopf war gedankenleer wie eine Wolke. Er erhob sich, schwankte kurz, fing sich aber schnell wieder.

»Passen Sie gut auf sie auf«, murmelte er. »Und falls sie wach wird, sagen Sie ihr, dass ich morgen früh wiederkomme und dass ihr neuer Freund mich zweimal auf meinem Handy angerufen hat.«

Das Mädchen schickte ihm ein breites Lächeln.

»Werde ich machen. Beides.«

»Und achten Sie drauf, dass sie sich nicht mit der Klingelschnur erhängt oder aus dem Fenster springt.«

Rihana nickte ernst.

»Hier werden keine Klingelschnüre mehr verwendet, und Letzteres nur über meine Leiche.«

Michael lächelte zurück. Die Studentin machte einen sowohl entschiedenen als auch tatkräftigen Eindruck auf ihn.

»Guten Nachtdienst.«

»Danke.«

Unter seinen Scheibenwischern klemmten zwei Knöllchen. Michael zog sie heraus und warf sie auf den Boden. Er wühlte im Handschuhfach, bis er eine Flasche Wasser fand, und leerte sie in einem Zug. Das löste den Knoten, einzelne konkrete Gedanken stiegen vom Grund zur Oberfläche auf. Noch besser wurde es, als er sich eine Zigarette anzündete und das Nikotin bis in den hintersten Winkel seiner schwarzen Lungen inhalierte.

Das Handy in seiner Jackentasche vibrierte. Er schaute finster auf das Display.

Axel Nobel. Zum dritten Mal.

»Ja?«

»Wie läuft es?«

Der Firmenchef klang wie immer. Es brauchte offenbar mehr als einen Doppelmord, um ihn aus der Ruhe zu bringen.

»Es läuft gar nicht«, sagte Michael.

In dem weißen Palais in Hellerup half Axel Nobel seinem halb schlafenden sechsjährigen Sohn, die Toilettenschüssel zu treffen. Der Junge trug einen dunkelblauen Pyjama mit gelben Sternen und Planeten. Er rückte das Headset zurecht und geleitete seinen verschlafenen Sohn zurück über den Flur. Der Junge taperte in sein Zimmer, und Nobel ging wieder ins Bad, spülte und stieß den nervösen Familienpudel Zulu mit dem Fuß beiseite, der aus der Toilettenschüssel Wasser schlabbern wollte. Nobel schloss die Tür, als er den Raum verließ.

Das riesige Haus lag still da, während am unteren Ende des Parkgrundstückes die Wellen dumpf an die Steinmauer schlugen.

»Das ist ärgerlich«, sagte er.

»Rasmus Nordstrand wurde übrigens gefunden«, informierte Michael ihn. »In der Nordsee. So mausetot, dass eine Aalfamilie in ihn eingezogen ist. Sie brauchen also nicht länger nach ihm zu suchen. Nicht, dass ich glaube, dass Sie das je getan hätten, aber jetzt ist es also offiziell.«

»In der Nordsee?«

»Ich gehe davon aus, Sie haben Dirk gebeten, die Leiche zu entsorgen. Er ist definitiv nicht der Hellste, und falls Sie ein paar gute Berater und Anwälte an der Hand haben, würde ich an Ihrer Stelle anfangen rumzutelefonieren. Alarmstufe blau, würde ich sagen, wenn nicht gar rot …«

»Danke für den Rat.«

»Geht aufs Haus«, sagte Michael.

Nobel stand an einem Ende eines lang gestreckten, dunklen Wintergartens in einem Palmenhaus, in dem das ganze Jahr tropische Luftfeuchtigkeit und Temperaturen herrschten. Statuen griechischer Athleten schimmerten marmorweiß in der dichten, sattgrünen Vegetation entlang des schachbrettgemusterten Mittelganges. Das Glashaus war der heißeste Traum seiner zweiten Frau gewesen. Oder der dritten? Eine englische, sensible und introvertierte Cellistin. Mary …? Marian …? Eigene Orchideen und Papageien.

»Mein Angebot steht nach wie vor«, sagte er, setzte sich auf den Rand des Springbrunnens im Zentrum des Wintergartens und strich mit einer Hand über die kalte, feuchte Haut einer wasserspeienden Nymphe. »Vielleicht sogar anderthalb Millionen.«

Er hörte das Ratschen eines Feuerzeuges durchs Telefon.

»Aber ich kann sie nicht finden«, sagte der Berater. »Und was passiert, wenn Sie einen Starpsychopathen wie Straat und seine stumpfen Serben auf die Überlebenden loslassen? Zum Beispiel Knutzon und Kemper? Die übrigen Mitglieder setzen sich mit Perücken und Sonnenbrillen verkleidet nach Feuerland ab. Haben die Ihnen auf der Milliardärsschule nicht das Denken beigebracht? Das einzig Positive an der Geschichte ist, dass Lene Jensen, die Sie als moderat bezeichnet haben, ein paar von Dirks hirntoten Henkern umgebracht hat. Denen brauchen Sie schon mal kein Honorar mehr zahlen.«

Nobel schlug mit der geballten Faust ins Wasser.

»Ich will versuchen, über Ihre Worte und den Ton hinwegzuhören, Michael, aber kommen Sie mir nicht noch einmal so.«

Am anderen Ende war es still, und der Vorstandsvorsitzende schaute auf das Display, um zu kontrollieren, ob die Verbindung abgebrochen war.

In dem Moment meldete Michael sich mit leidenschaftsloser, gedämpfter Stimme wieder zu Wort, und Nobel dachte an die Geschichten, die Straat ihm über Michael Sander erzählt hatte.

»Woher wollen Sie wissen, dass der Inhalt von Peter Holms Computer nicht längst eine Million Mal kopiert und in alle Ecken der Welt verteilt worden ist?«, fragte Michael. »Ist es überhaupt noch relevant, weiter nach Anna Nordstrand zu suchen?«

»Ja! Ja, das ist es. Weil *uns* der Inhalt fehlt. Aber wenn wir die Analysen in die Finger bekommen, können wir beweisen, dass es unsere sind. Damit wären dann sämtliche Kopien Diebstahl. Das ist wie mit dem X-Rezept.«

»X-Rezept?«

»Coca-Cola hat über hundert Jahre John Pembertons ursprüngliche Rezeptur bewacht, als wäre sie der Schlüssel zum Rätsel des Universums. Irgendwann haben sie es veröffentlicht, weil damit alle anderen ähnlichen Produkte zu Kopien wurden. Es gibt nur eine Marke, und die heißt Coca-Cola. Das kann man nicht einfach kopieren. Cola ist historisch etabliert. Das sind wir auch, aber wir könnten uns in einem Gerichtsstreit ohne die Originaldaten nicht verteidigen. Unsere IT-Experten behaupten zwar, die Verschlüsselung sei nicht zu knacken, darum sollten die Daten sicher sein, aber ich bin erst beruhigt, wenn ich sie in Händen halte. Und ich bin sicher, Anna Nordstrand hat sie oder weiß zumindest, wo sie sind.«

»Möglich«, sagte Michael wenig überzeugt. »Haben Sie Dirk auf die anderen Mitglieder der Gruppe angesetzt?«

Axel Nobel schlug wieder Löcher in die Wasseroberfläche.

»Er kann sie nicht finden, stimmt's?«, fragte Michael mit einem Hauch Spott in der Stimme.

»So ist es«, gab Axel Nobel zu.

»Ich bin nicht der Typ, der jetzt sagen würde, hab ich doch gesagt.«

»Das freut mich.«

»Aber ich hab's tatsächlich gesagt, Axel.«

Der Vorstandsvorsitzende betrachtete sein Spiegelbild in der Oberfläche des Springbrunnens. Ein paar wellige, trockene Gummibaumblätter trieben in trägen Kreisen auf dem Wasser.

»Anderthalb Millionen Franken«, sagte er und starrte ins Wasser. Es war wie der Blick in einen leeren, kalten, sternenlosen Himmel. »Das sind zehn Millionen dänische Kronen. Ich hab gehört, dass Ihre Schwester wieder eingewiesen wurde.«

Er biss sich auf die Unterlippe. Er spielte gerade ein äußerst riskantes Spiel, und wenn der Berater es in den falschen Hals bekam, musste er mit Michaels Ankunft durch das Glasdach in einer Splitterwolke aus Holz, Glas und gottverdammter Wut rechnen. Er war nicht sicher, ob er das überleben würde.

»Ein guter Rat: Erwähnen Sie meine Schwester nie wieder. Ich will nicht, dass Sie auch nur an sie denken. Haben wir uns verstanden? Es gibt keinen effektiveren Weg, Ihr Leben zu verkürzen.«

»Versuchen Sie dann, Anna zu finden?«

Es folgte erneut eine von Michaels wortlosen Pausen.

»Ich versuche es«, sagte er schließlich. »Was ist mit Straat? Bringen Sie so viel Abstand wie möglich zwischen sich und ihn, und verbrennen Sie alles, was Sie an Schriftlichem über die Beteiligung seiner … Firma haben. Löschen Sie alle Mails.«

»Es gibt nichts Schriftliches. Mir war klar, worauf ich mich einlasse. Er ist nutzlos für mich geworden. Im Gegensatz zu Ihnen.«

Der Konzernchef nahm die Ohrstöpsel heraus, schaltete das Handy aus, schöpfte mit beiden Händen Wasser aus dem Springbrunnen und ließ es über seinen Schädel laufen. Er dachte an die drei Wochen, die er in einer irakischen Wüste verschollen gewesen war, wo man für ein paar Handvoll Wasser getötet hätte.

Lächerlicher Gedanke. Hier und jetzt.

AXEL NOBEL FAND DEN HOLLÄNDER in der spärlich beleuchteten Bibliothek. Dirk Straat saß in einem geblümten Polstersofa, das Kinn in die Hand gestützt, und starrte ins Leere.

Er ließ sich auf einen Regiestuhl mit Alfred Hitchcocks Namen auf der Rückenlehne sinken.

»Es läuft nicht ganz rund, oder, Dirk?«, fragte er freundlich, obwohl ihm eher danach war, den Elefantenstutzen seines Großvaters aus dem Waffenschrank zu holen, ihn mit stumpfnasigen Kaliber 470 Nitro-Express-Patronen zu laden und beide Läufe auf Straats Kopf abzufeuern.

Der Holländer schlug ein Bein über das andere und zog die Hosenbeine an den Bügelfalten hoch.

»Nicht so ganz, gebe ich zu. Das war nicht vorherzusehen, Mr. Nobel. Eine Aneinanderreihung unwahrscheinlicher Zufälle. Merkwürdig.«

»Merkwürdig?«

»Äußerst merkwürdig. Zack und Hector. Wie haben die sie aufgespürt? Das wäre schon ein wahnwitziger Zufall, wenn nicht irgendjemand der Polizei was von Knutzon und Kemper gesteckt hat.«

Der Holländer sah den Vorstandsvorsitzenden mit farblosen Augen an.

»Michael Sander wusste, dass Knutzon für uns interessant ist.«

Nobel wich seinem durchdringenden Blick aus.

»Mag sein. Vielleicht war er mit unserer Strategie nicht einverstanden. Er hat passive Überwachung vorgeschlagen, aber dafür fehlte mir die Zeit. Sie haben die Namen der Übrigen ja erhalten, das ist die Hauptsache.«

»Vielleicht wäre es ratsam abzuwarten, bis sich die Dinge etwas beruhigt haben, ehe wir weitermachen.«

»Der Meinung bin ich nicht. Sie haben keine Freunde, und keiner kann sie leiden. Was ist mit der Frau?«

»Elena ist ein zähes Biest. Aus ihr werden sie nichts rauskriegen.«

»Und es gibt nichts, was Zack und Hector mit Ihnen in Verbindung bringt?«

»Natürlich nicht, Mr. Nobel. Das sind Freelancer. Ich hab sie schon häufiger eingesetzt. So wie andere auch. Nach diesem Job wollten sie weiter nach Bulgarien. Absolut zuverlässige Männer. Mir ist völlig schleierhaft, wie die dänische Polizei eine Chance gegen sie haben konnte. Ich kenne die dänische Polizei und halte wenig von ihr.«

»Das war nicht die dänische Polizei, sondern eine dänische Polizistin. Polizeioberrätin Lene Jensen.«

Straat sah den Präsidenten skeptisch an, ehe er sich wieder fasste.

»Eine Frau, Mr. Nobel? Okay. Interessant. Vielleicht sollte man ein Treffen mit ihr arrangieren.«

»Wenn, dann in Den Haag. Sie hat gerade ihren Dienst bei der Staatspolizei quittiert. Ganz davon abgesehen befinden wir uns hier nicht in Mexiko oder Nigeria. Man *arrangiert* hier keine Treffen mit Angestellten der dänischen Polizei. Die drehen jeden Stein um, bis sie Sie gefunden haben.«

»Sie bezahlen, Mr. Nobel, also ist das natürlich Ihre Entscheidung.«

Der Vorstandsvorsitzende erhob sich. Vor der Wand stand ein Miniaturmodell seiner Ballongondel. Er legte die Hand auf das kühle Metall. Die dreimonatige Reise durch die Stratosphäre mit der internationalen Mannschaft war die beste Zeit seines Lebens gewesen. Er hatte so viele Dinge gesehen, die kaum ein Mensch jemals zu sehen bekommen hatte: eine Gruppe Bergsteiger und Sherpas an der Nordseite des K2, die fünftausend Meter hohe und geometrisch perfekte Westwand in das flüssige Gold der untergehenden Sonne getaucht, riesige wandernde Gnuherden in Ostafrika. Über der Südsee, von Pitcairn bis Kap Agulhas, war die Nobel II von einem Albatros begleitet worden. Sie hatten den großen Meeresvogel Dias getauft, nach dem portugiesischen Kapitän, der als Erster vom Atlantischen Ozean ums Kap der Guten Hoffnung in den Indischen Ozean gekreuzt war.

Ich hätte dort oben bleiben sollen, dachte er zwischendurch. Zusammen mit Dias.

Nobel klappte den Deckel der Gondel hoch, unter dem sich ein üppig gefülltes Barfach verbarg.

»Ein Strato, Dirk? Meine eigene Erfindung.«

»Was ist das?«

»Wodka, Lime, Champagner, crushed ice.«

»Klingt vielversprechend.«

Nobel mixte die Drinks und setzte sich in seinen Regiestuhl.

Straat probierte, hustete und nickte.

»Richtig gut.«

Nobel schwenkte die klare Flüssigkeit in dem eiskalten, beschlagenen Glas und sah seinen Sicherheitsberater mit halb zugekniffenen Augen an.

»Rasmus Nordstrands Leiche wurde gefunden.«

Das Glas des Holländers verharrte auf halbem Weg zum Mund.

»Unmöglich, Mr. Nobel! Das kann schlicht und ergreifend nicht sein. Wann?«

»Das klingt, als müssten Sie sich selbst von der Unmöglichkeit überzeugen. Wann? Woher soll ich das wissen?«

Ihm schoss ein Gedanke durch den Kopf.

Michael hatte etwas von Aalen gesagt.

»Sie haben Nordstrand nicht zufällig über einem der Gründe abgeworfen?«

»Gründe? Was für Gründe?«

»Sie sind wirklich aus Holland, Dirk. Über einem der Fischgründe. Das sind großflächige, ziemlich flache Regionen in der Nordsee, wo die Fische laichen, fressen und selbst gefressen werden und wo sich deshalb die Fischkutter tummeln.«

Straat sah Nobel bestürzt an.

»Ich kann Ihnen beim besten Willen nicht sagen, ob dort unten irgendwelche ... Fischgründe waren, Mr. Nobel. Tut mir leid.«

»Wer hat die Entscheidung getroffen? Sie oder der Hubschrauberpilot?«

»Ich.«

Nobel seufzte. Musste man denn wirklich alles selbst machen? Wozu bezahlte er überhaupt Honorare für diesen Haufen unfähiger Idioten, mit denen er sich umgab?

»Koordinaten?«

»Selbstverständlich.«

Straat fummelte sein Mobiltelefon heraus und schlug das interne Notizbuch auf.

»55° 25′ 47″ nördlicher Breite und 6° 25′ 5″ östlicher Länge«, kam es wie aus der Pistole geschossen wie von einem Steuermannanwärter.

Nobel ging zu seinem Schreibtisch, klappte den Computer auf und gab die Position bei Google Earth ein. Das Ergebnis bestätigte seine Befürchtungen.

»Mitten in der Lille Fiskerbanke, Dirk. Grandios. Dort ist das Meer gerade mal vier Meter tief. Es fahren täglich mindestens fünfzig Trawler über den Grund, *und* wir befinden uns mitten in der Makrelensaison. Das ist wirklich genial. Glückwunsch.«

Straat beugte sich vor. Er saß auf der Sofakante. Sein Mund war leicht geöffnet, und die Knie waren zusammengedrückt wie bei einer alten Jungfer bei der Verlesung des Testaments ihres Vaters.

»Das ist ... Das tut mir wirklich sehr leid, Sir. Davon hatte ich wirklich keine Ahnung. Der Platz schien mir geradezu ideal. Das Meer war dort so weit, unendlich weit, oben vom Helikopter aus betrachtet. Und es war alles leer dort unten. Von einem Horizont zum anderen. Das müssen Sie mir glauben, Sir.«

»Die Nordsee? Die Nordsee ist ein Dorfteich, Dirk. Dort kann man nichts verstecken. Glauben Sie mir, ich weiß, wovon ich rede. Selbst im Polarmeer, das wirklich groß ist, kann man nichts wirklich verbergen. Und es heißt nicht Horizont, sondern Kimmung.«

»Entschuldigen Sie meine maritime Unwissenheit, Mr. Nobel. Glauben Sie, dass es das war, was passiert ist? Dass ein Trawler ihn aufgefischt hat?«

Der Vorstandsvorsitzende nahm seinen Strato und leerte das Glas in einem Zug.

»Irgendeine bessere Erklärung, Mr. Straat?«

»Bleibt nur zu hoffen, dass Michael Sander ein Wunder bewirkt.«

»Ich bezweifle, dass ihm der Sinn danach steht, Dirk. Nach Knutzon und Kemper, meine ich.«

»Er braucht nach wie vor das Geld. Für seine Schwester.«

»Wollen wir es hoffen, Dirk.«

LENES KOPF SURRTE VOR MÜDIGKEIT, während sie nach dem Schlüssel für die Haustür suchte. Sie konnte nur noch an ihr Bett denken, ihr kühles, himmlisches Bett. Zur Hölle mit dem Rest der Welt. Sie hatte beschlossen, genau an dieser Stelle auszusteigen, und alles Öl, Den Haag und Europol, Verschwörungstheorien, Polizeichefinnen, Leichen auf dem Meeresgrund und Michael waren ihr herzlich egal. Sie könnte ein Detektivbüro aufmachen, das wär's doch. Sie konnte sich kaum etwas Entspannenderes vorstellen, als im Nieselregen hinter einem Carport zu stehen und Fotos von ganz gewöhnlichen Menschen in falschen Betten und verbotenen Umarmungen zu machen. Vielleicht war Bjarne ja an einer Zusammenarbeit interessiert? Wie hieß er eigentlich mit Nachnamen? Mikkelsen. *Jensens & Mikkelsens Detektei*, Diskretion Ehrensache. Ihr wachsames Argusauge. Vögelt Ihr Mann mit anderen Frauen? Kokst Ihre Tochter? Wir bieten die passende Überwachung und Beratung. 24/7/365.

Die Klienten würden ihnen die Bude einrennen.

Das Licht im Treppenhaus ging aus. Wo war bloß dieser verdammte Schlüssel? Sie fand den Lichtschalter und hörte ein Räuspern, sehr nah und direkt hinter sich. Obwohl es völlig abwegig war, schoss Lene durch den Kopf, dass das die Männer mit den Metzgerschürzen waren, zurückgekehrt aus dem Totenreich, um mit ihr abzurechnen. Mit blutigen Augenhöhlen und halb weggeschossenen Gesichtern. Und Kettensägen. Sie wirbelte mit einem Schrei herum, die Tasche fiel zu Boden, aber sie hatte ihre Pistole in der Hand, sicher und schwer, in der Kammer steckte eine Patrone, ihr Finger krümmte sich um den Abzug.

Auf der Treppe zur nächsten Etage saß die hochgewachsene Frau, die ihr die letzten Tage gefolgt war. Sie hatte das Gesicht abgewandt und presste den Kopf ihrer schlafenden Tochter in ihren Schoß, in der Gewissheit, erschossen zu werden.

Im absolut letzten Augenblick erkannte Lene Rasmus Nordstrands Frau, presste japsend Luft in ihre Lungen und ließ den Abzug los.

Sie ließ die Hand sinken, die zitterte wie selten zuvor.

Die Frau öffnete vorsichtig ein Auge und schielte zu ihr rüber. Das Mädchen schlief weiter. Eine schwarze Haarlocke war ihr ins Gesicht gefallen und hob sich mit ihren gleichmäßigen Atemzügen. Alles war so kristallklar, und Lene war kurz vorm Explodieren. Sie hätte in diesem Moment wirklich gerne jemanden erschossen, egal, wen.

»Verdammt ... Verdammt noch mal!«, schrie sie. »Sind Sie vollkommen wahnsinnig?! Hätten Sie nicht ... Um ein Haar hätte ich ... verflixt ... FUCK!«

Sie lehnte sich gegen die Tür und stampfte mit dem Fuß auf. Ihr Herz schlug trocken und hart gegen ihre Rippen.

Das Mädchen hob den Kopf, blinzelte und betrachtete sie mit seinen blauen, ernsten Augen. Lene wollte die Waffe zurück ins Holster schieben, verfehlte es und versuchte es noch einmal. Sie schluckte und fuhr sich mit der Zunge durch den Mund.

»Tut mir leid.« Die Mutter signalisierte ihrer Tochter, sich aufzusetzen. »Wirklich. Von Herzen. Entschuldigung. Ich wollte Sie nicht erschrecken ... Ich weiß nicht ... Ich muss eingeschlafen sein. Das war einfach alles zu viel.«

Sie stand auf, schwankte, fuhr sich mit der Hand durch das dunkle Haar und schaute ihre Tochter an.

»Thea? Komm, Schatz. Wir müssen gehen.«

»Mama ...!«

Das Mädchen rieb sich die Augen, dann hängte es sich mit einem tiefen Seufzer einen kleinen blauen Rucksack über die Schulter und starrte mit leerem Blick vor sich hin. Der Anblick ihres blassen, ausdruckslosen Gesichtes schnitt Lene ins Herz.

»Was, um Himmels willen, machen Sie hier? Sie sind Anna Nordstrand, oder?«

»Was von ihr noch übrig ist.«

Die Frau versuchte es mit einem Lächeln, was ihr gründlich misslang.

»Ich wusste nicht, wo wir sonst hinsollten«, sagte sie. »Aber jetzt sehe ich selbst, dass das eine schwachsinnige Idee war. Sie tun nur Ihre Arbeit. Entschuldigen Sie. Und außerdem kenne ich Sie überhaupt nicht.«

Sie nahm eine Umhängetasche auf, die alle irdischen Besitztümer des Paares zu beinhalten schien, und reichte ihrer Tochter die Hand.

»Hören Sie endlich auf, sich dauernd zu entschuldigen«, murmelte Lene und sah das Mädchen an. »Dreimal ist mehr als ausreichend.«

Anna Nordstrand lächelte müde. Sie war sehr hübsch, selbst völlig erschöpft. Lene dachte an den zerschlagenen, gesichtslosen Leichnam auf dem Sektionstisch im Rechtsmedizinischen Institut, was sie besser nicht hätte tun sollen, weil sie in dem Zusammenhang auch an die ... Viecher denken musste. Warum ließ jemand für ein Prinzip seine Frau und sein Kind im Stich? Das war ihr unbegreiflich. Schließlich ging es nicht darum, Hitler zu töten oder die Erde vor einer Invasion von Aliens zu retten. Er hatte getan, was er getan hatte, um eine relativ friedliche Ölförderung verdammt weit oben im Norden gewaltsam zu sabotieren. Öl, das auf genau die gleiche Weise an Hunderten von anderen Orten auf der Welt gefördert wurde, ohne dass irgendein Hahn danach krähte.

»Entschuldigung.«

Anna Nordstrand schlug sich die Hand vor den Mund und sah Lene mit großen Augen an. Unter anderen Umständen wäre Anna sicher eine herzliche und humorvolle Frau, dachte Lene. Sie hatte Lachfältchen um die Augen, und die Mundwinkel der vollen Lippen zeigten natürlich nach oben. Ihr Gesicht war nicht dafür geschaffen, lange ernst zu bleiben.

»Jetzt reicht's aber wirklich«, murmelte sie abwesend und stellte fest, dass Adrenalin tatsächlich der beste Schmerzstiller auf dem Markt war, wie Michael immer sagte. Im Moment spürte sie ihre verletzte Schulter überhaupt nicht.

Anna Nordstrand schaute zu Boden. Theas Augen fielen wieder zu. Sie lehnte sich an ihre Mutter.

»Rasmus' Mutter hat mich angerufen, als sie es erfahren hat«, sagte sie. »Wir haben nicht gewagt, nach Hause zu gehen. Und dann habe ich von Alans und Marias Verschwinden gehört … Dass niemand sie erreicht hat.«

»Meinen Sie mit niemand andere Mitglieder von Poseidons Kriegern?«, fragte Lene.

Anna Nordstrand nickte.

»Rasmus und Alan waren das Herz des Projektes. Ohne die beiden ist davon nicht mehr viel übrig.«

»Sie sind tot«, sagte Lene tonlos und hoffte, dass Thea davon nichts hörte. »Alan und Maria, meine ich. Sie wurden gestern in ihrer Wohnung in Vesterbro umgebracht.«

»Lene? Lene! Was ist hier los?«

Die Tür von Lenes Nachbarin ging auf. Lene drehte sich um. Der Fernseher lärmte bis ins Treppenhaus.

»Guten Abend, Rita.«

Die Nachbarin war eine frühverrentete Damenfriseurin; wegen eines Hautekzems an der Hand und schwacher Nerven. Ritas Haar war blondiert und toupiert, aber ihr Gesicht glich einer schlaglochgeflickten Straße. Sie hielt eine hellrosa Zigarette mit goldenem Mundstück in der Hand. Ihre Brüste wirkten müde unter dem heidefarbenen Morgenmantel aus Waffelpiqué. Normalerweise hörte Lene von ihr nur das Klirren der leeren Ginflaschen auf der Hintertreppe, ihren kiebigen weißen Pudel, ihren rasselnden Raucherhusten und die leisen Schritte treuer Stammkunden zwischen 21 und 23 Uhr an Werktagen und das anschließende Quietschen der Federn von Ritas Matratze.

Rita ließ ihre farblosen Augen über Mutter und Tochter gleiten. An den Wimpern des unteren Augenlides klebten kleine Mascaraklümpchen, und die falschen Wimpern am rechten Auge verloren den Halt.

»Wer ist das?«, fragte sie und führte mit einer hastigen Handbewegung die Zigarette zu den knallroten Lippen. »Die sehen ja aus wie obdachlose Zigeuner. Sind das Trickbetrüger, Lene? Das Mädchen bettelt, während die Mutter dich um dein Tafelsilber erleichtert?«

»Hören Sie mal«, setzte Anna Nordstrand hitzig an, aber Lene hob eine Hand und forderte sie zum Schweigen auf. Die andere Hand legte sie auf die Türklinke und drückte Rita die Tür vor der Nase zu. Der Teufelshund tänzelte kläffend um ihre Beine herum und schnappte nach ihren Stiefeln.

»Hierher, Tulle!«, rief Rita.

Als ob der Köter in seinem Leben auch nur einmal auf sie gehört hätte.

»Das sind Freunde, Rita. Geh rein und schlaf weiter«, rief Lene, um den giftigen Kläffer zu übertönen.

Rita warf einen letzten empörten Blick zu Anna und Thea. Die Gelegenheit nutzte Lene, den Hund dahin zu befördern, wo er herkam. Er verschwand mit einem Jaulen in der Hölle.

»Was ist passiert ... was ist denn los, Tulle? Mamas Hund. Mama braves Hundchen.«

Rita lief hinter ihrem Köter her, und Lene knallte die Tür zu und holte tief Luft.

»Eigentlich kann sie einem leidtun«, sagte sie mit einem entschuldigenden Lächeln zu Anna Nordstrand. »Das muss ich mir zwischendurch immer wieder vor Augen führen, auch wenn ich manchmal nicht übel Lust hätte, sie und ihr kleines Mistvieh einzuschläfern.«

»Der Hund ist süß«, sagte Thea.

»Nein«, sagten die beiden Frauen im Chor.

Lene fand ihren Schlüssel in der Jackentasche, wo er die ganze Zeit gewesen war.

»Kommt rein.«

Anna Nordstrand sah sie zweifelnd an.

»Sind Sie sicher? Ich will nicht …«

Eine Stunde später standen Anna und Lene Schulter an Schulter im Türrahmen, jede einen Becher Tee in der Hand, und betrachteten die tief schlafende Thea, die in einem schmalen Bett in einem Zimmer lag, in dem einmal ein großes Mädchen beziehungsweise eine junge Frau gewohnt hatte.

Es gab keine Fotos, Plakate oder Bilder an den Wänden, aber die hellen Rechtecke verrieten, wo sie mal gehangen hatten. Der Schreibtisch war leer, in dem Regal standen Jugendbücher, ein paar Romane und alte Schulbücher. Es gab einen Glaskasten mit tropischen Schmetterlingen, geblümte Gardinen und eine grüne chinesische Lampe in der Ecke, die ihr schummrig grünes Licht über das schlafende Mädchen goss.

Auf dem Nachtschrank standen ein Teller mit Kekskrümeln und ein halb volles Glas Milch.

Anna Nordstrand sah sich um. Sie wirkte nicht mehr so erschöpft, aber wenn Lene nicht mit ihr sprach, versteinerte ihr Gesicht zu einer ausdruckslosen Maske.

»Schönes Zimmer«, sagte sie. »Ein bisschen wie mein Jugendzimmer zu Hause. Manchmal wünschte ich, ich hätte es nie verlassen.«

Lene nickte.

»Das war das Zimmer meiner Tochter Josefine.«

Anna Nordstrand lächelte und wärmte ihre Hände an dem Becher.

»Ist sie ausgezogen?«

Lene drehte eine Locke zwischen den Fingern.

»Sie macht eine Ausbildung zur Physiotherapeutin. Sie teilt sich eine Wohnung mit einer Freundin und ...«

»Es ist bestimmt schön für sie, zwischendurch wieder hier schlafen zu können«, sagte Anna. »Sie hat Glück. Mein Vater hat mein altes Zimmer für seine Weinsammlung okkupiert.«

»Aha ...«

Die Pause kam ihr wie eine der längsten ihres Lebens vor. Sie starrte zu Boden.

»Sie ist nicht ausgezogen, oder?«, fragte Anna vorsichtig.

Lene sah sie an.

»Nein. Sie hat sich erschossen. Sie ist gefoltert und misshandelt worden. Sie war in Behandlung, aber das hat nichts genützt.«

»O Gott, das tut mir leid. Ich bin so eine Idiotin.«

Lene zog die Tür bis auf einen Spalt zu.

»Ist schon okay. Es ist ein paar Jahre her.«

Sie setzten sich, jede an einem Ende, auf Lenes Sofa. Lene schenkte Tee nach. Der Kühlschrank hatte nicht viel zu bieten gehabt, aber für Cowboytoasts und ein paar Kekse hatte es gereicht.

»Kommt man jemals darüber hinweg?«, fragte Anna. »Und sagen Sie bitte, wenn Sie nicht darüber reden wollen.«

Lene lächelte schwach. »Ich nicht. Vielleicht schaffen andere das, aber ich glaube nicht daran. Ich denke die ganze Zeit, dass ich eigentlich dort sein müsste, wo sie jetzt ist, um auf sie aufzupassen.«

»Wer hat ihr das angetan und warum?«

»Wahnsinnige, reiche, kranke Menschen. Als Warnung an mich, meine Ermittlungen zu beenden. Sie haben Josefine als Überbringerin der Botschaft missbraucht.«

Sie nippte an ihrem Tee. Sie konnte tatsächlich darüber reden. Sie hätte niemals gedacht, dass sie dazu irgendwann imstande sein würde. Es war ewig her, dass sie das letzte Mal mit jemandem ein Wort über Josefine gewechselt hatte, abgesehen von Michael.

»Natürlich mache ich mir die größten Vorwürfe. Ich hätte die Ermittlungen abgeben sollen, aber ich habe weitergemacht. Meine Chefin hat mir angeboten, einem Kollegen den Fall zu übergeben, was ich abgelehnt habe. Und dann ist es passiert.«

»Aber Sie haben die Verantwortlichen gefunden?«

Lene beugte sich vor und schaute Anna Nordstrand tief in die Augen. Die Tür zu Josefines Zimmer fiel ins Schloss.

»Mir hat jemand geholfen. Der Mann, der Sie in Peter Holms Wohnung um ein Haar geschnappt hätte. Er arbeitet für Nobel Oil, und Sie wollen ihn nicht wirklich im Nacken haben.«

»Arbeiten Sie zusammen?«

»Im Gegenteil.«

Die Witwe bekam eine tiefe Furche zwischen den Augenbrauen.

»Das hört sich kompliziert an.«

»Ist es auch.«

Lene schnipste mit den Fingern.

»Anna? Kümmern Sie sich nicht um meine Angelegenheiten und hören Sie mir genau zu, okay?«

Sie wartete, bis sie sicher war, die volle Aufmerksamkeit der Witwe zu haben.

»Ich muss wissen, worum es hier eigentlich geht, wenn ich eine Chance haben soll, Ihnen und Ihrer Tochter zu helfen«, sagte sie. »Ihre Freunde Alan Knutzon und Maria Kemper wurden gefoltert und auf bestialischste Weise umgebracht, und sie werden es nicht bei den beiden belassen. Möglicherweise kann ich Ihnen gar nicht helfen. Ich bin offiziell von dem Fall abgezogen. Sie nennen das Beförderung, aber das ist es natürlich nicht.«

»Ich weiß sehr gut, dass ich keine andere Wahl habe.«

Anna starrte mit Tränen in den Augen in ihren Becher.

»Und wie gut ich das weiß. Wir haben nach Informationen gesucht, die für einen Haufen Menschen wahnsinnig wichtig sind. Sie sind dabei, Grönlands Westküste zu zerstören. Sie werden die Davisstraße und die Labradorsee vergiften. Es geht nicht nur um Grönland, sondern auch um Kanadas Küste und die der USA.«

»Nobel Oil?«

Anna lächelte verbittert und schüttelte den Kopf.

»Alle! Darum ist das Ganze ja so riskant. Eine Art koordinierter Selbstmord. Natürlich geht es um Nobel Oil, aber genauso um die dänische Regierung, die grönländische Selbstverwaltung, die chinesischen Banken. Es ist aus dem Ruder gelaufen, sie wollen mit Norwegen gleichziehen oder Saudi-Arabien, und es geht ihnen allen zu langsam.«

»Und das darf nicht passieren?«

»Nein, nein, nein! Das darf nicht passieren. Rasmus und seine Freunde haben schon lange den Verdacht, dass die Schieferberge in der Diskobucht verseucht sind. Die Bergkette war achtzehn Millionen Jahre unter einer dreißig Meter dicken Eisschicht begraben. Jetzt ist kein Eis mehr da, und der Berg dehnt sich aus wie ein Schwamm, der sich vollsaugt. Durch Milliarden mikroskopischer Poren drückt Cadmium durch das Gestein herauf und verunreinigt das Schieferöl. Sie haben versucht, die Öffentlichkeit darauf hinzuweisen, aber niemand hat auf sie gehört. Daraufhin haben sie eine Art Graswurzelbewegung gegründet, die mit der Zeit immer militanter geworden ist.«

»Cadmium?«

»Das ist ein gewöhnliches Metall, das in Verbindung mit Zink vorkommt und sich wie Quecksilber verhält. Der menschliche Organismus nimmt es übers Trinkwasser, über Feldfrüchte und Fische auf und kann es nicht wieder ausscheiden. Es sammelt sich an, ist krebserregend und schädigt die DNA. Frauen werden steril oder bekommen Kinder mit Missbildungen. Das Meer wird mit dem Pumpwasser verunreinigt, mit dem das Schieferöl heraufgepresst wird. Fracking. Es gibt keine anderen Methoden rentabler Schieferölförderung.«

»Und das wissen Sie mit Sicherheit? Und Peter Holm wusste das ebenfalls?«

Anna lächelte freudlos.

»Der One-Night-Fick meines Mannes?«

Lene senkte den Blick, weil ihr auch nicht einfiel, wie sie es schonender hätte formulieren sollen.

»Ja.«

»Rasmus war in allem, was mit Natur und Umwelt zu tun hat, ein Fanatiker«, sagte Anna. »Er liebte das Meer und hat es fast wie sein privates Eigentum betrachtet. Er hat es so eingefädelt, dass er Peter Holm aus dem Lager zum Heli-Landeplatz fahren konnte, und unterwegs hat Holm ein paar Dinge gesagt, die ihn sicher in seiner Sache gemacht haben. Er wusste von Holms Homosexualität und beschloss, ihn zu verführen.«

»Ich habe Bilder von ihm gesehen.«

»Er sah gut aus, ja.«

»Aber gab es wirklich keinen anderen Weg? Über die Umweltbehörden oder die Medien?«

»Das haben sie alles probiert. Und die Medien? Ich bin selbst Journalistin. Es gab absolut keine Möglichkeit, da durchzudringen. Sie haben ja selbst gesagt, dass Sie von dem Fall abgezogen wurden. Und Sie sind nicht irgendwer, sondern Polizeioberrätin.«

»Für eine sehr attraktive und nach wie vor unbesetzte Stelle bei Europol in Den Haag«, murmelte Lene.

»Einfach so?«

»Sie haben ja recht. Aber noch mal zurück. Die beiden sind miteinander ins Bett gegangen, aber was ist danach geschehen? Wussten Sie, dass Holms Wohnung videoüberwacht war?«

Anna nickte.

»Das habe ich mir schon gedacht. Rasmus hatte geplant, ihn zu betäuben. Er hatte ein starkes Schlafmittel dabei, das er in ein Glas Wein mischen wollte, nachdem sie miteinander geschlafen hatten, aber es hat nicht richtig gewirkt. Peter Holm wurde wach, als Rasmus dabei war, seinen Computer zu hacken ...«

»Der in seinem Tresor gelegen hatte«, schob Lene ein.

Anna errötete.

»Rasmus hat ihn dazu gebracht, ihm zu verraten, wo der Computer war. Weil er unbedingt seine Mails checken wollte, angeblich.«

»Mein Gott.«

»Holm hat keinen Verdacht geschöpft. Aber dann kam es zum Handgemenge, und dabei …«

Ihre dunklen Augen flossen über.

Lene beugte sich vor und legte eine Hand auf Annas Schulter.

»Sie müssen mir alles erzählen, Anna«, drängte sie.

»Ich weiß. Rasmus hat Peter Holm erschlagen. Er hat den armen Mann erschlagen.«

»Der einfach nur seine Arbeit für Nobel Oil gemacht hat, nach bestem Wissen und Gewissen«, sagte Lene.

»Mein Gott, ja.«

Lene ließ die Hand auf der Schulter ruhen. Sie hätte so gerne mit Anna zusammen geweint. Gott weiß, wie dringend sie das nötig gehabt hätte.

ANNA SCHAUTE NOCH MAL nach ihrer Tochter, dann setzte sie sich wieder zu Lene aufs Sofa und nahm dankbar das Glas Whisky an.

»Thea schläft wie ein Stein, und das hat sie auch dringend nötig. Die letzten Tage waren die Hölle. Sie ist ein cleveres Mädchen, auch wenn sie natürlich nicht alles versteht, was hier vorgeht. Das tue ich ja nicht einmal.«

»Das ist ein gutes Zimmer«, sagte Lene. »Es wohnt ein guter Geist darin.«

»Der Geist Ihrer Tochter?«

»Das würde ich zu gerne glauben.«

Lene sah Anna durch den dicken Boden des Whiskyglases an. Sie war hübsch, selbst so verzerrt.

»Erzählen Sie mir den Rest. Von Rasmus.«

Anna nickte.

»Ich glaube, Rasmus hätte Peter einfach nach den Analysen fragen können, wenn er ihm gesagt hätte, wer er ist und was er vorhat. Sie waren in einem Schwulenklub, aber das wissen Sie wahrscheinlich?«

»Banana-Club.«

»Genau. Rasmus hat Alan von der Toilette angerufen und gesagt, er habe gute Karten, zu Hause bei Holm zu landen. Und er hat auch erzählt, dass Holm Gewissensbisse habe.«

»Weshalb?«

»Er war Wissenschaftler. Und er hat Rasmus erzählt, dass er bei den letzten Probebohrungen auf etwas katastrophal Gefährliches gestoßen ist. Ein Super-GAU. Aber er war überzeugt, dass Axel Nobel unverdrossen weitermachen würde; er würde wie immer eine Möglichkeit finden, das Problem unter den Teppich zu kehren. Der Berg sei die reinste Büchse der Pandora, meinte Holm. Wenn man sie öffnete, würde die Welt untergehen.«

»Hat er das wirklich gesagt?«

»Laut Rasmus, ja.«

Lene runzelte die Stirn.

»Okay. Es kam also zum Handgemenge. Ihr Mann ist größer, jünger und Holm kräftemäßig überlegen. Wir haben eine Nylonschnur um seine Handgelenke gefunden, was darauf hindeutet, dass Rasmus ihn gefesselt hat. Aber warum um alles in der Welt war es notwendig, ihn zu töten?«

»War es ja gar nicht.«

»War es nicht?«

»Nein.«

Anna starrte mit leerem Blick auf den Boden. So lange, bis Lene befürchtete, dass sie einen inneren Zusammenbruch erlitten hatte.

In dem Moment hob sie den Kopf.

»Rasmus hat ihn übermannt und gefesselt, die Kopie war fertig, aber Peter schrie ihn immer weiter an. Da ist dann irgendwann bei Rasmus eine Sicherung durchgebrannt. Sie hassen Nobel Oil aus tiefstem Herzen.«

»Poseidons Krieger?«

»Ja. Die Firma zerstört mit ihrer Gier unser Erbe, unseren Planeten. Und sie werden nicht eher aufhören, bis nichts mehr da ist. Rasmus hat es Notwehr im Namen der Natur genannt.«

»Womit er nicht ganz unrecht hat«, sagte Lene nachdenklich. »In gewisser Weise, nehme ich an.«

»Ja, schon. Aber Holm war ein Mensch. Keine Firma, keine Ideologie. Und er war wehrlos.«

»Ja, das kann man so sagen«, sagte Lene. »Was ist dann passiert?«

»Es vergingen nur ein paar Sekunden, bis Rasmus plötzlich panisch wurde. Er schaffte es gerade eben noch, den USB-Stick zu verstecken, ehe zwei fremde Männer in die Wohnung gestürmt kamen.«

»Ein glatzköpfiger Riese und ein langer Typ mit Ohrringen und Tätowierungen, der aussah wie ein Zigeuner?«

»Ja, aber woher ...«

»Die sind gestern Morgen ums Leben gekommen.«

»Ganz sicher?«

»So sicher wie das Amen in der Kirche. Aber woher wissen Sie das alles? Das kann eigentlich nicht sein, Anna!«

»Rasmus hatte die Kamera von Holms Computer eingeschaltet, während ich mir das Ganze zu Hause bei Alan Knutzon angeschaut habe.«

Lene lehnte sich zurück in die Polster und sah ihr Gegenüber an.

»Sie haben das aufgenommen? Sagen Sie mir bitte, dass Sie es aufgenommen haben!«

»Nein. Alan dachte, er hätte es aufgenommen, aber irgendwas ist schiefgelaufen.«

Lene stöhnte und fasste sich an den Kopf.

»Das ist sehr, sehr ärgerlich. Ich bräuchte so dringend irgendwas Konkretes, das ich den Leuten um die Ohren hauen kann, damit sie mir endlich glauben. Meiner Chefin zum Beispiel. Waren da nur die zwei Männer? Der Riese und der Zigeuner?«

Zwischen Annas Augenbrauen bildete sich eine tiefe Furche.

»Es war noch eine dritte Person dort«, sagte sie unsicher. »Aber von der habe ich nur ein Bein und einen Schuh im Flur gesehen. Einen glänzenden schwarzen Schuh. Was ist mit Alan und Maria passiert? Waren das dieselben Männer?«

»Ja, sie wurden von den beiden Männern umgebracht, die Sie beschrieben haben.«

»Was für ein Albtraum«, sagte Anna leise. »Und er wird immer grausamer.«

»So ist es. Wir müssen dafür sorgen, dass er aufhört. Ich hoffe, die übrigen Krieger Poseidons sind schlau genug, sich unsichtbar zu machen. Wir haben es mit echten Profis zu tun, deren Ziel es ist, sie auszulöschen.«

»Das sind sie, so viel kann ich mit Sicherheit sagen. Wir sind nicht so viele. Eine Handvoll. Es gibt eine Menge Sympathisanten, aber die treibenden Kräfte waren Rasmus und Alan.«

Lene stand auf und trat an die Fenster. Sie schob die Vorhänge beiseite und schaute auf den Kong Georgs Vej hinunter. An der Kreuzung zum Kronprinsesse Sofies Vej, an der Grenze zwischen Straßenlaterne und Schatten, überquerte ein dunkel gekleideter Mann die Straße und verschwand.

Anna Nordstrands nächste Frage brachte Lene dazu, sich umzudrehen.

»Wo haben sie Rasmus gefunden?«

»Im Netz eines Trawlers über der Lille Fiskerbanke in der Nordsee«, sagte Lene. »Sein Genick war bereits gebrochen, als sie ihn aus einem Flugzeug oder Hubschrauber geworfen haben. Tut mir leid, wenn ich herzlos klinge, aber ich weiß beim besten Willen nicht, wie ich das rücksichtsvoll verpacken soll.«

»Ist schon okay. Es ist nicht Ihre Schuld. Und Sie sind alles andere als herzlos.«

Die junge Frau schluchzte und wurde mit jedem Schluchzer in ihrer Sofaecke kleiner. Lene verfluchte ihr Schicksal, wieder einmal die Überbringerin schrecklicher Nachrichten zu sein.

Sie ging in die Küche, um eine Serviette oder ein Küchentuch zu holen. Aus dem Wohnzimmer war Annas Schluchzen zu hören. Sie konnte sich nicht entscheiden, ob sie abwarten sollte, bis die andere Frau sich wieder etwas beruhigt hatte, oder ob sie zu ihr gehen und sie in den Arm nehmen sollte. Aber was half die Umarmung eines fremden Menschen? Sie blieb in der offenen Tür stehen, bis Anna den Kopf hob und sich suchend umsah.

Lene setzte sich neben sie und reichte ihr die Küchenrolle.

»Danke.«

»Nicht dafür. Aber zurück zu Peter Holms Analysedaten: Wo sind die, oder will ich das möglicherweise gar nicht wissen?«

Anna schnäuzte sich.

»Wollen Sie das wirklich wissen? Ich glaube, dass dieses Wissen zu riskant ist. Selbst für eine Polizeidirektorin.«

»Polizeioberrätin«, korrigierte Lene sie abwesend. »Garnelen? Warum um alles in der Welt hat mein ehemaliger Freund oben in Peter Holms Wohnung das Wort ›Garnelen‹ gesagt?«

Es blitzte kurz auf in den Augen der Witwe.

»Weil er offensichtlich gut von den Lippen ablesen kann …«

»Das würde mich nicht wundern. Er hat eine ganze Reihe nützlicher Talente.«

»Das war das letzte Wort, das Rasmus in die Kamera von Peter Holms Computer gesagt hat. Ein Insider-Joke. Rasmus' Schwester hat mit einem Typen zusammengelebt, der ständig fremdgegangen ist. Eines Abends hat sie ihre Sachen gepackt, hat eine Gardinenstange mit Garnelen gefüllt und ist gegangen. Der Gestank der Garnelen wurde immer schlimmer, und der Typ konnte ums Verrecken nicht rausfinden, wo der herkam. Am Ende sah er keinen anderen Ausweg, als aus der Wohnung auszuziehen.«

Lene lachte schallend, und Anna Nordstrand lächelte.

»Es kommt noch besser! Die Gardinenstange hat er in die neue Wohnung mitgenommen! Mehr musste Rasmus also nicht sagen, damit ich wusste, wo er den USB-Stick versteckt hat.«

»Clever«, sagte Lene. »Aber, Anna … Wie soll es denn jetzt weitergehen? Haben Sie Familie oder Freunde, bei denen Sie unterkommen können? Oder können Sie und Thea das Land verlassen? Vielleicht wäre das sogar das Ratsamste, bis …«

»Bis wann?«

Lene sah sie an. Anna hatte recht. Bis wann eigentlich?

Anna lächelte.

»Das Komische oder Tragische an der ganzen Sache ist, dass ich keinen Schimmer habe, was ich mit den Informationen anfangen soll. Ich würde mich niemals trauen, den USB-Stick an irgendeinen Computer anzuschließen, weil ich viel zu viel Angst hätte, alle möglichen Alarme auszulösen. Rasmus meinte, sie wären mit einer komplexen Software verschlüsselt, die sich nicht so schnell knacken lassen würde.«

»Das vermute ich auch«, sagte Lene, setzte ihr Pokerface auf und hoffte inständig, dass in dem kleinen Büro in Glostrup das Nachtlicht brannte und Bjarne in dieser Nacht ganz besonders inspiriert war. Merkwürdigerweise war ihre Müdigkeit plötzlich verflogen, obwohl sie vor wenigen Stunden noch reif für den Schrottplatz gewesen war.

»Wie hätte eigentlich der Plan ausgesehen, wenn es Ihrem Mann gelungen wäre, das Geheimnis der Diskobucht zu enträtseln?«, fragte Lene. »Ohne Rücksicht auf Verluste, muss ich wohl hinzufügen. Und dann all die Gefahren, denen er Sie und Thea ausgesetzt hat.«

Anna beugte sich vor und nahm gedankenverloren die Whiskyflasche vom Sofatisch. Sie sah Lene an.

»Meiner Meinung nach war das Ganze ziemlich diffus und improvisiert. Sie wussten, dass die Zeit knapp war, weil Peter Holm nur kurze Zeit in Dänemark sein würde, ehe er zurück nach Grönland fliegen sollte.«

»Irgendwoher müssen sie ja auch erfahren haben, dass Axel Nobel die neuesten Analyseergebnisse nicht schon längst bekommen hatte.«

»Sie haben Freunde auf allen Ebenen bei Nobel Oil. Und Rasmus war halber Grönländer. Er kannte Gott und die Welt dort unten, wurde sehr geschätzt und respektiert. Es war alles ganz einfach für sie. Sie haben die Satellitenverbindung der Feldstation zerstört und vergeblich versucht, den Zentralcomputer zu hacken. Ich wünschte, es wäre ihnen gelungen. Dann wäre all das vielleicht gar nicht geschehen. Die Sprengung der Pipeline haben sie mit einer Kiste Bier gefeiert.«

»Und haben das halbe Eismeer verschmutzt«, sagte Lene.

»Das sei es wert gewesen, haben sie gesagt.«

»Eigenartige Logik.«

»Sie haben fest damit gerechnet, mit der Zeit über Peter Holm alle Informationen über den Berg zu bekommen.«

»Über Rasmus.«

Anna senkte den Blick, sagte aber nichts.

»Ich finde es ja schon seltsam, dass Axel Nobel nichts von dem Cadmium gewusst haben will«, fuhr Lene fort. »Soweit ich weiß, hat er sich unmittelbar nach Peter Holms Landung mit ihm getroffen.«

»Das stimmt. Aber wenn Rasmus und Alan mit ganz konkreten Beweisen hätten belegen können, dass das Diskobucht-Projekt eine tickende Umweltbombe ist, wäre es völlig egal gewesen, ob Nobel auch davon wusste. Sie hatten einen Countdown in der internationalen Presse laufen.«

»Was heißt das?«

»Zeigen Sie mir einen Journalisten, der nicht von einem Scoop wie Watergate träumt. Den gibt es nicht.«

»Vermutlich. Was hat es denn nun mit dem Countdown auf sich?«

»Sie hatten einige mutige und progressive Journalisten aus Russland, Frankreich, USA, England und Deutschland in der Hinterhand für den Tag, an dem sie die Analyseergebnisse hatten. Sie wollten das Material in wohldosierten Portionen verschicken, sobald sie jemanden gefunden hatten, der den Code knacken kann ...«

»Falls Ihnen das jemals gelungen wäre.«

»Für sie war es nur eine Frage der Zeit. Damit wollten sie dann Nobel Oil erpressen, das Projekt aufzugeben, eine Frist setzen und dem Konzern eine Geschmacksprobe des Materials zukommen lassen, um zu beweisen, dass sie schriftliche Belege hatten.«

»Faire Sache«, sagte Lene.

»So jedenfalls war der Plan. Aber ... das ist inzwischen ja alles Geschichte, und Nobel Oil wird bis zum Jüngsten Tag weiter Öl und Cadmium aus dem Berg pumpen.«

»Ich glaube nicht, dass es so einfach ist, Anna. Ich kann mir nicht vorstellen, dass Nobel Oil das allein entscheiden kann. Wie Sie schon sagen, in dem Öl-Märchen gibt es viele mächtige Herrscher, nicht zuletzt die Chinesen, die wahnwitzig viel Geld investiert haben. Man darf China nicht unterschätzen, hat mir kürzlich jemand gesagt.«

»Da hat der Jemand recht. Und nein, natürlich ist es nicht so einfach. Aber das war die Welt in Rasmus' und Alans Köpfen. Einfach.«

Die junge Frau schloss die Augen und ließ den Kopf in die Sofakissen sinken.

»Ich bin so müde, so müde ...«, murmelte sie.

»Ich hab Schlaftabletten, die ich nehme, wenn ich zu kaputt zum Schlafen bin«, sagte Lene.

Anna schüttelte den Kopf, ohne die Augen zu öffnen.

»Ich glaube, das ist nicht nötig. Darf ich bei Thea schlafen?«

»Natürlich. Im Schrank dort sind Decken und Bezüge. Es ist schön, jemanden in der Wohnung zu haben.«

»Was machen wir jetzt, Lene?«

»Schlafen. Das heißt, Sie schlafen, und ich verbarrikadiere die Wohnungstür und die Tür zur Hintertreppe.«

»Ich hätte nicht hierherkommen sollen. Ich werde es mir niemals verzeihen, wenn Ihnen etwas zustößt.«

»Mir stößt nichts zu. Schlafen Sie gut.«

DAS LICHT IN DEM ZIMMER, das Lenes Tochter gehört hatte, wurde gelöscht. Michael fröstelte auf seinem kühlen Aussichtsposten unter einem Baum ein Stück die Straße runter. Er stand vor einem modernen Bestattungsinstitut, das den Transport der Särge mit einer Sonderanfertigung von Lastenfahrrad anbot, das im Schaufenster ausgestellt war. Richtig schick sah das aus; pechschwarz mit glänzenden Speichen und einem hübsch gewölbten Schutzdach über der Ladefläche.

Keine schlechte Geschäftsidee, dachte er. Mitglieder des Dänischen Fahrradklubs, Tour-de-France-Fans und wirtschaftlich denkende Hinterbliebene begrüßten diese Initiative vermutlich. Aber er konnte nicht umhin, sich die Folgen eines Zusammenstoßes zwischen dem umweltfreundlichen Leichenrad und einem aggressiven Taxi vorzustellen. Ein zertrümmerter Sarg und ein über den Åboulevard schlitternder Leichnam, verfolgt von Bestatter oder Bestatterin, die ihn aufzuhalten versuchen, um ihn möglichst unbemerkt zurück in den Sarg zu verfrachten. Wenn der noch zu gebrauchen war. Oder das Leichenrad.

Michaels Gedanken hatten die Tendenz, sich in akuten und schwierigen Situationen bizarr zu verknoten. Das war eine Art Selbstschutz, vermutete er. Wie auch die wilden und vor Gewalt strotzenden Träume, die er in diesen Phasen hatte.

Er warf einen Blick auf sein iPad. Anna Nordstrands Mobiltelefon war als kleines grünes Kreuz markiert, das sich durch Lenes Wohnung bewegt hatte, jetzt aber stillstand. Das war fast zu gut, um wahr zu sein. Annas Mobilnummer hatte er von Lenes Handy, als sie bei ihrer letzten Begegnung in der Bar auf die Toilette gegangen war. Er hatte sie in eine spezielle Software eingegeben, die das Telefon geortet hatte.

Michael hatte sein Hirn nach potenziellen Fallen abgeklopft, konnte aber keine finden. Er hatte Anna Nordstrand und ihre Tochter am oberen Ende der Allégade aus einem Taxi steigen sehen und war ihnen diskret bis zu Lenes Hauseingang gefolgt. Die Frau hatte sich ständig umgedreht, während die Tochter vor Erschöpfung über Gehwegplatten und Bordsteinkanten gestolpert war.

Er setzte sich ins Auto, schenkte sich einen Schluck Kaffee aus der Thermoskanne ein und widerstand der Versuchung, sich eine Kippe anzuzünden. Er wollte sich nicht durch etwas so Banales wie den Glutpunkt einer Zigarette verraten. Und er war sich sicher, dass Lene ein wachsames Auge auf ihre Umgebung hatte.

Ein bewaffneter Überfall wäre sinnlos. Sie hatte garantiert Maßnahmen in Form von verbarrikadierten Türen und einer geladenen Pistole unter dem Kopfkissen ergriffen.

Worüber hatten sie gesprochen, und auf welcher Seite stand Lene? Hatte Anna Nordstrand ihr alles gesagt? Da Mutter und Tochter nicht wieder aus dem Haus gekommen waren, hatte sie ihnen offensichtlich Asyl für die Nacht angeboten, und er konnte davon ausgehen, dass Lene gut auf sie aufpassen würde.

Er hoffte, dass Ida schlief, bis alles überstanden war und er eine Lösung für … alles gefunden hatte.

Michael sank tiefer in den Sitz, trank mehr Kaffee und glitt in einen eigenartigen Zustand zwischen Wachsamkeit und Dahindämmern, in dem er sich meistens befand, wenn er auf einen Zugriff wartete.

LENE ÖFFNETE GANZ LEISE DIE TÜR zu Josefines Zimmer und machte Licht. Die grüne chinesische Papierlampe warf einen versöhnlichen Schein auf Mutter und Tochter. Anna lag mit dem Gesicht zur Wand hinter ihrer Tochter, den Arm über den Brustkorb des Mädchens gelegt. Theas Gesicht war halb verdeckt von den dunklen Haaren.

Sie wollte gerade ins Zimmer schleichen, als ihr Mobiltelefon in der Tasche zu vibrieren begann.

Lene schloss die Augen und begab sich auf Zehenspitzen zurück ins Wohnzimmer.

»Was ist?!«

»Ich bin's, Bjarne«, flüsterte der Techniker. »Hast du schon was?«

Lene schloss die Tür zum Flur und löschte das Licht. Es war halb vier, die Morgendämmerung war bereits angebrochen.

»Ich war gerade dabei, als du angerufen hast!«, zischte sie.

»Dann hast du also noch nichts?«, konstatierte der Techniker mit seiner extrem irritierenden und unwiderlegbaren Logik.

Lene schaute zur Decke.

»Noch nicht. Und du?«

»Möglicherweise«, sagte er zögernd. »Kommt drauf an, wovon wir reden. Reden wir vom Gleichen?«

»Das hoffe ich doch«, flüsterte sie. »Was hast du?«

»Ich habe einen Kumpel beim PET. Er ist wie ich …«

»Niemand ist wie du«, nuschelte Lene.

»Ich meine, dass wir ungefähr das Gleiche machen. Ich hab jedenfalls Zugang zu der Rijndael-Software. Er hat sich heute Nacht unter einem Vorwand eingeloggt, aber wir haben nicht viel Zeit, Lene.«

»Das weiß ich auch, verdammt. Aber das, was du hast, ist nur die Hälfte von dem, was wir brauchen, stimmt's? Oder hab ich das falsch verstanden?«

»Nein, hast du nicht, aber ich bin drin«, sagte er feierlich.

»Echt? In Nob…«

»Sprich es nicht aus! Das Wort triggert garantiert irgendein Aufnahmegerät an irgendeinem Sendemast, okay? Und dann sind wir am Arsch.«

Bjarne schnappte hektisch nach Luft, und Lene hörte ihn sein Asthmaspray betätigen.

Und sie hörte noch etwas anderes.

»Bist du allein, Bjarne?«, fragte sie misstrauisch.

»Natürlich bin ich allein … Was meinst du?«

Er klang so entrüstet, dass sie den Gedanken an die mögliche Anwesenheit weiterer Personen beiseiteschob. Ganz davon abgesehen, was hätte sie daran ändern sollen?

»Entschuldige«, murmelte sie. »Und du bist also *drin*?«

Sie konnte sich nur schwerlich vorstellen, dass es Bjarne gelungen war, Nobel Oils heilige, wassergekühlte Server in den tiefen Kellergewölben unter dem Hauptquartier zu hacken. Andererseits hatte er schon mehrfach bewiesen, dass er Wunder vollbringen konnte.

»War das nicht schwierig?«, fragte sie.

»Doch, war es … und wir haben, wie gesagt, nicht ganz so viel Zeit, ehe irgendwo ein Lämpchen zu leuchten beginnt und hier die Hölle losbricht. Aber ich hab es entjungfert, Lene, es sieht nicht so aus, als hätte es vor mir schon jemand hier reingeschafft …«

»Zwei Minuten«, sagte sie und beendete das Gespräch.

Lene schlich zurück in Josefines Zimmer, hielt die Luft an und schob die Tür auf. Thea drehte sich im Schlaf um, und der Arm ihrer Mutter umfasste sie automatisch fester.

Lene fand schnell das Gesuchte.

Dann rief sie Bjarne zurück.

»Sechs Minuten und dreizehn Sekunden«, kam es vorwurfsvoll.

»Zeig mich doch an«, murmelte Lene und fuhr ihren Computer hoch. »Bist du bereit?«

»Wie viel hast du?«, fragte er.

»Wie meinst du das?«

»Fürs Upload, Lene.«

Lene hatte ein Klingeln in den Ohren und einen metallischen Geschmack auf der Zunge, den sie erfolglos mit dem letzten Schluck Whisky runterzuspülen versuchte.

»Was weiß ich? 5 MB?«

»Das dauert dann ungefähr den Rest unseres Lebens. Welcher Anbieter?«

»Augenblick.«

Lene warf einen Blick auf das Mobilgerät. War das nicht derselbe Anbieter, den die Polizei für seine Dienstgeräte nutzte?

»Mir geht gerade etwas durch den Kopf, Bjarne«, sagte sie.

»Was?«

»Ich benutze mein Diensttelefon und meinen Dienstcomputer. Das ist wahrscheinlich nicht das Schlauste, oder?«

»Nein, und das wird irgendwann Riesenzoff geben, aber darum müssen wir uns dann kümmern. Vielmehr du. Ich hab dein Abokonto geöffnet. Du hast 15 MB Upload. Das ist immer noch zu langsam. Ich setze dich auf 250 MB hoch ... so. Und jetzt lass rüberwachsen.«

»Kannst du das einfach so?«

»Schon passiert. CPU? Hast du ein i7 Quad, oder was?«

Lene klickte nervös mit ihrer Maus.

»Drück dich gefälligst verständlich aus!«

»Tu ich doch. Das ist kein Esperanto. Na, auch egal, ich hab dich hier ...«

Lene hielt die Luft an und starrte auf ihren Computerbildschirm. Das Gerät war jetzt in Bjarnes Macht.

»Wenn dir das gelingt, spendiere ich dir Flugtickets und drei Wochen Hotelaufenthalt in Pattaya Beach«, sagte sie.

»Echt?«

»Versprochen.«

»Danke, da sage ich nicht Nein«, murmelte Bjarne zerstreut. Im Hintergrund hörte Lene seine Finger in ihrem Glostruper Büro über die Tastatur huschen.

»Warst du da schon mal?«

Sie sah den menschenscheuen Techniker vor sich, der jeder körperlichen Berührung auswich, noch immer die Brotdose aus der ersten Klasse und von seiner Mutter mit seinen Initialen bestickte Stofftaschentücher hatte.

»Ja, klar. Die letzten ... fünfzehn Jahre war ich jedes Jahr dort. Schön da.«

»Was machst du da unten?«

»Tempel besuchen.«

War da ein unterdrücktes Kichern zu hören? Unmöglich. Sie begann allmählich zu halluzinieren.

»Ah so, na dann ...«

»Ich melde mich, sobald ich was hab«, sagte er.

Lene streckte sich auf dem Sofa aus und schlang die Arme um ein großes Kissen. Sie versuchte zu schlafen, kam aber über ein Dösen mit wirren Bildern nicht hinaus.

Ob das klappte? Alles?

Es gab so viele Dinge, die sie nicht unter Kontrolle hatte. Sie hatte die ganze Zeit auf den Moment gewartet, in dem sie Anna Nordstrand treffen würde, der jetzt so unerwartet gekommen war, dass sie sie um ein Haar erschossen hätte. Und im Grunde genommen hatte sie von ihr nur die Dinge bestätigt bekommen, die sie bereits zusammengetragen hatte. Bjarnes Computertalent war dabei der wichtigste unbekannte Faktor. Michaels Reaktionen und Auftreten beunruhigten sie nicht. Sie kannte ihn: Er würde immer den direkten, unbequemen Weg gehen. Man nannte ihm das Ziel und konnte sich zurücklehnen, während er auf die gewohnte effektive Weise loslegte.

Es sei denn, er hatte sich verändert. Wie es hin und wieder vorkam.

Aber das waren nutzlose Spekulationen. Sie konnte sich nur für einen Weg entscheiden.

Als das Telefon klingelte, konnte Lene vor Spannung kaum antworten.

»Alles in Ordnung«, sagte Bjarne total ruhig.

»Ist es das?«

»Hier geht's um wirklich wichtige Dinge, oder? Ich werde meinen Tee für den Rest meines Lebens mit einem Geigerzähler kontrollieren. Ich hoffe, darüber bist du dir im Klaren.«

»Wahnsinnig wichtige Dinge. Und danke. Ich weiß, dass es pathetisch klingt, aber für wirklich viele Menschen ist das eine Frage von Leben und Tod.«

»Ich habe zwei Päckchen an deine Gmail-Adresse geschickt«, sagte er. »Eins rot, das andere grün. Das grüne packst du aus und platzierst die Dateien hinterher genauso, wie du sie vorgefunden hast.«

»Und was ist in diesen Päckchen?«

Bjarne erzählte es ihr, was Lene ein nervöses Kichern entlockte.

»Der Umfang ist ungefähr gleich«, sagte er.

»Geniale Idee. Und was ist mit dem roten?«

»Mit dem Päckchen vernichtest du die Welt. Ich will gar nicht wissen, auf welche Weise du das tust. Und ich will auf keinen Fall mit deinem Anschlag in Verbindung gebracht werden. Auf keinen Fall!«

Bjarne offenbarte in dieser Nacht ganz neue Seiten von sich, dachte sie. Hinter all dem Soften und Nachgiebigen gab es scheinbar einen ganz soliden Kern.

»Selbst, wenn es das Größte für dich wäre?«

»Genau deshalb. Hinterher rate ich dir, deinen Laptop im Wald zu begraben und dein Gmail-Konto zu löschen.«

»Mach ich. Nochmals danke.«

»Gern geschehen«, sagte der Techniker.

Lene wiegte nachdenklich das Telefon in der Hand. Durfte man einem Menschen so viel abverlangen, wie sie es gerade mit Bjarne getan hatte? Und wieso tat er ihr den Gefallen? Er setzte damit sein Leben und seine Arbeit aufs Spiel, so viel stand fest, und er war sich sehr wohl über die Konsequenzen im Klaren.

Aber wenn wir es nicht tun, wer dann?, murmelte sie.

Danach schlich sie zurück in Josefines Zimmer und regelte ein paar Kleinigkeiten.

Ihr Besuch blieb unbemerkt.

MICHAEL SCHRECKTE HOCH UND schlug sich den Kopf an. Er wusste nicht, wo er war, nur, dass er zu einem Zeitpunkt eingeschlafen war, als er hellwach hätte sein sollen. Er drückte die Stirn an den Türrahmen und fluchte.

Dann sah er zu seiner Erleichterung, dass Lenes Citroën weiterhin vor dem Gartentor parkte. Es war neun Uhr, und er schaute nach, ob er irgendwelche Nachrichten bekommen hatte, was nicht der Fall war. Er rief im Rigshospital an, und ihm wurde mitgeteilt, dass Ida gut geschlafen und gerade eine Kleinigkeit gegessen habe, dass sie aber mit niemandem reden wolle. Im Laufe des Vormittags sollte ein Psychiater bei ihr vorbeischauen, dann würde man weitersehen. Die Abteilung war chronisch überbelegt, und wenn der Psychiater entschied, dass sie keine akute Gefahr für sich selbst darstellte oder eindeutig psychotisch war, würde sie vermutlich entlassen oder alternativ in eine geschlossene psychiatrische Abteilung überwiesen werden.

Michael bedankte sich und hatte keine Ahnung, was er jetzt tun sollte. Das Beste, nicht zuletzt für ihn, wäre sicher gewesen, sie für ein paar Tage in die Geschlossene einweisen zu lassen, aber dort würde sich ihr Zustand unter

Garantie wieder verschlechtern. So war es immer gewesen. Am besten ging es ihr bei ihm zu Hause. Aber er hatte keine Zeit. Im Moment hatte er schlicht und ergreifend keine Zeit, auf sie aufzupassen.

Er schlug mit der Faust auf das Lenkrad.

Da ging Lenes Haustür auf, und er erstarrte. Lene trat nach draußen und blieb auf dem Treppenabsatz stehen. Ein Sonnenstrahl, der von einem offen stehenden Fenster reflektiert wurde, schien auf ihr Haar und ließ es rot aufleuchten. Sie schaute die Straße rauf und runter, setzte sich in ihr Auto und fuhr in Richtung Falkoner Allé los, wo sie den linken Blinker setzte. Michael überprüfte den Standort von Anna Nordstrands Handy auf seinem iPad. Es war, wo es die ganze Zeit gewesen war.

Michael klappte das Handschuhfach auf und entnahm ihm einen langen, perforierten Schalldämpfer, den er auf seine Glock schraubte. Er schob die Pistole unter den Gürtel, stieg aus, öffnete den Kofferraum und nahm eine Rolle Gaffa-Tape und eine Handvoll dicke Kabelbinder heraus, die er in die Taschen seiner Windjacke steckte.

Lene bog links auf den Dronning Olgas Vej ab, der parallel zu ihrer eigenen Straße verlief und gleich noch einmal links in den Kronprinsesse Sofies Vej. Wie durch ein Wunder fand sie einen durch einen Umzugswagen abgeschirmten Parkplatz, stieg aus, lief hundert Meter die Straße runter und spähte um die Ecke. Sie erkannte Michaels schwarz gekleidete, vierschrötige Gestalt auf dem Weg zu ihrem Hauseingang. Vor dem Gartentor hielt er inne, und Lene wusste, dass er sich jetzt umdrehen und die Umgebung überprüfen würde. Sie blieb hinter der Ecke stehen und biss sich nervös in die Knöchel.

War das wirklich schlau von ihr gewesen? Der erste Teil ihres Plans war aufgegangen. Wie erwartet hatte Michael die Gelegenheit genutzt, in der Bar Anna Nordstrands Telefonnummer von Lenes Handy abzulesen, während sie auf der Toilette war. Das war sozusagen ein angeborener Reflex bei ihm. Sie hatte draußen gewartet und das Wasser laufen lassen, während sie ihr müdes Gesicht im Spiegel betrachtet hatte.

Als sie wieder an die Bar gekommen war, hatte sie gesehen, dass ihre Tasche bewegt worden war, und die Stimmung im Lokal war irgendwie angespannt gewesen. Der Barkeeper hatte vermutlich Protest gegen seine Neugier eingelegt, worauf Michael ihm vermutlich mit Verstümmelung gedroht hatte, falls er nicht die Klappe hielte. Das konnte er hervorragend. Seine Augen strahlten dann eine bedrohliche Instabilität und Kälte aus, die signalisierten, dass man sich ihm nur auf eigenes Risiko widersetzte.

Wusste er, dass sie es wusste, oder ... Jesus ... Das war zum Verrücktwerden.

Lene führte ein paar kurze, knappe Telefonate mit ihren beiden besten Freundinnen Marianne und Pia, die sie seit Josefines Tod kläglich vernachlässigt hatte.

Konnten sie sich noch an sie erinnern?

Würden sie ihr helfen?

Ja, sie würden. Lene trieb es die Tränen in die Augen, als sie ihre Stimmen hörte.

Wann?

Jetzt gleich!

Pia entschuldigte sich bei ihrer Arbeit mit einem plötzlichen Migräneanfall, und Marianne sagte einen Friseurtermin ab. Und wo, bitte, bekam man solche Teile?

Lene hatte nach ihrem letzten Gespräch mit Bjarne ein wenig recherchiert und konnte ihnen ein paar Adressen nennen.

Michael ging langsam die Treppe hoch und bildete sich ein, Lenes Duft zu riechen. Im dritten Stock blieb er stehen und legte sein Ohr an die Wohnungstür. Es war leise Popmusik zu hören, wenige Sekunden später Radiowerbung. Ein Kind sagte etwas, das er nicht verstand. Das Klirren von Tassen oder Gläsern war zu hören. Eine Frauenstimme antwortete. Die Stimmen hörten sich ruhig an und unbeschwert.

Er begann, das Schloss mit seinen Dietrichen zu bearbeiten, als die Musik wieder einsetzte. Er folgte den Geräuschen in die Küche. Das Mädchen saß mit dem Blick zur Flurtür auf einem hohen Hocker hinter dem Esstisch. Sie stierte Michael über einem Löffel Cornflakes mit Milch an. Ihr Blick wanderte weiter zu der Pistole in seiner Hand und erstarrte. Die plötzliche Stille veranlasste die Mutter, sich umzudrehen.

Ihre Hand öffnete sich, und ein Glas mit Saft fiel zu Boden.

»Anna? Keine Bewegung«, sagte Michael ganz ruhig.

Scherben klirrten.

Das Mädchen sah seine Mutter an.

»Gehen Sie rückwärts zum Küchentisch, dass ich Ihre Hände sehen kann«, sagte er.

Sie kam wortlos seiner Aufforderung nach. Unter ihrem einen Auge zuckte ein Muskel. Michael war mit wenigen

Schritten bei der Tochter und setzte die Mündung des Schalldämpfers an ihren Kopf. Anna Nordstrand zitterten bei dem Anblick die Knie, während das Mädchen ganz fest die Augen zukniff und die Hände auf die Ohren presste.

Da legte die Mutter die Hände vor den Mund und ließ den Tränen freien Lauf. Sie liefen an den Nasenflügeln herunter, an den abfallenden Linien neben dem Amorbogen vorbei und tropften von den Mundwinkeln auf das dunkelblaue T-Shirt.

»Anna? Wir möchten doch beide gerne, dass diese Sache glimpflich endet«, sagte Michael mit gedämpfter, aber klarer Stimme. »Das ist doch schon mal kein schlechter Ausgangspunkt. Sie bleiben mit Ihrer süßen Tochter in der Wohnung der netten Dame, und ich verschwinde so schnell wie möglich wieder, okay?«

Sie nickte, den Blick auf die Pistole an der Schläfe ihrer Tochter gerichtet.

»Das ist gut, Anna. Sehr, sehr gut. Es geht um eine ganz simple, aber extrem wichtige Sache. Ich muss den USB-Stick haben, bevor ich gehe, und ich gehe nicht eher, bis ich ihn habe. Es sind bereits eine ganze Reihe Menschen wegen dieses Sticks gestorben, und ich möchte nicht, dass Sie und Ihre Tochter die Nächsten sind. Aber Sie könnten die Nächsten sein, und dann finde ich ihn eben später.«

Anna Nordstrand fixierte seine Lippen, als würde sie hören, was er sagte, den Inhalt der Worte aber nicht verstehen.

Michaels Zeigefinger krümmte sich um den Abzug. Die Waffe war nicht geladen, und wenn sie sich weigerte, konnte er nichts machen.

Er schaute Anna Nordstrand tief in die Augen, aber da war nichts zu sehen. Keine Entscheidung auf dem Weg nach oben, nichts. Das war nicht gut.

»Es gibt keinen Countdown«, sagte er. »Keine weiteren Drohungen, bevor Sie das Gehirn Ihrer Tochter an der Wand sehen werden. Es passiert einfach. Weil Sie so schwer von Begriff sind, und es passiert ... *jetzt* ...«

»Stopp!«

Michael lockerte den Finger am Abzug, Anna war jetzt völlig aufgelöst. Ihr Gesicht verzerrte sich und wurde zornig. Sie streckte den Arm beschwörend nach ihrer Tochter aus, die noch immer völlig reglos dasaß und sich die Ohren zuhielt.

Anna Nordstrand stierte ihn flehend an.

»Aufhören ... Sofort aufhören ... Warten Sie ...«

Er hob den Pistolenlauf einen Zentimeter an. Die Mündung hatte einen kreisförmigen Abdruck auf der glatten Haut des Mädchens hinterlassen.

»Keine Ausflüchte, keine Spielchen«, sagte er.

Anna fuhr sich mit dem Handrücken unter der Nase entlang.

»Ich mache alles, was Sie wollen.«

»Wo ist er?«, fragte Michael.

»In meiner Tasche im Schlafzimmer.«

»Holen Sie ihn. Und wenn ich Sie das Mobiltelefon benutzen oder auch nur ein einziges Wort sagen höre, ist Ihre Tochter tot, wenn Sie zurückkommen.«

Sie schluchzte und barg das Gesicht in den Händen, als sie sich an ihm vorbeischob. Michael ging zur Spüle, drehte den Wasserhahn an, ließ ein Glas volllaufen und trank. Als er das Glas wegstellte, kam sie zurück in die Küche und stellte eine Tasche ab.

Michael wedelte mit dem Pistolenlauf.

»Jetzt machen Sie schon, verdammt«, fuhr er sie an.

Sie riss Kleidungsstücke, Unterwäsche, Pässe und Papiere aus der Tasche und verteilte sie auf dem Boden. Das Mädchen hatte die Augen aufgemacht und folgte den Bewegungen der Mutter. Schließlich zog Anna Nordstrand einen Kulturbeutel in hellem Leder aus der Tasche und öffnete ihn.

Michael hatte die Pistole jetzt auf sie gerichtet.

Sie schraubte den Boden eines Deorollers ab und schüttelte einen glänzenden, geriffelten USB-Stick in ihre Handfläche.

»Legen Sie ihn auf den Tisch«, forderte Michael sie auf.

Das war er. Er erkannte ihn von dem Überwachungsfilm wieder. Eine durchdringende Wärme strömte von seinen Fußsohlen durch seinen müden Körper nach oben.

Er gestattete Mutter und Tochter eine halbe Minute für eine feste Umarmung, bis er Anna Nordstrand aufforderte, sich umzudrehen. Er schnürte einen Kabelbinder um ihr Handgelenk und zog ihn zu, befahl der Tochter aufzustehen und wiederholte die Prozedur bei ihr. Danach führte er sie ins Wohnzimmer an einen Heizkörper und fesselte sie mit dem letzten Kabelbinder an das Heizungsrohr.

»Sitzen Sie gut so?«, fragte er.

Sie nickten beide, ohne ihn anzusehen.

Er riss einen Meter Gaffa-Tape von der Rolle und wickelte es um die untere Gesichtshälfte des Mädchens, kontrollierte, dass sie durch die Nase Luft bekam, und riss einen zweiten Meter von der Rolle.

»Waren Sie das, der Lene geholfen hat?«, fragte Anna Nordstrand.

»Klappe«, sagte Michael und klebte ihren Mund zu.

Lene sah Michael aus der Eingangstür kommen. Er starrte zu Boden und sah nicht wie jemand aus, der gerade kaltblütig eine junge Frau und ihre neunjährige Tochter umgebracht hatte. Er sah einfach nur blass und traurig aus.

Sie zog sich wieder hinter ihre Ecke zurück.

Lene hatte damit gerechnet, dass er den Wagen wenden und zurück zur Falkoner Allé fahren würde, aber stattdessen fuhr er nur wenige Meter an ihr vorbei. Sie erhaschte einen Blick auf sein finsteres und verkniffenes Gesicht hinter dem Steuer, dann war er weg. Sie war sicher, dass er sie nicht gesehen hatte, und war absurderweise enttäuscht darüber.

Was hätte er getan? Sie angelächelt? Sie überfahren? Vermutlich Letzteres.

Sie lief zum Hauseingang, rannte die Treppe hoch und nahm drei Stufen auf einmal. Sie fühlte sich fit wie nie und erreichte den dritten Stock, ohne aus der Puste zu sein. Sie atmete tief durch, ehe sie die Tür aufschloss und eintrat.

»ANNA? THEA?«

Lene zog vorsichtig das Tape von ihren Gesichtern. Ihre Lippen folgten mit, ehe sie sich von der Klebefläche trennten. Sie versuchte, Anna auf die Beine zu helfen, was ihr aber nicht gelang. Sie lief in die Küche und holte eine Schere.

Mit einem Schnitt waren die beiden von dem Heizungsrohr befreit, und sie geleitete sie zum Sofa.

»Sagen Sie doch was!«, sagte sie.

»Er hat Thea eine Pistole an die Schläfe gedrückt«, sagte Anna mit zitternder Unterlippe. »Er hat gedroht, sie zu erschießen!«

»Das war bestimmt nicht böse gemeint.«

»Er hat gesagt, ich würde ihr ... Gehirn an der Wand wiederfinden, wenn ich nicht tue, was er von mir verlangt! Aber das war nicht böse gemeint von ihm?! Was reden Sie da?! Was seid ihr eigentlich für Menschen? Das war doch Ihr Freund, oder? Der, der Ihnen geholfen hat?«

Sie erhob sich in einer fließenden Bewegung, ihre Tochter sah sie erschrocken an, und Lene trat einen Schritt zurück. Anna Nordstrand war genauso groß wie sie selbst.

»Haben Sie das gewusst? Dass er kommen und uns bedrohen würde ... Sie haben es gewusst! Ich kann es Ihnen ansehen.«

»Nein. Nein, ich ... Ich habe nur mit der Möglichkeit gerechnet, das stimmt.«

Weiter kam Lene nicht, weil etwas in ihrem Gesicht explodierte. Sie taumelte nach hinten, der Raum zog sich zusammen und weitete sich wieder aus.

Sie hielt sich die Wange, nahm ihre Hand wieder weg und betrachtete sie.

»Was ...«, murmelte sie.

»Mama, bitte«, sagte Thea unglücklich. »Du darfst Lene nicht schlagen. Sie hat uns in ihre Wohnung gelassen. Das darfst du nicht!«

Anna sah ihre Tochter mit leerem Blick an, ehe sie sich wieder fing.

»Nein, ich ... Es tut mir leid.«

»Ist schon in Ordnung«, sagte Lene. »Ich verstehe Sie gut. Das ist absolut okay.«

Es überraschte sie, dass sie den Schlag nicht hatte kommen sehen.

»Sie wussten es also?«

»Aber ich konnte Ihnen nichts davon sagen, weil Sie sich so natürlich wie möglich benehmen sollten, das musste unbedingt sein.«

»Zu Tode verängstigt, meinen Sie?«

»Ja ...«

»Haben Sie sich klargemacht, was so ein Schock mit einem neunjährigen Kind anrichtet? Und war Ihnen klar, dass er uns womöglich erschießen würde?«

Lene sah sie mit zusammengekniffenen Augen an. Jetzt spürte sie den Zorn in sich aufsteigen.

»Waren Sie sich im Klaren darüber, welche Konsequenzen es für eine Menge Menschen gehabt hätte, wenn Ihr fanatischer Mann seinen Kreuzzug weitergeführt hätte? Ich bezweifle, dass Sie ihn hätten aufhalten können, wenn Sie das gewollt hätten. Zum Beispiel, indem Sie Peter Holm angerufen und ihm gesteckt hätten, dass das Objekt seiner Begierde ein verheirateter, heterosexueller Mann war, der vorhatte, ihn zu betäuben, um den Inhalt seines Computers zu kopieren. Oder wie es einem neunjährigen Mädchen geht, wenn es mit top ausgebildeten und skrupellosen Killern im Nacken auf der Flucht ist?«

Ihre Worte blieben in der Luft hängen. Lange.

»Sie haben ja recht«, sagte Anna Nordstrand verzweifelt und mit dem Blick auf ihre Tochter, die besorgt den Wortwechsel verfolgte. »Vollkommen recht. Das hätte ich tun sollen, aber ich hatte ja keine Ahnung, dass es so mit Holm enden würde. Natürlich ist das keine Entschuldigung. Es gibt keine Entschuldigung, das weiß ich wohl.«

Sie setzte sich aufs Sofa, schlang die Arme um Thea und drückte sie an sich. Sie schaute zu Lene hoch, ließ ihre Tochter los und begann, sich vor und zurück zu wiegen, die Hände vor ihrem Gesicht.

»Und das war alles vergebens. Rasmus, Peter Holm, Alan und Maria. Der Gedanke daran treibt mich in den Wahnsinn!«

Lene packte sie am Handgelenk.

»Vergeblich? Warum? Was ist passiert?«

»Ich hab sie ihm gegeben, Lene! Ich hab ihm die scheiß Analyseergebnisse gegeben!«

»Sie haben sie ihm gegeben? Hatten Sie die Daten bei sich? Das ist das Idiotischste ...«

»Das weiß ich auch!«

Lene seufzte.

»Na ja, vielleicht ist es so das Beste.«

»Wie meinen Sie das?! Die haben gewonnen, Lene! Nobel Oil. Die Politiker. Das sind die Gewinner!«

»Grönlands Ölgesellschaften und die der ganzen Welt sind mir herzlich egal«, sagte Lene und sprach dabei aus tiefster Seele.

»Wie können Sie so was sagen?! Sie wissen ja nicht, wovon Sie reden.«

»Mag sein. Aber das Einzige, was in diesem Moment zählt, ist, Sie und Thea in Sicherheit zu bringen. Die Welt müssen wir später retten. Oder andere müssen das tun. An Idealisten mangelt es nicht, und hier und jetzt habe ich einzig die Verantwortung für Sie und Ihre Tochter.«

Anna wischte sich die Nase am Ärmel ab. Sie schluckte. Dann nickte sie energisch.

»Und wieder haben Sie recht. Was ist das eigentlich für ein Gefühl?«

»Was?«

»Immer recht zu haben?«

»Mein Gott, Anna. Ich hab so gut wie nie recht. Wirklich.«

Lene streckte die rechte Hand aus.

»Freunde?«

»Natürlich. Danke.«

»Wunderbar. Soll ich uns einen Kaffee kochen? Thea, magst du einen Becher Kakao?«

Ohne die Antwort abzuwarten, ging sie in die Küche und setzte Wasser auf. Sie schaute auf die Uhr über der Tür und starrte den Kessel ungeduldig an.

Sie hörte leise Stimmen im Wohnzimmer. Was Michael jetzt wohl gerade mit seinen heiß ersehnten geologischen Analyseergebnissen von den Bergen an Grönlands Diskobucht anstellte?

Sie schaute erneut zur Uhr. Wo blieben sie denn bloß?

»Jetzt koch schon, verdammt noch mal!«, fuhr sie den Kessel an.

ZUM ZWEITEN MAL IN SEINEM LEBEN stand Michael vor einer weiß verputzten Mauer in der Richelieus Allé in Hellerup, wo die reichsten Dänen wohnten, und wusste nicht, in welche Überwachungskamera er schauen sollte. Das letzte Mal hatte er vor einer Einfahrt ein paar Nummern weiter nördlich gestanden und sich mit einem Kamm einen vertrauenerweckenden Seitenscheitel gezogen, ehe er geklingelt hatte. Diesmal wurde er zu einem Eingang im hinteren Teil des Parkes verwiesen, wo Staubsaugervertreter, Gärtner und Penner wie er eingelassen wurden, ohne die Bewohner mit ihrem Anblick zu belästigen. Als er den Klingelknopf drückte, fixierten ihn zwei Kameras auf der Mauer mit ihren kalten schwarzen Linsen.

Das massive Stahltor schwang auf, und Michael betrat einen Fliesenweg, der sich durch Blumenbeete und schattige Pergolas auf ein dreigeschossiges Wohnhaus mit schwarz glänzendem Mansardendach zuschlängelte. Die Tür fiel klickend hinter ihm ins Schloss, und er nahm es als Aufforderung weiterzugehen, bis er andere Anweisungen bekam. Ein Stück weiter sprang ein schwarzer Pudel hinter einer schwebenden Frisbeescheibe über den perfekt getrimmten Rasen, und er hörte eine Kinderstimme einen Namen rufen. Zulu? Lulu?

Hundert Meter weiter, vor alten Bäumen mit üppigen Kronen, tauchte das Haus auf. Er entdeckte die beiden Wachmänner, die ihn schon bei seinem ersten Treffen mit Axel Nobel im Hauptsitz der Firma in Empfang genommen hatten. Schlank und elegant, dunkel gekleidet in identischen Anzügen. Sie hatten beide weiße Stöpsel im linken Ohr, deren Spiralkabel unter den weißen Hemdkrägen verschwanden, und hielten die Hände auf die gleiche Weise vor ihren Körpern verschränkt, wie offenbar alle Bodyguards auf der ganzen Welt es an ihrem ersten Tag der Bodyguardausbildung lernten.

Sie trafen sich auf einem runden Pflastersteinplatz mit einem leise plätschernden Springbrunnen, der Versailles alle Ehre gemacht hätte. Der ältere Kollege mit dem sandfarbenen Haar nickte ihm zu.

»Herr Sander.«

Die Stimme war sanft wie die eines Oberkellners.

Michael erwiderte das Nicken und winkelte die Arme ab wie die Christusstatue über Rio, während der jüngere Kollege ihn mit einem handlichen Metalldetektor umkreiste und mit der Behändigkeit eines Taschendiebes aller Münzen, Schlüssel und seines Gürtels entledigte. Als er die rechte Hand in Michaels rechte Jackentasche stecken wollte, wo der USB-Stick lag, umfasste der sein Handgelenk und schob den Arm weg. Das war nicht einfach, der Wachmann war top in Form.

Der jüngere Mann sah seinen älteren Kollegen fragend an.

»Ziehen Sie es vor, den Gegenstand selbst herauszunehmen, Herr Sander?«, fragte dieser.

»So ist es.«

Er fischte den USB-Stick aus der Tasche und ließ ihn auf der Handfläche liegen. Der ältere Wachmann lächelte.

»Der Krug mit Gold, Herr Sander?«

»Das hoffe ich wirklich.«

»Machen Sie regelmäßig Krafttraining?«, fragte der Wachmann interessiert mit einem vorwurfsvollen Blick auf den Kollegen, der sein Handgelenk massierte.

»Wer das Recht auf seiner Seite hat, entwickelt zehnfache Kräfte, wie es in der Bibel steht«, sagte Michael.

»Das muss ich bei Gelegenheit nachschlagen.«

»Tun Sie das.«

Der andere schloss mit der Leibesvisitation ab, danach gingen sie zu dritt zu einer Terrasse hoch, um eine Hecke herum und zu einer zweiflügeligen weißen Gartentür.

»Mr. Nobel erwartet Sie im Sommergarten«, sagte der Ältere. »Schönen Tag.«

»Ebenso.«

Axel Nobel war leger gekleidet; er trug Leinenhosen und ein grünes Poloshirt. Seine nackten Füße steckten in handgenähten italienischen Slippern. Er begrüßte Michael wie einen nahen Verwandten: breites Lächeln, warmer Händedruck und freundschaftlicher Druck kurz oberhalb des Ellenbogens. Dann wanderte der Blick des Finanzfürsten neugierig zu dem USB-Stick in Michaels Hand.

»Sie haben ihn gefunden.«

»So ist es.«

»War es schwierig?«

»Sie meinen, ob ich jemanden dafür umbringen musste? Nein, das war nicht nötig. Wie auch bisher noch nicht.«

Die dunklen Augen des Vorstandsvorsitzenden bohrten sich tief in Michaels, als suchten sie in seiner Seele nach Anzeichen des Verrats. Offenbar konnte er nichts Verdächtiges entdecken, weil er ihn über einen federnden Untergrund aus echten dicken Teppichen in einen Traum aus hellen, chintzbezogenen Sofas, Ölgemälden und hohen Bodenvasen mit frischen Schnittblumen führte.

Straat saß in einem antiken Safaristuhl, die Bügelfalten akkurat wie immer, das Hemd strahlend weiß. Die blassen, toten Augen des Holländers schauten durch Michael hindurch, als wäre er aus Glas.

Nobel blickte von einem zum anderen.

»Dirk kennen Sie ja.«

»Ich glaube, weitere Vorstellungsrunden sind überflüssig«, sagte Michael.

»Ja ... Ja, natürlich. Und das hier ist Esben.«

Er zeigte auf einen jungen Mann, der mit einem aufgeklappten Laptop an einem antiken englischen Feldtisch saß. Esben sah aus wie alle jungen Männer, die bei einer multinationalen Firma wie Nobel Oil arbeiteten: aufmerksam und bereit, Order entgegenzunehmen. Wenn Nobel ihn auffordern würde, eine acht Meter lange, ausgehungerte Anakonda zu häuten, würde er, ohne zu zögern, nach einem Küchenmesser greifen und das Projekt angehen.

»Esben ist aus unserer IT-Abteilung«, präsentierte Nobel seinen Angestellten mit fast väterlichem Stolz. »Er hat gerade seinen Doktor über militärische Codes in der Römerzeit gemacht.«

Der junge Mann errötete bescheiden.

»Glückwunsch.«

»Danke.«

Vor ihm stand eine Porzellantasse mit schwarzem Kaffee.

»Kaffee?«, fragte Michael.

»Selbstverständlich.«

Der Präsident schenkte persönlich ein.

»Der USB-Stick?«

Michael trank einen Schluck Kaffee und sah den Vorstandsvorsitzenden über den Rand der Tasse an.

»Moment.«

Axel Nobel war einer der beherrschtesten Menschen, die ihm je begegnet waren, aber jetzt spürte Michael hinter der Fassade intensive Ungeduld.

»Warum?«

Er stellte die Tasse weg.

»Eine Frage der Ethik, Herr Nobel.«

»Ethik?«

»Wo wären wir ohne sie? In der Steinzeit. Da gibt es kein Oben oder Unten, Süden oder Norden, stimmen Sie mir zu?«

»Das tue ich wohl, aber was wollen Sie mir damit sagen? Müssen wir ausgerechnet jetzt Zeit auf eine Diskussion über Moral verschwenden?«

»Das finde ich, ja.«

Dirk Straat erhob sich langsam und trat lautlos an die Fensterreihe, die zum Garten zeigte. Er lehnte sich mit verschränkten Armen an die Wand.

»Sind Sie sicher, dass Sie Esben an ... allem teilhaben lassen wollen?«

»Ich gehe davon aus, dass er weiß, wann er die Klappe halten muss«, sagte der Vorstandsvorsitzende. Der väterliche Stolz war wie weggeblasen. »Und ich weiß, wo er wohnt.«

Der junge Mann erblasste.

»Sie haben geschworen, dass Sie Rasmus Nordstrand nicht umgebracht haben. Beim Leben Ihrer Kinder«, sagte Michael ernst.

Axel Nobel machte einen Schritt nach hinten.

»Nordstrand?«

»Sie erinnern sich noch an Rasmus Nordstrand?«

»Aber ich habe ihn wirklich nicht umgebracht! Wir haben ihn verhört, ja. Und wir haben ihn in Peters Hinterhof geschnappt, nachdem er gerade kaltblütig meinen guten Freund und vertrauten Mitarbeiter umgebracht hat. Ich gebe unumwunden zu, dass ich ihn nur zu gerne ganz langsam über offenem Feuer geröstet, ihn skalpiert und in ein Becken mit hungrigen Haien geworfen hätte, aber ich hab ihm kein Haar gekrümmt.«

Axel Nobel dachte nach.

»Das ist so eine Redensart. Es wurde schon das eine oder andere Haar auf Rasmus Nordstrands Kopf gekrümmt, aber nicht von uns.«

»Natürlich nicht.«

»Das ist die Wahrheit! Er hat einen kleinen Augenblick der Unaufmerksamkeit genutzt, um durch die Glaswand am Ende des Büros zu springen. Ich muss einräumen, das war eine beeindruckende Demonstration von Entschiedenheit und Mut, aber genau so war es. Er landete mit gebrochenem Genick auf dem Laufsteg zehn Meter tiefer, aber es hat niemand nachgeholfen.«

Michael sah den Firmenchef lange und forschend an. Alle seine Instinkte signalisierten ihm, dass der Mann die Wahrheit sagte.

»Und dann haben Sie ihn mit dem Hubschrauber ausfliegen lassen?«

»Das schien mir die beste Idee.«

»Und haben ihn über einem der Fischgründe in der Nordsee abgeworfen?«

Axel Nobel schaute zu Straat.

»Eine weniger gute Idee, zugegeben, aber ich kann mich ja nicht um alles selbst kümmern. Dafür bezahle ich meine Leute.«

Michael schickte Straat ein angedeutetes Lächeln, aber der Holländer war von irgendetwas an der Decke völlig absorbiert und steckte sich einen Zigarillo an, was ihm einen missbilligenden Blick seines Arbeitgebers einhandelte. Der Holländer ignorierte auch den und rauchte weiter.

»Können wir weitermachen, oder gibt es noch mehr philosophische Fragen, die Sie gerne geklärt hätten?«

Michael gab dem Firmenchef den USB-Stick.

»Im Augenblick nicht«, sagte er ernst. »Ich kann es nur nicht leiden, wenn Leute auf das Leben ihrer Kinder schwören und mich dabei kackdreist anlügen.«

»Klar. Klar. Esben?«

Der junge Mann steckte lächelnd den USB-Stick in einen Port seines leistungsstarken tragbaren Rechners.

ES WURDE NICHT VIEL GESPROCHEN in Lenes Wohnzimmer.

Thea las in einem von Josefines alten Astrid-Lindgren-Büchern: *Wir Kinder aus Bullerbü*, während Lene und Anna jeden Blickkontakt mieden.

»Mehr Kakao, Thea?«, fragte Lene, als es an der Tür klingelte. Anna erstarrte und sah Lene erschrocken an.

»Das sind Freundinnen von mir, keine Sorge.«

Vor der Tür standen zwei stumme, von Kopf bis Fuß in schwarze Nikabs gehüllte Gestalten. Lene sah nur die Spitze einer schlichten Ledersandale, helle Augen und gezupfte Augenbrauen.

Eine der schwarzen Gestalten kicherte.

»Hallo, Lene«, sagte sie. »Wir sind's.«

Sie umarmte die unter den Gewändern verborgenen Freundinnen.

»Ihr seht fantastisch aus«, sagte sie. »Kommt rein.«

Anna starrte die beiden entgeistert an, als wären sie Gespenster. Thea schaute lächelnd auf, hob grüßend die Hand und versenkte sich wieder in ihr Buch.

»Anna und Thea, darf ich euch vorstellen, das sind Pia und Marianne, eure Fluchthelfer.«

»Hallo«, sagte der eine Nikab.

»Wo steht der Wagen?«, fragte Lene.

»Auf der anderen Seite vom Hinterhof«, sagte die andere. »Hast du überhaupt eine Ahnung, wie schwer es ist, in dieser Montur Auto zu fahren?«

Lene wandte sich lächelnd an ihre zwei Gäste auf dem Sofa.

»Kommt! Abfahrt. Thea, musst du noch mal aufs Klo?«

Das Mädchen schüttelte den Kopf, während eine der Freundinnen Stoffbündel aus ihrer Tasche zog.

Anna sah Lene an.

»Das ist nicht Ihr Ernst?«

Sie stand mit einem dicken, zusammengefalteten und pechschwarzen Tuch da, während Lene Thea in ihre Verkleidung half. Das Mädchen lachte.

»Mama, ein Zelt mit Ärmeln!«

»Es gibt zwei Schulen der Verkleidung«, erklärte Lene ungeduldig. »Die eine läuft darauf hinaus, so durchschnittlich und anonym wie möglich aufzutreten, zum Beispiel in beigefarbenen Klamotten, einer Kassenbrille, fettigem Haar, Hängebusen, Lidl-Tüten und Tennissocken in Sandalen. Ziehen Sie das vor?«

Die gut aussehende Frau wehrte ab.

»Nein danke.«

»Die andere besteht darin, sich so auffällig zu verkleiden, dass man übersehen wird, weil die bösen Menschen, die hinter einem her sind, sich im Traum nicht vorstellen können, dass jemand so wahnsinnig sein könnte, derart ausgefallen aufzutreten. Meine Freundinnen und ich haben uns für letztere Methode entschieden, und ich kann Ihnen versichern, dass sie genauso wenig Vergnügen daran haben wie Sie.«

Anna schluckte hinunter, was sie gerade sagen wollte. Dann ließ sie sich von Pia – oder war es Marianne? – in das mittelalterliche Kostüm helfen, durch dessen schmalen Schlitz nur noch ihre Augen zu sehen waren.

»Thea hat blaue Augen«, sagte sie.

»Nicht mehr«, sagte Lene und setzte Thea eine Sonnenbrille auf. Danach reichte sie Anna auch eine.

Sie führte die Gesellschaft durch die Küche, umarmte erneut ihre heroischen – und kichernden – Freundinnen, öffnete die Tür zu der steilen Hintertreppe und ließ sie vorgehen. Thea folgte ihnen.

»Pass auf, dass du nicht stürzt«, rief Lene hinter ihr her.

»Tschüs, Lene«, rief das Mädchen zurück. »Danke für alles.«

Anna wollte ihrer Tochter folgen, wurde aber von Lene aufgehalten.

»Ein außergewöhnliches Kind«, sagte sie.

»Ich weiß. Sie versetzt mich immer wieder in Erstaunen, glauben Sie mir. Ich weiß nicht, wo sie das herhat.«

»Können Sie schießen?«, fragte Lene.

»Kann ich. Rasmus war ein Waffenfanatiker.«

Lene drückte ihr unter dem Umhang ihre Dienstwaffe in die Hand.

»Dann kennen Sie sich damit aus?«

Es klickte unter dem Nikab, als Anna die Pistole entsicherte.

»Werde ich die brauchen?«

»Nein.«

Anna umarmte sie.

»Danke, Lene, und Entschuldigung, dass ich so panisch war. Wie geht es jetzt weiter?«

»Ihr verschwindet über den Innenhof. Mariannes Bruder hat einen abgelegenen Bauernhof in Småland, dort bleibt ihr, bis ich ihm das Signal gebe, dass die Luft wieder rein ist und ihr zurückkommen könnt.«

»Und was ist mit Ihnen?«

»Ich trete in ein paar Wochen eine neue Arbeitsstelle in Den Haag an, und Nobel hat hoffentlich von Michael seine Analyseergebnisse zurückerhalten. Ich rechne damit, dass sich die Situation von selbst löst. Zumindest hoffe ich das.«

»Aber das Cadmium ist immer noch dort.«

»Das ist es, aber ich weiß nicht, was ich daran ändern kann. Ich werde mir irgendwas überlegen, versprochen. Aber Sie verschwinden jetzt erst einmal. Und keine Anrufe von irgendwelchen Tankstellen. Nichts. Die Mobilgeräte bleiben ausgeschaltet. Oder noch besser: Schmeißen Sie sie weg. Michael hat Sie über Ihr Handy gefunden, und das können andere auch.«

»Okay«, sagte Anna.

Thea rief vom unteren Ende der Treppe. Kurz darauf sah Lene vier schwarze Gestalten durch den Innenhof laufen. Eine von ihnen stolperte über das bodenlange Gewand. Im nächsten Augenblick waren sie durch das Tor verschwunden.

Die Anspannung ließ allmählich nach, während sie versuchte, ihre verknoteten, erschöpften Hirnwindungen in neue, geniale Achterschleifen zu bringen.

Irgendwann rief sie den verschlafenen Bjarne im Büro mit einer letzten Bitte an.

War das machbar?

Klar war das machbar, sagte der Techniker, der gerade dabei war, alle Spuren ihrer nächtlichen Arbeit zu löschen, ihr Anruf kam sozusagen in letzter Sekunde. Er wollte gerade alle Computer aus dem Büro auf den Schrottplatz rausfahren.

Während der Übertragung nahm sie ein ausgiebiges heißes Bad, wusch sich die Haare mit ihrem teuersten Shampoo und ließ zum krönenden Abschluss nur für sich einen Tropfen J'Adore vom Ohr ihren Hals hinablaufen.

Sie zog sich frische Sachen an und fühlte sich gleich etwas weniger verspannt. Dann schob sie drei CDs in einen Umschlag, den sie mit »Michel« und seiner Adresse beschriftete, ehe sie den Schreibfehler entdeckte. Sie knüllte den Umschlag zusammen und nahm sich einen neuen vor.

Sie konnte vor Müdigkeit kaum noch den Kugelschreiber halten, darum ließ sie es bei ein paar wenigen Zeilen bewenden. Er würde verstehen, und im Grunde brauchte es nur ganz wenige Worte, um alles zu einem Abschluss zu bringen.

SELBST AUF DEM DICKEN TEPPICH hätte man die berühmte Stecknadel fallen hören können. Dirk Straat blieb an der Tür zum Garten stehen, elegant an seinem langen, schwarzen Zigarillo ziehend, ein Bein lässig vor das andere geschoben, während Michael und Nobel angespannt den Bildschirm über Esbens schmalen Schultern betrachteten.

»Ist das der Rijndael-Algorithmus?«, fragte Michael.

Der Vorstandsvorsitzende nickte und rieb sich das unrasierte Kinn. Die dichten grauen Stoppeln raspelten unter der Handfläche.

»Wir nutzen ihn seit zehn Jahren und waren immer zufrieden«, murmelte er. »Wie sieht es aus, Esben? Ist er noch jungfräulich, oder hat er die Beine breit gemacht?«

»Scheint sauber zu sein, Herr Nobel.«

Der Vorstandsvorsitzende und Michael seufzten erleichtert. Dirk Straat blies perfekte Rauchringe an die Decke.

Eine lange Reihe Dateinamen und Ordner scrollten über den Bildschirm.

»Wie viele sind es?«, fragte Nobel.

»Vierhunderteinundvierzig.«

»Fantastisch. Von wann?«

»Einen Tag vor Peters ... vor Herrn Holms Rückkehr aus der Diskobucht. Es handelt sich vorrangig um Analysen der

Probebohrungen D-2012 bis D-2453, außerdem gibt es eine Reihe Ordner mit Grafiken, Statistiken und Excel-Seiten.«

Nobel richtete sich auf und legte feierlich eine Hand auf Michaels Schulter, die freundschaftlich zudrückte, ehe sie wieder in der Hosentasche verschwand. Er wuchs ein paar Zentimeter, als fiele eine zentnerschwere Last von ihm ab, was der Wahrheit sehr nahe kam. Dirk Straat musterte Michael mit unergründlichem Blick.

Der Vorstandsvorsitzende massierte seine Schläfen und genehmigte sich ein erleichtertes Lächeln.

»Verdammt noch mal!«, platzte er heraus. »Das ist gut. Das ist richtig, richtig gut. Haben Sie was dagegen, wenn ich Sie adoptiere?«

Michael ließ sich einen Augenblick lang von der Stimmung in dem prachtvollen Sommergarten mitreißen.

»Dann hätte ich gerne das südliche Turmzimmer«, sagte er. »Und ein neunzehnjähriges Zimmermädchen.«

»Sollen Sie haben ... Sollen Sie haben«, murmelte Nobel. »Wie auch immer: Tausend Dank. Das hier war wahnsinnig wichtig für mich.«

»Das verstehe ich.«

Michael schaute auf seine Armbanduhr. Er dachte an Ida. Hatte der Psychologe schon mit ihr gesprochen? Hatten die Ärzte sie in die Geschlossene überwiesen? Wo war sie in diesem Moment, und wie ging es ihr?

»Ich will ja nicht enervierend langweilig sein«, begann er, »aber ...«

Der Vorstandsvorsitzende errötete.

»Selbstverständlich. Ihr Honorar. Es sei Ihnen von Herzen gegönnt. Esben?«

»Ja, bitte.«

»Herr Sander wird Ihnen die IBAN und BIC seiner Bank in … wo geben, Michael?«

»Vaduz, Liechtenstein.«

»Hervorragende Wahl«, sagte Nobel, als hätte Michael einen Chateau Petrus 1990 zum Wildschwein gewählt. »Und Sie überweisen bitte …«

»Anderthalb Millionen Schweizer Franken«, sagte Michael.

Der Vorstandsvorsitzende sah ihn an und nickte kurz.

»Anderthalb, Esben.«

Michael zog ein abgegriffenes kleines Notizbuch aus der Innentasche seiner Jacke, klappte es auf, wo das Gummiband die Seiten trennte, und begann die lange Zahlenkolonne herunterzuleiern. Die Finger des jungen Mannes huschten über die Tastatur.

Dirk Straat ließ seinen Zigarillo in eine hohe Alabastervase mit langstieligen blauen Margeriten fallen, wo er zischend erlosch. Dann lief er von seinem Platz an der Gartentür zu dem jungen IT-Techniker und legte eine schwere Hand auf die Tastatur.

Esben schaute zu dem Holländer hoch. Danach zu seinem Herrn und Meister.

»Wo liegt das Problem, Dirk?«, fragte Axel Nobel ungehalten.

Der Holländer starrte Michael mit seinen grauen glasigen Augen an. Dann lächelte er entschuldigend.

»Es ist sicher nichts, *Minheer*, aber anderthalb Millionen Schweizer Franken sind selbst für jemanden wie Sie eine Stange Geld.«

»Ich hoffe, es ist Ihrer Aufmerksamkeit nicht entgangen, dass ich im Moment ziemlich unter Druck stehe. Vor mir liegt eine Tournee zu den OPEC-Ländern, wo ich einen Statusbericht über den Ölaustritt in der Diskobucht abliefern muss und über dem einen oder anderen Umweltkommissar in Brüssel einen Eimer Scheiße auskippen will. Danach muss ich in dreifacher Schallgeschwindigkeit nach Washington fliegen, um die US Coast Guard und die amerikanischen und kanadischen Umweltbehörden zu beruhigen. Und dann werde ich auf dem Weg nach Peking alle Datumsgrenzen kreuzen, um vor dem obersten Chef der chinesischen Entwicklungsbank, Mr. Jun Nianzu, den Tanz der Sieben Schleier aufzuführen. Ich habe den Mann noch nie getroffen, aber er ist nach dem Parteivorsitzenden der mächtigste Mann in China. Vermutlich in Wirklichkeit sogar mächtiger. Was wollen Sie also? Michael hat bis aufs letzte Komma einen Auftrag ausgeführt, den Sie längst schon erledigt haben sollten, und für diese Arbeit hat er sich seinen Lohn verdient.«

Straat nickte ergeben.

»Das will ich keineswegs anfechten. Hier geht es absolut nicht um professionellen Neid, Mr. Nobel, sondern um die Frage der Authentizität. Stellen Sie sich vor, Sie wollen für anderthalb Millionen Schweizer Franken ein Gemälde erwerben, das in einem respektablen Auktionshaus oder einer Galerie ausgestellt ist. Es sieht nach dem Pinselstrich des Meisters aus und hat ein tadelloses Zeugnis, aber ist es wirklich echt?«

»Was wollen Sie?«, fragte Michael ungehalten. »Die Bohrproben? Das könnte problematisch werden, es sei denn,

Sie haben eine sehr große Kühltruhe. Sind die nicht vierzig Meter lang?«

Straat beugte sich über die Schulter des jungen Technikers, der äußerst verlegen schien.

»Was ich möchte, Michael, sind ein paar Minuten, in denen unser junger Freund hier einige zufällig ausgewählte Dateien öffnet und den Inhalt überprüft. Ist das zu viel verlangt? Womöglich sind da statt chemischer Profile Pornofilme oder Zeichentrickserien gespeichert.«

Michael zuckte mit den Schultern und sah Axel Nobel an.

»Selbstverständlich«, sagte er unberührt. »Wenn ich Tiger Woods damit eine Freude machen kann, gibt es von meiner Seite keine Einwände.«

Der Vorstandsvorsitzende bedachte Straat mit einem Blick, der ein anschließendes, nicht allzu gemütliches Gespräch unter vier Augen verhieß.

»Irgendwelche speziellen Wünsche?«, fragte Esben.

»Nein«, antwortete der Vorstandsvorsitzende, ehe Straat etwas sagen konnte.

Der Techniker öffnete eine Datei, und Michael lehnte sich mit dem Geschmack von Asche und Katastrophe auf der Zunge zurück. Nobel beugte sich brummelnd vor.

Dirk Straat bewahrte den üblichen leblosen Ausdruck. Da war nichts von Triumph oder Schadenfreude. Die grauen Augen des Holländers waren matter denn je.

»Sie sind ja so ein tüchtiger, tüchtiger, teurer Junge, Michael«, flüsterte er.

Esben warf seinem Chef einen Hilfe suchenden Blick zu, ehe er noch eine Datei öffnete … und die nächste.

»Was ist das?«, fragte er verstört.

Axel Nobel richtete sich sehr langsam auf, als hätte er soeben die Urne eines heiß geliebten Menschen in der Erde versenkt. Seine Selbstbeherrschung war phänomenal, das musste Michael zugeben, während sein eigenes Gehirn surrte wie eine durchgedrehte Zentrifuge. Dann blieb es abrupt stehen, und ein einzelnes Bild zitterte auf seiner Netzhaut: Lene. Er hatte gegen eine der fundamentalsten Regeln seiner Profession verstoßen: niemals den Gegner zu unterschätzen.

»Soweit ich das sehe, sind das unterschiedliche Aufnahmen eines roten Modellflugzeuges auf einem Schreibtisch«, sagte Nobel tonlos. »Eine Fokker Triplane vom Jagdgeschwader 1, ohne Zweifel Baron Manfred von Richthofens Maschine. Gute Arbeit.«

Er sah Michael an.

»Das ist alles.«

»Lene«, sagte Michael gedankenlos.

»Lene Jensen?«, fragten Straat und Nobel im Chor.

»Ja ... Ja, zum Teufel! Lene! Verfluchte Hexe!«

»Setzen Sie sich«, kommandierte Nobel, und Michael gehorchte. In diesem Augenblick hätte egal wer alles von ihm verlangen können. Er setzte sich auf eines der Sofas, versank einen halben Meter in den Daunenkissen und starrte auf seine leeren Hände. Er spürte die anderthalb Millionen Schweizer Franken förmlich durch seine Finger rinnen.

Straat verschwand aus seinem Sichtfeld, und kurz darauf hörte er eine Tür zufallen. Esben starrte noch immer auf den Bildschirm seines Laptops und klickte sich zunehmend hektischer durch die Dateien.

»Überall das Gleiche«, murmelte er. »Überall ... dieses Flugzeug ...«

Nobel nahm Michael gegenüber Platz, legte einen Fuß auf das Knie und massierte die Ferse. Dann stieß er einen tiefen Seufzer aus, umklammerte das braun gebrannte Fußgelenk wie den einzigen Halt in seinem Dasein und sah Michael an.

»Entweder haben Sie sich einen Oscar verdient für Ihr schauspielerisches Talent, oder aber Sie wussten tatsächlich nicht, dass die ... meine lebenswichtigen Daten ... gegen Bilder von einem Modellflugzeug ausgetauscht wurden. Ich war mir sicher, dass das der USB-Stick war, den ich auch auf den Überwachungsbildern gesehen habe.«

»Ich wusste nichts davon. Und das war der Stick! Anna Nordstrand hat ihn mir gegeben. Sie hätte den Oscar verdient. Und doch ...«

»Was?«

»Sie hat es auch nicht gewusst. So gut ist niemand. Lene muss ... irgendwie ... die Originaldateien ausgetauscht haben ... Irgendwie muss sie auf Ihrem Server nach dem Rijndael-Schlüssel gesucht haben.«

Axel sah Esben an.

»Überprüfen Sie, ob es Spuren eines unautorisierten Zugangs heute Nacht gibt, Esben. Pronto.«

Der junge Mann nickte und bewegte seine Finger mit Blitzgeschwindigkeit über die Tastatur.

»Und Sie sind kein Schauspieler, Michael«, sagte der Vorstandsvorsitzende müde. »In der Regel sind die ersten Worte aus dem Mund eines Mannes nach einem extra harten Tritt in die Eier der Wahrheit am nächsten. Und Ihr

Wort war ... ›Lene‹. Wie in Lene Jensen. Würden Sie mir das bitte erklären?«

»Ich habe Anna Nordstrand und ihre Tochter in ihrer Wohnung in Frederiksberg getroffen, wo sie ihnen Asyl gewährt hatte.«

Der Vorstandsvorsitzende schloss die Augen und kratzte sich mit allen Fingernägeln die Kopfhaut.

»Lene hat es wohl darauf angelegt, dass ich die beiden finde«, fuhr Michael fort und starrte weiter auf seine Hände. »Ich habe sie unterschätzt. Unverzeihlich, aber so ist es.«

»Unverzeihlich, in der Tat.«

»Ich weiß. Ich war heute Morgen dort. Lene hatte die Wohnung verlassen und hat mich wahrscheinlich aus der Nähe beobachtet. Und sich kaputtgelacht.«

Michael schnipste laut mit den Fingern.

»Darum hat sie ...«

»Was?«

»Sie hat mich, völlig aus dem Zusammenhang gerissen, gefragt, ob ich jemals Frauen oder Kinder misshandelt oder umgebracht hätte. Um sicherzugehen, dass ich ihnen nichts antue.«

»Und das haben Sie nicht, nehme ich an?«

»Einmal in Somalia, aber das war ein Irrtum. Ein etwa fünfzehnjähriges Mädchen, das über Satellitentelefon ein Kontingent Al-Shabaab-Piraten herbeirufen wollte. Sie saß mit dem Rücken zu mir, und ich habe sie für einen jungen Mann gehalten.«

»So was kann passieren.« Nobel nickte verständnisvoll. »Besonders in Somalia.«

»Es ist jedenfalls passiert. Also, ich hab mir Zugang zu Lenes Wohnung verschafft. Sie saßen beim Frühstück. Ich hab dem Mädchen eine Pistole an den Kopf gedrückt und um den USB-Stick gebeten. Den habe ich bekommen. Dann habe ich sie gefesselt und bin wieder gegangen.«

Nobel legte die Hände ausgestreckt auf die Sofakissen. Er sah resigniert aus.

Er warf dem eifrig tippenden Esben einen Blick zu.

»Ich will ja nicht unhöflich sein, aber ich habe einen Haufen Arbeit vor mir. Unter anderem muss ich eine sehr überzeugende Stellungnahme in vier Sprachen formulieren, ehe in sechs Stunden mein Flieger geht. Ich bin leider gezwungen, Sie rauszuschmeißen.«

Der junge Mann reckte einen Arm in die Luft.

»Esben?«

»Es gibt eine sehr schwache Spur, Herr Nobel. Um 04:25 Uhr. Sehr geschickt.«

»Woher?«

»Augenblick.«

Er tippte etwas ein.

»Mailand.«

»Was heißt, von überall auf der Welt.«

Esben ließ den Arm sinken.

»Ja, Herr Nobel. Der Hacker kann in Vanløse oder Reykjavik gesessen haben.«

»Danke, Esben. Vergessen Sie es. Das ist jetzt auch egal.«

Der Vorstandsvorsitzende begleitete Michael zur Gartentür. Er gab den beiden Wachmännern ein Zeichen und steckte dem älteren der beiden etwas zu, das Michael nicht identifizieren konnte.

Er drehte sich zu Axel Nobel um.

»Tut mir leid«, sagte er.

»Mir auch. Ich hoffe, Sie haben Verständnis dafür, wenn ich den Vorschuss von 100 000 Schweizer Franken als angemessene Vergütung für Ihre Dienste betrachte?«

»Natürlich.«

Er streckte ihm die Hand entgegen, aber Nobel nahm sie nicht.

»Wo ist Dirk?«, fragte Michael und sah sich um.

Der Vorstandsvorsitzende zuckte mit den Schultern.

»Freelancer! Ich nehme an, er ist auf dem Weg nach Amsterdam zu neuen spannenden Abenteuern«, sagte er ungerührt. »Adieu.«

Michael ging vorweg über den gewundenen Pfad, die Wachmänner wenige Schritte hinter sich. Ein kleiner Junge pflückte schwarze Johannisbeeren, der Pudel stand mit hängender Zunge daneben. Der Junge sah Michael an. Seine Lippen waren schwarzrot vom Saft der Früchte, und seine kleinen Hände hielten einen Schatz schwarzer, glänzender Beeren.

»Wie heißt du?«, fragte er.

»Michael.«

»Zulu«, sagte der Junge und zeigte auf den Hund.

Michael nickte, und der Hund gab Pfötchen, ohne ihn anzusehen. Er ließ den Jungen nicht aus den Augen.

»Süß«, sagte Michael. »Und wie heißt du?«

»Paul. Mein Opa heißt auch Paul.«

»Weiß ich.«

Der ältere Wachmann räusperte sich diskret.

»Mach's gut, Paul«, sagte Michael.

Der Junge hielt ihm eine Hand hin, und Michael nahm ein paar Beeren.

»Und pass fucking good auf dich auf, Paul.«

»Ha, ha.« Paul lachte mit schwarzrot verschmierten Zähnen. »Du hast *fucking* gesagt, das ist verboten.«

»Das wirst du in der nächsten Zeit vermutlich häufiger hören.«

»Tschüs, Mai-kell«, sagte der Junge.

»Tschüs.«

Am Hintereingang angekommen drehte er sich noch einmal um.

Der jüngere Wachmann betätigte eine Fernbedienung, und die Tür schwang auf. Der ältere breitete bedauernd die Arme aus.

»Tut mir leid, Herr Sander. Aufrichtig.«

»Danke.«

»Herr Nobel hat mich gebeten, Ihnen das hier zu geben. Ein Souvenir, hat er gesagt.«

Der Wachmann überreichte ihm einen aluminiumgrauen, gerillten USB-Stick mit Bildern eines Modellflugzeuges. Michael wusste, dass Lenes Assistent, das alternde Wunderkind Bjarne, ein Faible für Modellflugzeuge hatte. Er war sich auch ziemlich sicher, den Schreibtisch des talentierten Technikers wiedererkannt zu haben. Wegen der herumliegenden Käseflips.

LENE HIELT DEN UMSCHLAG mit den drei CDs zwischen Daumen und Zeigefinger fest und musste ihn nur noch durch den Schlitz in den Briefkasten am Gartentor der Villa fallen lassen.

Sie sah an dem großen weißen Haus hoch, in dessen Erdgeschoss Michael mit seiner Schwester wohnte. Die Hecke müsste mal gestutzt werden, und an einigen Stellen wuchs das Gras kniehoch, aber Lene konnte sich Michael partout nicht als Gärtner vorstellen.

Sie zog den Umschlag wieder aus dem Schlitz und dachte nach.

Drei Wohneinheiten. Nur ein Briefkasten. Was, wenn die Mitbewohner den Umschlag versehentlich zusammen mit ihrer eigenen Post einsammelten? Solche kleinen dummen Zufälle konnten fürchterliche Konsequenzen haben. Vielleicht wäre es besser, ihn irgendwo an der Eingangstür anzubringen oder unter dem Windfang. Sie folgte dem Plattenweg zu der kurzen, verwitterten Betontreppe und blieb vor der schlichten, hellen Eichenholztür stehen.

Sander.

Ein Messingschild mit diesem einen kurzen Namen.

Aus dem Haus war kein Laut zu hören.

Lene zog die Schultern hoch, ging in die Hocke und wollte den Umschlag mit den kostbaren CDs zwischen Rahmen und Tür stecken, als die Tür aufglitt. Sie erhob sich, klopfte an den Türrahmen und wartete.

Nichts.

Sie klopfte noch einmal mit demselben Resultat. Sie sah sich nach einem Lebenszeichen um, konnte keins entdecken, stieß die Tür ganz auf und trat in die lange, hohe Diele.

»Hallo? Michael?«

MICHAEL GLAUBTE, IN IRGENDWELCHEN abseitigen Wasch-, Medikamenten- oder Küchenräumen Abteilungspersonal zu hören, aber er konnte niemanden finden. Im Schwesternzimmer war keine Menschenseele. Ein Telefon klingelte beharrlich mit einer endlos geduldigen oder verzweifelten Seele am anderen Ende. Auf dem Weg zum Rigshospital hatte er einen Blumenstrauß gekauft. Knackige, quietschend gelbe Tulpen. Das Telefonklingeln verstummte, aber nur für einen kurzen Moment.

Er hätte gern mit einem Arzt oder einer Krankenschwester gesprochen, ehe er zu seiner Schwester ging, verlor aber irgendwann die Geduld. Er ging den Flur hinunter und blieb vor dem Krankenzimmer stehen. Die Tür war angelehnt, und er hörte Stimmen. Idas war nicht dabei. Michael runzelte die Stirn und stieß die Tür auf. Ein Pfleger und eine junge Krankenpflegerin waren dabei, das Bett zu machen. Von seiner Schwester keine Spur.

Sie sahen ihn schweigend an.

»Wo ist meine Schwester?«

»Wie ist denn der Name?«, fragte der softe Typ mit dem Vollbart.

Michael schloss gereizt die Augen.

»Ida Selinger. Letzte Nacht hat sie noch hier gelegen. Und die Nacht davor.«

»Wir haben erst seit ein paar Stunden Dienst«, sagte die junge Frau und strich sich eine blonde Locke aus der Stirn.

»Ja und? Schon mal was von Dienstübergabe gehört? Zum Beispiel, wie die Patienten heißen oder wie es ihnen geht, wer noch lebt und wer gestorben ist?«

»Na, na, ganz ruhig«, sagte der Pfleger, der vermutlich gerade ein Durchsetzungstraining besucht hatte. Michael brachte ihn mit einem eiskalten Blick zum Schweigen. Das Mädchen zog einen Zettel aus der Kitteltasche und warf einen Blick darauf. Ihre Lippen bewegten sich beim Lesen.

»Tea ...?«

»Ida! Ida Selinger. Sie hat vor nicht einmal sechsunddreißig Stunden versucht, sich das Leben zu nehmen, und lag in dem Bett, das Sie gerade machen.«

Das Mädchen errötete und nickte.

»Hier hab ich sie«, nuschelte sie.

»Was ist mit ihr?«

»Sie wurde entlassen.«

»Was heißt das? Ist sie in eine psychiatrische Klinik überwiesen worden?«

Die Krankenpflegerin schaute zur Sicherheit auf der Rückseite des Blattes nach.

»Darüber steht hier nichts, tut mir leid.«

»Ist hier überhaupt jemand, der von irgendwas eine Ahnung hat?!«

Der junge Mann öffnete den Mund, aber wieder war da etwas in Michaels Miene, das ihm die Worte auf der Zunge verdorren ließ.

Die Krankenpflegerin pustete die widerspenstige Locke aus der Stirn, die erneut dorthin gerutscht war.

»Ich kann ja mal fragen«, sagte sie.

Michael schleuderte die Blumen auf das Bett, ein paar fielen zu Boden.

»Das wäre eine wunderbare Initiative, aber vergessen Sie es einfach. Ihr brecht euch womöglich noch was dabei. Ich schaff das schon alleine.«

Er stürmte aus dem Krankenzimmer.

»MICHAEL? IDA?«

Lene klopfte zum dritten Mal, aber es tat sich nichts, und die Türklingel schien nicht zu funktionieren. Sie ging durch einen langen Flur an leeren Räumen und Zimmern mit Türen vorbei und begann zu zweifeln, ob sie an der richtigen Adresse war. Die großzügige Wohnung machte den Eindruck, als warte sie noch auf ihre Bewohner. Die Decken waren mit vornehmem Stuck verziert, die Wände mit eleganten, hohen Paneelen verkleidet und die Parkettböden akribisch geölt. Aber es war alles so still und leer. Staub tanzte in den Sonnenstrahlen, und es roch nicht nach Menschen und Leben, nur nach frisch geschliffenem und geöltem Parkett. Aber auf dem Türschild hatte doch Sander gestanden?

Die Küchentür, die zum Garten hinter dem Haus führte, stand offen. Genauso ein Fenster. Sie nahm den Duft von Michaels Zigaretten wahr. Im Kühlschrank gab es Lebensmittel, und auf dem Esstisch lag eine Decke, darauf stand eine gefüllte Obstschale. Die Milch im Kühlschrank war seit zwei Tagen abgelaufen, über einer Stuhllehne hing eine schwarze Jacke. Lene nahm sie herunter und drückte die Nase an den Kragen. Sie roch nach Michael. Aus unerfindlichem Grund musste sie lächeln.

Sie legte die Hand auf einen weißen Wasserkocher auf dem Tisch und hörte auf zu lächeln. Er war noch warm. Sie hängte die Jacke zurück und drehte sich um.

»Hallo? Ist hier jemand? Ich bin's, Lene.«

Sie öffnete die Tür zum Flur.

»Lene Jensen …«, rief sie sicherheitshalber. Ihre Stimme echote durch die leeren Räume.

In dem Moment fing der Boden unter ihren Füßen an zu vibrieren, und ein Surren setzte ein, das ihr irgendwie vertraut vorkam, das sie aber nicht gleich zuordnen konnte.

Lene schaute auf den Umschlag in ihrer Hand und fragte sich, was sie hier überhaupt machte.

Eine kleine Geste, hatte sie sich gedacht. Sie wollte keine übertriebenen Dankesbekundungen, wollte Michael einfach nur mit zurückhaltender Bescheidenheit zu verstehen geben, dass diesmal sie ihm den Arsch gerettet hatte!

Und dass er das bitte für immer abspeichern sollte.

Wo sollte sie den Umschlag deponieren, dass er ihn auch wirklich fand? Diskret, aber trotzdem stilvoll, wie es sich gehörte für Informationen, die die Welt in ihrem Fundament erschütterten. Ein Kaminsims wäre gut. Wurden dort nicht gerne Abschiedsbriefe platziert? Oder sensationelle Testamente? Bislang hatte sie noch keinen Kaminsims entdeckt. Also beschloss sie, auch die noch ausstehenden Türen zu öffnen.

Die eine führte in einen fast kahlen Raum mit einer Matratze und ungemachtem Bett auf dem Boden, einem von Kippen überquellenden Aschenbecher am Kopfende, einer Flasche Whisky, einem Glas mit einem Rest goldener Flüssigkeit am Boden und drei zerlesenen Romanen von

Hemingway. An der Wand stand ein Kleiderschrank mit einem männlichen Durcheinander. Am Schrank lehnte ein speckiges Lederfutteral, das vermutlich die Spezialanfertigung eines Scharfschützengewehres enthielt.

Auf dem Fensterbrett stand ein Hightech-Laptop. Sie klappte den Deckel hoch und erwartete eine Million Aufforderungen zur Eingabe von Codes und Passwörtern. Stattdessen fand sie ein Bild von sich: auf einem Waldweg an einem frühjahrsgrünen Wiesenrand. Sie schaute mit einem nervösen Lächeln direkt in die Kamera. Im Hintergrund erkannte sie die Kirche von Værløse und erinnerte sich, dass sie dort an der Beerdigung einer jungen Frau teilgenommen hatte. Michael hatte nicht weit entfernt mit seiner Kamera an einem Waldweg gewartet.

Lene war so verdutzt, dass sie um ein Haar den Rechner hätte fallen lassen. Sie klappte den Deckel wieder zu.

Das war nicht auszuhalten. Nichts von alledem.

Sie bewegte sich rückwärts aus dem Raum und schloss die Tür hinter sich. Die nächste Tür führte in ein peinlich sauberes, nach allen Regeln der Kunst renoviertes Badezimmer: handbemalte Kacheln in warmen Farben, italienischer Stil, eine matte azurblaue Glaswand, bei der man unweigerlich ans Mittelmeer dachte, ein Bidet, ein Regal mit weißen, aufgerollten Badetüchern, Flakons und Schachteln, die vermutlich der Schwester gehörten, und der Deckel zu einem Weidenkorb, der auf dem Handwaschbecken lag. Lene runzelte die Stirn.

Die letzte Tür führte in ein helles, freundliches Zimmer mit einem weißen Bett, Hunderten von Büchern, bequem aussehenden Stoffsesseln, frischen Schnittblumen, einem geschmackvollen Schreibtisch und über den Regalen einem Paar matt schimmernden Duelldegen.

Das war ein privates Zimmer, in dem Lene nichts zu suchen hatte.

Sie stand wieder im Flur, immer noch den verflixten Umschlag in der Hand, und schaute auf ihre Armbanduhr. Die vier Flüchtlinge in ihren Nikabs dürften bald ihr Ziel in Småland erreicht haben, wo sie in Sicherheit waren.

Sie hatte fünf Nachrichten auf ihrem Handy von Charlotte Falster, eine wortkarger und ungehaltener als die andere. Sie wollte Lene umgehend in ihrem Büro sprechen!

Am besten brachte sie es so schnell wie möglich hinter sich.

Das würde vermutlich ihre letzte Amtshandlung sein, ehe sie gefeuert oder in die Zulassungsstelle in Vanløse strafversetzt werden würde, wie Michael es ihr vorhergesagt hatte. Sie beschloss, den Umschlag auf den Esstisch in der Küche zu legen und danach Michael Sander und alles, was mit ihm zu tun hatte, aus ihren Gehirnwindungen zu tilgen.

Sie lehnte den Umschlag an den Pfefferstreuer und wandte sich zum Gehen.

»Lene ... Lene Jensen. Was für eine nette Überraschung, wirklich. Ich freue mich sehr, Sie zu sehen. Es scheint doch so etwas zu geben wie Gerechtigkeit, nicht wahr? Schicksal, sozusagen.«

Die Worte erreichten ihre Ohren, passierten ihr Gehirn, aber sie spürte keine Wiedersehensfreude und keine freudige Erwartung. Es war die Stimme eines Mannes, aber nicht Michaels Stimme. Sie sprach Englisch mit holländischem Akzent und war hohl und monoton. Sie hatte sie noch nie in ihrem Leben gehört, und sie wurde begleitet von dem unverkennbaren Klicken einer Pistole, die entsichert wurde.

MICHAEL NAHM DREI STUFEN AUF EINMAL, erfüllt von kaltem, blankem Hass auf Lene. Ein Gefühl, das nach physischer Entladung schrie: zum Beispiel, sie weit ins nächste Jahrzehnt zu schießen. Er erreichte den Absatz in der dritten Etage und blieb stehen, um wieder zu Atem zu kommen.

Dabei registrierte er zwei Dinge, die ihn veranlassten, die Glock zu ziehen und zu entsichern. Lenes Tür stand offen, das Holz um das Schloss war zersplittert, und hinter der angelehnten Tür der Nachbarwohnung war ein Fiepsen zu hören. Michaels Aufmerksamkeit wurde auf eine silberne Sandale gezogen, die im Türspalt lag. Die Sandale steckte an einem Fuß mit blauen, mäandernden Venen, und als Michael die Tür öffnete, sah er, dass der Fuß zu einer Frau mit toupierter blonder Frisur gehörte, die unter ihrem offenen heidefarbenen Morgenmantel nackt war. Sie lag auf dem Rücken, tot, und die Ursache war offensichtlich: ein pulverschwarzes Einschussloch in der linken weißen Brust und ein zweites Loch in der Stirn über den überraschten Augen.

Der kleine Hund schaute mit seinen schwarzen Knopfaugen zu Michael hoch. Er legte den Kopf schief, wedelte mit dem Schwanz, winselte jämmerlich und schaute wieder zu seinem toten Frauchen. Er trug ein schwarzes Halsband mit gelben Rheinkieseln.

Ein dünnes Rinnsal Blut sickerte aus der Brustwunde. Der Hund leckte daran und winselte erneut.

Dirk Straat war hier gewesen.

Also war er nicht auf dem Weg nach Amsterdam. Er war auf der Jagd. Auf Nobels Anweisung oder in eigener Sache. Das spielte keine Rolle. Der Mann war komplett durchgeknallt.

Michael schob mit dem Pistolenlauf Lenes Wohnungstür auf. Er riskierte einen schnellen Blick in den Flur und ging mit erhobener Waffe und dem Fokus auf die Ziellinie hinein. Das Wohnzimmer war leer, es war kein Laut zu hören, außer dem Hund, der hinter der dünnen Wand herumwuselte.

»Lene? Lene, verdammt noch mal …«

Das Bett im Schlafzimmer war gemacht, das Fenster zum Innenhof stand offen. Die dünnen weißen Gardinen bauschten sich ins Zimmer, als er die Tür aufmachte. Er ging weiter in Josefines Mädchenzimmer, das ebenfalls leer war. Das Bad war funktional und schlicht. Er ging weiter in die Küche.

Nichts. Ein summender Kühlschrank.

War sie da gewesen, als Straat auftauchte? Hatte er sie mitgenommen? Aber wieso waren dann keine Polizisten oder Rettungssanitäter im Treppenhaus? Er konnte sich nicht vorstellen, dass Lene sich kampflos ergeben hatte, und nichts in der Wohnung ließ auf ein Handgemenge schließen. Straat hatte die fatal neugierige Nachbarin vermutlich mit einem Schalldämpfer auf der Pistole erschossen.

Michael senkte seine Waffe, während fürchterliche Szenen durch seinen Kopf wirbelten. Dann fiel sein Blick auf ein zerknülltes Stück Papier, das jemand auf dem Küchentisch glatt gestrichen hatte.

Er beugte sich vor. Ein leerer Umschlag, auf den hastig ein paar Worte gekritzelt waren. Sein Name, falsch geschrieben, und seine Adresse.

Er hob den Kopf und schnupperte. Der Geruch von beißendem Tabak hing noch in der Luft. Dirk Straats verfluchte griechische Zigarillos, die wie verbrannte Stilleinlagen stanken. Ein eiskalter Schauer durchströmte Michael von oben bis unten, als ihm klar wurde, was geschehen sein musste. Straat hatte den Umschlag gesehen und war wie er zu der Schlussfolgerung gelangt, dass Lene vorhatte, irgendetwas bei seiner Adresse in Gentofte abzugeben. Daraufhin war er ihr gefolgt wie eine wärmegesteuerte Rakete.

Michael schaute auf seine Uhr und ließ sich auf einen Stuhl am Küchentisch fallen, den Umschlag vor sich. Er brauchte sich nicht zu beeilen, würde eh zu spät kommen. Wie viel Zeit hatte er vergeudet mit dem Blumenkauf, die Pfleger in den Senkel zu stellen und hierher nach Frederiksberg zu fahren? Eine Stunde? Mindestens. Wenn nicht mehr. Straat hatte einen katastrophalen Vorsprung. Wenn er … wenn er aus Nobels Residenz direkt hierhergefahren wäre, hätte er es vor ihm schaffen können. Entweder hätte er Lene noch angetroffen oder wenigstens den Umschlag gefunden und ihn eingesteckt. Wenn, wenn, wenn … das vergeblichste, banalste und frustrierendste Wort auf der Welt.

Er blieb resigniert sitzen, bis ihm plötzlich Ida in den Sinn kam. Er sprang auf.

Was, wenn sie direkt aus dem Rigshospital nach Hause gefahren war? Dirk Straat hatte zwar keine offene Rechnung mit ihr, aber er hatte große Probleme mit Michael, und seine Schwester war da ein willkommener Stellvertreter. Davon abgesehen tickte Straat nicht wie normale Menschen. Er war ein Kanal für einfache Eingebungen und Instinkte.

Michael ließ die Treppe in wenigen Sekunden hinter sich und sprintete zu seinem Wagen, wohl wissend, dass er, egal wie schnell er jetzt rannte und wie wahnsinnig er das Gaspedal durchträte, auf jeden Fall zu spät käme.

NORMALERWEISE LIESS MAN sein Gegenüber ausreden, aber nicht so Lene. Sie drehte sich blitzschnell zu der Stimme um und führte die rechte Hand zur Hüfte, als ihr mitten in der Bewegung einfiel, dass sie ja Anna Nordstrand ihre Dienstwaffe überlassen hatte. Ehe sie sich allzu sehr darüber ärgern konnte, wurde sie von einem jähen, harten Schlag an der Schläfe getroffen. Ihre Kiefer knallten aufeinander, und die Beine gaben unter ihr nach.

Natürlich kannte sie dieses ohnmachtsähnliche Gefühl aus dem Boxring, aber das hier war viel heftiger. Sie setzte sich auf den Boden, hielt sich den Kopf und schmeckte Blut. Wahrscheinlich hatte sie sich auf die Zunge gebissen. Sie erbrach sich und starrte mit leerem Blick auf die Pfütze zwischen ihren gespreizten Beinen.

Der elegant gekleidete Fremde stand zwei Meter vor ihr, die Pistole mit dem Schalldämpfer in der herabhängenden Hand. Das Mattgrau der Pistole harmonierte mit seiner Seidenkrawatte, den grauen Socken, dem Gesicht und den Augen, die wenig mit dem wie aufgemalten Lächeln und den Lachfalten zu tun hatten.

Lene würgte erneut, aber ihr Magen war leer.

Der Fremde ging vor ihr in die Hocke, damit er ihr in die Augen schauen konnte. Die Pistole zielte nicht auf sie, aber Lene wusste, dass sie nicht den Hauch einer Chance hatte. Der Mann würde ihr Ende sein.

»Polizeioberrätin Lene Jensen«, sagte er im Plauderton und nahezu akzentfreiem Englisch.

»Wer sind Sie?«, fragte sie und sah ihn aus zusammengekniffenen Augen an. Die grelle Sonne schmerzte bis ins Gehirn.

Sie stützte sich ab und erhob sich unsicher. Der Mann folgte ihrem Beispiel.

»Drehen Sie sich um und stellen Sie sich breitbeinig hin«, sagte er.

Er roch sauer nach Zigarillorauch, was ihr sofort wieder den Magen umstülpte. Der Fremde strich flüchtig mit seiner freien Hand über ihre Hüfte und die Innenseite ihrer Schenkel und Arme.

Sie hörte, wie er sich rückwärts von ihr wegbewegte, und drehte sich unaufgefordert um.

»Nobel Oil?«, fragte sie.

»Freelancer«, antwortete er knapp. »Wie Zack und Hector.«

»Die da wären …?«

»Zwei geschätzte Mitarbeiter, die Sie vor Kurzem bei der Ausführung ihrer Arbeit exekutiert haben. Gute, verlässliche Leute. Ich mochte sie.«

»Die Metzger? Das kann ich mir, ehrlich gesagt, nur schwerlich vorstellen«, murmelte Lene. »Ich glaube, nicht mal ihre Mütter mochten sie.«

Wenn sie es irgendwie schaffen würde, weiterzureden mit ihm, würde sie nicht sterben. Man erschoss doch niemanden, der mit einem redete?

Das Gesicht des Mannes verriet nichts, und Lene versuchte, nicht weiterzudenken.

Er sah auf seine Uhr. Dann entdeckte er den Umschlag auf dem Esstisch und winkte sie in eine Ecke.

Er nahm den Umschlag und schaute hinein.

»Lene ... ist es wirklich das, was ich glaube, dass es ist?«

Er zog eine CD heraus. Die glatte Oberfläche funkelte in allen Farben des Regenbogens.

»Ich weiß nicht, was Sie glauben«, murmelte Lene. »Das sind Klaviersonaten von Beethoven. Nehmen Sie sie mit, wenn Sie wollen.«

»Gerne«, sagte er und steckte den Umschlag in die Innentasche seiner Jacke. Er schaute erneut auf die Uhr, dann sah er sie bedauernd an. Lene suchte verzweifelt nach ein paar schönen Bildern in ihrer Erinnerung. Irgendwas mit Josefine. Josefine, die mit zwölf Jahren in Frau Svenningsens Ballettschule getanzt hat.

Sie bekam das Bild zu fassen und war unsäglich dankbar.

»Diesmal haben Sie Michaels Namen richtig geschrieben«, sagte er. »Ich habe Ihren ersten Versuch in der Küche gesehen. Sie hatten übrigens eine sehr neugierige Nachbarin. Katastrophal neugierig.«

Lenes Augen brannten. Auf ihre ganz eigene Art hatte sie Rita gemocht.

»Hatte?«

»Ja.«

Er hob die Pistole, und sie schaute in den Lauf; der Spiralzug verlor sich in dem dunklen Kanal.

Sie entschied sich, die Augen zu schließen. Arme Rita.

»Michael«, stieß sie hervor. »Haben Sie ihm was getan, Sie krankes Stück Scheiße?«

»Ahne ich da eine gewisse Passion für den ach so tüchtigen Mann? Hervorragend. Wobei ich Ihnen leider sagen muss, dass das nicht auf Gegenseitigkeit beruht, Lene Jensen. Michael hat eine Riesenwut auf Sie.«

Sie öffnete die Augen und sah ihn an, aber da war absolut nichts zu sehen. Plötzlich war es ihr unendlich wichtig zu wissen, ob mit Michael alles in Ordnung war.

»Antworten Sie, Arschloch!«

Der Holländer zuckte mit den Schultern, wobei die Pistole sich keinen Millimeter bewegte. War da vielleicht doch eine gewisse Verärgerung in dem hübschen, blassen, versteinerten Gesicht?

»Leider hatte ich bisher noch nicht das Vergnügen, Lene. Ich bedaure es sehr, dass ich nicht mehr Zeit habe, mich ordentlich um Sie zu kümmern. Das hier ist irgendwie so ... steril und unpersönlich, aber ich muss einen Flug erreichen, oder genauer gesagt, ich muss einen Mann erreichen, der einen Flug erreichen will.«

Lene wusste, dass keine Worte mehr folgen würden, und kniff die Augen zu, auf der Suche nach Josefine, schwerelos schwebend in ihrem Ballettkleid, die Arme grazil ausgestreckt und ein konzentriertes Lächeln in ihrem hübschen schmalen Gesicht.

Aber das Bild wollte nicht stillstehen. Es verschob sich und wurde zu Michael oder dem kranken Irren vor ihr und ... löste sich an den Rändern auf und verpuffte.

Lene wurde von schwarzer Verzweiflung gepackt. Josefine war weg und würde nicht wiederkommen.

Auf dem Flur knarrte ein Bodenbrett. Der Fremde hustete trocken. Sie hatte die Augen immer noch geschlossen. Sie hörte, wie er einen Schritt auf sie zumachte, spürte es durch die Fußsohlen, aber machte die Augen nicht auf.

»Komm!«, flüsterte sie. »Jetzt mach schon ...«

Vor ihr tat es einen Schlag, und sie ließ ihren Tränen freien Lauf, hasste sich dafür.

»Lene ... Lene?«

Eine Frauenstimme. Leicht zitternd, direkt vor ihr. Das war unmöglich. Komplett und absolut unmöglich.

Lene schlug endlich die Augen auf und sah eine Frau im Türrahmen stehen. Das konnte nur eine Sinnestäuschung sein. So viel Glück konnte man nicht haben. Solche Gnade gab es nicht.

Die dunkle, schlanke Frau war einen Kopf kleiner als Lene. Die offenen Locken waren von silbrigen Strähnen durchzogen, sie trug einen Verband am linken Ellenbogen und Tennisschuhe. Und sie sah Michael ähnlich. Hatte seine tiefblauen Augen. Die gerade weit aufgerissen und geschockt auf Straat gerichtet waren, der auf der Seite am Boden lag und Lene mit seinen grauen Augen anstarrte. Er atmete flach und blutete aus Nase und Mund. Aus seiner weißen Hemdbrust, direkt unter dem Brustbein, ragte eine lange, gebogene Stahlklinge. Der Rest des antiken Degens war hinter ihm sichtbar. Der Schaft war goldfarben und gedreht, die Glocke schmuck gewölbt, und auf der Griffkrone saß als Abschluss ein geschliffener blauer Stein.

»Ich bin Ida«, sagte die Frau. »Michaels Schwester. Und Sie sind bestimmt Lene Jensen, die Polizistin.«

Sie streckte die Hand aus. Lene griff danach und wurde über den sterbenden Fremden gezogen.

Als sie neben Ida stand, schauten sie beide auf den Mann hinunter.

Er hatte die Augen geschlossen. Seine linke Hand tastete blind nach dem fürchterlichen schmerzhaften Ding in seiner Brust, das dort ein Fremdkörper war. Gleich darauf sackte die Hand zu Boden. Aus seinen Nasenlöchern quoll ein Blutstrahl, der Brustkasten pumpte ein letztes Mal, und er rührte sich nicht mehr.

Ida ging in die Hocke und prüfte den Puls über seinem Hemdkragen. Dann stand sie wieder auf und strich sich das Haar mit einer schnellen, präzisen Bewegung hinters Ohr.

Sie schien erstaunlich gefasst, was Lene kommentierte.

»Ich bin Ärztin, und jedes Jahr seit achtzehn Jahren leiste ich zwei Monate Dienst bei der israelischen Armee. Ich glaube, ich habe schon viel gesehen.«

»Was ist passiert?«

»Wollen wir nicht in mein Zimmer gehen?«

Lene bückte sich und zog den Umschlag aus der Innentasche des Toten. Er war an den Rändern blutverschmiert, aber der Inhalt schien nicht übermäßig gelitten zu haben.

Ida musterte wortlos das Kuvert.

Sie gingen an einem leeren Wäschekorb im Flur vorbei. Ida ließ Lene den Vortritt in ihr Zimmer, wo sie dankbar in einen der Sessel sank. Dann krümmte sie sich, gepackt von einem heftigen Magenkrampf, und begann zu schluchzen. Ihre Zähne schlugen aufeinander. Sie presste die Kiefer zusammen. Sie wusste, dass sie nicht wieder aufhören könnte, wenn sie auch nur einen einzigen Schrei zuließ, dann gäbe es kein Halten mehr.

Nach einer Weile verebbte das Schluchzen. Und setzte wieder ein, aber nicht mehr so schlimm. Und am Ende hatte sie es fast im Griff.

Endlich konnte sie sich aufrichten und die zierliche Frau in dem Sessel ihr gegenüber in Augenschein nehmen. Ihre Hände lagen auf den Armlehnen, und sie betrachtete Lene aufmerksam mit ihren großen, leicht schräg stehenden tiefblauen Augen.

Lene öffnete den Mund, um sich zu entschuldigen, aber Ida kam ihr zuvor.

»Hat Michael Ihnen erzählt, dass ich psychisch krank bin?«

»Er hat mir erzählt, dass Sie Ihren Sohn verloren haben.«

»Das ist er.«

Lenes Blick wanderte zu dem Porträtfoto des lächelnden jungen Mannes auf dem oberen Regalbrett.

»Josiah«, sagte Ida.

»Er sieht glücklich aus.«

»Das war er auch, fast immer, obwohl Israel ein schwieriger Ort für junge Menschen ist. Viele wandern aus.«

»Was ist eigentlich drüben in der Küche passiert? Ich dachte, es wäre niemand zu Hause.«

»Ich war im Rigshospital, weil ich vorgestern versucht habe, mir das Leben zu nehmen«, sagte Ida nüchtern. »Michael hat mich in letzter Sekunde gefunden, und sie haben mich durchgebracht. Ich habe heute Morgen mit einem Psychologen gesprochen und gesagt, dass ich nach Hause will. Hier geht es mir am besten. Besonders, wenn Michael ...«

»... hier ist und auf Sie aufpasst?«

»Ja. Der Psychologe war so nett, mich zu entlassen, unter der Bedingung, dass ich morgen Vormittag zu einem Gespräch vorbeikomme. Zu Hause angekommen, hab ich erst mal einen Tee in der Küche getrunken und bin dann in den Keller runter, um mich um die Wäsche zu kümmern. Dabei hab ich Musik über meinen iPod gehört. Irgendwann bin ich nach oben gekommen, um Michaels Bettzeug abzuziehen, und habe euch beide in der Küche entdeckt.«

»Danke«, sagte Lene und dachte an das Surren, das sie im Flur gehört und nicht hatte einordnen können. Das war eine Waschmaschine im Schleudergang gewesen. »Er hätte mich mit Sicherheit erschossen. Aber Sie hätten das Weite suchen und sich in Sicherheit bringen sollen.«

Ida hob die Schultern, als wäre es das Mindeste, was man von einer Gastgeberin verlangen könnte, dass sie bewaffnete Männer mit einem antiken Degen durchbohrte.

»Es war klar, dass er es ernst meinte, und da fielen mir meine alten, einsatzbereiten Degen ein: scharf, spitz und solide.«

Lene nickte.

»Zwei Sekunden später wäre ich nicht mehr hier gewesen.«

»Aber warum?«

Es herrschte eine ganz besondere Ruhe in dem hohen Raum, die allmählich auf Lene zu wirken begann. Sie konnte sich ein wenig entspannen. Sie fühlte sich sicher bei dieser merkwürdigen Frau, die Michaels Züge hatte, aber in einer sanfteren, feminineren Ausgabe.

»Das ist eine unendlich lange Geschichte«, sagte sie.

»Ich habe Zeit, und der in der Küche läuft garantiert nicht weg.«

EIN BEILÄUFIGER BLICK AUF DIE UHR verriet Lene, dass eine Dreiviertelstunde in der Gesellschaft von Michaels spezieller, aber wunderbarer Schwester vergangen war. Sie hatten ohne Pause geredet, nur unterbrochen von Lenes plötzlichen Weinattacken, die immer kürzer wurden und nicht mehr so aufwühlend waren. Eigentlich hatte hauptsächlich Lene geredet. Ida hatte eine Art an sich, die es Lene leicht machte, sich ihr anzuvertrauen. Sie schien keine vorgefassten Ansichten zu haben, keine Vorurteile, und sie hatten beide ähnlich schwere Dinge durchgemacht. Lene hatte ihr vieles erzählt, was sie niemals einem anderen Menschen anvertraut hatte. Schreckliche, mit Scham behaftete Dinge: von ihren tiefen Schuldgefühlen, für Josefines Selbstmord verantwortlich zu sein, von ihrer Tabletten- und Alkoholsucht, ihrer generellen Abscheu den Menschen gegenüber.

Ida war irgendwann aus dem Zimmer gegangen und kurz darauf mit einem Tablett und zwei Gläsern Sliwowitz und zwei Bechern Nescafé zurückgekommen. Die kleine, ätherische und zierliche Frau war in der Küche herumgegangen, um den Toten herum, um die Lachen von seinem Herzblut und Lenes Erbrochenem herum, hatte Wasser aufgesetzt, Pulverkaffee aufgegossen, Becher und

Gläser aus dem Schrank genommen und Branntwein eingeschenkt.

»Ich räume natürlich hinter mir auf«, sagte Lene entschuldigend und bekam einen roten Kopf.

»Heißt das, Sie nehmen die Leiche mit?«

»Ich dachte eigentlich an mein ... mein ...«

»Schon okay. Wissen Sie, was? Jetzt werde ich Ihnen etwas absolut Abscheuliches, Unmenschliches und Unverzeihliches von mir erzählen. Skål.«

»Skål!«

Sie husteten, und wieder traten Lene die Tränen in die Augen. Branntwein konnte Emaille lösen.

»Was ...?«, fragte Lene mit erstickter Stimme. »Das wäre sonst auch eine ziemlich einseitige Vorstellung gewesen.«

»Es ging mir genau wie Ihnen nach Josiahs Tod, mit dem Unterschied, dass ich mir keine Vorwürfe gemacht habe, und abgesehen davon, dass sein und mein Schicksal nicht mit Ihrem und dem Ihrer Tochter vergleichbar ist. In gewisser Weise schäme ich mich, dass ich mich nicht besser im Griff hatte.«

»Nicht die Umstände sind das Schwerste«, sagte Lene. »Sondern die Tatsache, dass man zurückgelassen wird. Man wird ein anderer Mensch. Also, was war so abscheulich?«

»Ich bin froh, dass ich den Kerl in der Küche umgebracht habe«, sagte Ida verlegen.

»Froh?«

»Vielleicht nicht froh, dass ich ihn umgebracht habe, aber froh, dass ich gehandelt habe. Dass ich dazu in der Lage war.«

»Das bin ich auch«, sagte Lene.

»Ich war viel zu lange unverzeihlich passiv und hilflos.«

Lene öffnete den Mund, um etwas zu antworten, als die Tür zu Idas Zimmer mit einem Krachen aufflog, und später konnte sie sich nicht mehr erinnern, was sie in dem Moment hatte sagen wollen.

Michael stand in der Tür, verschwitzt, derangiert, mit abstehenden Haaren und einem wilden Ausdruck in den Augen, seine Pistole im Anschlag.

Vermutlich lag es in der Natur der Sache, dass Ida, die aus einer anderen Welt zu kommen schien, als Erste die Fassung wiedergewann.

»Michael … Alles in Ordnung. Michael! Ganz ruhig. Okay?«

Er schluckte, die Pistole bewegte sich keinen Millimeter. Sie zielte auf einen Punkt in Lenes Gesicht.

»Hallo, Michael«, sagte Lene leise, um keine lebensbedrohliche Reaktion zu provozieren. »Ich bin's. Ich sitze hier mit deiner Schwester. Wir unterhalten uns.«

Endlich sah sie in seinen Augen, dass er wieder zu sich kam.

»Ja«, sagte er. »Aber …«

Lene schickte ihm ein Lächeln, das, wie sie selbst wusste, kläglich war.

»Ich wollte bei dir was in deinen Briefkasten werfen, aber dann dachte ich, womöglich landet es aus Versehen bei einem der anderen Bewohner, darum hab ich mich nach einem sichereren Platz umgeschaut, und die Haustür war nicht verschlossen … und …«

»Und so hat eins zum anderen geführt«, brachte Ida den Satz zu Ende.

»Genau.«

Er warf einen Blick über die Schulter.

»Und Dirk Straat? Ihr wisst schon, dass da ein Toter in der Küche liegt, oder?«

»Deine Schwester hat mir das Leben gerettet«, sagte Lene. »Sie hat ihn mit dem Degen niedergestochen. Weil er mich sonst erschossen hätte. Der war total verrückt und kaltblütig.«

Michael sah seine Schwester an.

»Nicht schlecht«, sagte er.

Dann packte ihn wieder der Zorn, und seine Augen verengten sich zu dunkelblau flimmernden Schlitzen.

»Wo zum Teufel hast du gesteckt, Ida? Ich war in dem Scheißkrankenhaus, wo diese Idioten nicht einmal wussten, wie sie selbst heißen!«

»Ich bin entlassen worden«, sagte Ida, stemmte sich aus dem Sessel und strich ihr T-Shirt glatt. »Unter der Bedingung, dass ich morgen zu einem Psychologen gehe. Wir haben deinen Sliwowitz angebrochen, Michael. Das ist hoffentlich in Ordnung so, wir brauchten einfach einen. Stimmt's, Lene?«

»Absolut.«

Michael stützte sich auf der Rückenlehne ab. Lene hatte ihn noch nie so außer sich gesehen.

»Was?«

»Ich koche uns jetzt einen richtigen Kaffee. Es ist wirklich gut, dass wir nicht alleine hier sind, Michael.«

»Was ...?«

Seine Schwester lächelte abwesend, verließ den Raum und hinterließ eine verlegene, förmlich greifbare Stille. Sie hörten sie in der Küche hantieren.

»Sie ist extrem höflich«, sagte Lene und trank einen Schluck kalten Kaffee. »Sehr rücksichtsvoll. Und liebenswert.«

Michael nickte und setzte sich in einen Sessel. Er ließ die Ellbogen auf den Knien ruhen, die Pistole hielt er immer noch in der rechten Hand.

»Ja, das ist sie, verdammt«, sagte er. »Sie ist der wunderbarste Mensch, den ich kenne. Wenn sie das bloß auch so sehen würde und daran glauben könnte. Was ist denn so wichtig, dass du es persönlich bei mir vorbeibringen wolltest? Straat hat übrigens deine Nachbarin erschossen. Ich hoffe, ihr standet euch nicht allzu nahe. Er ist einer von Nobels Henkern. Der wichtigste.«

»Ich weiß. Straat meinte, mir das vor meiner Hinrichtung erzählen zu müssen. Wir standen uns nicht allzu nah, Rita war eine sehr aparte Person.«

Lene räusperte sich und verschränkte die Hände um ihr Knie.

»Ich wollte dir Peter Holms Analyseergebnisse aus dem Berg in der Diskobucht einwerfen. Sie gehören dir, wenn du sie noch willst, du kannst mit ihnen machen, was du willst. Okay?«

Sein Gesicht verfärbte sich rot. Sie wusste sehr wohl, was ihm durch den Kopf ging.

»Das mit Bjarnes Modellflieger tut mir leid, wirklich. Entschuldigung«, murmelte sie und fuchtelte mit den Händen.

»Du bist eine echte Teufelin, Lene! Wirklich, und das werde ich dir nie verzeihen! Niemals. Ich hab noch nie in meinem Leben als dermaßen kompletter Idiot dagestanden! Bist du dir im Klaren darüber ...«

»Die beiden waren bei mir zu Hause, Michael. Bei mir! Aber das weißt du ja. Die arme Frau und ihr armes Kind. Ich wollte sie da raushaben! Ich wollte sie da weg und in Sicherheit bringen, bevor du oder jemand anders sie findet. Wie zum Beispiel das Dreckschwein da draußen in der Küche. Und ich war mir nicht ganz sicher, auf welcher Seite du gelandet warst.«

»Aber wieso ausgerechnet jetzt? Wo Anna Nordstrand und ihre Tochter über alle Berge und in Sicherheit sind? Du hättest die Daten doch einfach löschen und dich dann in deinem neuen Büro in Den Haag verschanzen können.«

Sie hätte ihn am liebsten geschlagen.

»Bin schon unterwegs. Und ich freue mich darauf.«

»Das tun wir alle, glaub mir. Aber du hast noch nicht meine Frage beantwortet.«

Lene zögerte. Gab es eine Antwort?

»Ist es nicht das, was du wolltest?«, fragte sie resigniert. »Ist es nicht das, worum sich alles dreht? Mir sind die Analysen so was von scheißegal. Liefer sie ab und kassier dein Honorar. Nimm deine Schwester ins Ausland mit und investier das Geld in einen Staranwalt, damit du endlich deine Kinder wiedersehen kannst, sonst wirst du's bis ans Ende deines Lebens bereuen. Aber sorg vorher dafür, dass es Ida besser geht. Ganz abgesehen vom Inhalt der CD bin ich davon überzeugt, dass die Wahrheit über die Diskobucht irgendwann ans Licht kommt.«

»Da wäre ich mir nicht so sicher.«

»Mag sein. Aber das kannst du dann ja in deinem Exil in Bora Bora lesen, oder wo immer du bist. Zusammen mit deinen Kindern.«

»Was ist mit Bora Bora?«, fragte Ida mit einem Tablett in der Hand. Plötzlich waren alle damit beschäftigt, wer welche Tasse und wer Zucker oder Milch haben wollte. Lene war dankbar für die Unterbrechung.

»Das war nur ein Beispiel, Schwesterherz«, murmelte Michael.

»Da würde ich aber gerne mal hin«, sagte Ida.

Michael seufzte.

»Wer nicht? Darf ich mal?«

Lene reichte ihm den Umschlag, und er drehte und wendete die drei CDs hin und her.

»Da sind jetzt aber keine Fotos von Bjarnes Polterabend drauf.«

»Er ist nicht verheiratet. Er fährt einmal im Jahr nach Thailand.«

»Glücklicher Bjarne.«

»Was machen wir jetzt mit Straat?«, fragte Lene.

Die Geschwister tauschten einen Blick. Michael zog eine Augenbraue hoch.

»Was meinst du? Das war Notwehr. Sozusagen.«

»Das ist mir schon klar«, sagte Lene. »Die Frage ist nur, ob du möchtest, dass Axel Nobel von dem Vorfall erfährt.«

»Du hast recht«, sagte er nachdenklich. »Zwischen Straat und Nobel Oil kann keine Verbindung hergestellt werden, die Schotten sind wasserdicht. Da gibt es keinen ordentlichen Vertrag in irgendeiner Schublade.«

»Das hier lag übrigens in seiner Tasche«, sagte Ida und nahm eine Serviette vom Tablett.

Darunter lagen ein digitales Aufnahmegerät und ein Mobiltelefon.

Michael nahm das Aufnahmegerät, stellte die Lautstärke auf Maximum und spulte zurück. Es waren nur wenige Aufnahmen. Sie steckten ihre Köpfe über dem Gerät zusammen und lauschten.

»Jesus ...«, sagte Lene irgendwann. »Nobel gibt Straat die Order, Peter Holms Wohnung mit Kameras und Mikrofonen zu überwachen.«

»Und was ist da noch drauf?«, fragte Ida.

»Sein Verhör von Alan Knutzon.«

»Das ist ja furchtbar«, sagte sie.

»Furchtbar, in der Tat«, sagte Lene. »Aber wahrscheinlich nicht genug.«

»Warum nicht?«, fragte Ida.

Michael stand auf und steckte den Umschlag mit den glänzenden CDs in die Tasche. Er sah seine Schwester an.

»Das sind Tonaufnahmen. Die könnte jeder zusammenschneiden. Das ist kein handfester Beweis. Ruf Iversen an. Er ist Vater immer noch einen Gefallen schuldig. Einen großen Gefallen. Richte ihm einen Gruß von mir aus und erinnere ihn an das Mädchen. Das ist nicht vergessen. Er soll sich hierherbegeben und Straat innerhalb der nächsten vier Stunden abholen. Sag ihm das.«

»Wo willst du hin?«, fragte Lene.

»Mit Axel Nobel sprechen.«

»Glaubst du, er will mit dir reden?«, fragte seine Schwester.

»Garantiert. Ach, übrigens, dein Lover hat vierzehnmal auf meinem Handy angerufen und genauso viele Nachrichten hinterlassen.«

»Mein was? Lover? Ich wusste nicht, dass ich so was habe.«

»Der Schiffbauer, Ida. Er ist sehr hartnäckig. Ich finde, du solltest zurückrufen.«

»Hast du mit ihm gesprochen?«

Michael riss sich mit einer enormen Kraftanstrengung zusammen.

»Nein! Ich habe nicht mit ihm gesprochen. Was hätte ich deiner Meinung nach sagen sollen? Ihn zu einer Partie Scrabble einladen?«

»Entschuldige ...«

Die Tür fiel hinter ihm ins Schloss.

Lene sah Ida an.

»Wo ist das Aufnahmegerät? Und das Mobiltelefon? Wer zum Teufel ist Iversen? Haben Sie einen Lover, von dem Sie nichts wissen? Und war Michael schon immer so?«

»Iversen ist der Bestatter in dem Ort, aus dem wir kommen. Er war Gemeindevorsteher und Küster, und zwischendurch hat er unseren Vater vertreten.«

»Den Gemeindepfarrer?«

»Ja. Iversen hat gerne Vaters Konfirmationsvorbereitungen übernommen, wenn er mal wieder besinnungslos betrunken war oder in einem fremden Bett lag. Heute würde man ihn als sexsüchtig bezeichnen und wahrscheinlich als Opfer seiner Sucht.«

»Vermutlich. Heutzutage hat doch jeder irgendeine Diagnose.«

Ida grinste.

»Sind Sie gläubig, Lene?«

»In sehr fundamentalistischem Sinne, leider.«

»Verstehe. Das ist bei mir nicht anders. Wie auch immer, irgendwann kam heraus, dass Iversen genauso notgeil, wie es so schön heißt, wie mein Vater ist, was ja an sich nicht weiter schlimm gewesen wäre. Das Problem war nur, dass er seine Vorliebe an einer Konfirmandin ausgelebt hat. Und das Mädchen hat alles seinen Eltern erzählt. Sie war nicht direkt … zurückgeblieben, aber ein bisschen einfach gestrickt. Ihr Vater war der Apotheker im Ort und gehörte zum inneren Kreis vom Lions Club. Dummerweise hat Iversen das Mädchen geschwängert. Das hätte ein faustdicker Skandal werden können in der kleinen Kaufmannsstadt auf Fünen, aber Vater schaffte es, die Gemüter zu beruhigen, indem er mit den Eltern des Mädchens sprach und so weiter. Er verstand Iversens Entgleisung besser als die meisten. Das Mädchen hatte eine Abtreibung, wurde auf eine Haushaltsschule nach Jütland geschickt und von einem anderen Pastor konfirmiert. Danach hat Iversen nie wieder Vaters Konfirmationsvorbereitungen übernommen.«

»Und was kann der Bestatter Iversen tun?«

»Er ist Teilhaber eines Krematoriums.«

»Aah …«

»Und was Michael betrifft … ja, so ist er, mein Bruder. Aber er ist ein guter, fantastischer Bruder. Der einzige, den ich habe. Wie er sich Frauen, Freundinnen, Klienten oder Kindern gegenüber verhält, weiß ich allerdings nicht wirklich. Ich gelange allmählich zu der Erkenntnis, dass ich Männer ganz allgemein nicht wirklich verstehe. Michael und ich haben den größten Teil unseres Lebens weit voneinander entfernt gelebt, auch als wir jung waren. Er hat ununterbrochen Handball gespielt, ich habe gelesen und war fünf, sechs Tage in der Woche beim Schwimmen, bei den Pfadfindern oder beim Fechten. Keiner von uns hat es zu Hause ausgehalten, weil uns unsere Mutter so leidtat. Irgendwann ging er zum Militär und kam auf die Offiziersschule. Und ich bin nach Israel gegangen und hab Medizin studiert. Das war's.«

»Klar.«

»Sind Sie in ihn verliebt?«

»Was?«

»Ich denke, Sie haben meine Frage verstanden.«

Lene griff nach dem Milchkännchen, lehnte sich im Sessel zurück und sah Ida an. Dann senkte sie den Blick.

Ida musterte sie offen und vorbehaltlos.

»Sie müssen nicht antworten«, sagte sie. »Ich weiß wohl, dass euer … Zusammensein ziemlich kompliziert war und die Frage vielleicht nicht wirklich begründet ist …«

»Chaotisch. Ja. Das war es von Anfang an. Katastrophal, zumindest aus romantischer Sicht. Außerdem war er verheiratet, darum … Sie wissen schon, dass er all das hier für Sie tut?«

»Seine Seele ans Großkapital verkaufen?«

»Ja.«

»Das weiß ich sehr wohl. Aber gibt es keinen anderen Weg?«

Das Piepsen von Lenes Handy kündigte eine eingehende SMS an.

Charlotte Falster.

Sie las die Nachricht und biss sich auf die Unterlippe.

»Meine Chefin«, sagte sie.

»Was will sie?«

»Mich umgehend sprechen.«

»Kann sie Ihnen nicht helfen?«, fragte Ida.

»Ich glaube nicht, dass ihr der Sinn danach steht. Vermutlich möchte sie nur das Vergnügen haben, mir persönlich meine Kündigung oder Versetzung in die Zollbehörde nach Thorshavn mitzuteilen.«

»Sicher? Michael hat mir ein bisschen von ihr erzählt. Charlotte Falster, oder?«

Hatte er das? Von Charlotte? »Was hat er über sie gesagt?«

»Dass Sie sie unterschätzen. Unter anderem.«

»Unter anderem?«

»Dass Sie sie unterschätzen«, wiederholte Ida mit Nachdruck. »Vielleicht sollten Sie mit ihr reden.«

Lene wedelte mit der Hand Richtung Wand, hinter der die Küche lag.

»Und was ist mit ihm?«

»Machen Sie sich keinen Kopf. Ich habe keine Probleme mit Toten. Das ist ein positiver Nebeneffekt, wenn man Ärztin ist, sozusagen. Außerdem wird Iversen sicher bald kommen.«

Lene erhob sich.

»Und was ist mit den übrigen Hausbewohnern?«

»Über uns wohnt ein älteres Ehepaar. Sie sind gerade in den USA, um eine Tochter in Kalifornien zu besuchen. Und die Familie ganz oben begleitet die Tour de France. Wie jedes Jahr. Sie kommen erst am Sonntag zurück.«

Ida begleitete Lene nach draußen, und Lene warf noch einen Blick in die Küche.

Das Blut und ihr Erbrochenes waren weg, als hätte es beides nie gegeben, und über den Holländer war eine graue Decke gebreitet worden.

Alles sah ganz friedlich aus.

Sie umarmten sich im Windfang, und am Gartentor drehte Lene sich noch einmal um. Michaels Schwester lächelte und winkte ihr von der Treppe zu.

»Rufen Sie Ihren Lover an«, rief Lene.

Ida schlug gespielt schockiert die Hand vor den Mund und nickte eifrig.

»Mach ich.«

Damit ging sie zurück ins Haus. Lene hörte die Tür ins Schloss fallen.

Ein Krematorium? Eine so einfache und naheliegende Lösung. Sie konnte sich nicht entscheiden, wen sie einzigartiger fand. Bruder oder Schwester?

Sie saß ein paar Minuten im Auto, bis sie genug Mut zusammengenommen hatte, Charlotte Falster zurückzurufen. Sie hatte das Seitenfenster nach unten gekurbelt und in dem kleinen Spiegel der Sonnenblende ihr Aussehen überprüft, ehe sie die Nummer eintippte.

Sie sah weder besser noch schlechter aus als gewöhnlich. Vielleicht waren ein paar Falten um Mund und Augen dazugekommen. Sie klappte die Blende wieder hoch.

Nach zwei Freizeichen wurde das Gespräch angenommen.

»Charlotte.«

»Lene.«

»Wo steckst du?«

»Gentofte.«

»Was machst du da?«, fragte ihre Vorgesetzte.

»Nichts.«

»Ich habe dich mindestens dreißigmal angerufen, Lene.«

»Siebzehnmal«, sagte Lene.

»Gefühlte dreißigmal. Ich hab mir schreckliche Sorgen um dich gemacht.«

Sicher, dachte Lene.

»Das musst du wirklich nicht.«

Sie hatte das Gefühl, mit ihrer Mutter zu reden.

»Nein, hab ich aber. Wirklich. Könntest du, wenn es nicht ganz ungelegen für dich ist, eventuell in meinem Büro vorbeischauen? Sozusagen jetzt gleich?«

»Kann ich gut.«

»Dann tu das. Wir sind alle hier und freuen uns, dich zu sehen.«

»Alle?«

»Hast du deinen Pass dabei?«

»Nein.«

»Dann fahr in deiner Wohnung vorbei, hol deinen Pass und pack eine Tasche fürs Wochenende. Aber denk dran, keine Schusswaffen oder Flüssigkeiten über hundert Milliliter.«

Sie hätte schwören können, dass im Hintergrund gedämpftes Lachen zu hören war.

»Wer ist ›alle‹, und wozu brauche ich einen Pass?«

Charlotte hatte aufgelegt.

Die aus der Personalabteilung, klar, dachte sie. Der stellvertretende Direktor mit Golduhr, schlaffem Händedruck und schlaffem, bedauerndem Lächeln und ihrer Entlassung.

Aber warum sollte sie ihren Pass mitbringen? Wollten sie sie mit unmittelbarer Wirkung nach Den Haag schicken?

MICHAEL SAH AXEL NOBELS LANGEN AUDI durch das schmiedeeiserne Tor auf die laubbedeckte Straße gleiten und trat das Gaspedal durch. Der Mercedes scherte mit einem Brüllen vor dem anderen Auto ein. Er riss die Handbremse hoch, schaltete den Motor aus und verließ mit einer geschmeidigen Bewegung den Wagen.

Die vorderen Türen des Audis flogen auf, und die zwei Wachmänner, die er inzwischen gut kannte, gingen hinter den Türen in Deckung. Als sie Anstalten machten, ihre Pistolen aus den Schulterhalftern zu ziehen, reckte Michael die Arme über den Kopf.

»Ich bin's, verdammt noch mal! Ich bin's doch nur!«

Hinter ihren dunklen Sonnenbrillen war kein Zeichen des Wiedererkennens auszumachen. Die Seitenscheibe glitt herunter, Axel Nobel saß auf der Rückbank. Er sagte etwas zu den Wachmännern, die Michael zu sich winkten. Das schmiedeeiserne Tor glitt mit elektrischem Sirren zu, und die Wachmänner bauten sich hinter dem Wagen auf.

Michael nahm die Arme herunter und näherte sich ihnen.

Axel Nobel hatte seinen Freizeitdress gegen einen dunkelblauen Nadelstreifenanzug und eine diskret dunkle Regimentskrawatte eingetauscht. Er warf einen kurzen Blick auf Michael und sah dann an ihm vorbei. Der junge

IT-Techniker Esben hatte den Laptop auf dem Schoß, starrte vor sich hin und bekam nichts von dem Irren mit, der Herrn Nobel unverdrossen belästigte.

»Michael, ich gebe Ihnen zehn Punkte für Ihren melodramatischen Auftritt und fünfzehn Sekunden, mein Interesse zu wecken«, sagte der Vorstandsvorsitzende.

Er schaute auf seine verschrammte alte Rolex.

»Zwei Sekunden reichen«, sagte Michael und reichte ihm den Umschlag mit den CDs.

Axel Nobel nahm den Umschlag und sah ihn sich flüchtig an.

»Noch mehr Modellflugzeuge?«

»Ich hoffe nicht«, sagte Michael.

»Esben?«

Nobel gab die CDs weiter an seinen Techniker, der seinen Laptop aufriss. Er balancierte gedankenverloren das Kinn auf seinem Zeigefingerknöchel und betrachtete Michael, der sich eine Zigarette angezündet, den Schlips gelockert und seine Pilotenbrille vor die Augen geschoben hatte.

Es war ein heißer Tag, die Luft stand still. Die Rasenflächen hinter den gewaltigen Mauern und Zäunen rochen verbrannt und moderig, das dunkelgrüne Laub war trocken und welk, und selbst den Vögeln war es zu anstrengend zu zwitschern. Auf einem Schornstein saßen reglos ein paar Heringsmöwen wie Pappfiguren.

»Was von Straat gehört?«, fragte der allmächtige Vorstandsvorsitzende, Ölförderer, Reeder, Hofjägermeister und Träger des Dannebrogordens.

»Ja und nein«, murmelte Michael und hustete eine Rauchwolke aus.

»Ja oder nein?«

»Lassen Sie uns erst hören, was Esben zu sagen hat. Sagten Sie nicht, Dirk sei auf dem Heimweg nach Amsterdam zu neuen Aufgaben? Ich hoffe, die sind einfacher. Ich bezweifle, ganz offen gesagt, dass globale Ölwirtschaft und die damit verbundene Notwendigkeit von Selbstbeherrschung in Vorstandskreisen und vornehmen privaten Heimen eine seiner Spitzenkompetenzen ist.«

»Ich bin tatsächlich zu dem gleichen Schluss gekommen.«

Aus dem komfortablen Fond war geschäftiges Klackern zu hören. Esben war in seiner eigenen Welt, seine Finger huschten wie Spinnen über die Tasten.

»Die hier sind hundert Prozent in Ordnung, Herr Nobel«, war seine helle Stimme zu hören. »Alle 441 Bohrproben. Jede einzelne digital signiert von Peter Holm. Das sind die authentischen chemischen Analysen, wie gesagt, alle ordnungsgemäß signiert und quittiert von Holm. Sie sind lückenlos nummeriert. Und sie sind mit der firmeneigenen Rijndael-Software verschlüsselt. Sie sind koscher. Sie sind ...«

»Sind Sie ... diesmal wirklich sicher?«, unterbrach Nobel den exaltierten Redestrom des jungen Mannes.

Er hatte das Gesicht seinem Assistenten zugewandt und bot Michael einen ausführlichen Blick auf seinen ordentlich rasierten Nacken und den kreideweißen Hemdkragen. Der Vorstandsvorsitzende verwendete ein exklusives englisches Aftershave, das Michael sehr mochte, sich aber selten leisten konnte.

»Ich bin absolut sicher, Herr Nobel«, sagte der Techniker.

Nobel stieg aus dem Wagen, streckte sich und bat um eine Zigarette.

»Behalten Sie die Schachtel«, sagte Michael. »Feuer?«

»Ja, bitte.«

Der Vorstandsvorsitzende schob Schachtel und Feuerzeug in die Tasche.

»Esben?«

»Ja?«

»Schließen Sie das Fenster.«

Die dunkle, verspiegelte Scheibe fuhr hoch.

Axel Nobel wandte sich an einen der Wachmänner.

»Simon. Sei so freundlich und fahr ein paar Hundert Meter die Straße rauf. Michael und ich gehen ein Stück. Würden Sie Ihr Auto zur Seite fahren?«

»Selbstverständlich.«

Michael setzte den Mercedes rückwärts vor den Bürgersteig. Ein paar langbeinige blonde junge Frauen joggten vorbei und warfen Nobel präzise portionierte Blicke zu. Die Pferdeschwänze schwangen rhythmisch hin und her.

Er sah mit beherrschtem Interesse hinter ihnen her.

»Neue Frau?«, fragte Michael.

»Ich weiß nicht. Die werden auch immer kostspieliger, wenn Sie mich fragen.«

»Und man bekommt immer weniger für sein Geld«, sagte Michael.

»Sie haben vollkommen recht. Sie haben mit meinem Sohn Paul gesprochen, habe ich gehört.«

»Reizender Junge«, sagte Michael.

Sie gingen langsam auf den Audi zu. Der ältere der beiden Wachmänner stand neben dem Auto und tippte auf seine Armbanduhr, was Nobel ignorierte.

»Was verlangen Sie?«, fragte er und blieb stehen.

»Dass Sie mich und meine Leute in Frieden lassen. Das schließt auch Lene Jensen und Anna und Thea Nordstrand ein.«

Der Vorstandsvorsitzende zog die Augenbrauen hoch und rümpfte die große Hakennase.

»Niemand ist so wahnsinnig, sich an einem dänischen Polizisten zu vergreifen.«

»Da irren Sie sich. Dirk Straat wollte das unbedingt. Er liegt jetzt in meiner Küche, weil er im Begriff war, Lene Jensen in meiner Wohnung hinzurichten, aber von einem Degen in seiner Brust daran gehindert wurde.«

Axel Nobel seufzte und sah an den leeren Himmel.

»Das war nicht auf mein Geheiß, Michael. Aber im Grunde bin ich froh, ihn los zu sein. Und was haben Sie jetzt mit ihm vor?«

»Ich kenne jemanden, der Mitinhaber eines Krematoriums ist.«

Nobel schmunzelte.

»Ist er zuverlässig? Und ist das sicher?«

»Ich kann ihn bitten, Dirk zweimal zu verbrennen, wenn Sie sich dann sicherer fühlen.«

»Tun Sie das. Und sonst?«

»Schwören Sie, dass Sie sich für immer und ewig von mir und meiner Familie fernhalten. Und von Nordstrands. Ich meine das sehr ernst. Wenn Sie versuchen, sich zu rächen oder eine offene Rechnung zu begleichen, werde ich Sie finden und bestrafen. Radikal. Das ist ein Versprechen.«

»Sie sind wirklich ein wenig melodramatisch, Michael, und das steht Ihnen. Aus reiner Neugier: Wie wollen Sie es machen? Also, meinen Untergang herbeiführen?«

Michael nahm Straats digitales Aufnahmegerät aus der Tasche, spulte es an den Anfang zurück und spielte Nobel seine Unterhaltung mit dem Holländer vor, in der es um die geheime Überwachung von Peter Holms Wohnung ging und die Möglichkeit, dass Holm sich mit Rasmus Nordstrand amüsierte.

»Es gibt noch mehr. Viel mehr. Unter anderem eine saubere Aufnahme der Morde an Alan Knutzon und Maria Kemper. Auf der Dirk Sie mehrmals beim Namen nennt. Er sagt doch tatsächlich, dass Sie ein Arschloch sind. Tut mir leid. Außerdem gibt es noch ein Mobiltelefon mit seinen Fingerabdrücken und Ihrer Privatnummer samt einer Positionsangabe mit Breiten- und Längengrad, die vorbildlich mit den Angaben übereinstimmt, wo Rasmus Nordstrands Leiche geborgen wurde.«

Der Vorstandsvorsitzende schaute zu Boden und trat mit den glänzenden Spitzen seiner handgenähten Schuhe gegen die Kante einer hochstehenden Steinfliese. Dann hob er den Blick und sah Michael hasserfüllt an.

»Ich schwöre«, sagte er.

»Beim Leben Ihrer Kinder?«

»Ja, verdammt! Sonst noch was?«

Michael schüttelte den Kopf, und Nobel lächelte überrascht.

»Kein Geld?«

»Behalten Sie Ihr Geld. Ich behalte im Gegenzug die Aufnahmen und das Mobiltelefon. In einem Bankfach.«

»Sie sind sich schon im Klaren darüber, dass Sie in einer Position sind, in der Sie alles verlangen können, oder? Kommen Sie schon, Michael, fordern Sie ein paar Millionen von mir, mein Haus, eine Nacht mit meiner Frau. Sie haben es verdient. Ich sage Esben, dass er das Geld augenblicklich nach Liechtenstein überweisen soll. Das dauert nur wenige Sekunden, und Sie werden ein anderer Mensch sein, das verspreche ich Ihnen. Sie werden reich sein. Geachtet.«

Michael ging zurück zu seinem Wagen.

»Zwei Millionen Schweizer Franken? Drei. Kommen Sie zurück und bitten Sie mich darum! So ein Angebot schlägt doch niemand aus. Was ist mit Ihrer durchgeknallten Schwester? Wie lange hält sie durch? Und Ihre Kinder und deren verfickte Mutter?«

Michael blieb stehen und hielt ein paar Sekunden inne, ohne sich umzudrehen.

Dann ging er weiter.

Nobel hinter ihm redete hartnäckig weiter.

Er bot immer astronomischere Summen. Lächerliche, illusorische Summen. Irgendwann ging er dazu über, Michael zu verfluchen.

Michael erreichte sein Auto, stieg ein und fuhr die herrschaftliche Straße in Hellerup mit dem Gefühl hinunter, etwas Verseuchtes und extrem Ungesundes hinter sich zu lassen. Im Rückspiegel sah er Nobels hohe, dunkle Gestalt einsam auf dem Gehweg stehen, ehe er sich umdrehte und zu seinen Wachmännern, seinem Techniker und seinem kostbaren deutschen Auto zurückging.

CHARLOTTE ERHOB SICH von ihrem Platz, als Lene das Büro betrat, aber Lene hatte nur Augen für Bjarne. Der Techniker saß mit hängenden Schultern auf einem Stuhl in der Ecke und schielte verlegen zu ihr rüber, ehe er den Blick senkte. Er schwitzte, seine fleckigen Wangen glänzten.

»Bjarne? Was machst du hier?«

Sie sah Charlotte an.

»Was macht Bjarne hier?«

»Kooperieren. Etwas, wovon du dir eine Scheibe abschneiden könntest, Lene. Setz dich. Keiner will dir was Böses. Im Gegenteil. Tom kennst du ja bereits.«

Der Sonderberater lächelte sie vom seinem Platz auf dem Sofa an, erhob sich und gab ihr die Hand. Seine Socken waren heute orange.

Charlotte machte eine einladende Geste in Richtung Besucherstuhl, in den Lene sich gerne fläzte, wenn sie bei ihr war. Jetzt saß sie ganz aufrecht und hatte nur Bjarne im Visier. Der setzte seine Brille ab, als wäre es einfacher, wenn er die Welt nicht mehr so scharf sah, und putzte sie mit seinem Stofftaschentuch.

»Kaffee?«, fragte Charlotte und schenkte eine Tasse ein, ehe Lene geantwortet hatte.

»Bin ich gefeuert?«, fragte sie.

Die Frage löste auf Charlotte und Tom Anderssons Gesichtern ergebenes Lächeln aus.

»Nicht doch, meine Liebe«, sagte er.

Dann sah er Charlotte an.

»Ist sie doch nicht, oder?«

Der Blick der Polizeidirektorin war vielleicht nicht ganz so herzlich wie der des Sonderberaters.

»Natürlich nicht.«

Sie beugte sich vor und sah Lene durchdringend an.

»Vertrauen. Sagt dir dieses Wort eigentlich irgendwas?«

»Ich hab ihm da vertraut«, sagte Lene mit einem Blick auf Bjarne, der den Kopf einzog.

»Und das solltest du auch weiter tun«, sagte Charlotte. »Bjarne hat dein Vertrauen nicht enttäuscht. Ich musste ihm mehrmals drohen, ihn zu versetzen, ehe er zur Zusammenarbeit bereit war.«

Lene drehte den Kopf und sah ihren Techniker an.

»Tut mir leid, Bjarne.«

»Ist schon okay«, murmelte er in Richtung Boden.

»Und wobei hat er euch geholfen?«

»Diskobucht.«

»Ein einziger Lügenberg«, sekundierte Tom Andersson. »Monströs geradezu.«

Lene richtete sich auf.

»Ihr wisst es also? Alles?«

Sie nickten.

»Seit wann?«

»Wegen deiner üblichen besserwisserischen, sturen Arroganz im allerletzten Augenblick. Ich gehe davon aus, dass du dich an Christian Erichsen vom PET erinnerst?«

»Na selbstverständlich. Er hat die Leichen im Sydhavnen übernommen und meinte, ich bräuchte mir keinen Kopf über die Morde zu machen. Natürlich erinnere ich mich an ihn.«

»Hervorragend. Und jetzt versuch dir seine Verblüffung vorzustellen, als der diensthabende Teletechniker vom PET ihn zu Hause anruft und vermeldet, dass jemand aus dem Hauptquartier der Staatspolizei, genauer eine Person im Büro der Polizeioberrätin Lene Jensen, ihre Server gehackt hat und dabei war, eine spezielle, sehr teure Verschlüsselungssoftware, die Rijndael-Chiffre, zu kopieren.«

Lene drehte sich um.

»Hast du nicht gesagt, du hättest einen Kumpel da drüben, Bjarne?«

»Der war im Urlaub«, sagte Bjarne unglücklich. »Ich wollte dich nicht enttäuschen, weil du gesagt hast, es sei wichtig und gehe um Leben und Tod.«

»Bjarne ...«

Charlotte fuhr fort. »Gott sei Dank war Christian geistesgegenwärtig genug, darauf zu bestehen, sich persönlich darum zu kümmern, damit der Betreffende nicht beim Kopiervorgang unterbrochen werden konnte. Er war wohl der Meinung, dieser eklatante Verstoß gegen die Datensicherheit habe einen vernünftigen Grund, wenn du dahintersteckst. Vielleicht solltest du dich dafür bei Christian bedanken, Lene.«

»Ich verehre ihm einen Sack kubanischen Hochlandkaffee, wenn ich ihn das nächste Mal sehe«, sagte Lene. »Er ist Amateur-Barista.«

»Versuchen Sie, einen Sack St. Helena zu bekommen«, schlug Andersson vor. »Den hat Napoleon während seines Exils über alle Maßen geschätzt.«

»Ist der teuer?«

»Sehr.«

Charlotte klackerte ungeduldig mit den Fingernägeln auf die Tischplatte.

»Können wir weitermachen? Also, Christian hat mich angerufen, und ich bin hierhergefahren und habe mit Bjarne gesprochen. Dem Hacker Bjarne.«

Lene stellte sich die Situation vor. Der arme, arme Bjarne. Dann fiel ihr wieder ein, dass sie geglaubt hatte, Stimmen im Hintergrund zu hören, als sie in der Nacht ihre Dateien ausgetauscht hatten, es dann aber als Sinnestäuschung abgetan hatte.

»Charlotte hat mich freundlicherweise von unterwegs angerufen«, sagte Tom Andersson. »Ich bin gleich gekommen. Das war ganz sensationell, als ... Bjarne hier uns die Erklärung für alles gegeben hat. Sehr, sehr spannend war das.«

»Haben Sie die Analysen gesehen?«, fragte Lene.

Wieder nickten sie wie siamesische Zwillinge.

»Ich hab sie in Klartext umgewandelt«, sagte Bjarne.

Lene klatschte verärgert in die Hände, und alle zuckten zusammen. »Aber inzwischen hat Axel Nobel die beschissenen Analysen zurück«, sagte sie. »Das einzig Gute ist, dass Anna Nordstrand und ihre Tochter in Sicherheit sind.«

»Wo?«, fragte Charlotte.

»An einem geeigneten Ort«, sagte Lene barsch.

Charlotte schickte Tom Andersson einen Blick, der sagte: Sehen Sie, womit ich mich jeden Tag rumschlagen muss.

»Außerdem wolltest du mich ja nur loswerden«, sagte Lene sauer. »Du hattest es höllisch eilig, mich auf die Stelle in Den Haag abzuschieben, für die ich mich vor Monaten schon beworben habe.«

Tom Andersson mischte sich ein. »Sie tun Ihrer Vorgesetzten unrecht, Lene, wenn Sie mich entschuldigen wollen. *Alle* wollten Sie gerne loswerden, das kann ich Ihnen versichern. Sie sollten weg, und das konnte gar nicht schnell genug gehen.«

Charlotte sah sie verletzt an.

»Was glaubst du, wer die SMS geschickt hat, dass Rasmus Nordstrand gefunden wurde und dass du möglichst zeitnah in der Rechtsmedizin vorbeischauen solltest, ehe Johannes Mark dort aufschlägt?«

Lene sah sie perplex an.

»Du?«

»Natürlich. Und wenn du glaubst, es wäre einfach gewesen, dich im Ring zu halten und parallel allen anderen zu versichern, dass du auf dem Weg nach Den Haag bist und damit alle Probleme gelöst sind, irrst du dich gewaltig. Das war nicht einfach. Das ist im Übrigen nichts, was mit dir zu tun hat.«

»Das weiß ich wohl, aber …«

»Stopp! Das meinst du nicht wirklich. Du bist und bleibst streitsüchtig und übertrieben ehrpusselig an der Grenze zum Fanatischen. Aber als du im Sydhavnen angefangen hast, die Leute serienmäßig umzulegen, war das Maß voll, da hab ich sehr deutlich Bescheid bekommen, dich umgehend zu versetzen oder mir selbst einen neuen Job zu suchen.«

»Das war alles eine Frage des Timings«, schob Tom Andersson gut gelaunt ein, ehe sie aneinandergerieten. »Gott sei Dank haben Sie das Massaker im Sydhavnen überlebt, und Gott sei Dank ist alles so schnell gegangen, dass weder die Ministerien noch Nobel Oil was mitbekommen haben.«

Er dachte kurz nach.

»Sie haben gesagt, Axel Nobel habe seine Daten zurückbekommen?«

»Michael Sander war von Nobel Oil damit beauftragt, Peter Holms Analysedaten zu finden. Das ist ihm gelungen. Fragen Sie mich nicht, wie, ich weiß es einfach.«

Der Sonderberater nahm sie ausgiebig in Augenschein, und Lene hätte einiges gegeben, um zu erfahren, was hinter seiner glatten Stirn vor sich ging. Das Einzige, was sie dazu beitragen konnte, Ida und den toten Holländer nicht in die Sache hineinzuziehen, war, überzeugt zu ihrer Lüge zu stehen und zu hoffen, dass der Bestatter Iversen gründliche Arbeit leistete.

Tom Andersson zuckte mit den Schultern.

»Im Grunde genommen spielt das auch gar keine Rolle.«

»Da stimme ich zu«, sagte die Polizeidirektorin.

»Schön, dass ihr euch einig seid«, sagte Lene. »Warum heiratet ihr nicht? Spricht was dagegen, dass ihr mir erzählt, warum das verdammt noch mal keine Rolle spielt?«

»Deine Sprache ist unterirdisch, Lene«, sagte Charlotte, aber Tom Andersson gluckste nur.

»Es spielt keine *entscheidende* Rolle, liebe Lene«, sagte er. »Die Analysen des bedauernswerten Peter Holm haben einen schnell ansteigenden Cadmiumgehalt im Schieferöl nachgewiesen, das von dem Konsortium in der Diskobucht gefördert wird. Cadmium ist extrem giftig und kann nicht auf rentable Weise vom Öl separiert werden. Das ist ganz simpel. Die weitere Förderung wäre damit äußerst fahrlässig.«

»Aber das weiß doch keiner«, sagte Lene.

»Wir wissen es«, sagte Andersson. »Dank Ihnen. Und Anna Nordstrand hat etwas geahnt. Wie ihr Mann und einige von Poseidons Kriegern. Aber sie hatten keine Beweise.«

»Und was gedenken wir jetzt zu tun?«, fragte Lene.

Charlotte meldete sich wie die Musterschülerin, die sie bestimmt immer gewesen war.

»Eine komplizierte Frage. Es würde ziemlich viele Menschen tief enttäuschen, wenn die Förderung eingestellt werden würde.«

»Es würde aber auch vielen Menschen in Grönland und Nordamerika ersparen, lebensbedrohlich zu erkranken«, sagte Lene.

Tom Andersson lächelte wieder. Der Mann hatte ein einzigartig sonniges Gemüt, dachte sie.

»Das Interessante ist Axel Nobels Reaktion auf Holms Neuigkeit. Es wäre enorm schwierig für uns, den vorgebahnten Weg weiterzugehen. Eine Annullierung des Projektes würde auf breiten Widerstand stoßen. Es würden endlose Fragen zur Echtheit der Analysen gestellt, Experten- und Behördenausschüsse eingesetzt werden. Es würden Weißbücher angefertigt werden, und alle würden sich aufbäumen, besonders jetzt, wo Poseidons Krieger aus dem

Spiel sind und die Operation prinzipiell glatt weiterlaufen kann. Und es ist ein beispielloses Projekt.«

»Aber unmöglich«, stellte Charlotte trocken fest.

Der träumerische Ausdruck im Blick des Sonderberaters verflüchtigte sich.

»Ja«, sagte er ernüchtert. »Ja, unmöglich. Die Amerikaner werden die Anlagen von der Erdoberfläche fegen, so viel steht fest. Spätestens fünf Minuten, nachdem sie Verdacht schöpfen, dass Cadmium ihre Küsten bedroht, wird ein Flugzeugträger in die Davisstraße fahren und Cruise Missiles auf die Diskobucht abschießen.«

»Und was macht Axel Nobel?«, fragte Lene, deren Gehirn sich aufzulösen begann. Ihre Ohren pfiffen ununterbrochen, das untrügliche Vorzeichen, dass sie demnächst zusammenklappen würde.

»Sich das Projekt vom Hals schaffen«, sagte Tom Andersson, als gäbe es gar keine andere Möglichkeit.

»Natürlich«, sagte Lene matt und sah Hilfe suchend zu Charlotte, die inzwischen auch aussah, als befände sie sich auf dünnem Eis.

»Zwei Minuten nach dem Gespräch mit Peter Holm befanden sich seine jungen Anwälte auf dem Kriegspfad«, sagte der Sonderberater. »Die besten Rechenexperten von nah und fern wurden eingeflogen, The Gibraltar Shale Oil and Development Company wurde gegründet und am nächsten Tag in Gibraltar und auf den Bermudas registriert.«

»Weil?«, fragte Charlotte.

»Weil Nobel den Schaden minimieren wollte. Er zieht alle Werte aus dem Konsortium und überweist sie nach Gibraltar Shale Oil.«

»Wieso?«, fragten Lene und Charlotte im Chor.

Tom Andersson verlor allmählich die Geduld mit ihnen.

»Weil er selbstverständlich Verhandlungen teils mit anderen Ölgesellschaften anleiern will, um ihr Interesse an einer Übernahme zu wecken, teils mit der chinesischen Entwicklungsbank. Vielleicht bietet er ihnen sogar an, Nobel Oils Anteil unterm Marktwert zu übernehmen.«

»Wird da keiner misstrauisch bei einem scheinbar so fantastischen Projekt?«, fragte Lene.

Andersson nickte. »Natürlich, wenn das Angebot von einer Gesellschaft käme, die sich ausschließlich mit Öl und anderen fossilen Brennstoffen befasst, aber das ist bei der Nobel Group nicht der Fall. Sie haben Containerschiffe, Minen, Sonnenkollektorenparks, andere grüne Energie, IT-Technologie, Landwirtschaftsprodukte, sie verleasen Bohrplattformen und so weiter. Es ist nicht außergewöhnlich, einen Posten abzustoßen, wenn ein anderer, profitablerer auftaucht. Etwa ein neues Ölfeld vor Brasiliens Küste. Dafür kann man bis zu einem gewissen Grad Verständnis aufbringen. Profit ist das A und O. Das wissen alle.«

»Und wenn BP oder Exxon in drei Jahren herausfinden, dass sie die Katze im Sack von Nobel gekauft haben, was dann?«, fragte Charlotte.

»Große Firmen sind keine Menschen«, sagte Tom Andersson. »Sie haben keine Gefühle. Das sind internationale Organisationen, die ausschließlich dazu da sind, im weitesten Rahmen des Gesetzes Geld zu verdienen. Möglicherweise weht die dänische Flagge über dem Hauptsitz, aber im Grunde ist es schnurzegal, in welchem Land sie unterwegs sind. Außerdem wird Nobel behaupten, zu dem Zeitpunkt noch nichts von dem Cadmium-Problem gewusst zu haben. Zumindest kann er sagen, die Höchstwerte hätten immer unter der zulässigen Grenze gelegen. Was faktisch sogar stimmt. Der Einzige, der unvorsichtigerweise einen Knüppel in die Speichen geworfen hat, war Peter Holm mit seiner krankhaften Gründlichkeit. Er hat tiefer in den Berg hineingebohrt als je ein Mensch vor ihm, und er war verdammt gut in seinem Job. Das ist doppelt ironisch, weil er sich wirklich für das Projekt begeistert hat.«

»Und die Chinesen?«, fragte Lene. »Was ist mit denen … wenn sie merken, dass Nobel sie verarscht hat?«

Sie erntete ein Lächeln und einen anerkennenden Blick von dem Sonderberater.

»Die Chinesen haben im Gegensatz zu Firmen Gefühle. Genauso starke Gefühle wie andere Menschen, auch wenn sie geschickter darin sind, sie zu verbergen. Sie haben nicht vergessen, in welchem Maß sie ausgenutzt wurden, als die europäischen Kolonialmächte ihrem Land die Bodenschätze geraubt und englische Kanonenboote die Kaiserpaläste zerstört haben. So wie sie die japanischen Massaker in der Mandschurei und Shanghai nicht vergessen haben. Die Chinesen werden nicht gerne hinters Licht geführt. Sie verlieren nicht gerne das Gesicht. Es könnte also gut sein, dass sie mit dem Gedanken spielen, Axel Nobel eine Lektion zu erteilen.«

»Kennen Sie irgendjemanden da draußen, mit dem Sie reden können?«, fragte Lene verzweifelt, weil sie dieses Treffen beenden wollte, ehe sie zusammenbrach. »Kommen Sie schon, Tom! Nicht jeder von uns kriegt acht Stunden Schlaf und drei Mahlzeiten am Tag, okay?«

»Ich denke, das ist Tom sehr wohl klar«, sagte Charlotte schroff.

»Entschuldigung«, sagte Andersson. »Es würde zu lange dauern, über die üblichen diplomatischen und politischen Kanäle zu gehen, und es ist schwierig, ein Ergebnis vorherzusagen. Ja, ich kenne Leute da draußen. Wir brauchen nur einen Zeugen. Einen guten, überzeugenden und integeren Zeugen. Und ich glaube, ich habe jemanden gefunden.«

»Wunderbar«, flüsterte Lene. »Super. Spucken Sie's schon aus, Tom. Wer ist es?«

»Du, Lene, andere gibt es nicht«, sagte Charlotte mild. »Darum solltest du ja auch deinen Pass holen. Du wirst nach China reisen, dein Flieger geht in drei Stunden. Tom wird dich begleiten.«

»China? Seid ihr komplett verrückt? Ich hab kaum noch Kraft, mich von diesem Stuhl zu erheben, und bin verdammt noch mal sooo knapp vor einem totalen Nervenzusammenbruch.«

Sie zeigte mit zwei Millimeter Luft zwischen Daumen und Zeigefinger, wie nah der Kollaps war.

»Trink noch einen Kaffee«, schlug Charlotte vor. »Das schaffst du schon.«

Lene hätte am liebsten laut geschrien.

»Ich will weder Kaffee noch deinen Sherry, Charlotte. Ich bin reif für die Insel.«

»Und wenn jemand mitkommen würde, dem Sie hundertprozentig vertrauen und der mit der ganzen Geschichte vertraut ist, würde das helfen? Jemand, der Sie auf der Reise unterstützen könnte, meine ich«, sagte Tom.

Lene sah Bjarne an.

»Willst du mit, Bjarne?«

»Ne, ne, ne«, kam es prompt. »Meine Mutter wird Freitag siebzig. Ausgeschlossen.«

»Bei allem Respekt, es war nicht direkt Bjarne, an den ich gedacht habe«, sagte der Sonderberater.

»Ich vertraue aber niemandem sonst. Doch, es gibt jemanden. Aber sie ist im Moment nicht abkömmlich. Sie ist krank.«

»Krank? Wenn es sich um was nicht wirklich Ernstes handelt, könnte man doch ...«

»Psychisch krank und selbstmordgefährdet.«

Das drückte Andersson sozusagen zurück aufs Sofa.

»Okay, das können wir vielleicht nicht unbedingt gebrauchen, da gebe ich Ihnen recht. Aber darf ich Sie bitten, meinen Kandidaten in Erwägung zu ziehen? Ich habe mir erlaubt, ihn anzurufen, bevor Sie gekommen sind, und ihn in die Situation eingeweiht, weil ich geahnt habe, dass Sie nicht sonderlich enthusiastisch reagieren. Er kommt gerne mit.«

Ihrem drohenden Zusammenbruch zum Trotz war Lene nun doch ein wenig neugierig – ihr chronischer Fluch. Ihre Mutter sagte immer, sie sei schon als Kind neugierig wie eine Katze gewesen.

»Wer?«

Es brauchte zehn Minuten und Tom Anderssons und Charlotte Falsters vereintes diplomatisches Geschick samt einiger weniger wohlgewählter Drohungen, Lene von ihrer Rolle bei dem Vorhaben zu überzeugen, das sie spontan als MISSION IMPOSSIBLE bezeichnete.

»Und bleib danach noch ein bisschen dort und erkunde das Land«, sagte Charlotte großzügig, nachdem Lene sich ergeben hatte.

»Wie meinst du das?«

»Na ja … ein paar Monate oder so.« Charlotte sah Tom an. »Das ist ein großes Land, oder?«

»Sehr groß.«

»Ein paar Monate?! Das meinst du doch nicht ernst …«

Lene schrie fast.

»Nur so lange, bis dein professioneller Ruf wiederhergestellt ist, bei uns … und weiter oben im System«, sagte Charlotte flehend.

»Vielleicht doch lieber ein Jahr?«, sagte der Sonderberater.

*Peking, drei Tage später*

NOCH FÜNF MINUTEN, dann wäre alles unter Dach und Fach, und die intensiven Verhandlungen der vergangenen zwei Tage würden sich in die Kette anderer unangenehmer Erinnerungen einreihen, von denen in seinem siebenundfünfzigjährigen Leben eine ganze Menge zusammengekommen waren. Mehr als bei den meisten anderen, vermutete Nobel.

Die Zukunft konnte beginnen. Eine sehr vielversprechende Zukunft. Unter dem Strich.

Er befand sich in einem geräumigen Büro in der 53. Etage eines 330 Meter hohen Wolkenkratzers im zentralen Pekinger Geschäftsdistrikt, der bald in jeder Hinsicht Wall Street und London City den Rang abgelaufen haben würde. Die Zentrale Chinesische Entwicklungsbank ICBC besaß dreißig der insgesamt einundachtzig Etagen des Wolkenkratzers, und die Aussicht wäre interessant gewesen ohne die undurchdringliche Smogschicht, die Straßen und niedrigere Gebäude von Horizont zu Horizont auswischte. Es waren nur die Wolkenkratzer zu sehen, die sich über den Smog erhoben wie Inseln in einem hellbraunen Meer. Weit,

weit unter ihnen wechselte das Ampellicht wie ferne Schiffslaternen, und ein schwaches Zittern lief durch das Gebäude, wenn einer der großen Glasaufzüge an den außen am Gebäudekörper angebrachten Schienen auf und ab summte. Natürlich hatte er die Glaskapseln ausprobiert – das war besser als eine Riesenrutsche. Die Aufzüge rauschten so schnell die Fassade runter bis in das gigantische Ladencenter auf dem untersten Level, dass schier die Füße vom Boden abhoben und man einen Moment der Schwerelosigkeit erlebte.

Axels Berater und Juristen waren schon vorweg nach Washington geflogen. Jetzt hieß es Mann gegen Mann zwischen den wichtigsten Spielern, Axel Nobel und dem obersten Bankdirektor, Jun Nianzu.

Er trank einen Schluck Quellwasser und schenkte sich aus einer Karaffe nach, rieb sich die Augen und schaute nach draußen, während er wartete, dass Jun seine tägliche Bewegungseinheit abschloss, die jeden Nachmittag exakt zwischen 16:30 Uhr und 17:00 Uhr ausgeführt wurde. Der Bankdirektor fuhr im Augenblick auf einem schwarzen TREK Racing-Rad auf Rollen, während er fließend Französisch in ein Headset sprach. Er lächelte Nobel zu, der versuchte, sein Gesicht in begeisterte Falten zu legen, auch wenn es ihm schwerfiel: ein heißes Bad, eine Stunde unter den kundigen Händen des Hotelmasseurs, eine leichte Mahlzeit, eine von Michael Sanders Zigaretten, mehr wollte er jetzt gar nicht. Und natürlich ein paar Unterschriften.

Jun Nianzu beendete das Gespräch und schaute kritisch auf einen Monitor, der Puls, Blutdruck, Sauerstoffaufnahme, Geschwindigkeit, Watt-Leistung, Gradient und so weiter anzeigte. Jun fuhr eine virtuelle Alpe-d'Huez-Etappe mit Lance Armstrong am Reifen, er gab alles, um den Amerikaner hinter sich zu halten. Der Schweiß rann ihm über das runde, glatte Gesicht; die schräg stehenden schwarzen Augen waren zu funkelnden Schlitzen zusammengekniffen. Er öffnete das gepunktete Mercatone-Uno-Trikot über seiner unbehaarten Brust.

Das Bergtrikot hatte Marco Pantani gehört, wusste Axel, und Jun hatte ein Vermögen dafür bezahlt.

Endlich erreichte der Bankdirektor mit einem triumphierenden Ausruf die Ziellinie und trat langsamer in die Pedale, um die Milchsäure aus den Muskeln fließen zu lassen.

»Gewonnen?«, fragte Nobel.

»Der Pirat gewinnt immer«, sagte Jun mit Anspielung auf den Spitznamen Pantinis.

Axel Nobel warf einen vielsagenden Blick auf die letzten Dokumente, auf denen noch Juns Unterschrift fehlte.

Sie brauchten keinen Dolmetscher. Jun Nianzu war ein Kind des modernen Chinas. In bescheidenen Verhältnissen in Hongkong aufgewachsen, hatte er in Princeton und der London School of Economics Management und Wirtschaft studiert und sprach perfekt Englisch.

Jun klickte die Schuhe von den Pedalen, griff nach dem Handtuch und wischte sich den Schweiß aus dem Gesicht. Mit der seltsam zurückgelehnten Gangart, die man in Radschuhen hatte, durchquerte er das Büro und setzte sich hinter den Schreibtisch, das Handtuch immer noch um den Hals.

»Also. Poseidons Krieger? Die sind Geschichte, sagen Sie?«

»Absolut, Jun. Die letzten werden gerade in England festgenommen.«

»Das wird meine Vorgesetzten, sprich die Partei, sehr freuen.«

»Selbstverständlich.«

Jun nickte.

»Und die Demonstranten? Greenpeace? Andere Fanatiker?«

»Von der neuen Sicherheitsfirma vertrieben. Die Ebene ist abgeräumt und leer. Die Pumpen laufen wieder, und das letzte Öl ist aus dem Meer entfernt.«

Jun lächelte, zeigte dabei seine kleinen Zähne und lehnte sich zurück. Er fing den letzten Schweißtropfen mit dem Handtuchzipfel ab.

»Fantastisch. Gratulation.«

»Danke.«

Der Direktor drehte sich auf dem Stuhl mit der hohen Lehne einmal im Kreis. Als die Runde vollendet war, hielt er eine Flasche Wasser in der Hand, und das Lächeln war verschwunden. Er trank beherrscht einen kleinen Schluck.

»Und diese Konstruktion: The Gibraltar Shale Oil and Development Company, was habe ich mir darunter vorzustellen?«

Nobel hatte natürlich mit dieser Frage gerechnet. Trotzdem zuckte er innerlich zusammen, wohl wissend, dass es jetzt überlebenswichtig war, einen klaren Kopf zu bewahren.

»Ich habe das zweifelhafte Privileg, Däne zu sein«, sagte er gelassen und beugte sich vor. »Einer der schwierigsten Orte auf der Welt, um Dollar zu machen. Wirklich. Laut Glaubensbekenntnis des dänischen Staates gehören ihm alle Werte und Gelder, damit er sie an die Dummen und Faulen verteilen kann. Gibraltar Shale ist nichts, Jun, eine Nebensächlichkeit, die durch internationale Steuervorteile als minimale Einnahmequelle fungieren soll.«

Jun nickte.

»Sie haben also nicht vor, Nobel Oil aus der Diskobucht abzuziehen?«

»Selbstverständlich nicht. Wieso sollte ich das? Das ist ein fantastisches Projekt. Mein Lebenswerk, wenn das nicht zu pathetisch klingt.«

»Gar nicht. Gar nicht. Das ist hübsch. Sehr hübsch.«

Jun trank gedankenverloren aus der Flasche.

»Ein hübsches Projekt«, wiederholte er dann in akzentfreiem Dänisch und lächelte breit, als er Axel Nobels überraschten Blick sah. »Ein schönes Projekt, ja. Aus Dänemark und Grönland, rødgrød med fløde.«

»Immer für eine Überraschung gut, Jun«, sagte Nobel herzlich. »Wo in aller Welt haben Sie Dänisch gelernt? Sollen wir auf Dänisch weiterreden?«

Der Bankdirektor hob abwehrend eine Hand.

»Ich denke, dazu fehlt uns die Zeit. Mein Vater war seinerzeit Chauffeur für den dänischen Konsul in Hongkong. Wussten Sie das? Nein? Und der Sohn des Konsuls wurde ein guter Freund. Tom Andersson. Wir sind uns wiederbegegnet, als er für eine indonesische Ölfirma gearbeitet hat, und haben den Kontakt gehalten. Ich weiß, es gibt fünf Millionen Dänen, aber kennen Sie ihn zufällig?«

»Tom Andersson, Sonderberater des Justizministers?«

Jun nickte begeistert.

»O ja, den kenne ich«, sagte Nobel und gefror innerlich zu Eis. »Ich habe jahrelang versucht, ihn für mich zu gewinnen. Er ist gut. Richtig gut.«

»Das ist er. Ein fähiger Mann. Grüßen Sie ihn von seinem alten Freund, wenn Sie ihn sehen. Aber möglicherweise ist er nicht der Richtige für Sie, Axel. Er ist sehr ehrlich.«

Die schwarzen Augen auf der anderen Seite des Schreibtisches waren unergründlicher denn je.

»Was wollen Sie damit sagen?«

Der Chinese breitete die Arme aus.

»Ein Scherz, verdammt. Grüßen Sie ihn einfach vom alten Jun, okay?«

»Das werde ich tun. Natürlich. Wenn ich ihn sehe.«

Ohne die Dokumente eines nennenswerten Blickes zu würdigen, unterschrieb Jun Nianzu sie an den richtigen Stellen mit einer nonchalanten Geste, schob sie wieder zusammen und reichte Nobel den Stapel. Dann hob er die Wasserflasche.

»Ein Skål auf die weitere fruchtbare Zusammenarbeit zwischen ICBC und Nobel Group, Axel. Es war mir ein Vergnügen.«

Nobel verstaute die Papiere in seiner Aktentasche und versuchte, seine geradezu befreiende Erleichterung zu überspielen.

Er hob das Wasserglas.

»Skål.«

Der Bankdirektor erhob sich und klackerte über den Marmorboden. Er sah Nobel schelmisch an.

»Wann geht es weiter, Axel? Sind Sie sicher, dass Sie keine Zeit mehr haben ...«

»Leider, Jun, ich hätte schrecklich gerne die neue Frau Nianzu kennengelernt, aber das müssen wir auf ein andermal verschieben.«

Der Direktor eskortierte ihn zur Tür.

Das Gebäude vibrierte, als einer der Außenaufzüge in ihrer Etage hielt. Das tiefe Seufzen hydraulischer Bremsen drang von draußen zu ihnen durch.

»Wissen Sie, was? Nach vier Ehen bin ich zu dem Schluss gekommen, dass alle hübschen Mädchen im Grunde genommen gleich sind.«

»Da haben Sie völlig recht. Ich bin zu genau dem gleichen Schluss gekommen«, sagte Nobel abwesend.

Jun öffnete die Tür zum Flur, der still und verlassen dalag, aber von den Strahlen der untergehenden Sonne geflutet wurde. Im Westen bot sich ein ergreifend schöner Sonnenuntergang, auch wenn Nobel wusste, dass die wunderbaren Farben des Himmels der Luftverschmutzung geschuldet waren. Egal.

»Schön«, sagte er.

»Wie die Diskobucht«, lachte Jun.

»Exakt.«

Sie gingen den Flur hinunter.

Neben der Aufzugtür wartete jemand von Juns Sicherheitsleuten, ein hünenhafter Kerl. Aus der Glaskabine, einem Kunstwerk aus Spiegeln, Messing, Ebenholz und Opalglas, klang schrille, traditionelle chinesische Musik.

Nobel trat ein, drehte sich um und gab Jun die Hand, der ihn mit freundlichem, feierlichem Gesichtsausdruck ansah.

»Axel?«

»Ja?«

Jun wippte mit den Radschuhen hin und her.

»Sie hatten Ihre Chance«, sagte der Chinese sehr leise und sehr ernst. »Ich habe die ganze Zeit gewartet, aber es kam nicht. Sie hätten einfach ehrlich sein müssen. Wir hätten eine Lösung gefunden. Ganz sicher.«

Nobel lächelte unsicher.

»Was meinen Sie, Jun?«

»Wann hatten Sie vor, mir von dem Cadmium zu erzählen? Sie haben gerade versucht, mich, meine Partei und mein Land um drei Milliarden Dollar zu betrügen. Das meine ich.«

Die dicken Glastüren schlossen sich vor Nobel, und der ausdruckslose Wachmann hantierte am oberen Rand der Aufzugtür. Dann bückte er sich und vollführte die gleiche Prozedur am Boden. Axel Nobel drückte die Tür-auf-Taste. Es tat sich nichts. Er probierte es immer und immer wieder, mit dem gleichen Resultat. Er versuchte, die Türen mit den Händen auseinanderzuschieben, aber sie gaben keinen Millimeter nach. Er sah Jun Nianzu an. Der Bankdirektor hob die Hand und zeigte auf etwas hinter ihm.

Hinter meterhohen Fenstern auf der linken Seite entdeckte der Vorstandsvorsitzende drei Personen, die er augenblicklich wiedererkannte: Tom Andersson, Michael Sander und Lene Jensen. Die drei reglosen Gestalten standen mit leerem Gesichtsausdruck nebeneinander, einen Meter Abstand zwischen sich.

Er ließ die Aktentasche fallen und hämmerte mit beiden Händen gegen die Glastüren.

»JUN!!«

Der Leibwächter zog eine Fernbedienung aus der Innentasche, und über Nobels Kopf gab es eine kleine Explosion.

Der Aufzug ruckte und bewegte sich ein Stück ... dann stürzte er 250 Meter dem Erdboden entgegen.

Der Aufzug raste mit schwindelerregender Geschwindigkeit durch die schräg einfallenden Sonnenstrahlen und durch den Smog, der überfüllten Ringstraße mit dem dichten Verkehr und allen Lichtsignalen entgegen. Nobel erhaschte einen letzten Blick auf Michael Sander, der die Hand wie zum Gruß hob. Die infernalische Musik schepperte aus den Lautsprechern. Er schlug sich die Hände auf dem Bedienungspaneel blutig, versuchte vergeblich, es aus der Wand zu reißen, und starrte auf seine abgebrochenen Nägel.

Axel Nobel konnte die Neonreklamen an den Fassaden der Hochhäuser lesen und sah sich selbst in einem der Spiegel, dann schloss er die Augen und presste die Hände vors Gesicht. Er war fast schwerelos, fast ...

MÖGLICHERWEISE AHNTE MAN eine leichte Erschütterung, als der Aufzug seine Fahrt am Fuß des Glasberges beendete.

Jun Nianzu drehte sich zu Michael und Lene um.

»Mr. Sander ... Sie hatten recht, ich unrecht. Ich dachte, er sei ein Offizier und Gentleman. Bedaure.«

»Das war er sicher auch einmal, Mr. Nianzu«, sagte Michael höflich. »Aber inzwischen ist er nur noch ein Arschloch, kein Grund fürs Bedauern also.«

»Sie haben recht. Absolut. Die Diskobucht. Das hätte so ... so ...«

Er lächelte unglücklich.

»Wenn etwas zu gut scheint, um wahr zu sein, ist es in der Regel zu gut, um wahr zu sein«, sagte Lene.

Jun sah sie an.

»Korrekt, meine Liebe. Nun, ich hoffe doch zumindest, dass es mir gestattet ist, die Dankbarkeit meiner Bank auszudrücken? Die, wie ich meine aufgeklärten Geschäftsführer verstanden habe, grenzenlos ist.«

Lene lächelte.

»Besser als Raffles Beijing Hotel? Unmöglich. Ich fühle mich wie neugeboren, Mr. Nianzu. Wirklich. Das ist ein nahezu religiöses Erlebnis, oder, Michael? Ekstatisch.«

»Absolut. Das Bad, also eins davon, ist größer als meine Wohnung«, nickte Michael zustimmend.

»Sind Sie sicher?«, fragte der Banker ernst. »Ein paar unvergessliche Tage in der Hauptstadt des Kaisers? Ich werde Ihnen die besten Guides besorgen.«

»Des Kaisers?«, fragte Tom Andersson, der etwas abseits stand.

Jun lächelte.

»Das ist so eine Redewendung, Tom. Es ändert sich nicht ernstlich was in China. Wir haben etwas praktischere Kleider, fahren Ferraris und bauen etwas höher, damit hat es sich dann aber auch schon.«

»Eine Art Dubai im Reich der Mitte?«, fragte Tom Andersson.

»Oder umgekehrt.«

Jun gab Lene und Michael die Hand.

»Ich leihe mir Tom ein paar Stunden aus«, sagte er. »Auf einen Plausch über alte Zeiten und einige juristische Details. Machen Sie es gut. Und noch einmal ... Danke.«

Michael schaute die leere Aufzugsschiene hinunter.

»Wie kommen wir nach unten?«, fragte er.

Jun winkte seinen Leibwächter zu sich.

»Hong kennt eine Abkürzung. Sie müssen nicht die Treppe nehmen, obgleich das natürlich gut für die Kondition wäre.«

Das sechs Etagen hohe Ladenzentrum wurde von einem Glasdach überspannt, das der Petersdomkuppel nachempfunden war. Jede Luxusmarke unter der Sonne war hier mit Flagship-Store vertreten: Armani, Porsche, Mercedes, Lauren, Cartier, Harry Winston, Dior, Chanel, Audemars Piguet und so weiter und so weiter. Und alle Geschäfte wurden von Chinas Neureichen belagert.

Michael schielte nach rechts, als sie gemächlich über den gigantischen Platz auf einen der Ausgänge zuschlenderten. Die Glaswände warfen das blau flackernde Licht der Einsatzwagen und das gedämpfte Heulen der Sirenen zurück, die sich um die Aufprallzone sammelten.

Michael fluchte, als jemand ihn anrempelte.

»Wie ist eigentlich die Sache mit Iversen gelaufen?«, fragte Lene, als sie einen ruhigeren Bereich mit sehr viel weniger Passanten erreichten.

»Wunderbar. Er hat Dirk Straats Asche zum Düngen seiner Rosen benutzt. Es gibt nichts Besseres, meint er. Wegen des Stickstoffgehaltes. Aber er hat noch mal nachdrücklich gesagt, dass damit seine Schuld abgegolten und aus der Welt sei und dass ich das nicht zur Gewohnheit machen sollte.«

Lene lächelte nervös und sah sich um.

»Nein, natürlich nicht. Und wie geht's Ida? Hast du mit ihr gesprochen?«

Michael nickte.

»Ja. Sie klang zufrieden. Offenbar hat sie akzeptiert, dass sie einen Lover hat. Sie haben Schach gespielt, und im Hintergrund lief *Brothers in Arms*. Sie hört die Dire Straits nur, wenn es ihr gut geht. Das letzte Mal war das vor anderthalb Jahren. Mindestens.«

Lene lächelte ihn verlegen an. Sie hatte ein langes indigoblaues Kleid aus dicker Seide gekauft, und zum ersten Mal, seit sie sich kannten, trug sie etwas anderes als Gummischuhe oder Cowboystiefel. Die gefälligen italienischen

Cosmétique faite maison

# COSMÉTIQUE À L'HUILE DE COCO

STELLINA HUVENNE
PHOTOGRAPHIES LINDA LOUIS

éditions la plage

# SOMMAIRE

# DE L'HUILE DE COCO
# POUR TOUS VOS COSMÉTIQUES

## POURQUOI FAIRE SES COSMETIQUES SOI-MEME ?

Les produits que l'on trouve dans le commerce sont, pour la plupart, remplis d'ingrédients toxiques pour la santé. Ces substances ont un impact sur notre bien-être et sur l'environnement. Faire ses cosmétiques soi-même permet de limiter les risques d'allergie, d'irritation voire même de cancer.

Lorsque vous achetez des cosmétiques du commerce, vous devez impérativement lire les étiquettes afin de bannir ceux contenants des parabènes, des silicones, des sulfates, des phtalates, des OGM, du propylène glycol, des huiles minérales et autres substances nocives. Cette liste est très longue ; en revanche, quand vous confectionnez vous-même vos cosmétiques, ceux-ci contiennent entre deux et dix ingrédients tout au plus !

Outre le côté ludique, la fabrication de cosmétiques maison permet de choisir des produits naturels et/ou bio. Fabriquer ses produits de beauté permet de connaître leur composition et l'origine exacte de chacun des ingrédients.

## POURQUOI UTILISER L'HUILE DE COCO ?

L'huile de coco est un allié incontournable en matière de beauté. Elle est extraite du lait et de la pulpe de la noix de coco. Cette huile vertueuse est réputée pour être nourrissante, assouplissante, anti-âge et réparatrice. Utilisée depuis des siècles dans les régions exotiques, elle est devenue très « tendance » chez nous ces dernières années. L'huile de coco est un produit phare dans la fabrication des cosmétiques. Elle est très riche en acides gras essentiels et en acide laurique. Ce dernier est idéal pour apporter de la souplesse et de la brillance aux cheveux.

L'avantage de cette huile végétale est qu'elle convient à l'ensemble du corps. Elle peut aussi bien s'utiliser sur la peau, comme démaquillant ou baume régénérant, qu'en masque sur les cheveux ou en dentifrice !

Il est préférable d'acheter de l'huile de coco plutôt que de l'huile de coprah, qui est issue uniquement de la pulpe de coco.

Bon à savoir : l'huile de coco est solide à température ambiante. Pour une utilisation liquide, le contenant doit être passé sous un filet d'eau chaude afin qu'elle se liquéfie.

# RECOMMANDATIONS

Les huiles essentielles sont souvent utilisées dans la fabrication des cosmétiques. Elles ne sont pas obligatoires pour la réalisation des recettes et peuvent être supprimées sans pour autant devoir être remplacées par un autre ingrédient.

Les huiles essentielles sont fortement déconseillées aux femmes enceintes, allaitantes et aux enfants en bas âge. Renseignez-vous toujours auprès d'une source fiable (médecin, thérapeute, livre sérieux) avant de les utiliser. Elles ne doivent pas être utilisées chez les personnes souffrant d'épilepsie, ayant des problèmes cardio-vasculaires ou rénaux.

N'appliquez jamais les huiles essentielles sur les yeux, la bouche et les muqueuses sensibles. Enfin, ne les utilisez jamais pures sur la peau.

Avant la réalisation de chaque recette, veillez à respecter les règles d'hygiène de base. Il est important de bien désinfecter les ustensiles, les bols et les moules que vous allez utiliser avec de l'alcool de pharmacie. Lavez-vous et essuyez-vous soigneusement les mains avant de manipuler les ingrédients.

Certaines substances comme le SCI (sodium cocoyl iséthionate) sont volatiles. Il est donc recommandé d'utiliser un masque, des gants et des lunettes lorsque les ingrédients sont chauffés au bain-marie.

## OU SE PROCURER LES PRODUITS ?

Vous trouverez les matières premières utilisées dans ces recettes en magasin bio.

Vous trouverez les ingrédients plus pointus (fragrances naturelles, colorants…) sur le site Internet www.aroma-zone.com  ou les sites https://revelessence.com, www.mycosmetik.fr, www.joliessence.com…

## DUREE DE CONSERVATION MOYENNE DES PRODUITS

Les recettes ont été élaborées pour se conserver environ 3 mois grâce à l'ajout d'un antioxydant, la vitamine E, qui empêche le rancissement des huiles, et d'un conservateur, le Cosgard.

L'ajout de ces deux ingrédients est facultatif. Sans la vitamine E ou le Cosgard, les cosmétiques devront être utilisés dans le mois suivant leur fabrication pour une efficacité optimale.

# L'HUILE DE COCO POUR LE VISAGE

# BAUME A LEVRES
## GOURMAND - VERSION GLOSS

Un baume à lèvres facile à fabriquer pour des lèvres douces et parfaitement nourries. L'alliance de la cire d'abeille, de l'huile de coco et de l'huile de ricin est un cocktail réparateur et protecteur. Ce baume protégera vos lèvres du froid et empêchera que celles-ci soient gercées.

### INGRÉDIENTS

- 7 g d'huile de coco
- 1 g de cire d'abeille ou de cire végétale
- 5 g d'huile de ricin
- 8 gouttes de fragrance naturelle au choix (coco, miel, vanille...)
- 1 goutte de vitamine E (antioxydant)
- 1/2 cuillerée à café de poudre rouge d'hibiscus (facultatif)

### FABRICATION

Dans un bol, déposer l'huile de coco, la cire d'abeille et l'huile de ricin. Placer le bol au bain-marie, sur une casserole remplie d'eau frémissante. Faire chauffer à feu doux en évitant l'ébullition. Mélanger régulièrement.

Hors du feu, ajouter la fragrance et l'antioxydant. Mélanger le tout. Pour colorer le baume à lèvres, ajouter éventuellement la poudre d'hibiscus.

Verser rapidement la préparation dans un pot.

La réfrigérer 10 minutes avant l'utilisation.

### MATÉRIEL RECOMMANDÉ

- 1 bol • 1 balance de précision • Des petites cuillères • 1 pot de 10 ml avec couvercle

### UTILISATION

Passez le doigt sur la surface du produit et appliquez-le sur les lèvres. Répétez l'opération plusieurs fois dans la journée pour des lèves douces et protégées. Cette recette convient à l'ensemble de la famille.

# HUILE DEMAQUILLANTE

Un démaquillage en douceur grâce à l'alliance de trois huiles végétales. L'huile de coco, en plus d'enlever les impuretés et traces de maquillage, nourrit en profondeur la peau. L'huile de noyau d'abricot est tonifiante et réparatrice tandis que le macérât huileux de carotte illumine le teint. La provitamine B5 est un actif connu pour ses propriétés apaisantes et réparatrices.

### INGRÉDIENTS

- 60 g d'huile de coco
- 20 g d'huile de noyau d'abricot
- 15 g de macérât huileux de carotte
- 30 gouttes de fragrance naturelle au choix (facultatif)
- 40 gouttes de provitamine B5
- 5 gouttes de vitamine E (antioxydant)

### FABRICATION

Dans un bol, déposer l'huile de coco, l'huile de noyau d'abricot et le macérât huileux de carotte. Placer le bol au bain-marie, sur une casserole remplie d'eau frémissante. Faire chauffer à feu doux en évitant l'ébullition. Mélanger régulièrement.
Hors du feu, ajouter éventuellement la fragrance, la provitamine B5 et l'antioxydant. Mélanger le tout.
Verser la préparation dans un flacon.

### MATÉRIEL RECOMMANDÉ

• 1 bol • 1 balance de précision • Des petites cuillères
• 1 flacon pompe ou un petit bidon de 100 ml

### UTILISATION

Appliquez le mélange sur un coton démaquillant et passez-le sur l'ensemble du visage. Les huiles végétales sont efficaces pour enlever le mascara.
L'huile de coco se fige si la température ambiante n'est pas assez élevée. Passez le flacon sous un filet d'eau très chaude avant chaque utilisation afin que l'huile de coco se liquéfie. Secouez le flacon avant utilisation.

Carotte

# HUILE DEMAQUILLANTE PEAUX SENSIBLES

Un mélange d'ingrédients ultradoux pour un démaquillant convenant aux peaux sensibles. L'huile d'amande douce et le macérât huileux de calendula apportent confort et apaisement.

### INGRÉDIENTS

- 60 g d'huile de coco
- 15 g d'huile d'amande douce
- 15 g de macérât huileux de calendula
- 5 gouttes de vitamine E (antioxydant)

### FABRICATION

Dans un bol, déposer l'huile de coco, l'huile d'amande douce et le macérât huileux de calendula. Placer le bol au bain-marie, sur une casserole remplie d'eau frémissante. Faire chauffer à feu doux en évitant l'ébullition. Mélanger régulièrement.
Hors du feu, ajouter l'antioxydant. Mélanger le tout.
Verser la préparation dans un flacon.

### MATÉRIEL RECOMMANDÉ

• 1 bol • 1 balance de précision • Des petites cuillères • 1 flacon spray de 100 ml

### UTILISATION

Appliquez le mélange sur un coton démaquillant et passez-le sur l'ensemble du visage. Les huiles végétales sont efficaces pour enlever le mascara.
L'huile de coco se fige si la température ambiante n'est pas assez élevée. Passez le flacon sous un filet d'eau très chaude avant chaque utilisation afin que l'huile de coco se liquéfie. Secouez le flacon avant utilisation.

# MASQUE
## NETTOYANT VISAGE EXPRESS

Le bicarbonate de soude est un antibactérien et un anti-inflammatoire permettant de nettoyer la peau en profondeur. Il est idéal pour les peaux acnéiques et les peaux grasses. Allié à l'huile de coco, ce nettoyant régénère la peau, la rendant propre et douce.

### INGRÉDIENTS

- 1 cuillerée à soupe d'huile de coco
- 1 cuillerée à soupe de bicarbonate de soude

### FABRICATION

Dans un bol, déposer l'huile de coco. Placer le bol au bain-marie, sur une casserole remplie d'eau frémissante. Faire chauffer à feu doux en évitant l'ébullition. Mélanger régulièrement.

Hors du feu, ajouter le bicarbonate de soude. Mélanger le tout jusqu'à l'obtention d'une préparation lisse. Laisser tiédir le mélange avant de l'appliquer sur le visage.

### MATÉRIEL RECOMMANDÉ

- 1 bol
- Des cuillères

### UTILISATION

Réalisez des petits mouvements circulaires très légers sur le visage, en évitant le contour des yeux. Les fins grains de bicarbonate de soude vont exfolier la peau en douceur. Laissez poser 1 à 2 minutes puis rincez à l'eau tiède. Ce masque s'utilise une fois par semaine afin de débarrasser en profondeur la peau de ses impuretés.

# MASQUE
## VISAGE APAISANT

Ce masque calme les irritations et reminéralise la peau. La peau est douce et souple. L'argile blanche est conseillée pour les peaux sensibles. Une recette simple et rapide pour un résultat efficace.

### INGRÉDIENTS

- 1 cuillerée à soupe rase
- 2 cuillerées à soupe d'argile blanche (ou d'une autre argile)

### FABRICATION

Dans un bol, déposer l'huile de coco. Placer le bol au bain-marie, sur une casserole remplie d'eau frémissante. Faire chauffer à feu doux en évitant l'ébullition. Mélanger régulièrement.

Hors du feu, ajouter l'argile blanche. Mélanger le tout énergiquement.

Laisser tiédir le mélange avant de l'appliquer sur le visage.

### MATÉRIEL RECOMMANDÉ

- 1 bol • Des cuillères

### UTILISATION

Ce masque apaisant s'applique sur le visage parfaitement nettoyé. Il s'utilise une à deux fois par semaine.
Laissez poser le masque entre 20 et 40 minutes, puis rincez votre visage à l'eau tiède. Appliquez ensuite une crème hydratante.

# MASQUE
## VISAGE EXPRESS

Le charbon végétal est une mine d'or en cosmétique grâce à ses propriétés purifiantes. En masque, il détoxifie la peau et élimine en profondeur les impuretés. Le charbon végétal est 100 % naturel et sans effets secondaires. Allié à l'huile de coco et à l'huile essentielle d'ylang-ylang, il donne une peau purifiée et lumineuse.

### INGRÉDIENTS

- 1 cuillerée à soupe d'huile de coco
- 1 g de charbon végétal
- 2 g de glycérine végétale
- 8 gouttes d'huile essentielle d'ylang-ylang (facultatif)

### FABRICATION

Dans un bol, déposer l'huile de coco. Placer le bol au bain-marie, sur une casserole remplie d'eau frémissante. Faire chauffer à feu doux en évitant l'ébullition. Mélanger régulièrement.

Hors du feu, ajouter délicatement le charbon végétal, la glycérine et le cas échéant l'huile essentielle. Mélanger le tout.

Laisser tiédir le mélange avant de l'appliquer sur le visage.

### MATÉRIEL RECOMMANDÉ

• 1 bol • 1 balance de précision • Des petites cuillères

### UTILISATION

Ce masque s'applique sur l'ensemble du visage parfaitement nettoyé, en évitant le contour des yeux.
Laissez poser 10 minutes puis enlevez une grosse partie du masque avec un coton démaquillant. Rincez votre visage à l'eau tiède à l'aide d'un savon doux.
Appliquez ensuite une crème hydratante.

# NETTOYANT
## VISAGE SOLIDE

Cette barre nettoyante visage formulée à base d'huile de coco et de poudre d'avoine nettoie la peau en douceur. L'avoine est connue pour ses propriétés apaisantes et antioxydantes.

### INGRÉDIENTS

- 15 g d'huile de coco
- 30 g de SCI (sodium cocoyl iséthionate)
- 2 g de cire d'abeille ou de cire végétale
- 5 g de poudre d'avoine
- 40 gouttes de fragrance naturelle de vanille
- 3 gouttes de vitamine E (antioxydant)
- Quelques flocons d'avoine pour la déco (facultatif)

### FABRICATION

Dans un bol, déposer l'huile de coco, le SCI et la cire d'abeille. Placer le bol au bain-marie, sur une casserole remplie d'eau frémissante. Faire chauffer à feu doux en évitant l'ébullition. Mélanger régulièrement.

Hors du feu, ajouter délicatement la poudre d'avoine, la fragrance et l'antioxydant. Mélanger le tout.

Verser dans un moule , dans lequel on aura tapissé avant quelques flocons d'avoine, en le tapotant afin que la préparation se pose correctement dans le fond.

Réfrigérer pendant 1 heure et attendre 48 heures avant utilisation.

### MATÉRIEL RECOMMANDÉ

• 1 bol • 1 balance de précision • Des petites cuillères • Moule en silicone de type moule à muffin

### UTILISATION

Passez le nettoyant solide sous l'eau et frottez-le entre les mains. Une mousse onctueuse va se former. Appliquez-la sur le visage en évitant le contour des yeux et en effectuant des petits mouvements circulaires. Rincez.
Cette barre s'utilise quotidiennement.

# CREME
## DE JOUR

L'huile de coco est réputée pour ses vertus anti-âge, adoucissantes et nourrissantes. Appliquez-la quotidiennement sur la peau, celle-ci sera sublimée par ses bienfaits. Cette crème de jour au coco est enrichie en beurre de karité et en hydrolat de ciste pour son côté lissant et raffermissant. L'huile essentielle de géranium purifie et régénère la peau, pour un visage parfaitement lumineux.

### INGRÉDIENTS

- 25 g d'huile de coco
- 5 g de beurre de karité
- 10 g de cire émulsifiante ou d'émulsifiant végétal
- 50 g d'hydrolat de ciste
- 8 gouttes d'huile essentielle de géranium
- 3 gouttes de vitamine E (antioxydant)
- 20 gouttes de Cosgard

### FABRICATION

Dans un bol, déposer l'huile de coco, le beurre de karité et la cire émulsifiante. Placer le bol au bain-marie, sur une casserole remplie d'eau frémissante. Faire chauffer à feu doux en évitant l'ébullition. Mélanger régulièrement.

Hors du feu, ajouter l'hydrolat de ciste. Mélanger énergiquement jusqu'à former une émulsion complètement lisse.

Ajouter l'huile essentielle, l'antioxydant et le Cosgard. Mélanger le tout.

Verser la préparation dans un pot.

Réfrigérer 20 minutes avant l'utilisation.

### MATÉRIEL RECOMMANDÉ

• 1 bol • 1 balance de précision • Des petites cuillères • 1 pot de 100 ml avec couvercle

### UTILISATION

Cette crème s'utilise quotidiennement sur un visage parfaitement propre. Évitez le contour des yeux.

Crème de jour

# BAUME CONTOUR DES YEUX

Ce baume est composé d'ingrédients réputés pour décongestionner la peau. Le mélange des macérâts huileux d'arnica, de calendula et d'huile essentielle d'hélichryse italienne est idéal pour le contour de l'œil. Celui-ci est lifté et nourri, pour un regard pétillant.

### INGRÉDIENTS

- 15 g d'huile de coco
- 15 g de beurre de cacao
- 5 g de macérât huileux d'arnica
- 5 g de macérât huileux de calendula
- 2 g de cire d'abeille ou de cire végétale
- 4 gouttes d'huile essentielle d'hélichryse italienne (facultatif)
- 15 gouttes de collagène végétal (facultatif)
- 2 gouttes de vitamine E (antioxydant)

### FABRICATION

Dans un bol, déposer l'huile de coco, le beurre de karité et la cire émulsifiante. Placer le bol au bain-marie, sur une casserole remplie d'eau frémissante. Faire chauffer à feu doux en évitant l'ébullition. Mélanger régulièrement.

Hors du feu, ajouter l'hydrolat de ciste. Mélanger énergiquement jusqu'à former une émulsion complètement lisse.

Ajouter l'huile essentielle, l'antioxydant et le Cosgard. Mélanger le tout.

Verser la préparation dans un pot.

Réfrigérer 20 minutes avant l'utilisation.

### MATÉRIEL RECOMMANDÉ

• 1 bol • 1 balance de précision • Des petites cuillères • 1 pot de 50 ml avec couvercle

### UTILISATION

Passez le doigt sur le baume décongestionnant puis appliquez-le sur le contour de l'œil. Évitez impérativement d'en mettre dans l'œil, au risque de provoquer une irritation. Ce baume s'utilise tous les matins sur une peau parfaitement nettoyée.

### ASTUCE

Pour les femmes enceintes et/ou allaitantes, remplacez l'huile essentielle par 25 gouttes de fragrance naturelle.

# CREME
# CONTOUR DES YEUX ANTIRIDES

Une crème complète pour lutter efficacement contre les signes de l'âge. Un mélange d'huile de coco, d'hydrolat de carotte et de macérât huileux d'arnica pour un contour de l'œil lisse et apaisé.

### INGRÉDIENTS

- 10 g d'huile de coco
- 3 g de beurre de karité
- 5 g de cire émulsifiante ou d'émulsifiant végétal
- 2 g de macérât huileux d'arnica
- 25 g d'hydrolat de carotte
- 30 gouttes de fragrance naturelle au choix
- 2 gouttes de vitamine E (antioxydant)
- 12 gouttes de Cosgard
- 10 gouttes d'extrait de fleur d'edelweiss (facultatif)
- 10 gouttes de collagène végétal (facultatif)

### FABRICATION

Dans un bol, déposer l'huile de coco, le beurre de karité, la cire émulsifiante et le macérât huileux d'arnica. Placer le bol au bain-marie, sur une casserole remplie d'eau frémissante. Faire chauffer à feu doux en évitant l'ébullition. Mélanger régulièrement.

Hors du feu, ajouter l'hydrolat. Mélanger énergiquement jusqu'à former une émulsion complètement lisse.

Ajouter la fragrance, l'antioxydant, le Cosgard et éventuellement les actifs (extrait de fleur d'edelweiss et collagène). Mélanger le tout.

Verser la préparation dans un pot.

Laisser refroidir à température ambiante.

### MATÉRIEL RECOMMANDÉ

• 1 bol • 1 balance de précision • Des petites cuillères • 1 pot de 50 ml avec couvercle

### UTILISATION

Cette crème s'utilise matin et/ou soir sur le contour de l'œil. Appliquez-la en très petite quantité et massez délicatement.

Huile
d'arnica

# CREME
# APRES-RASAGE DEUX-EN-UN

Une crème deux-en-un idéale pour les hommes pressés. Cette crème, en plus d'être une crème après-rasage, peut aussi être utilisée quotidiennement en crème de jour.
L'hydrolat de ciste réputé réparateur est idéal dans le soin après-rasage. La peau est douce et souple.

### INGRÉDIENTS

- 25 g d'hydrolat de ciste
- 10 g d'huile végétale de noix de coco
- 5 g d'émulsifiant végétal ou cire émulsifiante
- 5 g d'huile végétale de jojoba
- 10 gouttes d'huile essentielle de citron
- 2 gouttes de vitamine E (antioxydant)
- 20 gouttes de Cosgard (conservateur)

### FABRICATION

Dans un bol, déposer l'huile végétale de noix de coco, la cire émulsifiante et l'huile végétale de jojoba. Placer le bol au bain-marie lorsque l'eau est frémissante. Faire chauffer sur feu doux en évitant l'ébullition. Mélanger régulièrement.

Hors du feu, ajouter l'hydrolat. Mélanger énergiquement jusqu'à ce que cela forme une émul-sion complètement lisse.

Ajouter ensuite l'huile essentielle, l'antioxydant et le Cosgard.

Mélanger le tout.

Verser la préparation dans un pot.

Laisser refroidir à température ambiante.

### MATÉRIEL RECOMMANDÉ

• 1 petit pot de 50 ml avec couvercle • 1 bol • Balance de précision • Petites cuillères

### UTILISATION

Cette crème s'utilise après le rasage, mais peut aussi s'utiliser quotidiennement comme crème de jour. L'appliquer en fine quantité en réalisant des mouvements circulaires sur le visage. Éviter le contour des yeux.

# L'HUILE DE COCO POUR LES CHEVEUX

# SPRAY HYDRATANT

Des cheveux soyeux et doux avec ce spray hydratant à l'huile de coco. Grâce au mélange de l'huile de coco, de la glycérine végétale et de l'hydrolat de camomille, les cheveux sont lumineux et brillants.

### INGRÉDIENTS

- 4 g d'huile de coco
- 90 g d'hydrolat de camomille ou d'eau minérale
- 5 g de glycérine végétale
- 20 gouttes de Cosgard
- 40 gouttes de fragrance naturelle au choix (facultatif)

### FABRICATION

Dans un bol, déposer l'huile de coco. Placer le bol au bain-marie, sur une casserole remplie d'eau frémissante. Faire chauffer à feu doux en évitant l'ébullition. Mélanger régulièrement.
Hors du feu, ajouter l'hydrolat, la glycérine végétale, le Cosgard et éventuellement la fragrance. Mélanger énergiquement.
Verser la préparation dans un flacon spray.

### MATÉRIEL RECOMMANDÉ

• 1 bol • 1 balance de précision • Des cuillères • 1 flacon spray de 100 ml

### UTILISATION

Appliquez le spray sur l'ensemble de la chevelure, en évitant les racines. Faites 3 à 4 pressions pour l'ensemble de la chevelure.
Ce mélange peut être appliqué sur cheveux humides ou secs.
Passez le flacon sous un filet d'eau chaude si l'huile de coco s'est solidifiée.

# BAUME
# POUR POINTES FOURCHUES

Ce baume citronné apporte aux pointes sèches et fourchues un soin global. Il est riche en huile de coco, en cire d'abeille et en huile de ricin : les cheveux seront nourris en profondeur et brillants. Les huiles végétales protègent les pointes et les empêchent de s'abîmer davantage. Ajoutez un actif de type kératine ou protéines de soie pour encore plus d'efficacité.

### INGRÉDIENTS

- 35 g d'huile de coco
- 7 g d'huile de ricin
- 5 g de cire d'abeille ou de cire végétale
- 40 gouttes d'huile essentielle de citron
- 10 gouttes d'actif au choix, de type kératine ou protéines de soie
- 5 gouttes de vitamine E (antioxydant)

### FABRICATION

Dans un bol, déposer l'huile de coco, l'huile de ricin et la cire. Placer le bol au bain-marie, sur une casserole remplie d'eau frémissante. Faire chauffer à feu doux en évitant l'ébullition. Mélanger régulièrement.
Hors du feu, ajouter l'huile essentielle, l'actif et l'antioxydant. Mélanger le tout.
Verser rapidement la préparation dans un pot.
Réfrigérer 20 minutes avant l'utilisation.

### MATÉRIEL RECOMMANDÉ

• 1 bol • 1 balance de précision • Des cuillères • 1 pot de 50 ml avec couvercle

### UTILISATION

Ce baume s'utilise quotidiennement sur les pointes sèches ou humides. Il est appliqué en très petite quantité sur les pointes et ne se rince pas.

### ASTUCE

Ce baume peut être appliqué en plus grande quantité sur les longueurs et les pointes : laissez alors poser 1 nuit pour un effet réparateur. Lavez ensuite vos cheveux à deux reprises.

# MASQUE
## CREME DOUCEUR

Un masque crème riche en huiles de coco et de ricin pour des cheveux forts et brillants. La combinaison de ces deux huiles rend les cheveux faciles à coiffer. La présence de kératine renforce la fibre capillaire pour un résultat optimal.

### INGRÉDIENTS

- 10 g d'huile de coco
- 5 g d'émulsifiant végétal
- 2 g d'huile de ricin
- 30 g d'eau minérale ou d'hydrolat au choix
- 25 gouttes de fragrance naturelle d'amande
- 6 gouttes d'actif de type kératine

### FABRICATION

Dans un bol, déposer l'huile de coco, l'émulsifiant et l'huile de ricin. Placer le bol au bain-marie, sur une casserole remplie d'eau frémissante. Faire chauffer à feu doux en évitant l'ébullition. Il est important que l'émulsifiant soit totalement fondu et que le mélange soit homogène.
Hors du feu, ajoutez l'eau minérale en mélangeant énergiquement jusqu'à former une émulsion lisse.
Ajouter la fragrance naturelle d'amande et l'actif. Mélanger à nouveau rapidement.
Laisser reposer 30 minutes avant d'appliquer le masque sur l'ensemble de la chevelure.

### MATÉRIEL RECOMMANDÉ

- 1 bol
- 1 balance de précision
- Des cuillères

### UTILISATION

Ce masque s'applique sur cheveux secs. Laissez-le poser durant 1 heure. La préparation aura le temps de bien pénétrer dans la fibre capillaire et de rendre les cheveux doux et brillants.
Nettoyez ensuite les cheveux avec un shampoing doux.

# MASQUE
## BRILLANCE EXPRESS

Une recette facile et rapide à réaliser pour des cheveux brillants et nourris en profondeur. L'huile de coco et l'huile d'amande douce vont réparer et adoucir la fibre capillaire. L'huile d'amande douce est idéale pour les cheveux secs et cassants.

### INGRÉDIENTS

- 3 cuillerées à soupe d'huile de coco
- 1 cuillerée à soupe d'huile d'amande douce
- 3 g de glycérine végétale
- 15 gouttes d'actif de type kératine (facultatif)

### FABRICATION

Dans un bol, déposer l'huile de coco et l'huile d'amande douce. Placer le bol au bain-marie, sur une casserole remplie d'eau frémissante. Faire chauffer à feu doux en évitant l'ébullition. Mélanger régulièrement.
Hors du feu, ajouter la glycérine végétale et éventuellement l'actif. Mélanger à nouveau le tout rapidement.
Laisser tiédir la préparation avant de l'appliquer sur l'ensemble de la chevelure.

### MATÉRIEL RECOMMANDÉ

• 1 bol • 1 balance de précision • Des cuillères

### UTILISATION

Ce masque s'applique sur cheveux secs. Laissez-le poser entre 30 minutes et 1 heure. La préparation aura le temps de bien pénétrer dans la fibre capillaire et de rendre les cheveux doux et brillants.
Nettoyez ensuite les cheveux à deux reprises avec un shampoing doux.

### ASTUCES

Ajoutez 1 cuillerée à soupe de poudre ayurvédique au choix pour un effet encore plus réparateur.
Pour que le mélange soit homogène et facile à appliquer, ajoutez 1 cuillerée supplémentaire d'huile de coco dans la préparation.

# SHAMPOING
## SOLIDE

Un shampoing frais pour des cheveux doux et brillants. L'huile de coco apporte de la brillance et de la souplesse aux cheveux ternes et fatigués. L'huile essentielle de pamplemousse est particulièrement recommandée pour lutter contre la chute des cheveux. Elle est aussi stimulante et revitalisante. Un shampoing complet pour de beaux cheveux !

### INGRÉDIENTS

- 60 g de SCI (sodium cocoyl iséthionate)
- 12 g d'eau minérale ou d'hydrolat au choix
- 7 g d'huile de coco
- 5 g de beurre de karité
- 2 g de cire d'abeille ou de cire végétale (facultatif)
- 30 gouttes d'huile essentielle de pamplemousse
- 3 g de glycérine végétale
- 10 gouttes d'actif au choix de type kératine ou protéines de soie (facultatif)

### FABRICATION

Dans un bol, verser le SCI délicatement, car il est très volatil. Ajouter l'eau minérale, l'huile de coco, le beurre de karité et éventuellement la cire.
Placer le bol au bain-marie, sur une casserole remplie d'eau frémissante. Laisser fondre quelques minutes. Mélanger délicatement jusqu'à l'obtention d'une préparation homogène.
Hors du feu, ajouter l'huile essentielle de pamplemousse, la glycérine végétale et éventuellement l'actif. Mélanger à nouveau le tout.
Placer la préparation dans un moule. Tapoter le dessus du shampoing avec le doigt afin qu'il ait un aspect lisse.
Réfrigérer 1 heure et attendre au moins 48 heures avant utilisation.

### MATÉRIEL RECOMMANDÉ

- 1 bol
- 1 balance de précision
- Des petites cuillères
- 1 moule en silicone de type moule à muffins

### UTILISATION

Sous la douche, passez le shampoing sous l'eau puis appliquez-le sur le cuir chevelu préalablement mouillé. Faites des petits mouvements circulaires sur l'ensemble de la chevelure afin que le shampoing mousse. Massez ensuite la tête avec les mains. Vous pouvez laisser agir quelques minutes. Rincez abondamment.

# SHAMPOING
## SOLIDE AU HENNE

Un shampoing illuminateur et protecteur pour des cheveux brillants et forts. L'alliance de l'huile de coco et du henné est un must en matière de beauté des cheveux. Le henné est connu pour ses nombreux bienfaits ; il apporte notamment douceur, force et volume aux cheveux.

### INGRÉDIENTS

- 60 g de SCI (sodium cocoyl iséthionate)
- 10 g d'eau minérale ou d'hydrolat au choix
- 12 g d'huile de coco
- 2 g de cire d'abeille ou de cire végétale
- 6 g de henné neutre ou de couleur, selon l'effet désiré
- 3 g de glycérine végétale
- 10 gouttes d'actif de type kératine ou protéines de soie
- 50 gouttes de fragrance naturelle au choix

### FABRICATION

Dans un bol, verser le SCI délicatement, car il est très volatil. Ajouter l'eau minérale ou l'hydrolat, l'huile de coco, la cire et le henné.
Placer le bol au bain-marie, sur une casserole remplie d'eau frémissante. Laisser fondre quelques minutes. Mélanger délicatement jusqu'à l'obtention d'une préparation homogène.
Hors du feu, ajouter la glycérine végétale, l'actif et la fragrance naturelle. Mélanger à nouveau le tout.
Placer la préparation dans un moule. Tapoter le dessus du shampoing avec le doigt afin qu'il ait un aspect lisse.
Réfrigérer 1 heure et attendre au moins 48 heures avant utilisation.

### MATÉRIEL RECOMMANDÉ

- 1 bol
- 1 balance de précision
- Des petites cuillères
- 1 moule en silicone de type moule à muffins

### UTILISATION

Sous la douche, passez le shampoing sous l'eau puis appliquez-le sur le cuir chevelu préalablement mouillé. Faites des petits mouvements circulaires sur l'ensemble de la chevelure afin que le shampoing mousse. Massez ensuite la tête avec les mains. Vous pouvez laisser agir quelques minutes. Rincez abondamment.

# SHAMPOING
## LIQUIDE

Une recette ultrasimple pour fabriquer un shampoing sur mesure grâce à l'utilisation d'une base lavante. Les cheveux sont souples et légers ! La base lavante permet de fabriquer en quelques minutes un shampoing contenant les huiles végétales et autres actifs de son choix. Ce shampoing liquide aux huiles végétales convient pour l'ensemble de la famille.

### INGRÉDIENTS

- 150 g de base lavante neutre d'origine 100 % naturelle
- 35 g de tensioactif liquide « Base consistance » ou de mousse de Babassu
- 4 g d'huile de coco
- 3 g de glycérine végétale
- 25 gouttes d'actif de type kératine
- 20 gouttes de provitamine B5
- 40 gouttes de fragrance naturelle au choix
- 2 g de gel d'*Aloe vera* (facultatif)
- Une cuillerée à café rase de colorant oxyde minéral rose

### FABRICATION

Dans un bol, déposer la base lavante et le tensioactif liquide. Ce dernier va rendre le mélange plus consistant et moussant. Ajouter l'huile de coco préalablement liquéfiée au bain-marie. Mélanger le tout.

Ajouter la glycérine végétale, l'actif, la provitamine B5, la fragrance naturelle, le colorant minéral rose et éventuellement le gel d'*Aloe vera* pour un effet plus réparateur.

Verser la préparation dans un flacon souple à l'aide d'un entonnoir. Le shampoing est prêt à l'emploi.

### MATÉRIEL RECOMMANDÉ

• 1 bol • 1 balance de précision • Des petites cuillères • 1 entonnoir • 1 flacon souple de 200 ml

### UTILISATION

Ce shampoing s'applique sur cheveux humides. Massez l'ensemble du cuir chevelu et rincez à l'eau claire.

### ASTUCE

L'huile de coco se solidifie ; passez le flacon sous l'eau chaude et secouez énergiquement afin que les huiles se mélangent.

# L'HUILE DE COCO POUR LE CORPS

# GOMMAGE
## EXPRESS CACAO

Une peau ultradouce et soyeuse grâce au gommage express à l'huile de coco et au beurre de karité. Ce gommage contient du sucre de canne qui exfolie la peau en douceur. Un gommage gourmand pour un moment de détente sous la douche.

### INGRÉDIENTS

- 15 g d'huile de coco
- 10 g de beurre de karité
- 5 g d'huile d'amande douce
- 80 g de sucre de canne
- 1 cuillerée à café de cacao brut en poudre
- 30 gouttes de fragrance naturelle d'amande (facultatif)
- 4 gouttes de vitamine E (antioxydant)

### FABRICATION

Dans un bol, déposer l'huile de coco, le beurre de karité et l'huile d'amande douce. Faire chauffer au bain-marie durant quelques minutes. Mélanger régulièrement le tout.

Retirer du feu et laisser refroidir une dizaine de minutes afin que le mélange devienne un peu plus consistant.

Ajouter le sucre de canne, le cacao, éventuellement la fragrance naturelle et l'antioxydant. Mélanger énergiquement.

Verser le mélange dans un pot avec couvercle ou dans des petits bocaux.

Réfrigérer 15 minutes.

### MATÉRIEL RECOMMANDÉ

• 1 bol • 1 balance de précision • Des petites cuillères
• 1 pot de 120 ml avec couvercle ou des petits bocaux

### UTILISATION

Sous la douche, massez votre corps en réalisant des petits mouvements circulaires. Rincez ensuite abondamment.

# GOMMAGE
## AU MARC DE CAFE

Une recette de gommage très simple et rapide pour une peau douce. Ce gommage s'utilise instantanément. Le marc de café est un exfoliant naturel très efficace. Il élimine les peaux mortes en rendant la peau lumineuse. L'huile de coco nourrit la peau en profondeur pour un résultat optimal.

### INGRÉDIENTS

- 30 g d'huile de coco
- 10 g d'huile d'amande douce
- 30 g de marc de café séché
- 20 gouttes de fragrance naturelle au choix

### FABRICATION

Dans un bol, déposer l'huile de coco et l'huile d'amande douce. Faire chauffer au bain-marie durant quelques minutes. Mélanger régulièrement.
Hors du feu, ajouter le marc de café et la fragrance naturelle. Mélanger.
Laisser refroidir quelques minutes avant d'appliquer sur la peau.

### MATÉRIEL RECOMMANDÉ

• 1 bol • 1 balance de précision • Des petites cuillères

### UTILISATION

Ce gommage s'utilise dès que la recette est réalisée. Sous la douche, il s'applique sur la peau mouillée. Faites des mouvements circulaires sur le corps. Rincez ensuite abondamment.

# DEODORANT
## STICK

Rien de tel qu'un déodorant naturel sans sels d'aluminium pour préserver la santé. L'huile de coco, le bicarbonate de soude et la fécule de maïs seront efficaces pour lutter contre les mauvaises odeurs liées à la transpiration. L'huile essentielle de palmarosa est connue pour capter les mauvaises odeurs.

### INGRÉDIENTS

- 33 g d'huile de coco
- 30 g de bicarbonate de soude
- 20 g de fécule de maïs
- 15 g de cire végétale
- 30 gouttes d'huile essentielle de palmarosa
- 2 gouttes de vitamine E (antioxydant)

### FABRICATION

Dans un bol, déposer l'huile de coco, le bicarbonate de soude, la fécule et la cire.
Placer le bol au bain-marie, sur une casserole remplie d'eau frémissante. Faire chauffer à feu doux.
Laisser fondre pendant quelques minutes et mélanger délicatement jusqu'à l'obtention d'une préparation homogène.
Hors du feu, ajouter l'huile essentielle et la vitamine E. Mélanger.
Placer la préparation dans les petits moules ou dans un étui à stick déodorant.
Réfrigérer pendant 1 heure.

### MATÉRIEL RECOMMANDÉ

- 1 bol
- 1 balance de précision
- Des cuillères
- 1 étui à stick déodorant

### UTILISATION

Appliquez directement le déodorant sous les aisselles.

# BAUME
# REPARATEUR POUR LES MAINS

Ce baume est parfait en hiver pour protéger les mains du froid. Riche en huile de coco, huile d'amande douce, beurre de karité, beurre de cacao et miel, ce baume est un véritable soin pour les mains sèches et abîmées. Un baume confort pour des mains douces.

### INGRÉDIENTS

- 15 g d'huile de coco
- 4 g d'huile d'amande douce
- 15 g de beurre de karité
- 5 g de beurre de cacao
- 2 g de cire d'abeille ou de cire végétale
- 1/2 cuillerée à café de miel
- 3 g de glycérine végétale
- 30 gouttes de fragrance naturelle de miel
- 15 gouttes d'actif « Skin Repair » (facultatif)
- 2 gouttes de vitamine E (antioxydant)

### FABRICATION

Dans un bol, déposer l'huile de coco, l'huile d'amande douce, le beurre de karité, le beurre de cacao, la cire et le miel. Placer le bol au bain-marie, sur une casserole remplie d'eau frémissante. Faire chauffer à feu doux en évitant l'ébullition. Mélanger régulièrement.
Hors du feu, ajouter la glycérine végétale, la fragrance, l'actif et l'antioxydant. Mélanger le tout.
Verser rapidement la préparation dans un pot.
Réfrigérer 20 minutes avant l'utilisation.

### MATÉRIEL RECOMMANDÉ

• 1 bol • 1 balance de précision • Des cuillères • 1 pot de 50 ml avec couvercle

### UTILISATION

Passez les doigts sur le baume et appliquez-le sur vos mains. Faites des petits mouvements circulaires pour qu'il pénètre bien dans la peau. Au contact de la peau, le baume fond instantanément.

Baume
POUR LES MAINS

# SAVON NOURRISSANT

Un savon superdoux à l'huile de coco pour une peau sublimée. L'argile rose est idéale pour les peaux sèches et les peaux sensibles. Elle est connue pour régénérer les cellules de la peau. C'est un allié beauté indéniable.

### INGRÉDIENTS

- 80 g de base de savon « Melt and Pour »
- 20 g d'huile de coco
- 5 g d'huile de noyau d'abricot
- 14 g d'argile rose
- 50 gouttes de fragrance naturelle au choix
- 3 gouttes de vitamine E (antioxydant)

### FABRICATION

Dans un bol, déposer la base de savon, l'huile de coco et l'huile de noyau d'abricot.

Placer le bol au bain-marie, sur une casserole remplie d'eau frémissante. Faire chauffer à feu doux en évitant l'ébullition. Laisser fondre pendant quelques minutes et mélanger délicatement jusqu'à l'obtention d'une préparation homogène. Il est important que le mélange chauffe suffisamment longtemps pour que la base de savon fonde totalement.

Ajouter l'argile rose et mélanger énergiquement.

Hors du feu, ajouter la fragrance naturelle et la vitamine E. Mélanger à nouveau.

Placer la préparation dans un moule en silicone ou, pour obtenir des petits savons individuels, des petits moules à savons.

Réfrigérer pendant 2 heures, démouler puis laisser sécher au moins 24 heures avant utilisation.

### MATÉRIEL RECOMMANDÉ

- 1 bol
- 1 balance de précision
- Petites cuillères
- Moule en silicone de type moule à muffins ou moules à savons

### UTILISATION

Ce savon peut être utilisé quotidiennement et il convient à l'ensemble de la famille.

# BAUME
# FONDANT

Un baume réconfortant et nourrissant à l'odeur gourmande de pomme. Riche en huile de coco, huile de noyau d'abricot, beurre de karité et actif, ce baume est idéal pour les peaux sèches et sensibles.

## INGRÉDIENTS

- 60 g d'huile de coco
- 30 g d'huile de noyau d'abricot
- 15 g de beurre de karité
- 40 gouttes de fragrance de pomme
- 20 gouttes d'actif (provitamine B5 ou « Skin Repair »)
- 10 gouttes de vitamine E (antioxydant)

## FABRICATION

Dans un bol, déposer l'huile de coco, l'huile de noyau d'abricot et le beurre de karité.
Placer le bol au bain-marie, sur une casserole remplie d'eau frémissante. Faire chauffer à feu doux en évitant l'ébullition. Laisser fondre pendant quelques minutes et mélanger délicatement jusqu'à l'obtention d'une préparation homogène.
Hors du feu, ajouter la fragrance, l'actif et la vitamine E. Mélanger à nouveau.
Verser la préparation dans un pot avec couvercle.
Réfrigérer pendant 30 minutes.

## MATÉRIEL RECOMMANDÉ

• 1 bol • 1 balance de précision • Petites cuillères • 1 pot de 100 ml avec couvercle

## UTILISATION

Massez le corps en insistant sur les zones sèches. Ce baume fond immédiatement au contact de la peau.

## ASTUCE

Ajoutez 1 cuillerée à café de nacre or à la préparation pour un côté pailleté lors de l'application.

# FONDANTS DE BAIN

Ces fondants de bain sont nourrissants et réparateurs. Ils sont enrichis à l'huile de coco et au beurre de cacao. L'avoine a des vertus apaisantes et antioxydantes. Elle est l'alliée des peaux sensibles et fragiles. Utilisée dans le bain, la poudre d'avoine est adoucissante et rend la peau douce.

### INGRÉDIENTS

- 80 g d'huile de coco
- 10 g de beurre de cacao
- 10 g de cire d'abeille ou de cire végétale
- 10 g de poudre d'avoine
- 50 gouttes de fragrance de miel
- 4 gouttes de vitamine E (antioxydant)
- 1 cuillerée à café de nacre or (facultatif)

### FABRICATION

Dans un bol, déposer l'huile de coco, le beurre de cacao et la cire.
Placer le bol au bain-marie, sur une casserole remplie d'eau frémissante. Faire chauffer à feu doux en évitant l'ébullition pendant quelques minutes, jusqu'à ce que les ingrédients soient entièrement fondus, et mélanger délicatement jusqu'à l'obtention d'une préparation homogène.
Hors du feu, ajouter la poudre d'avoine, la fragrance et la vitamine E.
Ajouter éventuellement 1 cuillerée à café de nacre or pour donner une touche pailletée.
Verser la préparation dans les moules en silicone de type moules à glaçon, pour faire des doses uniques.
Réfrigérer pendant 1 heure.

### MATÉRIEL RECOMMANDÉ

• 1 bol • 1 balance de précision • Des petites cuillères
• Des petits moules en silicone de type moules à glaçon

### UTILISATION

Plongez le fondant dans l'eau du bain et laissez fondre. Savourez les bienfaits des huiles et de la poudre d'avoine.

# HUILE PAILLETEE

Une huile efficace à utiliser quotidiennement sur l'ensemble du corps pour une peau sublimée. Elle sera l'alliée de votre peau en la rendant douce et souple. Les huiles de coco et d'amande douce protègent et nourrissent tandis que la provitamine B5 répare et apaise la peau. Cette dernière sera illuminée avec la touche or de l'huile.

**INGREDIENTS**

- 50 g d'huile de coco
- 40 g d'huile d'amande douce
- 30 gouttes de fragrance naturelle au choix
- 8 gouttes de vitamine E (antioxydant)
- 10 gouttes de provitamine B5
- 1 cuillerée à café de nacre or

**FABRICATION**

Dans un bol, déposer les huiles de coco et d'amande douce.
Placer le bol au bain-marie, sur une casserole remplie d'eau frémissante. Faire chauffer à feu doux pendant quelques minutes, jusqu'à ce que l'huile de coco soit entièrement fondue.
Hors du feu, ajouter la fragrance naturelle, la vitamine E, la provitamine B5 et la nacre. Mélanger l'ensemble des ingrédients jusqu'à ce que cela devienne homogène.
Verser la préparation dans un flacon à l'aide d'un petit entonnoir.

**MATÉRIEL RECOMMANDÉ**

- 1 bol
- 1 balance de précision
- Des petites cuillères
- 1 petit entonnoir
- 1 flacon pompe de 100 ml

## UTILISATION

Cette huile étant à base d'huile de coco, elle va se solidifier. Pour l'utiliser, passez le flacon sous un filet d'eau chaude.
Cette huile s'utilise quotidiennement sur la peau sèche. Faites des petits mouvements circulaires lors de l'application afin qu'elle pénètre parfaitement dans la peau.

HUILE
Pailletée

# SAVON
# EXFOLIANT

Un savon exfoliant très doux grâce à la pulpe de coco. Il est enrichi aux huiles de coco et d'amande douce ainsi qu'au beurre de karité pour une peau encore plus douce. Un soin complet pour débarrasser la peau de ses cellules mortes. La peau est fine et délicieusement parfumée.

### INGRÉDIENTS

- 70 g de base de savon « Melt and Pour »
- 20 g d'huile de coco
- 5 g de beurre de karité
- 5 g d'huile d'amande douce
- 20 g de pulpe de coco (exfoliant naturel)
- 50 gouttes de fragrance naturelle de noix de coco
- 3 gouttes de vitamine E (antioxydant)
- 20 g de pulpe de coco (exfoliant naturel)
- 20g de pulpe de coco pour l'enrobage

### FABRICATION

Dans un bol, déposer la base de savon, l'huile de coco, le beurre de karité et l'huile d'amande douce. Placer le bol au bain-marie, sur une casserole remplie d'eau frémissante. Faire chauffer à feu doux en évitant l'ébullition. Laisser fondre pendant quelques minutes et mélanger délicatement jusqu'à l'obtention d'une préparation homogène. Il est important que le mélange chauffe suffisamment longtemps pour que la base de savon fonde totalement. Hors du feu, ajouter la pulpe de coco et mélanger énergiquement. Ajouter la fragrance naturelle et la vitamine E. Mélanger à nouveau.

Enfilez les gants en latex. Prélever une grosse noix et rouler le savon encore mou de façon à former une boule. Rouler dans la poudre de coco. Procéder de la même façon avec le reste de pâte à savon. Travailler rapidement car elle solidifie vite.

Réfrigérer pendant 2 heures, démouler et laisser sécher au moins 24 heures avant l'utilisation.

### MATÉRIEL RECOMMANDÉ

- 1 bol • 1 balance de précision • Petites cuillères • Des gants en latex

### UTILISATION

Sous la douche, massez-vous le corps avec ce gommage solide. Faites des petits mouvements circulaires sur l'ensemble du corps en insistant sur les zones sèches. Laissez poser 1 à 2 minutes et rincez.

Il n'est pas nécessaire de vous relaver ensuite ; ainsi les bénéfices des huiles végétales et du beurre végétal pourront perdurer.

# GEL DOUCHE

Un gel douche rosé à l'odeur gourmande de fraises. Une recette simple et facile à réaliser pour prendre soin de sa peau au quotidien.

### INGRÉDIENTS

- 150 g de base neutre lavante d'origine 100 % naturelle
- 5 g d'huile végétale de noix de coco
- 3 g de glycérine végétale (factultatif)
- 40 gouttes de fragrance naturelle fraise
- 1 cuillerée à café de poudre d'hibiscus

### FABRICATION

Dans un bol, ajouter la base lavante neutre et l'huile de coco préalablement liquéfiée. Pour cela, faire chauffer l'huile de coco au bain-marie. Mélanger le tout.
Ajouter la fragrance naturelle, la poudre d'hibiscus et si vous le souhaitez la glycérine vé-gétale.
Verser l'ensemble de la préparation dans un flacon souple à l'aide d'un entonnoir. Le gel douche est prêt à l'emploi.

### MATÉRIEL RECOMMANDÉ

• 1 flacon souple de 200 ml • 1 bol • Balance de précision • Petites cuillères • Entonnoir

### UTILISATION

Appliquer une noix de gel douche dans la main et se laver le corps. Ce gel douche convient à l'ensemble de la famille.

GEL
DOUCHE

# SAVON RAFRAICHISSANT

Un savon riche en huiles de coco et d'amande douce pour une peau nourrie et soyeuse. L'odeur d'eucalyptus est fraîche et enivrante. L'huile essentielle d'eucalyptus est connue pour ses propriétés vivifiantes et antibactériennes. Un savon idéal pour dynamiser le corps.

## INGRÉDIENTS

- 80 g de base de savon « Melt and Pour »
- 20 g d'huile de coco
- 5 g d'huile d'amande douce
- 50 gouttes d'huile essentielle d'eucalyptus
- 3 gouttes de vitamine E (antioxydant)

## FABRICATION

Dans un bol, déposer la base de savon, l'huile de coco et l'huile d'amande douce.
Placer le bol au bain-marie, sur une casserole remplie d'eau frémissante. Faire chauffer à feu doux en évitant l'ébullition. Laisser fondre pendant quelques minutes et mélanger délicatement jusqu'à l'obtention d'une préparation homogène. Il est important que le mélange chauffe suffisamment longtemps pour que la base de savon fonde totalement.
Hors du feu, ajouter l'huile essentielle et la vitamine E. Mélanger énergiquement.
Placer la préparation dans un moule en silicone ou, pour obtenir des petits savons individuels, des petits moules à savons.
Réfrigérer pendant 2 heures, démouler puis laisser sécher au moins 24 heures avant utilisation.

## MATÉRIEL RECOMMANDÉ

- 1 bol • 1 balance de précision • Petites cuillères
- Moule en silicone de type moule à muffins ou moules à savons

## UTILISATION

Ce savon peut être utilisé quotidiennement. Il ne convient pas aux femmes enceintes et aux enfants à cause de l'huile essentielle d'eucalyptus qu'il contient. Si vous la supprimez, ce savon sera parfait pour l'ensemble de la famille.

Achevé d'imprimer en mars 2017